कुली लाइन्स

हिन्द महासागर के रियूनियन द्वीप की ओर 1826 ई. में मज़दूरों से भरा जहाज़ बढ़ रहा था। यह शुरुआत थी भारत की जड़ों से लाखों भारतीयों को अलग करने की। क्या एक विशाल साम्राज्य के लालच और हिन्दुस्तानी बिदेसियों के संघर्ष की यह गाथा भुला दी जायेगी? एक सामन्तवादी भारत से अनजान द्वीपों पर गये ये अँगूठा–छाप लोग आख़िर किस तरह जी पायेंगे? उनकी पीढ़ियों से हिन्दुस्तानियत ख़त्म तो नहीं हो जायेगी?

लेखक पुराने आर्काइवों, भिन्न भाषाओं में लिखे रिपोर्ताज़ों और गिरमिट वंशजों से यह तफ़्तीश करने निकलते हैं। उन्हें षड्यन्त्र और यातनाओं के मध्य खड़ा होता एक ऐसा भारत नज़र आने लगता है, जिसमें मुख्य भूमि की वर्तमान समस्याओं के कई सूत्र हैं। मॉरीशस से कनाडा तक की फ़ाइलों में ऐसे कई राज़ दबे हैं, जो ब्रिटिश सरकार पर ग़ैर–अदालती सवाल उठाते हैं। और इस ज़िम्मेदारी का अहसास भी कि दक्षिण अमरीका के एक गाँव में भी वही भोजन पकता है, जो बस्ती के एक गाँव में। 'ग्रेट इंडियन डायस्पोरा' आख़िर एक परिवार है, यह स्मरण रहे। इस किताब की यही कोशिश है।

(बाबा और माई की मूर्ति, सूरीनाम, चित्र सौजन्य–मोती माड़े)

कुली लाइन्स

गाथा गिरमिटियों की
वे जहाज़ी जो कभी हिन्दुस्तान नहीं लौट सके

प्रवीण कुमार झा

वाणी प्रकाशन

प्रकाशन के उत्कृष्टतम 63 वर्ष

vaniprakashan.com

पहला संस्करण : मई, 2019
दूसरा संस्करण : अगस्त, 2019
तीसरा संस्करण : जुलाई, 2020
चौथा संस्करण : जून, 2022
पाँचवाँ संस्करण : अप्रैल, 2026

वाणी प्रकाशन

4695, 21-ए, दरियागंज, नयी दिल्ली-110 002

फ़ोन : + 91 11 23273167, 23275710

शाखाएँ

अशोक राजपथ, पटना-800 004, बिहार

कॉफ़ी हाउस कैम्पस, महात्मा गांधी मार्ग, प्रयागराज-211 001, उत्तर प्रदेश

महात्मा गांधी अन्तरराष्ट्रीय हिन्दी विश्वविद्यालय, वर्धा-442 001, महाराष्ट्र

sales@vaniprakashan.in

vaniprakashan@gmail.com

Coolie Lines

by Praveen Kumar Jha

ISBN : 978-93-88684-04-0

Non-Fiction

मूल्य : ₹ 299

जी.एस. ऑफ़सेट, दिल्ली-110 095 में मुद्रित

वाणी प्रकाशन का लोगो मक़बूल फ़िदा हुसैन की कूची से

समर्पित उन सभी जहाज़ियों को,
जो एक अनजाने सफ़र पर दो सौ वर्ष पूर्व चल पड़े,
और कभी देश न लौट सके।

अनुक्रम

ओ बिदेसिया

ओ बिदेसिया
तुम्हारी गाथा लिखना चाहती थी
लिखना चाहती थी वह दर्द
जो सदियों से झेलते आये हो तुम
लिखना था कि चन्द रोटियों की ख़ातिर
अपनी मिट्टी से दूर होकर कैसे जी पाये तुम
लिख देना चाहती थी
वह सारी अवहेलना, वह सारी घृणा
जो तुम्हारी नियति बन गयी है

लेकिन कैसे लिख पाऊँगी तुम्हारी अन्तहीन पीड़ा
मैं भी तो इसी सभ्य समाज का हिस्सा हूँ
जिसकी नज़र में तुम हो जंगली, ज़ाहिल, गँवार
हम भला कैसे जानेंगे तुम्हारा दर्द
तुम्हारी सैकड़ों वर्षों की वह त्रासद–कथा
जब भेड़–बकरियों से लादे गये थे तुम जहाज़ों पर
काले पानी को पार कर कभी नहीं लौटने के लिए...

साभार –रश्मि भारद्वाज

भूमिका

अब भले ही शब्द 'एन.आर. आई.' या 'प्रवासी' बना दिया गया हो, पर यह लगभग हर प्रवासी जानता है कि वो पलायित या विस्थापित है। इनमें अधिकतर लोग 'कॉन्ट्रैक्ट मज़दूर' या व्यवसायी ही हैं। कोई सीएटल के माइक्रोसॉफ्ट कम्पनी का मज़दूर, कोई लन्दन के मेडिकल काउंसिल का, कोई ऑस्ट्रेलिया के ढाबे का तो कोई दुबई के शेख़ों का। वो नहीं होगा, तो उसके पिता रहे होंगे, दादा रहे होगें, परदादा रहे होंगे। हर प्रवासी व्यक्ति दरअसल गिरमिटिया ही है। मैं गिरमिटियों से नहीं मिला। अब मिल भी नहीं सकता। उनकी आगे की पीढ़ियाँ ज़रूर हैं, पर उनका इतिहास कहीं पीछे छूट गया। मैं उनका इतिहास समेटने लगा। पर इस इतिहास के पन्ने जैसे पतझड़ी चिनार के पत्ते। जितने समेटता हूँ, उतने बिखर जाते हैं।

यह इतिहास है विश्व के सबसे बड़े पलायन और आप्रवास का, जो लगभग भुला दिया गया। लाखों लोग समन्दर से जहाज़ पर भेजे गये, ऐसे काग़ज़ों पर हस्ताक्षर करवाकर जिन्हें न वो समझ सकते थे, न पढ़ सकते थे। कहानी एक विशाल साम्राज्य के लालच की और हिन्दुस्तानियों के संघर्ष की। हिन्दुस्तान से दूर कई हिन्दुस्तानों की। यह कहानी कई ग़ैर–अदालती सवाल पूछती है उन ब्रिटिश सरकारों से, जिन्होंने यह होने दिया। जिन लोगों को कभी इंसाफ़ नहीं मिल सका। जो लोग कभी लौट कर न आ सके। एक अनचाही दुनिया बसा ली। बिना किसी सरकारी मुआवज़े के, किसी सरकारी माफ़ी के। यह कर्ज़ ब्रिटेन पर रह ही गया।

इस किताब में सभी गिरमिटिया और कुली देशों–रियूनियन द्वीप, मॉरीशस, फिजी, सूरीनाम, कैरिबियन द्वीपों, पूर्वी और दक्षिण अफ्रीका के प्रवास की जानकारी के अतिरिक्त मलय और म्यामार का भी भारतीय

प्रवास का इतिहास है। एक अध्याय कनाडा के सिख प्रवास पर भी आधारित है। इस इतिहास का संग्रह करना इसलिए कठिन था क्योंकि यह इतिहास टुकड़ों में लिखा गया और किसी के पास पूरी जानकारी नहीं थी। ब्रिटिश इतिहासकार फ्रेंच और डच द्वीपों के सम्बन्ध में कम लिख पाये। फ्रेंच और डच इतिहासकारों ने कम लिखा, और फ्रेंच या डच में लिखा जिसको मुझे अपने स्तर पर अनुवाद कर पढ़ना था। गिरमिटिया स्वयं इतने पढ़े–लिखे नहीं थे कि लिख पाते। गिरमिटियों की सन्तान भी बाद में खेतों में ही काम करती रही। उनकी तीसरी पीढ़ी से कुछ प्रबुद्ध व्यक्ति हुए, पर तब तक गिरमिटिया युग समाप्त हो चुका था। उन्हें पुराने काग़ज़ और तथ्य जुटाने में वक़्त लगा। मैंने भी उनसे सम्पर्क साधने की कोशिश की, पर इनमें जिन्हें अपने इतिहास में रुचि है वो लिखते ही रहे हैं। उनको अलग–अलग संग्रह करना ही एक कठिन शोध था। इन द्वीपों पर जाना एक उपाय था, पर यह महासागर में बिखरे हैं, और अब वहाँ गिरमिटिया युग के ख़ास अवशेष नहीं बचे। भारतीय इतिहासकारों ने इस विषय पर कम लिखा। पुराने गिरमिटिया डिपो और ऑफ़िस रहे नहीं। गिरमिटियों के ऐग्रीमेण्ट के काग़ज़ अब भारत में पूरी तरह उपलब्ध नहीं। वो लन्दन, फ्रांस, नीदरलैण्ड और इन गिरमिटिया द्वीपों की कई आर्काइव फ़ाइलों में बन्द हैं।

यह कुछ पहलुओं में प्रथम ऐसा विस्तृत प्रयास है, जिसमें सम्पूर्ण प्रवास के इतिहास को समेटने की कोशिश की गयी है। हालाँकि यह इतिहास किसी इतिहासकार के द्वारा नहीं, बल्कि एक कथेतर रुचि के लेखक द्वारा लिखा गया है, इस कारण इसका प्रारूप भिन्न होना स्वाभाविक है। मैंने उत्तर कम ढूँढ़े प्रश्न अधिक। अब आगे कोई इतिहासकार इनके उत्तर ढूँढ़ दे, तो आभारी रहूँगा।

मसलन, क्या भारतीय आज भी विश्व की सबसे अधिक बिखरी जनसंख्या हैं? यहूदियों से अधिक? चीनी लोगों से अधिक? ब्रिटिश मूल के लोगों से अधिक? भारतीय मूल के लोग आज जमैका से ज़िबौटी तक पसरे हैं। अशिक्षित ग्रामीण भी, और आभिजात्य भी। हिन्दू भी, सिख भी और मुसलमान भी। उत्तर भारत से भी और दक्षिण से भी। लगभग दो सौ वर्षों से अधिक से यह प्रवास अलग–अलग रूपों में चल रहा है।

प्रश्न आज भी यही है, कि क्यों भारतीय विश्व के सुदूर इलाकों में रह रहे हैं? ऐसी क्या विपत्ति आ गयी? इतिहास क्या है? इन सबके पीछे तर्क क्या है? और आख़िर भारतीयों को या भारत को इससे क्या मिला?

एक और प्रश्न ज़ेहन में आता है, और इस किताब में उत्तर ढूँढ़ने की कोशिश भी की। एक सामन्तवादी और जातिवादी भारतीय समाज से विस्थापित लोगों से जातिवाद और भेदभाव आख़िर कैसे ख़त्म हो गया? बिना किसी राजकीय नीति के? जो हम दो सौ वर्ष में तमाम नीतियों और बुद्धिजीविता से नहीं मिटा पाये, इन निरक्षर लोगों ने कैसे झटके में मिटा दिया? इन गिरमिटियों में इतनी शक्ति आयी कहाँ से? और क्या वो शक्ति हस्तान्तरित नहीं हो सकती?

कई गिरमिटिया कथाएँ जो इस किताब में हैं, वो अधूरी हैं। मुझे कथा का एक ही हिस्सा मिला, या कुछ अलग–अलग हिस्से मिले, जिन्हें मैंने जोड़ा। जैसे कुछ फटे काग़ज़ों के टुकड़े जोड़ने की कोशिश। इन्हें पूरा करने का सामर्थ्य मेरा नहीं, क्योंकि यह कथाएँ सत्य के क़रीब हैं। मेरा मानना है कि सत्य अधूरा भी हो तो सच्चा हो, उसके साथ छेड़छाड़ न हो। ये कथाएं जितनी कही गयीं, जैसे कही गयीं, मैंने वैसे ही लिख दीं। लेखक के रूप में मेरी क़लम ने बहुत कम स्वतन्त्रता ली है या यूँ कहिए, इस लेखन में मैं स्वयं एक पराधीन गिरमिटिया बन गया। तथ्यों के अधीन ही रहा, मुक्त न हो सका।

इस अधूरेपन से भरी किताब लिखते वक़्त जितना आशान्वित नहीं था, किताब लिखने के बाद उससे अधिक हो गया। मुझे लगा जैसे कई सूत्रों को मिलाकर मुझे कोई जादुई सूत्र मिल गया है। हालाँकि, यह किताब टापू से टापू भटकते हुए मृग–मरीचिका सदृश है। कुछ सूत्र मिले भी, और कुछ नहीं भी।

इस किताब के सन्दर्भ में मैं नॉर्वे के राष्ट्रीय पुस्तकालय का आभारी हूँ, जिन्होंने कई दुर्लभ काग़ज़ात उपलब्ध करवाये। ब्रिटिश पुस्तकालय के पुरालेखों का भी बड़ा योगदान है। इसके अतिरिक्त नीदरलैण्ड के सरकारी पुरालेखों और सन्दर्भ में अंकित लेखों और पुस्तकों का भी। नीदरलैण्ड के लोकप्रिय सरनामी गायक राज मोहन जी से परिचय करवाने में भोजपुरी की प्रतिभाशाली गायिका चन्दन तिवारी जी का भी इस किताब में योगदान है।

राज मोहन जी ने इस किताब की डगर कहीं आसान बना दी। श्री धीरेन्द्र पाल सिंह जी ने मेरा परिचय एम्सटरडम के सरनामी भारतीय रॉय रामसहाय जी से भी करवाया, जिनसे प्राथमिक जानकारियाँ मिलती रहीं और आत्मीय मुलाक़ातें होती रहीं। नीदरलैण्ड के हेग शहर में सरनामी आन्दोलन के प्रणेता मोती माड़े जी और उनके पुत्र पवन माड़े जी से भी पुस्तक के लिए कई तथ्य और चित्र उपलब्ध हुए। सरनामी इतिहासकार और प्रवास के विलक्षण समाजशास्त्री प्रो. चान चुनी जी से लम्बी बातचीत और संवाद रहे। पुस्तक के बनने में प्रभात रंजन जी का नियमित साहित्यिक प्रोत्साहन और पुष्य मित्र जी से गाहे–बगाहे सम्पर्क ने भी उत्साह बनाये रखा। सौरभ द्विवेदी जी और गिरीन्द्रनाथ झा जी की भी उत्साहवर्धन में भूमिका है, जिसका भान शायद उन्हें भी नहीं। मेरा परिवार और सोशल मीडिया के मित्र भी मेरे लेखन को पसन्द करते रहे और कथेतर में रुचि लाने में अशोक कुमार पाण्डे जी, प्रकाश कुमार रे जी, और सदन झा जी का भी मेरे मानस में महत्त्वपूर्ण स्थान है। इस पुस्तक के लेखन पश्चात् यतीन्द्र मिश्र द्वारा पुनरावलोकन और सहज आत्मीय संवाद मुझे सदा स्मरण रहेगा।

मेरे लेखन पर विश्वास और सम्पादकीय सहयोग दे कर इस भगीरथ कार्य को सुलभ बनाने में वाणी प्रकाशन और अदिति माहेश्वरी गोयल का मैं सदैव आभारी रहूँगा। आशा है कि यह पुस्तक भविष्य में इस विषय में शोध और प्रवासी सम्पर्क में राजनीतिक रुचि में सहयोग देगी।

परिकथा

जून 1970, बा द्वीप, फिजी

"दुनिया से जाने वाले, जाने चले जाते हैं कहाँ..."

फिजी रेडियो पर गीत बज रहा है, और रामदीन आम के पेड़ के नीचे लेटे अपने अतीत में खोये हैं। धोती–कुर्ते में अपने सफ़ेद मुरैठा (पगड़ी) को तकिया बना कर लेटे रामदीन, बस समय और स्थान में कहीं और हैं। अगर पृथ्वी को घुमा दें तो आज वो भोजपुर ज़िले के अपने गाँव में इसी मुद्रा में लेटे होते।

जात के चमार हैं रामदीन। अब तो 90 वर्ष उम्र होने को आयी, पर बाजुओं में अब भी दम है। सुबह से बेटों के साथ खेत जोतते हैं। अब तो बड़े बेटे ने इस सुदूर द्वीप पर अपने गाँव का पहला ट्रैक्टर भी ख़रीद लिया। उनका परिवार गाँव के समृद्ध परिवारों में से है। समृद्ध न होता, तो घर में रेडियो कैसे होता?

रामदीन ब्रिटिश राज के हिन्दुस्तान में 1890 ई. में बिहार की किसी चमरटोली में जन्मे। यह जन्मतिथि भी काल्पनिक है, सरकारी काग़ज़ों में अब यही है। अब यही सत्य है।

रामदीन के दादा ने कभी गाँव के ज़मींदार से कर्ज़ लिया था, जो उनकी पुश्तें चुका रही थीं। पता नहीं कैसा ब्याज था, जो अनन्त था। उनका घर चमरटोली के कई छोटे मिट्टी के घरों की टेढ़ी–मेढ़ी लाइन में एक था। फूस की छत, जो बारिश में गीली होती, और फ़र्श में नमी। वहीं घर के बाहर एक नाद थी, जिसमें उनकी भैंस चारा खाती। एक छोटी खाट भी लगी थी, जिसकी रस्सियाँ टूट रही थीं, और बीच में क्रेटरनुमा छेद बन गया था। सँभलकर छेद के दोनों ओर पैर फैलाकर लेटना होता। एक पानी का मटका भी था, जिससे उनकी माँ रोज़ कुएँ से भरकर लाती।

उनके दियाद–भाई (जाति भाई) भी मटके में मुँह लगा देते, माँ झाड़ू लेकर गरियाती लड़ने दौड़ती।

चूल्हा भी बाहर ही था। अन्दर होता तो फूस की छत जल न जाती? बारिश में बड़ी दिक्कत होती, पर खाना वहीं बनता। भात के बर्तन में बरसात का पानी भी टप–टप गिरता, और भात क्या स्वादिष्ट बनता! बाबू भी ज़मींदार के खेत से थक कर लौटते। रास्ते में पासी–टोला से ताड़ी पीकर आते, और एक भगौना भात खा जाते। बिना सब्ज़ी के। उठ कर सुबह पाँच बजे खेत निकल जाते, सूर्योदय से पहले।

रामदीन को अब ठीक से बाबू का चेहरा तक याद नहीं, पर तगड़ी मूँछें थीं और फ़ौलादी बाजू। गंजी पहन कर मुरैठा बाँधे रहते और गले में एक काला ताबीज़ पहनते। शनीचरा ताबीज़। माँ चार बजे उठकर मोटी रोटी और तरकारी बनाती, जो खाकर जाते। भैंस का दूध भी सुबह ही दूह लेते। एक गिलास घर में रख लेते और बाक़ी यादव जी को दे आते। यादव जी ने महीने का पन्द्रह–सोलह आना कुछ बाँध रखा था।

जब रामदीन जवान हुए, वो भी ज़मींदार के खेत में खटने लगे। बाबू का हाथ बँटाने लगे। गौना पहले ही हो गया था, अब शादी भी हो गयी। एक दिन बक्सर के पास मेले में गये पड़ोसी गाँव के लखनमा के साथ। जेब में कौड़ी नहीं, मेले में क्या लेते? कोने में पेड़ की छाँव में खैनी चुनाने बैठ गये। वहीं एक औघड़ बाबा मिले। उन्होंने रामदीन का हाथ ज़ोर से पकड़ लिया, और बोले, "बेटा! तुम्हरा भाग में कलकतवा है। वहाँ जाके जहाज पकड़ लो, सब चिन्ता खतम।"

"कलकतवा का नाम तो बहुत सुना पर जायें कैसे?"

साधु बाबा बोले, "उसका इन्तजाम मैं करूँगा। अगले पूर्णिमा की रात सपत्नी यहीं मिलो।"

रामदीन के तो भाग खुल गये। कलकत्ता से पैसा कमा के ज़मींदार का सब क़र्ज़ा चुकता हो जायेगा। फिर अपनी खेती, अपनी फ़सल। किसी की मजूरी नहीं। रामदीन इन स्वर्णिम सपनों में खो गये।

पूर्णिमा से एक रात पहले ही घर से भाग लिए। पत्नी को भी भगा लाये। बक्सर में साधु बाबा के साथ उस दिन कुछ सरकारी ऑफ़िसर भी थे, पैण्ट–शर्ट में। बाहर की शहरी भाषा बोलने वाले। रामदीन ने कुछ

पैसे की बात नहीं की, काम का नहीं पूछा, चल दिये। शहरी लोग कोई धोखेबाज थोड़े ही होते हैं? ये तो साधु बाबा की कृपा है कि जुगाड़ लग गया। उन्हें बक्सर के डिपो में ठहराया गया। वहाँ कई और लोग मिले, जो आगे जाकर इनके जहाज़ी भाई होंगे।

रामदीन घर से उस पूर्णिमा को जो भागे, आज तक लौट कर नहीं गये। उन्हें क्या पता था कि कलकता भी पीछे छूट जायेगा। जहाज़ उनको फिजी ले आयेगा। न बाबू की कोई ख़बर मिली, न गाँव के लखनमा की। उनका परिवार कहीं पीछे छूट गया।

पर अब रामदीन के फिजी में अपने खेत हैं, अपनी फ़सल है। किसी की मजूरी नहीं। पर यह सब यूँ ही नहीं हो गया। उन्होंने बहुत कुछ खोया। फिजी की इस मिट्टी में कई राज़ छुपे हैं, दर्द छुपा है। यह खुशहाल द्वीप ऐसे कई रामदीनों से बना है, जिनके चीत्कार समय के साथ दब गये। घाव सूख गये। बिदेसिया गीत अब नहीं सुनायी देते। चिट्ठियाँ सात समन्दर पार नहीं लिखी जातीं।

रेडियो पर आज ये गाना सुनते रामदीन को भी अब यह सब कुछ बस धुँधला याद है।

"दुनिया से जाने वाले, जाने चले जाते हैं कहाँ..."

देन हेग (Hague), नीदरलैण्ड, जुलाई 2018

"आवा आवा! कब अइले इहाँ?"

जब मैं मोती जी के घर पहली बार पहुँचा, यूँ लगा कि जैसे वो मुझे छुटपन से जानते हों और मैं उनके गोद में कभी खेला हूँ।

मोती माड़े जी के दादा 1909 ई. में मेरठ के एक गाँव से निकल कर कलकत्ता से जहाज़ पर सूरीनाम पहुँचे। इस बात को अब सौ वर्ष से अधिक हो गये, पर मोती जी के दिल में आज भी भारत कहीं न कहीं बसा है।

"तनि अप्पन देस के मीठा भासा सूनी! भोजपुरी बतियाबे" मोती जी मुझसे कुछ ऐसा कहते हैं।

वह सुनाते हैं कि कैसे सरनाम* में वो हिन्दी पाठशाला में पढ़े, डच शिक्षक बने और बाद में हेडमास्टर रहे। बरसों बाद वह मेरठ के अपने

---

* मोती माड़े 'सूरीनाम' को सरनाम कहना पसन्द करते हैं।

गाँव लौट कर जाते हैं तो उनको अपना बिछड़ा परिवार मिल जाता है। दो पीढ़ियों के बाद अपनी मिट्टी तक पहुँचने का सुख बयाँ करते उनकी आँखें नम हो उठती हैं। उनके दादा जहाँ मेरठ से आये थे, नाना एक सिख थे जो गुजराँवाला (अब पाकिस्तान में) से आये थे।

कुछ ही देर में वो मुझे अपने आँगन की सैर कराते हैं, तो यूँ लगता है जैसे नीदरलैण्ड के इस शहर में भारत का गाँव बसा है। अरिकंच और पुरैनी के पत्ते, खीरे की लत्तियाँ, मिट्टी के बर्तन और देवी की मूर्ति। भोजपुरी (सरनामी) में इन पौधों के सम्बन्ध में बतियाते वो एक कुशल कृषक नज़र आते हैं।

पर इस सहज बुज़ुर्ग के अन्दर एक क्रान्तिकारी भी छुपा है। मोती माड़े सरनामी आन्दोलन के प्रणेताओं में एक रहे। यह प्रवास इतिहास का पहला और एकमात्र भाषायी आन्दोलन था, जब सरनामी भाषा के अस्तित्व के लिए दो महाद्वीपों (सूरीनाम, दक्षिण अमेरिका और नीदरलैण्ड, यूरोप) में संगठित माँग की गयी। मोती माड़े जी ने भारत, नीदरलैण्ड और सूरीनाम के इस त्रिकोण को भाषायी एकता से जोड़ दिया और सरनामी व्याकरण की रचना की।

इतना ही नहीं, सरनामी इतिहास में भारतीय योगदान को जब भुलाया जा रहा था, उन्होंने इतिहास के पन्नों में झुम्पा रायगुरू जैसे विद्रोह के स्वरों को दर्ज़ किया। वो यह कहते हुए मुस्कुराते हैं कि सरनामियों को 'बाबू' और 'माई' कहकर चिढ़ाया जाता, पर इन नामों को ही उन्होंने सरनाम की पहचान बना दी। परामरीबो में 'बाबा और माई' की मूर्तियाँ तो स्थापित हुईं ही, कलकत्ता में भी यह मूर्तियाँ स्थापित हुईं। कुछ काग़ज़ के टुकड़े निकालकर वह दिखाते हैं कि कैसे यह विचार उनके मन में आया। जिन शब्दों से उन्हें तिरस्कृत किया गया, उन शब्दों को ही उन्होंने महान बना दिया।

"पता है 'गिरमिट' का एक दूसरा अर्थ क्या है? गिरना और मिटना!" यह कहते हुए मोती जी फिर से भावुक हो उठते हैं।

हम बैठे बातें कर रहे थे तो उनके पुत्र पवन भी आ जाते हैं। पवन एक डॉक्यूमेण्ट्री निर्देशक हैं और 'भूलल परम्परा' विषय पर डच फ़िल्म बनायी जिसमें वो सरनाम जाकर वहाँ के चाक पर बनाये जाते मिट्टी के

मोती माड़े और लेखक उनके हेग नीदरलैण्ड आवास में

बर्तन, गोबर–मिट्टी की लिपाम, ओखली से धान–कुटाई, और ढोल–नगाड़े की परम्परा को दिखाते हैं। मोती जी के परिवार के लोग बेहतरीन ढोलक, हारमोनियम भी बजा लेते हैं। जब सरनाम में धान कूटती, मिट्टी लीपती, सोहर गाती महिलाएँ नज़र आती हैं तो यूँ लगता है कि सरनाम भारत का ही एक गाँव हो। और एक नज़र में है भी। हिन्दुस्तान की सरहदी सीमा से मीलों दूर जाने कितने हिन्दुस्तान बस गये।

गिरमिटिया, जहाज़ी और जहाज़िन

प्रवास एक दोतरफ़ा प्रक्रिया है। एक तरफ़ यह आर्थिक और सामाजिक बदलाव की प्रतिक्रिया है, वहीं दूसरी तरफ़ एक आने वाले बदलाव की उत्प्रेरक भी जहाँ लोग प्रवास कर रहे हैं और जहाँ से लोग पलायित हो रहे हैं।
–सी. जे. लेविस*

आदमी प्रवास क्यों करता है? लोग कलकत्ता–दिल्ली या विदेश क्यों जाते हैं? कई वजहें हो सकती हैं। अमूमन, वहाँ कुछ ऐसे अवसर होते हैं, जो मूल–स्थान में नहीं होते। या अपने मूल–स्थान में कुछ ख़तरा या असुरक्षा महसूस होती है। एक बहुत ही छोटा प्रतिशत होता है, जो कुछ अलग करना चाहता है। कुछ नया अनुभव लेना चाहता है। अब तो वैश्विक अर्थव्यवस्था है पर आज से दो सौ वर्ष पूर्व के भारत में ऐसा क्या हुआ कि लाखों लोग जहाज़ से सात समुन्दर पार चल दिये और कभी लौट कर नहीं आये। गाँव के खेतों से उठकर जहाज़ी बनना कितना सुलभ होगा?

यह 'गिरमिटिया' आख़िर थे कौन?

मैंने जब 'गिरमिटिया' शब्द की छान–बीन की, तो कुछ ख़ास या पक्की परिभाषा नहीं मिली। कार्टर की परिभाषा के अनुसार, 'गिरमिटिया वो लोग थे जिनके आने–जाने का टिकट ख़र्च उन्हें नहीं देना होता, और जो एक ख़ास समय की मज़दूरी के लिए एक ख़ास जगह ले जाये जाते।[1] यह एक साधारण–सी परिभाषा लगती है। इस परिभाषा से तमाम आई.टी. कर्मचारी, डॉक्टर या अन्य कर्मी जो आज भारत से जाकर विदेश में नौकरी कर रहे हैं, सब 'गिरमिटिया' हैं। पर जिस समय यह परिभाषा गढ़ी गयी, उस वक़्त ऐसा कम होता होगा कि कोई फलाने देश काम करने जाये, और सरकार

* C.J. Lewis, Human migration : A geographical perspective. (Croom Helm, London and Canberra, 1982)

उसका ख़र्च वहन करे। यह गिरमिटिया एक अशिक्षित सर्वहारा वर्ग के लोग थे, पर इनकी उपयोगिता निर्धारित की गयी, और इनसे काम लिया गया।

तो अगला प्रश्न यह है कि 'गिरमिटिया' शब्द की उत्पत्ति कैसे हुई? असल शब्द था 'ऐग्रीमेण्ट', जो 'गिरमेण्ट' और फिर 'गिरमिट' हो गया। यह 'ऐग्रीमेण्ट' बना श्रमिकों और ब्रिटिश सरकार की छत्रछाया में पल रहे रिक्रूटमेण्ट एजेंसियों के बीच। 'ऐग्रीमेण्ट' शब्द से यह स्पष्ट है कि कोई ज़ोर–ज़बरदस्ती नहीं थी और दोनों पक्ष इससे सहमत थे। इसलिए, तकनीकी तौर पर यह गुलामी नहीं कही जा सकती। पर ग़ौर यह करना चाहिए कि दूसरा पक्ष कितना क़ाबिल था? क्या वह 'ऐग्रीमेण्ट' समझने की क्षमता रखता था? जो लोग यह शब्द बोल भी नहीं पाते थे, वो क्या ख़ाक समझेंगे कि 'ऐग्रीमेण्ट' था क्या? वो इसे 'गिरमिट' ही कहते रह गये और जिसने 'गिरमिट' पर हस्ताक्षर किया, 'गिरमिटिया' कहलाया। गिरमिटिया कॉन्ट्रैक्ट को 'कन्त्राकी' भी कहते। अपभ्रंश कहें, या विदेशज शब्द का देशीकरण। पर यह शब्द इनको अनन्त काल के लिए विदेशी बना देगा।

पर सवाल ये है कि ब्रिटिश राज को ऐसे ऐग्रीमेण्ट की ज़रूरत पड़ी क्योंकि मज़दूर सुदूर देशों में जहाज़ से भेजने पड़े। इतना ख़र्चीला सौदा आख़िर कोई क्यों करेगा? 'मोडस ऑपरेन्डी' (कार्य–प्रणाली) क्या थी? इससे सरकार को मिलता क्या? और मज़दूरों को? अगर कुछ नहीं मिलता, तो कोई जायेगा क्यों? ज़बरदस्ती लाखों लोगों को जहाज़ से भेजना तो भारत में क्रान्ति ला सकता है। फिर ऐसा जोख़िम क्यों? यह पूरी प्रक्रिया कैसे इतने आसानी से हो गयी?

चलिए, इसकी पृष्ठभूमि में चलते हैं।

नयी ग़ुलामी

गिरमिटियों का इतिहास कई लोगों ने लिखा पर ह्यूज टिंकर ने उसे 'न्यू सिस्टम ऑफ़ स्लेवरी' यानी ग़ुलामी का नया रूप कहा[2]। ग़ुलामी का नया रूप? नया–पुराना जो भी कहिए, मुझे हर तीसरा व्यक्ति ग़ुलाम ही नज़र आता है। वैतनिक ग़ुलाम हैं, पर हैं ग़ुलाम ही। ग़ुलामी प्रथा रूप बदलती है, ख़त्म नहीं होती।

'गुलाम' या 'स्लेव' पक्के रूप में वो लोग थे, जिनकी ख़रीद–फरोख़्त होती। उनकी कुछ अपनी हैसियत नहीं थी।

अठारहवीं सदी तक ब्रिटिश और अन्य साम्राज्यों में गुलामी प्रथा थी, जिसमें अफ्रीका से गुलाम बन्दी बना कर ज़बरदस्ती जहाज़ों से ले जाये जाते और अपने तमाम उपनिवेशों में पटक दिये जाते। उनके अधिकार नहीं होते, और उनसे मालिक मनचाहा काम कराते। यह एक अमानवीय प्रथा तो थी ही जिसका विश्व (मुख्यतः लन्दन) में जम कर विरोध हुआ। यह गुलाम–विरोधी 'ऐबॉलिशनिस्ट' कहे गये। मूलतः उस वक़्त के बुद्धिजीवी वर्ग। इनकी कोशिशें आख़िर कामयाब रहीं।

1807 ई. में ब्रिटिश साम्राज्य में गुलामों के व्यापार पर पाबन्दी लग गयी[3]। अब गुलामों की बिक्री बन्द हो गयी। जिस जहाज़ पर गुलाम पाये जाते, सौ पाउण्ड का जुर्माना प्रति गुलाम लगाया जाता। पर कोई साम्राज्य गुलामी क्यों बन्द करेगा? क्या बस मानवता के लिए? ब्रिटिश साम्राज्य के ही ऊपर ऐसी ज़िम्मेदारी क्यों आ गयी? इस प्रश्न के उत्तर में मेरे कुछ तथ्य और कुछ अपने अनुमान हैं।

पूँजीवाद का उदय जब यूरोप में हुआ, तो गुलामों की ख़रीद–फरोख़्त बढ़ गयी। गुलाम अक्सर ब्रिटिश शासित प्रदेशों से ही आते और उनका शोषण हर देश के लोग करते। गुलाम एक व्यापार की वस्तु बन गये, और यही ब्रिटिश साम्राज्य की गले की हड्डी बन गयी। नैतिक रूप से स्वयं को श्रेष्ठ मानने वाले देश के ऊपर गुलामी का पाप चढ़ने लगा। यह मेरी अवधारणा है। इतिहास के तर्क भिन्न–भिन्न रहे हैं, पर उनका भी सार यही है। गर गुलामी बस ब्रिटेन तक सीमित होती, तो सम्भवतः देर से ख़त्म होती या कभी ख़त्म नहीं होती।

1 अगस्त, 1834 ई. को ब्रिटिश साम्राज्य के सभी गुलाम मुक्त किये गये। सीधी बात है कि गुलाम जब मुक्त हो गये, तो पूँजीपतियों का भट्ठा बैठ गया होगा। अन्दाज़न आठ लाख गुलाम मुक्त हुए। पर गुलामों को आख़िर क्या मिला? शशि थरूर ऑक्सफोर्ड यूनियन के अपने भाषण में उस वक़्त के ब्रिटिश साम्राज्य से हिसाब माँगते हैं। जॉर्ज ऑरवेल सरीखे कहते रहे कि ब्रिटिश साम्राज्य (और उनके पूर्वजों) ने अपना दोष छुपा लिया। इन आज़ाद हुए गुलामों को तो फूटी कौड़ी नहीं मिली, बल्कि इसके उलट उन ब्रिटिश पूँजीपतियों को लगभग बीस मिलियन पाउण्ड

की राहत–राशि बाँटी गयी। ब्रिटेन के इतिहास में इतनी बड़ी राहत–राशि फिर दशकों तक नहीं बाँटी गयी।*

और–तो–और गुलामों से लगभग पाँच साल जबरन 'ऐप्रेंटिस' बनाकर कार्य भी करवाया गया, ताकि पूँजीपतियों का काम चलता रहे। अपने गुलाम मुक्त करने के बाद ब्रिटेन ने बाक़ी देशों पर भी इस प्रथा की समाप्ति के लिए दबाव डालने शुरू किये। फ्रांस ने यह क़दम लगभग दस साल बाद उठाया। सबसे अन्त में नीदरलैण्ड के डच लोगों ने गुलामों को आज़ाद किया। इन देशों के उपनिवेश लगभग सभी महादेशों में पसरे थे। तो यह फ़ैसला वैश्विक अर्थव्यवस्था और व्यापार पर प्रभाव डालने वाला था।

क्या यह 'ऐक्ट' पूँजीवाद को घुटनों पर ला देगा? या हल ढूँढ़ा जायेगा? अफ्रीकी गुलामों की मुक्ति के बाद गुलाम कहाँ से आयेंगे? क्या इस गुलामी का हल आख़िर हिन्दुस्तान में मिलेगा? क्या होगी यह नयी गुलामी?[4]

नयी गुलामी एक स्कॉटिश व्यक्ति विलियम ग्लैडस्टोन के दिमाग़ की उपज थी। उन्होंने सोचा कि क्यूँ न क़ानूनी तौर पर बहाली की जाये? भारत से मज़दूर लाये जायें। भारत इसलिए, क्योंकि वहाँ के लोग सहनशील हैं, और बड़ा देश है। लोगों की कोई कमी नहीं, और सामन्तवाद ने मज़दूर वर्ग की नकेल कस रखी है। ब्रिटिश शासित प्रदेश है। इसलिए जो भी होगा, वो लन्दन की राजगद्दी के हिसाब से होगा।

भारत और चीन विश्व के दो ऐसे देश थे, जहाँ सबसे अधिक जनसंख्या थी। यह स्थिति तो आज भी है पर उस समय ये सबसे अलोकतान्त्रिक देशों में भी थे। इसलिए गिरमिटिया मज़दूरी के लिए इनसे बेहतर विकल्प नहीं था।[5]

भारत में उस वक़्त कुछ और भी अन्दरूनी कमज़ोरियाँ थीं, जिसकी वजह से भारत गुलामी का सर्वश्रेष्ठ विकल्प था। यह बिन्दु जानना इसलिए भी आवश्यक है, क्योंकि इनमें से कुछ कमज़ोरियाँ दो सौ वर्ष बाद भी आज के भारत में मिल सकती हैं।

भारत के किसान, मज़दूर बंगाल में 'पर्मानेण्ट सेटलमेण्ट ऐक्ट' के बाद त्रस्त हो गये थे। एक तो ज़मीन पर टैक्स कड़े कर दिये गये। दूसरा,

---

* 2009 ई. में बैंकों को दीवालियेपन से उबरने के लिए राहत–राशि दी गयी।

ज़मींदारी प्रथा आने से सामन्त मज़बूत हो गये। तीसरा, भारत से निर्यात पर शिकंजा कस दिया गया। कई लघु और कुटीर उद्योग कमज़ोर पड़ गये। ऐसे में कई बेरोज़गार और शोषित वर्ग के लोग गाँव छोड़कर भागने के लिए मजबूर होने लगे।[6] बंगाल ही नहीं, अगले दशक में दक्षिण भारत में भी रैयतवारी प्रथा लायी गयी जो ज़मींदारी प्रथा के समकक्ष थी। साहूकारों की ताक़त बढ़ती गयी और उनको ज़मीन गिरवी रखने का अधिकार मिल गया। किसानों की ज़मीन ज़ब्त होती चली गयी और वो अपने देश में ही बँधुआ मज़दूर बन गये।

जब रेल भारत में आयी तो धीरे–धीरे गाँवों तक भी ब्रिटिश सामान पहुँचने लगे और कई हथकरघा उद्योग ठप्प पड़ने लगे। विदेशी कपड़े सस्ते थे, और नये तरह के थे। इन सब चीज़ों से पारम्परिक धन्धे बन्द होने शुरू हुए और बेरोज़गारी बढ़ती गयी।

लॉर्ड विलियम बैंटिक ने इसकी निन्दा करते हुए लिखा, "कपड़ा बुनकरों की हड्डियों से हिन्दुस्तान की धरती धुल रही है।"[7]

अवध और रुहेलखण्ड रेलवे जब मुरादाबाद के लिए शुरू हुई, तो गाँवों के कहार बेरोज़गार हो गये। पहले उनकी रोज़ी–रोटी ही पालकी पर सवारी ले जाना था, पर अब ट्रेन आ गयी।

उस वक़्त बँधुआ मज़दूरी भारत में प्रचलित थी, जिन्हें 'कामिया' कहा जाता। कामिया तीन तरह के होते। एक जिनके कर्ज़ के एवज़ में उन्हें और उनके आने वाली पुश्तों को ज़मींदार के खेतों में काम करना होता। दूसरे, जिनको पूरी ज़िन्दगी काम करना पड़ता, पर उनके बच्चे मुक्त हो जाते। और तीसरे, जिनको तब तक काम करना होता जब तक कर्ज़ चुक न जाये। कर्ज़ का ब्याज जुड़ता जाता, और मज़दूरी कभी ख़त्म नहीं होती।

दक्षिण भारत के अछूतों की और भी बुरी हालत थी। सिर्फ़ मद्रास प्रेसीडेंसी के ही बीस प्रतिशत लोग अछूत थे। यह सब भागना चाहते, अन्यथा इन्हें गुलाम बना कर बेच दिया जाता।

कुछ स्थानीय कारक भी थे। छोटानागपुर के धांगड़ जाति के लोग बंगाल के चाय बागानों में तीन रुपये महीने के वेतन पर काम करते थे, जिसमें उन्हें रहने, खाने–पीने, स्वास्थ्य का इन्तज़ाम ख़ुद करना था। मॉरीशस में इसकी दुगुनी रकम यानी पाँच से छह रुपये मिलने की बात थी और रहना, खाना–पीना, स्वास्थ्य भी मुफ़्त था।

बंगाल ही क्या, पंजाब की भी अपनी समस्या थी। काबुल युद्ध की समाप्ति के बाद पंजाब के फ़ौजी बेरोज़गार हो गये। बेरोज़गार पंजाबी गाँव की मुख्य सड़कों पर खड़े मिलते। उस वक़्त पंजाब के गाँवों से मज़दूर उठाना सबसे सुलभ था। वो कहीं भी जाने को तैयार थे।

एक कारण यह भी था कि भारत की जनसंख्या बहुत तेज़ी से बढ़ रही थी। मद्रास प्रेसीडेंसी की जनसंख्या सौ वर्षों में तीन गुना हो गयी थी। इतनी बड़ी जनसंख्या के लिए रोज़गार के अवसर कम थे। पलायन होने लगा गाँव से बड़े शहरों की ओर। उस वक़्त जहाँ लोग काम करने जाते, वह जगह 'बासा' कहलाती, और जो उनका मूल गाँव–घर होता वो 'बाती'।

1900 ई. में भारत की जनसंख्या लगभग 30 करोड़ थी, और लगभग 3 करोड़ लोग 1834 ई. से 1937 ई. के बीच देश से बाहर पलायित हुए।[8,9] दस प्रतिशत लोग! मैं यह आँकड़े देख चकरा गया। क्या इसका अर्थ यह है कि अभी भारत से बाहर दस करोड़ से भी अधिक भारतीय मूल के लोग हैं, जो डेढ़ सौ वर्ष पूर्व पलायित हुए? और मुझे इतनी बड़ी जनसंख्या का लेखा–जोखा निकालना है? पर इन तीन करोड़ लोगों में बस दस लाख लोग ही सुदूर देशों में गये, बाक़ी आसपास के देश जैसे मलय, म्यामार या श्रीलंका गये।[10] और कई लोग लौटे भी।

पलायन का एक और कारण था–भुखमरी। बंगाल में और दक्षिण भारत में उन्नीसवीं सदी की भुखमरी ने कमर तोड़ दी थी। कइयों के लिए पलायन के सिवा और कोई रास्ता नहीं बचा। इतनी बड़ी संख्या में लोग मर रहे थे कि लॉर्ड कार्नवालिस ने कहा कि[11], "अब हमारी कम्पनी का एक तिहाई हिन्दुस्तान जंगल है, जहाँ बस जंगली जानवर रहते हैं।"

इन कारणों पर जब मैं दुबारा ग़ौर करता हूँ तो आज के पलायन के कारण नज़र आते हैं। आज भी लघु–उद्योगों पर कहर, कृषकों की दुर्गति, बेरोज़गारी और जनसंख्या–वृद्धि कमोबेश नज़र आती ही है। आज भी बाती से बासा की ओर पलायन हो ही रहा है, और इसलिए मेरे मन में इस पूरी संरचना को समझने की इच्छा बलवती होती गयी।

कारण तो मिल गये, अब कई अवसर भी हैं, पर दो सौ वर्ष पूर्व यह कैसे मुमकिन हुआ? इसके लिए उस वक़्त के व्यापारिक केन्द्र चलना होगा। कलकत्ता!

आज़ादी के बाद भले ही कलकत्ता वामपन्थ से प्रभावित नज़र आता

है, पर उस वक़्त वह भारतीय पूँजीवाद की धुरी था। कलकत्ता के लिए पलायन कई वर्षों तक चलता रहा, और आज भी कुछ हद तक चल ही रहा है।

कलकत्ता में रिक्रूटमेण्ट एजेंसियाँ पहले से थीं। जब गिरमिटिया मज़दूरों की माँग हुई, उनकी लॉटरी लग गयी। इन कम्पनियों में एक नाम जिससे विलियम ग्लैडस्टोन ने सबसे पहले सम्पर्क किया, वो थी मेसर्स 'गिलैंडर्स अरभुत्नोत कम्पनी'। इस कम्पनी से ही क्यों सम्पर्क किया, इसकी वजह मुझे पता नहीं। पर 'अरभुत्नोत' स्कॉटलैण्ड का एक आम उपनाम है, और विलियम ग्लैडस्टॉन भी स्कॉटलैण्ड के ही थे। ब्रिटिश गयाना (वेस्टइण्डीज) के अधिकतर बाग़ान स्कॉटिश लोगों के ही थे। मुझे यही तार नज़र आते हैं कि चिट्ठी इस कम्पनी को लिखी गयी।*

'गिलैंडर्स अरभुत्नोत कम्पनी' ही सरकारी साधनों से एक 'एंग्रीमेण्ट' करती और मज़दूर भेजती। यह प्रक्रिया इतनी आसानी से और इतने संगठित रूप से सम्भव हो पायेगी, इसका अन्दाज़ा स्वयं ब्रिटिश सरकार को भी न था। बाद में कई ऐसी कम्पनियाँ खुलीं, जैसे ग्लैडस्टोन विली कम्पनी इत्यादि।[12]

भारत प्रतिभाओं की खान किसी–न–किसी रूप में तब भी था, अब भी है। उस वक़्त अधोवस्त्र में मज़दूर जाते, आज 'ब्लू–कॉलर' में कम्प्यूटर के मदारी जाते हैं। पर विदेशी भारतीयों की प्रतिभा का उपयोग दशकों से करते आये हैं।

कन्त्राकी या गिरमिट

ऐग्रीमेण्ट अंग्रेज़ी, हिन्दी और उर्दू में तैयार होते। काफ़ी विस्तृत। पर मज़दूर अक्सर अँगूठाछाप ही होते। अधिकतर समझ ही नहीं पाते कि लिखा क्या है?

बहरहाल ऐग्रीमेण्ट का मौलिक ख़ाका यह था कि यह मज़दूर फलाँ टापू जायेंगे, पाँच साल गन्ने के खेतों में काम करेंगे और फिर आज़ाद हो जायेंगे। मज़दूरी के दौरान वो अच्छा–ख़ासा पैसा कमायेंगे, जो हिन्दुस्तान

---

* अब यह कम्पनी कलकत्ता में स्वर्गीय जी.डी. कोठारी की 'कोठारी ग्रुप ऑफ़ कम्पनी' के नाम से जानी जाती है।

की मज़दूरी से अधिक होगा। जैसे पुरुषों को 25 सेंट रोज़ और महिलाओं को 16 सेंट रोज़। हफ़्ते में 45 घण्टे काम, लेकिन फ़सल के महीने में 54 घण्टे। इतवार की छुट्टी। पगार और काम के घण्टे पाँच साल के लिए काग़ज़ी तौर पर निश्चित किये जाते। पर काम किसी भी तरह का हो सकता है। पाँच वर्ष बाद इन पैसों और आज़ादी से वो जो मर्ज़ी ख़रीदें। चाहें तो वापस देश लौट जायें या वहीं विदेश में शान से जियें। ऐसी बँधुआ मज़दूरी भला कौन न करना चाहे?

ऐग्रीमेण्ट के चार मुख्य बिन्दु थे–

1. मज़दूर और एजेण्ट ब्रिटिश सरकार के एक ख़ास ऑफ़िसर के सामने पेश होंगे और कॉन्ट्रैक्ट साइन करेंगे (अँगूठा लगायेंगे)।
2. ऐग्रीमेण्ट पाँच साल का होगा, जिसे पाँच साल बाद फिर से पाँच साल के लिए बढ़ा सकते हैं।
3. मज़दूर को ऐग्रीमेण्ट ख़त्म होते ही वापस कलकत्ता भेजा जायेगा।
4. जो भी जहाज़ उन्हें ले जायेगा, उसमें सफ़ाई और भोजन की व्यवस्था होगी, और एक डॉक्टर भी होगा।

शर्तें हर गिरमिटिया द्वीप के लिए भी अलग–अलग थीं। मॉरीशस में एक साल का ऐग्रीमेण्ट था, जो बाद में तीन साल कर दिया गया। वेस्टइण्डीज का ऐग्रीमेण्ट दस साल का था। यह स्पष्ट था कि मॉरीशस ले जाना एजेण्टों के लिए आसान था। हालाँकि वेस्ट्इण्डीज में ख़ासकर ट्रिनिडाड की ज़िन्दगी सबसे सुलभ मानी जाती, पर कॉन्ट्रैक्ट लम्बा होने की वजह से वहाँ जाने के लिए लोग कम तैयार होते। इससे तंग आकर मद्रास से वेस्टइण्डीज के गिरमिटिया एजेण्ट थॉमसन ने चिट्ठी भी लिखी कि वहाँ की अवधि छोटी की जाये, पर यह कभी हो न पाया।[13]

यहाँ मैं एक अन्तर ज़रूर बताना चाहूँगा। चीन और भारत के कॉन्ट्रेक्ट मज़दूरों में। यह अन्तर मुझे आज भी विदेश में चीन के श्रमिकों और भारतीय श्रमिकों में नज़र आता है। चीन अब साम्यवादी देश है, पर उस वक़्त एक अलोकतान्त्रिक राजतन्त्र था। जहाँ भारत धर्म का केन्द्र था, चीन में धर्म का प्रभाव कम ही रहा। भारत ब्रिटिश शासित था और चीन पर ब्रिटेन आधिपत्य बनाने में संघर्षरत था। चीन तब भी कई साम्राज्यों के लिए पहेली था, जबकि भारत अपनी विविधता के बावजूद अंग्रेज़ों की

नज़र में काफ़ी हद तक सुलझा हुआ था। यह बातें मैं इसलिए रख रहा हूँ, क्योंकि प्रवासी भारतीयों की सहनशीलता और हीन–भावना के सूत्र कहीं इन बातों में छिपे लगते हैं। मेरे पास कोई निष्कर्ष नहीं, पर प्रश्न अवश्य हैं। अब जैसे इन गिरमिटिया कॉन्ट्रैक्ट पर ही नज़र डालें।

जहाँ भारतीय मज़दूरों को समझ नहीं थी, ऐग्रीमेण्ट ज्यों–के–त्यों रह जाते, चीनी (चीन देश के) गिरमिटिया चालाक थे। वह ऐग्रीमेण्ट में मोल–भाव करते और हर चीनी मज़दूर के ऐग्रीमेण्ट अलग होते, उनकी शर्तों पर। यह एक ही वर्ग के दो देशों के लोगों की अलग मानसिकता को दर्शाता है, वजह जो भी रही हो। चीन के लोग अपनी शर्तों पर जीते और भारतीय मालिक की शर्तों पर। यहाँ तक कि चीनी मज़दूर को 'ट्रायल पीरियड' भी मिलता, जिसमें वह काम की शर्तें बदलवा सकते थे या कॉन्ट्रैक्ट बीच में ख़त्म भी कर सकते थे। कार्य–समय में अन्तर था। वेस्टइण्डीज के चीन से कॉन्ट्रैक्ट में मज़दूरों को साढ़े सात घण्टे प्रतिदिन का कार्य था, जबकि भारतीयों का 7 से 9 घण्टे। भारतीयों को हालाँकि वापसी टिकट की बात कही गयी थी और चीनी लोगों को वापसी का पैसा ख़ुद जमा करना था। पर यह बस काग़ज़ी मामला था। अधिकतर भारतीय लौटे ही नहीं, या टिकट के पैसे के बदले ज़मीन ले ली। एक और ध्यान देने योग्य अन्तर यह था कि चीनी महिलाओं के लिए काम करना आवश्यक नहीं था, बल्कि भारतीय पुरुष और महिला दोनों, मज़दूरी कॉन्ट्रैक्ट से बँधे थे।[14]

अब कॉन्ट्रैक्ट की बात आगे करने से पहले मैं इस पूरे धन्धे की मुख्य कड़ी से मिलवाता हूँ–अरकाटी।

अरकाटी

"अधम अरकाटी कहता था, फिजी स्वर्ग है भू पर।
नभ के नीचे रह कर भी वह पहुँच गया है ऊपर।
मैं कहता हूँ फिजी स्वर्ग है तो नरक कहाँ है?
नरक कहीं है, किन्तु नरक से बढ़कर दशा यहाँ है।"

–मैथिलीशरण गुप्त [15]

रिक्रूटमेण्ट के लिए मज़दूर लाने का काम जो स्थानीय एजेण्ट करते,

'अरकाटी' कहलाने लगे। इस पूरे गिरमिटिया धन्धे की नींव 'अरकाटी' ही थे। शुरुआत में इनका काम आसान था। कुछ पॉन्ज़ी स्कीम के एजेण्टों जैसा। गाँव जाकर लोगों को स्वप्न–सुरा पिलाते कि हम तुम्हें जन्नत ले जा रहे हैं। पर, धीरे–धीरे जब गाँव के युवा बहकने लगे, तब ये अरकाटी ज़मींदारों और गाँव के बुज़ुर्गों की आँखों की किरकिरी बन गये। गाँव के ज़मींदार यह बिल्कुल नहीं चाहते कि उनसे दब कर रहने वाला तबका संख्या में कम हो या तरक्की करे। वो अरकाटियों का विरोध करने लगे। कुछ ही दिनों में इन अरकाटी एजेण्टों को अपनी कार्य–प्रणाली बदलनी पड़ी, जो कई वर्षों तक चली।

अब एजेण्ट गाँवों में नहीं मिलते। उन्हें डर था कि बात फैल न जाये और बाद में उन्हें ढूँढ़ कर मारा न जाये। अक्सर गाँव के पास छोटे शहरों में बुलवाया जाता। वहाँ किसी मेले के कोने में या पानी के नलके के पास या सड़क किनारे किसी पेड़ के नीचे या किसी मन्दिर में। यह बड़ी गुप्त लेकिन 'कैज़ुअल' सी मीटिंग होती। इसमें नवयुवकों को फँसाया जाता, जो शहर में नौकरी की तलाश में होते। भीड़ में से ऐसे युवा को खोजा जाता, जो बेवकूफ़–सा इधर–उधर ताक रहा हो। कोने में खड़ा हो। गप्पी किस्म के, ज़ोर से ठहाके मारने वाले, नेतागिरी वाले लोग नहीं। इन्हें सब्ज़बाग दिखाये जाते। कहा जाता कि काम मुश्किल है पर मेरा कम्पनी में जुगाड़ है। ये बेरोज़गार युवक इनके पाँव पड़ते कि कुछ जुगाड़ कर दें। यहाँ तक कि कुछ युवा कुछ घर से चुरा या मवेशी बेचकर पैसे भी लाते।[16,17]

पर यह सब इतना आसान नहीं लगता। दरअसल सोचा जाये तो हिन्दुस्तानी ग़रीब तबका उन दिनों अपना घर–बार छोड़कर भागना नहीं चाहता था। वो गाँव की रोटी तोड़ना ही पसन्द करता, चाहे दो वक़्त कम ही क्यों न मिले। यह मोह तोड़ना बड़ा कठिन था, ख़ासकर बिहार (बंगाल स्टेट) और यूपी (यूनाइटेड प्रॉविंस) के इलाकों में। यह बड़े सांस्कृतिक ग्रामीण थे। झुण्ड में जीने वाले। इन्हें झुण्ड से अलग करने के लिए बहुत पापड़ बेलने पड़ते। इतना ही नहीं, इनके देवता, इनके गाँव के मन्दिर, इनकी गाय, इनके लगाये वो आम के पेड़। कई मोहपाश थे। और बिटिया की शादी? यह भी तो बोझ है। परदेस में वर कहाँ मिलेगा? कैसा मिलेगा? क्या गहना–गुड़िया लेगा? कुछ भी तो साफ़ नहीं था। भला बेटी क्या

पूरे जीवन कुँवारी बैठेगी? और कहीं भी तो नहीं ब्याह देंगे? और अगर परदेश में मर गये, तो क्रिया–कर्म कौन करेगा? पण्डित तो गाँव में है। मोक्ष कैसे मिलेगा? आत्मा भटकती रहेगी। एजेण्टों के लिए इन प्रश्नों को सुलझाना कठिन था।

इसके अलावा और भी समस्याएँ थीं। समन्दर का मतलब था 'काला पानी'। एक बार जो गया, वो गाँव लौटेगा तो बहिष्कृत कर दिया जायेगा। चाहे किसी भी जात का हो। ब्राह्मण हो या दलित। उसको शुद्धिकरण कर के ही लौटना होगा। यह फ़ैसला भी गाँव के गण्यमान्य और बुज़ुर्ग ही करेंगे कि वो गाँव लौटने के लायक हैं या नहीं। 'काला पानी' दरअसल एक अन्धा कुआँ था। 'प्वाइण्ट ऑफ नो रिटर्न'। बौधायन धर्म सूत्र जो उस वक़्त ब्राह्मणों में प्रचलित था, उसमें सात पाप वर्णित थे, और यह सूत्र इस जहाज़ी यात्रा में भंग हो जाते। ब्राह्मणों के सात पाप थे– 1. जहाज़ से यात्रा करना, 2. किसी भी व्यापार में लिप्त होना, 3. दूसरे ब्राह्मण की सम्पत्ति चुराना, 4. ज़मीन की ग़लत जानकारी देना, 5. निचली जाति की सेवा करना, 6. निचली जाति की स्त्री को गर्भवती करना, 7. और उस गर्भ से जन्म लेना।[18]

पर ऐसा पूरे भारत में नहीं था। पंजाब में ऐसी कोई 'काला पानी' वाली समस्या नहीं थी। बिहार में भी आश्चर्यजनक रूप से तीन ज़िलों, शाहाबाद (आरा), पटना और सारण में 'काला पानी' नहीं माना जाता, बल्कि बाहर जाना अच्छा माना जाता[19]। गया ज़िले का भी माहौल बदलने लगा। बस 1891 ई. में ही गया से लगभग दो लाख गिरमिटिया अलग–अलग देश भेजे गये।

एक शोध के अनुसार अधिकतर लोग पैसे के लिए देश छोड़कर नहीं आये।[20] उनकी कुछ परिवार में कलह थी, या पिता से बैर था, या कुछ अलग करने का जुनून था, कुछ युवा–जोश था, या अनाथ थे, या लम्बी तीर्थयात्रा करना चाहते थे। हालाँकि यह बातें बनावटी लगती हैं। मूल वजह सामन्तवाद और पैसे की किल्लत रही होगी। परिवार का एक बेटा ज़मींदार का क़र्ज़ा उतारकर बाप की बँधुआ मज़दूरी ख़त्म करना चाहता होगा। उसे क्या पता कि वो भी बँधुआ मज़दूरी ही करता रह जायेगा।

गिरमिटिया काल के आख़िरी वर्षों में यानी बीसवीं सदी की शुरुआत

में भारत में भी दिहाड़ी (मज़दूरी वेतन) बढ़ गयी थी। अंग्रेज़ कई सड़क वग़ैरह बना रहे थे, रेलवे की पटरियाँ बिछ रही थीं, उद्योग लग रहे थे और मज़दूर कलकत्ता–बम्बई से ठीक–ठाक कमा लेते थे। ऐसे में परदेस जाने की वजह बस पैसा कमाना नहीं हो सकता। उन्हें ज़रूर अनेकानेक प्रलोभन देकर आकर्षित किया गया।

फिजी के एक ठाकुर साहब अपने पूर्वजों की कथा सुनाते हैं कि ठाकुर तो उच्च जाति के ज़मींदार थे। फिर वो भला फिजी क्यों आये? उनकी कुछ भाभी से अनबन हो गयी, और भाई नाराज़ हो गये तो भड़क कर घर छोड़ दिया। ऐसे मामले संयुक्त बड़े परिवारों में अमूमन होते रहते हैं। दो–चार दिन में मान–मनौवल हो जाती है। पर इसी नाज़ुक वक़्त पर अरकाटी ऐसे लोगों को दबोच लेते। उनको भड़काते और कहते कि फिजी चलो, वहाँ कोई द्वेष नहीं।[21] ऐसी ही एक कहानी में एक ब्राह्मण युवक देवी शरण पाठक को एक निचली जाति की अछूत लड़की से प्रेम हो गया, तो पंचायत ने उन्हें गाँव से निकाल दिया। उनकी प्रेमिका के दलित पिता को पीट–पीट कर मार डाला गया, और प्रेमिका ने पेड़ में फन्दा लगा कर आत्महत्या कर ली। वो गाँव छोड़ अयोध्या के रास्ते फिजी निकल लिए। उनका नाम फ़ैज़ाबाद डिपो पर 'देबी सरन' रखा गया और जाति 'कुम्हार' लिखवायी गयी और यह भी छुपाने को कहा गया कि वो पढ़–लिख सकते हैं।[22]

फँसाने के कई तरीक़े थे।[23] अगर बेवकूफ़ लग रहा हो, तो कहा जाता कि फिजी कलकत्ता के पास कोई जगह है जहाँ ख़ूब पैसे मिलेंगे। अगर चालाक क़िस्म का हो तो ऐग्रीमेण्ट की बात कही जाती लेकिन मसाले डालकर। झूठे सपने दिखाये जाते। यह नहीं बताया जाता कि क़ानून कितने कड़े और अजीब से हैं। कहा जाता कि आसान–सा काम है। चीनी की हल्की–फुल्की सफ़ाई कर पैकिंग करनी है। यह भी कहा जाता कि घर जाकर किसी को बतायें नहीं, और जल्दी घर छोड़कर आ जायें। अक्सर ये मज़दूर घर से चोरी–छुपे भागकर ही आते।

पढ़े–लिखे लोगों को यह कह कर भी फुसलाया जाता कि उन्हें वहाँ मज़दूरी नहीं करनी होगी। उन्हें मुनीमगिरी या शिक्षण का काम मिलेगा, और वेतन भी ज़्यादा मिलेगा। पर यह कभी होता नहीं। हाँ! ऐसे लोगों को

दुभाषिये के तौर पर मज़दूरों और यूरोपीय लोगों के बीच संवाद के लिए कुछ रुपये अधिक ज़रूर मिलते, पर मूल काम मज़दूरी ही थी।

अरकाटियों के लिए एक विरोधी गीत जो गाया जाता, वो कुछ इन शब्दों में था –

"ओ रे अरकाटी! तोहार दिल है काला,
तोहरी बात है झूठी।
बोली भले हो मीठी और लगे सच्ची,
पर खाली करे है बरबाद और बदनाम
हम लोगन के अच्छा नाम"[24]

(अंग्रेज़ी स्रोत से पुनः अनुवादित)

इन अरकाटी एजेण्टों की किस्मत खुल गयी 1857 ई. के सिपाही विद्रोह में। कई विद्रोही फ़ौजियों को ब्रिटिश सरकार ने निकाल दिया, और वो बेरोज़गार हो गये। इस विद्रोह को तो दबा दिया गया, पर इनकी नौकरी वापस नहीं मिली। ऐसे लोग कुछ न कुछ नौकरी करना चाहते थे, और फ़ौज में रहने के बाद गाँव लौट कर खेती करना नहीं चाहते। इन्हें जब इस योजना का पता लगा, यह ख़ुद ही इन एजेण्टों के पास भागे आये। विद्रोह से जुड़े कुछ अग्रणी सिपाहियों को भी लगा कि उन्हें अंडमान के काला पानी की सज़ा मिलेगी। वो इससे बच कर देश से कहीं भाग जाना चाहते थे। ये लोग शाहाबाद, पटना, गया और गाजीपुर के एजेण्ट डिपो ख़ुद ही चल कर पहुँचे कि इन्हें कहीं देश से भगा दिया जाये।

इनके अतिरिक्त भी कई युवा नौकरी की तलाश में गाँव से बड़े शहरों की ओर निकलते जिसे 'नाका' कहा जाता। कानपुर, दिल्ली और लखनऊ बड़े नाका था, जहाँ से भर्ती करना आसान होता। इलाहाबाद, फ़ैज़ाबाद और बनारस में कई तीर्थयात्री होते, जहाँ अरकाटी अपना जाल बिछाते। मथुरा से कई महिलाएँ भर्ती होतीं, जो तीर्थयात्रा के लिए आतीं और अरकाटियों के जाल में फँस जातीं। सोनपुर के पशु मेले से भी गिरमिटिया उठाना आसान था। अरकाटी तरह–तरह के भेष में पूछते घूमते–"नौकरी लोगे?"। जैसे ही किसी ने रुचि दिखायी, फाँस लेते।[25]

एक और उल्लेख मिलता है मैनपुरी इलाके का। यहाँ उस वक़्त बंगाल से चैतन्य महाप्रभु की अनुयायी वैष्णव बाल विधवाएं वृन्दावन के रास्ते में आती थीं। यह वो वक़्त भी था जब एक तान्त्रिक वैष्णव सहजिया समुदाय

पल–बढ़ रहा था। यह विधवाओं को यौन–सम्बन्ध से ईश्वर की प्राप्ति का मार्ग बताते थे। यह नारी–शोषण का अजीबोग़रीब रूप था, जिसमें विधवाओं के साथ यौन–सम्बन्ध स्थापित किये जाते और उसे आध्यात्मिक बताया जाता। इस तरह के शोषण भी एक वजह थी कि इन इलाकों से कई महिलाएँ भर्ती हुईं।[26]

ब्रिटिश शासनकाल के उस दौर में कलकत्ता में वेश्यावृत्ति भी बढ़ रही थी। सिर्फ़ 1853 ई. से 1867 ई. के मध्य इनका प्रतिशत 3 प्रतिशत से बढ़ कर 7 प्रतिशत हो गया था। उनको बाकायदा 'गुप्त–रोग मुक्त' का सर्टिफ़िकेट मिलता, और उनकी तीन श्रेणियाँ बनायी जातीं। एक अंग्रेज़ फ़ौजियों के लिए, एक अंग्रेज़ ऑफ़िसरों के लिए और एक भारतीय सिपाहियों के लिए। इन पर जब 'संक्रामक रोग ऐक्ट' लागू हुआ, और तमाम क़ायदे–क़ानून बने तो वो कलकत्ता से भागने लगीं। ज़बरदस्ती उनके गुप्तांगों की मेडिकल जाँच की जाती, जिसे उस वक़्त आलोचकों ने 'यान्त्रिक बलात्कार' तक कहा। पर क्या वह गिरमिटिया बनकर सात समन्दर पार गयीं? यह तो स्पष्ट ही है कि वेश्याएँ आत्मनिर्भर थीं, और उनको ले जाने के लिए बस उनकी सहमति काफ़ी थी। सम्भव है कि बागान मालिकों के मना करने के बावजूद महिलाओं का कोटा पूरा करने के लिए वेश्याओं की भर्ती की जाती।[27]

अरकाटी एजेण्टों को हर पुरुष पर 45 रुपये और हर महिला पर 55 रुपये मिलते। अरकाटी भी जी–जान लगा देते, पर अब गाँवों में डर फैल रहा था। लोकगीतों में अरकाटियों की निन्दा होने लगी, लोग सावधान किये जाने लगे। ख़ासकर फिजी से कुन्ती नामक एक महिला की चिट्ठी जब आयी तो मातम पसर गया। उसने लिखा कि फिजी के खेतों के सरदार ने ज़बरदस्ती की, और वो उनसे भागकर नदी में कूद गयी। यह चिट्ठी 10 दिसम्बर, 1913 ई. को भारत में प्रेस रिलीज़ हुई। (परिशिष्ट–2)

एक लोकगीत जो उस समय बना वो काफ़ी लोकप्रिय हुआ–

"सतियों का धरम डिगाने को जब,
अन्यायियों ने कमर कसी,
जल अगम में कुन्ती कूद पड़ी।
इस पतन का कुछ तो जतन करो।

पार भी मझधार नहीं,
हर कुन्ती का जीवन सफल रहे।
बिन धरम धारण किये,
सुख–शान्ति का समाचार नहीं।[28]

चिट्ठी के बाद माहौल बदल गया। गाँव वाले पहरा देते और गर कोई अरकाटी पकड़ा जाता, उसे दण्ड देते। कुछ गाँवों में यह भी अफ़वाह फैल गयी कि गिरमिटिया को ज़मीन के अन्दर उल्टा घुसा कर तेल निकलवाते हैं, जैसे ग्रियर्सन को गाँव वालों ने कहा कि 'मिमियाइ का तेल' निकालते हैं[29]। इस 'मिमियाइ के तेल' का एक चीनी गिरमिटिया ने कार्टून भी बनाया। यह भी ख़बर थी कि कुली को ज़बरदस्ती गोमांस और सूअर का मांस खिलाते हैं, और ईसाई बना देते हैं। यह बातें बढ़ा–चढ़ा कर ज़रूर कही गयीं, पर पूर्णतया मिथ्या भी नहीं थीं। इनसे भय पसरा और अरकाटियों का गाँव में घुसना वर्जित हो गया। आर्यसमाजी संन्यासी स्वामी सत्यदेव ने भी बिहार के मुज़फ़्फ़रपुर और दरभंगा में भाषण देकर इन गिरमिटिया एजेण्टों से बचने को कहा। पुरुषोत्तम दास जी ने पुस्तिकाएँ बँटवा कर लोगों को सचेत किया।

अब अरकाटी गाँव में नहीं फटकते, बल्कि छोटे शहरों में जाल बिछाते जब कोई ग्रामीण मेले या मन्दिर आता। अरकाटी अलग–अलग भेष में घूमते। कोई साधु बन जाता तो कोई सरकारी ऑफ़िसर। वो मृदुभाषी होते। मार्केटिंग गुरु। पुलिस और सरकारी अधिकारी भी उनकी जेब में होते। यह सम्भव है कि वो उन्हें रिश्वत खिलाते होंगे।

उदाहरण के लिए इस सन्दर्भ पर गौर करें। एक बार अंग्रेज़ रेवरेण्ड (पादरी) इवान्स का मोची गंगा उनके पास गिड़गिड़ाता हुआ आया कि जमादार बलदेव ने उसकी चाची को दस और औरतों के साथ खुरादाबाद में बाँध रखा है। यह कहकर कि मिरीच देस (मॉरीशस) ले जायेगा। जब पादरी छुड़ानें पहुँचे तो बलदेव ने भड़ककर कहा कि वो 'बड़ा साहब' से शिकायत कर देगा। बलदेव के पास रिक्रूटमेण्ट करने का लाइसेंस था, और पहुँच अच्छी थी। पादरियों की क्या औक़ात? हालाँकि आख़िर बलदेव मान गया। लेकिन यह भी साफ़ हो गया कि यह धन्धा सिस्टम में ऊपर से नियन्त्रित था, और छोटे अंग्रेज़ ऑफ़िसरों के भी हाथ बँधे थे।[30]

इस पूरी योजना की संरचना समझनी भी ज़रूरी है। कलकत्ता और

मद्रास में 'प्रोटेक्टर ऑफ़ इमिग्रेंट' बैठते, जो इस पूरे धन्धे में सर्वोच्च संस्था थी। उनसे नीचे होते अलग–अलग उपनिवेशों/द्वीपों के 'इमिग्रेशन एजेण्ट'। और उनके नीचे की ज़मीनी सत्ता सँभालते हर ज़िले के 'डिस्ट्रिक्ट मजिस्ट्रेट'। पर सबसे महत्त्वपूर्ण कड़ी थे अरकाटी।

अरकाटी एजेण्ट गिरमिटियों को फँसा कर सब–डिपो (रिक्रूटमेण्ट ऑफ़िस) लाते, जहाँ लाइसेंसधारी एजेण्ट होते जो मजिस्ट्रेट को रिपोर्ट करते। यह सब कुछ संगठित था, और ब्रिटिश क़ानून (इण्डियन ऐक्ट 13, 1864 ई.) से संरक्षित था। इसलिए इस धन्धे में कोई कमी नहीं नज़र आती। यह एक सरकारी नीति थी, जिसमें विश्वास स्वाभाविक था। लाइसेंस एजेण्ट बनने में हालाँकि ख़ास मेहनत नहीं थी। इसमें दस रुपये का शुल्क लगता और मजिस्ट्रेट से अनुमति लेनी होती। यह लाइसेंसधारी कुकुरमुत्ते की तरह बढ़ रहे थे, और कई धाँधलियाँ हो रही थीं।

लाइसेंस कलकत्ता या मद्रास में बैठे 'प्रोटेक्टर ऑफ़ इमिग्रेशन' से मिलता। लाइसेंसधारी अक्सर नियम तोड़ते। 1898 ई. में 27 एजेण्टों के लाइसेंस रद्द हुए, जिसमें एक पर बलात्कार और हत्या का भी आरोप था। कुछ एजेण्ट नेपाली मज़दूर पकड़ लाये थे, जो ग़ैर–क़ानूनी था। बाक़ी छिट–पुट धोखाधड़ी के मामले थे।[31]

रिक्रूटमेण्ट ऑफ़िस (सब–डिपो) पहुँचते ही गिरमिटियों को एक तरह से बन्दी बना लिया जाता। यहाँ आकर जब उन्हें सच पता लगता तो वो वापस जाना चाहते। गाजीपुर के एक मजिस्ट्रेट के अनुसार अरकाटी एजेण्ट कहते कि, "ठीक है! जाना है तो जाओ! पर मुझे जो ख़र्च लगा है, वो वसूलने के लिए तुम्हें अपने सारे पैसे, लोटा और दुपट्टा सब छोड़ जाना होगा।"[32] अब कौन ऐसे नंग–धड़ंग निर्धन मीलों दूर वापस लौटना चाहेगा? वो बेचारे वहीं रुक जाते।

कई झगड़े भी होते। जैसे ब्राह्मण दलित के साथ नहीं खाना चाहते, उन्हें ज़बरदस्ती खिलाया जाता। ब्राह्मण इसलिए भी गिरमिटिया तौर पर कम लिए जाते, पर जो फँस गये उन्हें छोड़ा भी नहीं जाता। इन जातियों की पहचान छुपाने का ज़िम्मा भी अरकाटी लोगों का था। उन्हें कमीशन के पैसे चाहिए थे और ग़रीब ब्राह्मणों को नौकरी। वो जनेऊ उतार फेंकते, और गुनगुने पानी में नमक डाल कर उसमें घण्टों हाथ रखवाते कि वो

खुरदरे हो सकें। यह प्रतीत हो कि वो ब्राह्मण के कोमल हाथ नहीं, बल्कि मेहनतिया मज़दूरों के हाथ हैं। सरकार और एजेंसियों के मना करने के बावजूद छुप–छुपाकर वो फिजी और अन्य देश पहुँच ही गये।

औरतों की क़ीमत ज़्यादा होती। उनमें कई कुँवारी, तो कई ब्याहता होतीं। कुछ रिक्रूटमेण्ट ऑफ़िस पहुँच गिड़गिड़ातीं। वापस जाने की भीख माँगतीं। पर उन्हें ये भी डर होता कि वापस गाँव गयीं तो गाँव वाले कुलक्षिणी करार कर गाँव से बाहर कर देंगे। यही बात उन्हें समझाने के लिए कई महिला अरकाटी भी होतीं। कुछ महिलाएँ जानबूझ कर भी घर से भागीं, ख़ासकर प्रताड़ित विवाहित महिलाएँ। ध्यान रहे कि उस वक़्त कम उम्र में विवाह हो जाता, और जब उन्हें थोड़ी समझ आती, तो कुछ महिलाएँ स्वच्छन्द जीवन के रास्ते भी तलाशतीं। ऐसी महिलाओं पर अरकाटी एजेण्टों की अच्छी पकड़ थी।

पर स्त्रियों की इस भागने की इच्छा तक अरकाटी कैसे पहुँचे, यह कहना कठिन है। मेरा अनुमान है कि उनके महिला गुप्तचर ज़रूर होंगे, जो ख़बर देते होंगे, और चुपके–से उनकी मीटिंग मन्दिर वग़ैरह में करवाते होंगे। औरतें जब कुएँ पर पानी भरने आतीं तो कोई गुप्तचर महिला उनकी बातें सुनती और ख़बर एजेण्टों तक पहुँचाती।[33] ऐसा नहीं कि भारत में महिलाएँ खेतों में काम नहीं करती थीं, फ़र्क़ यह था कि टापू पर उनकी मेहनत की कमाई सीधे उनके हाथों में आती। यह स्वतन्त्रता का भाव हर नारी को आकर्षित करता, ख़ासकर विधवाओं को।

एक और बात जो नज़र आती है, वो यह कि पुरुषों में निचली जाति और महिलाओं में उच्च जाति के लोग अधिक थे। उदाहरणस्वरूप 1898 ई. में दो–तिहाई उच्च जाति के गिरमिटिया, महिलाएँ थीं।[34] इसकी क्या वजह हो सकती है? क्या ब्राह्मण और क्षत्रिय महिलाओं की हालत अधिक दयनीय थी? ख़ासकर विधवाओं की? क्या यह सम्भव है कि उनकी हालत पति की मृत्यु के बाद बदतर हो जाती और जिन कामों की उनको आदत नहीं थी, वो करने पड़ते? निचली जाति की महिलाओं के जीवन में सम्भवतः पति की मृत्यु के बाद भी ख़ास अन्तर न आता हो?

विधवाओं की कई कहानियाँ हैं। एक विधवा जब फ़ौजी पति के मरने के बाद अकेली पड़ गयी, तो भीख माँगने पहुँची। वहाँ एक अरकाटी ने पूछा कि इतनी उच्च जाति की होकर तुम्हारी यह नौबत कैसे आयी?

उसने अपनी विपदाएँ सुनायीं, तो उसने कुछ अंजीर उन्हें उनके बेटे के लिए लाकर दिये। और वो उसके साथ उसी वक़्त टेबल पर हस्ताक्षर करने निकल गयीं। 1905 ई. में वो महिला अपने बेटे के साथ गयाना के लिए चल पड़ीं। अब हालात की कल्पना की जा सकती है, जब महज़ कुछ अंजीर के लिए लोग इतने बड़े सफ़र पर मज़दूरी के लिए जाने को तैयार थे। यह ग़रीबी और लाचारी की इन्तहा थी।[35]

यह चर्चा मैं कर चुका हूँ कि महिलाओं का एक बड़ा स्रोत कलकत्ता और मुज़फ़्फ़रपुर की वेश्याएँ भी थीं।[36] वेश्याओं से जहाज़ भरना सबसे आसान था क्योंकि वो कई मामलों में स्वतन्त्र महिलाएँ होतीं। हालाँकि किसी भी द्वीप के एजेण्ट वेश्याओं के सख़्त ख़िलाफ़ थे, पर अरकाटी आख़िर महिला कोटा पूरा करने के लिए पकड़ ही लाते।

कलकत्ता का डिपो और जाति का त्याग

मैं जातियों के बीच शुरुआती तनाव की बात कर रहा था। कुछ दिनों में जाति का भ्रम टूट जाता और सारी जातियाँ साथ गातीं, नाचतीं और 'गटका'* खेलतीं। पर यह जातियों का भेद कैसे ख़त्म हुआ, इसकी प्रक्रिया समझना आज के परिवेश में उपयोगी सिद्ध हो सकता है। जो काम हम दशकों में नहीं कर पाये, वो महज़ कुछ दिनों में कैसे सम्भव हो गया? उस ज़माने के रूढ़िवादी भारतीयों के जातीय भेदभाव इतनी आसानी से कैसे मिट गये? इसे हर स्तर पर समझना होगा। दरअसल यह बड़े स्वाभाविक तौर पर ही हुआ।

यह बात तो स्पष्ट है कि बाग़ान–मालिक गन्ने की खेती के लिए मज़दूर चाहते थे, पर जब बहाली होती तो यह अनुभव नहीं देखा जाता। यह एजेण्टों की चालाकी थी कि गिनती पूरी करने के लिए कौशल नहीं देखते। कोई चमार हो, अहीर हो, माली हो, दर्जी हो, या पुजारी ही क्यों न हो, सब भर्ती होते। ऐसे भी लोग जिन्होंनें खेत में कभी काम न किया हो। तो एक तरह से ये पैदाइशी रूप से 'कुली' नहीं होते, नये सिरे से कुली बनाये जाते।[37]

जहाँ ब्राह्मण दलितों के साथ खाना नहीं चाहते, वहीं दलित भी ख़ूब

---

* गटका–एक तरह की शस्त्र कला (मार्शल आर्ट)

झिझकते। दलितों को बचपन से सवर्णों का आदर ही सिखाया गया था। वो ख़ुद ही दूर नीचे बैठ जाते। उन्हें ब्राह्मणों के साथ भोजन करना पाप लगता। वो समझते कि गर जाति–प्रथा तोड़ दी या ब्राह्मण ने श्रापित कर दिया, तो मुक्ति नहीं मिलेगी। अब अंग्रेज़ों के लिए यह मसला सुलझाना कठिन था। पर समय के साथ दोनों पक्ष ख़ुद ही कमज़ोर पड़ जाते। उन्हें यह अन्दाज़ा हो गया, कि इस गुलामी में मिलकर एक–दूसरे का साथ देकर ही रहना होगा। जाति की बेड़ियाँ टूटती जातीं, और इस सामूहिक गुलामी में एक भाईचारा हो जाता।

इस गुलामी से भागने के अवसर बहुत कम थे। हालाँकि, कुछ लोग जिनके पास पैसे होते, वो अपनी आज़ादी वापस ख़रीद भी लेते और कलकत्ता से वापस लौट जाते। अक्सर उन्हें इतने दिनों का रहने–खाने का ख़र्च लौटाना होता। पर इसका प्रतिशत बहुत कम था। जिसके पास इतना धन होगा, वह मज़दूरी करने सुदूर द्वीप क्यों जायेगा?

जब सब हार मान जाते, तो उन्हें मजिस्ट्रेट के पास ले जाया जाता। अब तक वो अपनी अस्मिता खो चुके होते। उनमें रत्ती भर विरोध करने की क्षमता नहीं बचती। वो मान लेते कि यही नियति है। अरकाटी उन्हें सिखा देते कि मजिस्ट्रेट के हर सवाल का जवाब 'हाँ' कहना। उन्हें एक फॉर्म मिलता, जिस पर नाम, पिता का नाम, पता, उम्र, डिपो का नाम, वेतन, और कॉन्ट्रैक्ट की प्रस्तावित अवधि लिखी होती। उन्हें पंक्तिबद्ध मजिस्ट्रेट के सामने खड़ा किया जाता। वो 'हाँ' कहते और ऐग्रीमेण्ट पर बिना समझे–बूझे अँगूठा लगाते, आगे बढ़ते। कभी–कभार मजिस्ट्रेट को शंका होती, तो उनकी अर्जी रद्द भी होती। पर ऐसे अवसर कम ही होते।

उसके बाद उन्हें ट्रेन से कलकत्ता ले जाया जाता, जहाँ उन्हें '15, रीच रोड' वाली बिल्डिंग में रखा जाता। हालाँकि रीच रोड वाला डिपो डेमेरारा (गयाना) के लिए था। मॉरीशस डिपो भवानीपुर में। अन्य द्वीपों के डिपो चितपुर और बालीगंज में थे।[38] यह डिपो बड़ी चहारदीवारी से घिरे होते, जिसे लाँघ कर भागना कठिन था। डिपो के अन्दर ही ऑफ़िसर, डॉक्टर सब होते। डिपो इतने बड़े थे कि एक समय में दो जहाज़ के बराबर मज़दूर एक डिपो में रखे जा सकते थे। यहाँ कई शहरों, कई राज्यों के लोग होते और सभी मज़दूर हक्के–बक्के नज़र आते। वो अब तक समझ

नहीं पाये थे कि यह कैसी प्रक्रिया है? इसका अन्त कैसा होगा? वो बस भेड़–बकरियों की तरह एक दिन जहाज़ पर सवार हो जाते।

मैंने इस डिपो के इतिहास को ढूँढ़ा तो कुछ रोचक बातें पता लगीं, जो भारत के स्वर्ण–युग से गुलामी तक की दास्ताँ कहती हैं। गार्डन रीच (रीच रोड), कलकत्ता वाली डिपो में कभी शानोशौक़त होती थी। हुगली के किनारे महल और तमाम इमारतें, अवध के नवाब ने बनवाये थे। अंग्रेज़ों से पराजय के बाद नवाब जब सत्ता और मुख्य महल से निकाले गये, तो यहीं आकर दरबार लगाते। उनकी मृत्यु के बाद उनका यह महल भी तोड़ दिया गया और बाक़ी के मकान क़र्ज़ चुकाने के लिए बेच दिये गये। यही जगह बाद में गिरमिटिया डिपो बनी, और यहीं इनका मुख्यालय भी बना। बाद में यहाँ मुख्यतः ब्रिटिश गयाना के गिरमिटिया ही रखे जाते।

जहाँ कभी राजा का 'भालू उद्यान' था, वहाँ बीमार गिरमिटियों को रखा जाता कि बीमारी पसरने न पाये। बड़ी–बड़ी दीवारों के किनारे जंगल उग आये थे, जहाँ साँप बसते थे। इन इमारतों की शानोशौक़त ख़त्म हो गयी थी, और नवाबों का हिन्दुस्तान अब गिरमिटियों का हिन्दुस्तान बन गया था।[39]

कलकत्ता आकर इन सबको पहले नहलाया जाता, नये यूनीफॉर्म दिये जाते। हुगली नदी में स्नान। हुगली का यह सामूहिक स्नान इसलिए भी महत्त्वपूर्ण था, क्योंकि यहाँ जाति–भेद पानी में बहा दिया जाता। ब्राह्मण अपने जनेऊ प्रवाहित कर देते, और सब साथ नहाते। जनेऊ इसलिए भी प्रवाहित करना ज़रूरी था क्योंकि बाग़ान–मालिकों को ब्राह्मण मज़दूर पसन्द नहीं थे। वह उनकी नज़र में कमज़ोर होते और काम कम कर पाते। यहीं वो अपना जाति–धर्म सदा के लिए प्रवाहित कर देते।

डिपो में मज़दूरों का श्रृंगार भी होता कि उनकी अच्छी क़ीमत मिले। बाल वग़ैरह बनाये जाते। इन्हें जब विलायती साबुन नहाने के लिए दिया गया, इनमें से कुछ इसे मिठाई समझ कर खा गये। अज्ञान और ग़रीबी का अन्दाज़ा इसी बात से लगाया जा सकता है कि लोगों ने साबुन कभी देखा ही नहीं था [40]। नहाने और कपड़े पहनने के बाद गिरमिटिया एक भेष में एक से नज़र आते। वेस्टइण्डीज जाने वालों को गरम कपड़े मिलते क्योंकि जब जहाज़ अफ्रीका के नीचे से गुज़रता तो ठण्ड लगती। जहाज़ी

सफ़र में अफ्रीका के दक्षिण का इलाका 'पागल समुन्दर' कहा जाता, जहाँ अचानक तूफ़ानी ठण्डी हवाएँ चलने लगतीं। पुरुषों को ऊनी पतलून या धोती, लाल ऊनी टोपी और जैकेट। महिलाओं को साड़ी, दो सूती जैकेट, ऊनी पेटीकोट और पायजामा। [41]

एक लोकगीत जो उस समय था, उसके शब्द कुछ इस तरह होंगे,[42]

"जब हम पहुँचे कलकतवा, बढ़ गइल दुख हमार,
जब लेल हमार कपड़ा सुन्नर उतार,
माला आउर जनेऊ उतार,
बंगाली चिथड़ा पहनावल,
साधुअन के दढ़िया बनावल।
का साधु, डोम, चमार, आउर भंगी,
सभके ठूँस देल एकहि कमरा में संगी।"

(अंग्रेज़ी स्रोत से पुनः अनुवादित)

इनको एक लोटा, टिन की थाली और पीने का गिलास भी मिलता। शुरुआती दिनों में इन्हें पैसे दिये जाते कि बाज़ार से भोजन ख़रीद लायें, पर बाद में यह प्रथा ख़त्म कर दी गयी। इसका कारण था कि कुछ गिरमिटिया भोजन कम ख़रीदते और पैसे बचा लेते, और कुछ बाज़ार से कभी लौटते ही नहीं। इसलिए, बाद में डिपो के पास के किराना दुकान से कॉन्ट्रैक्ट किया गया जो डिपो में राशन पहुँचा जाते।

डिपो के भोजन में इन्हें अक्सर चार चपाती, इमली की चटनी, और चीनी या गुड़ दिया जाता। पान, तम्बाकू की भी व्यवस्था होती। जहाज़ पर चढ़ने से पहले महाभोज होता, जिसमें भरपेट खिलाया जाता। बलि के बकरे जैसा?

कलकत्ता के डिपो पर स्वास्थ्य जाँच भी होती। पहले एक भारतीय डॉक्टर और नर्स के द्वारा, और फिर अंग्रेज़ सर्जन–जनरल द्वारा। हालाँकि यह जाँच खानापूर्ति ही थी। अमूमन अगर कोई शारीरिक विकलांग न हो तो 'फिट' घोषित कर दिया जाता। पुरुषों की यौन–जाँच भी होती, और अगर गुप्तरोग का शक़ हो तो नहीं भेजा जाता। गनीमत थी कि महिलाओं की यौन जाँच नहीं होती। दरअसल इतनी बड़ी संख्या की जाँच के लिए व्यवस्था कम थी, तो बस सतही तौर पर काग़ज़ी कार्रवाई कर दी जाती।[43]

यहीं उनको 'स्मॉलपॉक्स' (बड़ी माता) का टीका भी लगाया जाता, जो उन दिनों भारत में आम था।

चले जहाज़ी

हर गिरमिटिया जब जहाज़ पर चढ़ता तो उसके गले में क़ैदियों की तरह एक नम्बर–प्लेट टँगा होता, जिसे 'टिन–टिकट' कहा जाता। यह पूरे सफ़र में गले में लटका रहता। यही नम्बर उनकी पहचान होगी।

जहाज़ पर चढ़ने के समय कई अलग–अलग भाव होते। कुछ उदास होते, कुछ भावहीन होते और कुछ प्रसन्न। कई लोग अन्तिम समय में भी भागने के रास्ते ढूँढ़ते, पर यहाँ महिलाओं का व्यवहार ग़ौरतलब है।

महिलाएँ सम्भवतः भारत में भी त्रस्त थीं या यूँ कहिए स्वतन्त्र नहीं थीं। यह जहाज़ इनको नयी उड़ान देने वाला था। फिर भी, देश छोड़ने का दर्द तो था ही। एक बीमार महिला जहाज़ पर चढ़ने से पहले मना करती है कि वह जहाज़ पर मर जायेगी। फिर भी उसे ज़बरदस्ती चढ़ा दिया ग्रया। महिलाओं की क़ीमत अच्छी थी, तो उन्हें कोई खोना नहीं चाहता था। पर उस महिला की भविष्यवाणी सच निकली कि वो मर जायेगी। उसने जहाज़ से कूद कर आत्महत्या कर ली। वहीं दूसरी तरफ़ एक मुनिया नाम की विधवा महिला का ज़िक्र आता है, जिसे गुप्त रोग के शक़ पर कलकत्ता में रोक लिया गया था। पर मुनिया किसी और का पास और टिकट चुराकर जहाज़ पर चढ़ गयी। बाद में उसकी चोरी पकड़ी गयी, तो उसने कहा कि उसकी बहन रामदैया जहाज़ पर है और उसका साथ जाना ज़रूरी है। उसके दृढ़ संकल्प को देखकर उसे जाने दिया गया। मुनिया सम्भवतः उन महिलाओं में से थी जो किसी भी हाल में भारत से मुक्ति चाहती थी।[44]

जहाज़ों की संरचना अलग–अलग थी। पर आमतौर पर सभी कम से कम दोमहले जहाज़ थे। ऊपर की मंज़िल में अधिकारी वग़ैरह। निचली मंज़िल में गिरमिटिया। नीचे का हिस्सा पानी के अन्दर होता, इसलिए हवा की आवाजाही अच्छी नहीं थी। हर गिरमिटिया को 6 x 6 x 1.5 (कुछ जहाज़ों में 6 x 6 x 2) फ़ीट की जगह मिलती, रहने–सोने के लिए। समय के साथ जहाज़ के इंजनों में काफ़ी आधुनिकता आयी, जगह भी

बढ़ायी गयी और सफ़र भी बेहतर होता गया।[45]

जब जहाज़ चलता और ये हिन्दुस्तान की धरती छूटते देखते, कुछ पानी में छलाँग लगाकर जान भी दे देते। 1882 ई. में चले 'पूना 1' जहाज़ से 15 लोगों ने कूदकर आत्महत्या की। शुरू में तो उन्हें मरने दिया गया पर बाद में ब्रिटिश सरकार की डोंगी कुछ दूर साथ जाने लगी, जो इन्हें बचाने की कोशिश करती।[46]

फिजी के जहाज़ पर एक बिदेसिया गीत लोकप्रिय था–[47]

"पाल के जहजवा में रोई–धोई बैठइ हो,
कैसी हो काला पानी पार रे बिदेसिया,
जियरा डराये घाट क्यूँ नहीं आये हो,
बीते दिन कई भये मास रे बिदेसिया;
आयी घाट देखी फिज़ीया के टपूआ हो,
भया मन उदास रे बिदेसिया।"

जहाज़ पर फिर से जाति वाला मुद्दा न उठे, इसलिए सवर्णों को अक्सर भण्डारी या खानसामे का काम मिलता। दलित सवर्णों का बनाया भोजन भगवान का प्रसाद समझकर खाते। जहाज़ पर कार्यों का एक ज़िक्र तोताराम सानिढ्य अपनी किताब में करते हैं। वहाँ इन गिरमिटियों को कार्य चुनने को कहा गया। कई लोगों ने 'टोपस' की लिस्ट में अपना नाम लिखवा लिया। उन्हें 'टोपस' का अर्थ पता नहीं था, सोचा कुछ आसान–सा कार्य होगा। यह कार्य शौचालयों का मल ढोने का था, और जब लोगों ने आनाकानी की, उनसे ज़बरदस्ती मल ढुलवाया गया।[48]

जहाज़ पर ही सबके 'स्किल' (कौशल) की नुमाइश शुरू होती। जो नेता दिखते, उन्हें सरदार बनाया जाता। ये ख़ासकर वो लोग भी थे जो सचमुच भागकर आये थे, अपनी मर्ज़ी से। ये ख़ुश थे, और इसलिए अंग्रेज़ों की चापलूसी भी करते।

सवर्ण और दलित का भेद कभी–कभार जहाज़ पर नज़र आ ही जाता। 1887 ई. के फॉयल जहाज़ में पोदरथ सिंह के नेतृत्व में कुछ क्षत्रियों ने बस इसलिए जहाज़ से कूद कर अपनी जान दे दी, क्योंकि उन्हें किसी दलित ने छू दिया था।[49] कई मुस्लिमों को इस बात से आपत्ति थी कि हिन्दू खानसामा खाना बनाये। 1891 ई. में जमैका जा रहे जहाज़ 'जुरा'

पर बीस मुस्लिमों ने भेड़ का मांस फेंक दिया क्योंकि वह हिन्दू ने बनाया था। उन्हें हलाल मांस ही चाहिए था, जो हिन्दू नहीं बनाते।[50] जाति–भेद नहीं था, किन्तु लिंग–भेद था। पुरुष–महिला की अलग खाने की पंक्तियाँ और अलग सोने का इन्तज़ाम होता।

जहाज़ पर भोजन के सम्बन्ध में मशहूर भाषाविद् और प्रशासनिक अधिकारी जॉर्ज ग्रियर्सन ने लिखा–[51]

''जहाज़ पर व्यक्ति कुछ भी खा सकता है। यह जहाज़ जगन्नाथ के मन्दिर की तरह है, जहाँ कोई भेदभाव नहीं।''

आपत्ति तो इस बात पर भी थी, कि कोई किसी जात–धर्म का हो, सबके मुँह में एक ही थर्मामीटर डाला जाता। उस समय के हिन्दुस्तान के लिए यह बड़ी बात थी। ख़ासकर एक मुसलमान के मुँह में लगा थर्मामीटर ब्राह्मण लगाने को राज़ी नहीं थे। पर उनकी सुनता कौन था? थर्मामीटर ठूँस दिया जाता। हालाँकि कुछ ब्राह्मण अपने नियम बचा कर रखने में भी सक्षम हुए। जनेऊ पहनते, लम्बा टीका करते, कण्ठी माला पहनते। पर औसतन इस गिरमिटिया जहाज़ पर छुआछूत धीरे–धीरे जाता रहा।[52]

नाश्ते में बिस्कुट और चाय मिलती, पर कई गिरमिटिया बिस्कुट नहीं खा पाते। कइयों ने कभी खाया नहीं था, कइयों के लिए वो सख़्त थे। यह बिस्कुट अंग्रेज़ों का 'डॉग बिस्कुट' था यानी कुत्तों का आहार। सभी गिरमिटियों का पानी का कोटा भी बँधा था। दो बोतल पानी रोज़, उससे एक बूँद भी ज़्यादा नहीं।[53] भोजन में चावल, करी, और सूखी मछलियाँ या टीनबन्द मास होता। कई उत्तर भारतीय सूखा या टीनबन्द मांस नहीं खा पाते। उनके लिए आलू की सब्ज़ी बनती। दक्षिण भारतीय अमूमन सब कुछ आराम से खाते। बाद में जहाज़ पर कुछ ज़िन्दा भेड़ भी रखे जाने लगे कि ताज़ा मांस उपलब्ध हो सके।

भोजन के लिए बाद में अलग–अलग प्रान्तों के हिसाब से कुछ मूलभूत व्यवस्था की गयी। ख़ासकर भोजपुरी बेल्ट के लोगों के लिए चूड़ा, चना और गुड़। सत्तू भी उपलब्ध कराया गया। तम्बाकू–खैनी की व्यवस्था का भी ज़िक्र आता है। हफ़्ते में एक दिन बकरे का मास भी दिया जाता। गर्भवती और दूध पिलाती महिलाओं को एक गिलास दूध रोज़ दिया जाता। बाद में इसके साथ सूजी भी दिया जाने लगा। भोजपुरी बेल्ट के लोग चपाती

पर भी ज़ोर देते। अक्सर उन्हें चावल/भात पसन्द नहीं था। हालाँकि कुछ लोग घी–भात पसन्द करते, पर चपाती फिर भी मुख्य था। शाम को चूड़ा भून कर खाना भी जहाज़ पर लोकप्रिय था। कलकत्ता डिपो तक तो पान भी उपलब्ध था, पर जहाज़ पर पान रखना मुमकिन न था।[54]

जहाज़ का अपना 'रुटीन' था। 6 बजे सुबह जगना। 8 बजे नाश्ता। कुछ लोगों की सफ़ाई में 'रोटेशन' से ड्यूटी लगती। और बाक़ी को गाने, नाचने या खेलने में लगाया जाता। धीरे–धीरे सब अपने दुःख भूलने लगे। माहौल में रमने लगे। ये एक–दूसरे को 'जहाज़ी भाई' कहते। महिलाओं को 'जहाज़िन'। यह रिश्ता अब बरसों तक रहेगा। सदियों तक। ख़ून के रिश्ते से भी गहरा और पक्का।

कुछ अजीब कहानियों वाले लोग भी इन जहाज़ों पर चढ़ गये। 1891 ई. में 'एर्ना' जहाज़ पर एक युवती अपने एक नौकर के साथ चढ़ गयी जो कथित रूप से नेपाल के महाराजा की बेटी थी और दुनिया देखना चाहती थी।[55] हालाँकि बाद में तफ़्तीश पर इस बात की पुष्टि नहीं हो पायी। उसे अगले जहाज़ से वापस भारत भेज दिया गया। 1870 ई. के सूरीनाम के जहाज़ पर कुछ नाचनेवालियाँ चढ़ गयीं जो सूरीनाम के गाँव–गाँव घूम कर नाच करती थीं।

जहाज़ पर दण्ड भी विचित्र और सांकेतिक थे। जब दो लोग लड़ते तो उनको पीठ से पीठ लगाकर धोती से बाँध दिया जाता। कोई गाली देता तो उसे जीभ निकाल कर लम्बे समय के लिए खड़ा कर दिया जाता। कोई चोरी करता तो मुँह काला कर मुर्गा बनाकर दौड़ाया जाता, और बाक़ी लोगों को ज़ोर–ज़ोर से उन पर हँसने को कहा जाता। एक उम्र के बाद इस तरह की बेइज़्ज़ती सहनी कठिन होती है।[56] कई इस बेइज़्ज़ती के बाद कूद कर जान भी दे देते।

'एलेनशॉ' जहाज़ का एक उदाहरण लें कि किस तरह के दण्ड थे–[57]

1. एक अश्वेत ऑफ़िसर रॉबर्ट इप्सन ने कालू और खानसामे को लात–घूंसों से मारा।
2. आन्टू को चाबुक से मारा गया।
3. जुगेशर और उसकी पत्नी को रॉबर्ट इप्सन ने ख़ूब गालियाँ दीं।
4. जॉन स्मिथ ने पालुकधन को चाबुक से मारा।

5. ओ' ब्रायन ने छह पाउण्ड मटन का टिन एक गिरमिटिया महिला के ऊपर फेंक कर मारा।

6. विलियम क्लायेंट्सवर्थ ने बेहारी का अँगूठा ही काट दिया।

लम्बा सफ़र होता तो खाने का सामान भी कम पड़ जाता। कई सूख के काँटा हो गये। हड्डियाँ निकल आयीं। कई लोग जो खाते भी, वो जहाज़ के सफ़र में उल्टियाँ करते रहते। यह सफ़र दुर्गन्धित होता और उसी गन्ध में 'कुली' रहते। कुछ से न बर्दाश्त हुआ। रास्ते में ही साँस रुक गयी। जब लाश की बू साहबों तक पहुँची, समन्दर में फिंकवा दिया। ऐसे मौक़ों पर जहाज़ में अवसाद न फैले, इसके लिए अक्सर देवी शरण जी जैसे ब्राह्मण या मुंशी रहमान ख़ान जैसे पढ़े–लिखे लोग गीता और रामचरितमानस पढ़ कर सुनाने लगे।[58,59]

कुछ लोग इस पूरे सफ़र में अपनी मानसिकता खो देते। कुछ बिल्कुल ही मूक हो जाते, और कुछ हमेशा क्रोध में रहने लगते। चिड़चिड़े हो जाते। 1892 ई. के वोल्गा जहाज़ में एक महिला फुलझड़ी दिन–पर–दिन मानसिक रूप से विक्षिप्त और आक्रामक होने लगी, और गयाना पहुँचते–पहुँचते पागल घोषित कर दी गयी। आगे की ज़िन्दगी सम्भवतः पागलखाने में ही काटी। ऐसे ही 1875 ई. में रत्नी नामक औरत पागल हो गयी और अपने शिशु को गुस्से में आकर जहाज़ से समन्दर में फेंक दिया।[60]

जब जहाज़ पर यह आलम था तो बिदेस की धरती पर क्या होगा? कितने जी पायेंगे? कितने मर जायेंगे? कितने मर–मर कर जी पायेंगे?

हालाँकि कुछ इतिहासकारों का मानना है कि जहाज़ की परिस्थितियों को संघर्षपूर्ण समझना आज के परिवेश में एक आभिजात्य वर्ग के व्यक्ति के लिए ठीक है। पर यह ध्यान रखना चाहिए कि जहाज़ी उन्नीसवीं सदी के उस वर्ग के लोग थे जिनका जीवन देश में अधिक संघर्षपूर्ण और दयनीय था। यह सम्भव है कि उनके लिए जहाज़ का जीवन, भोजन, और व्यवस्था गर विलासपूर्ण नहीं तो सतोषप्रद ज़रूर होगी। वह एक स्वप्न सन्जोये यात्रा कर रहे थे, और यह कइयों के लिए सुखद भी हो सकता है।[61]

बल्कि अगर सुखद न होता तो लोग बारम्बार लौट कर क्यों जाते? बाद के वर्षों में कई लोग पूरे दस साल गिरमिटिया मज़दूरी कर भारत लौटे, पर भारत में उनके लिए कुछ न था। न ज़मीन, न सम्मान, न

जाति। समाज उनको वापस नहीं लेता। उनके परिवार वाले भी बहिष्कृत ही करते यह सोचते कि यह अब अपना हिस्सा माँगेगा। यह क्यों लौट आया? महिलाओं की स्थिति तो अधिक दयनीय थी। एक भागी हुई महिला को कौन अपनाता जो विदेश में मुँह काला कर आयी हो? मथुरा नामक एक महिला जब अपंग हो गयी तो उसे भारत वापस भेज दिया गया, पर एक ग़रीब अपंग महिला के लिए भारत में कोई जगह नहीं थी। वह 1893 ई. में वापस 'एल्बे' जहाज़ से लौट गयी। वह कैसे लौटी और अपंग की बाक़ी की ज़िन्दगी कैसे कटी, यह पता नहीं।[62]

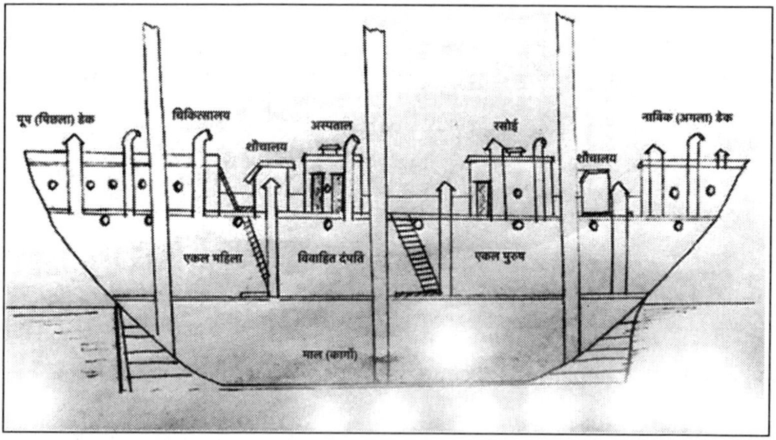

जहाज़ संरचना

जहाज़ पर एक और परम्परा जो बाद में होने लगी, वो थी जहाज़ी विवाह की। जहाज़ के कैप्टन यह चाहते कि जहाज़ पर ही जोड़े बन जायें और बागान–मालिक भी यही चाहते थे। वो पुरुषों को यह कहते कि टापू पर पहुँचने पर तुम्हारा खाना कौन बनायेगा, और महिलाओं को समझाते कि तुम्हारी रक्षा कौन करेगा? वहीं सभी अपना जोड़ा चुन लें। कैप्टन ही शादी की रस्म भी कर देते। ट्रिनिडाड के एक जहाज़ पर ऐसे कई जोड़े बनाये गये और विवाह करा दिये गये, हालाँकि जहाज़ के द्वीप पर पहुँचते ही कुछ महिलाओं ने अपने पति को पति मानने से इनकार कर दिया। यह तो तय था कि कुछ महिलाएँ उस समय भी अपनी स्वतन्त्रता चाहती थीं। बल्कि भारत से वह इन्हीं बन्धनों से मुक्ति के लिए तो भागी थीं।[63]

जहाज़ से उतार कर उन्हें एक अलग द्वीप पर रखा जाता। लगभग महीने भर। ताकि कोई बीमारी हो तो, वहीं ख़त्म हो जाये। उन्हें नहला–धुला कर आख़िर तैयार किया जाता, और एक ख़ास नम्बर की पट्टी लगाकर अर्धनग्न फ़ोटो खींचा जाता, जिसे देखकर तमाम बागान के मालिक मज़दूर चुन सकें। क़द–काठी से। शरीर की बनावट से। यहीं उनका एक बार पुनः पंजीकरण होता, और एक औपचारिक पक्का 'कॉन्ट्रैक्ट' तैयार होता। यह 'कॉन्ट्रैक्ट' भारत में बने 'कॉन्ट्रैक्ट' से अलग भी हो सकता था। स्थानीय क़ानून और ज़रूरतों के हिसाब से। यह सब साफ़ तौर पर उनके साथ धोखेबाज़ी थी, पर अशिक्षा की वजह से उन्हें यह फ़र्क़ समझ नहीं आता। वो तो बस अँगूठा लगा देते।

इन सबको एस्टेट (बागान) में 'कुली लाइन्स' में रखा जाता, जिसकी चर्चा मैं आगे भी करूँगा। पर इसमें एक बात जो कहनी ज़रूरी है, वो है भिन्न जाति और धर्म के लोगों को एक ही छोटे कमरे में रख देना। यह भी आम था कि ब्राह्मणों को अक्सर चमार के साथ रखा जाता।[64] शायद अंग्रेज़ यह चाहते थे कि जाति के सभी भेद इस द्वीप पर ख़त्म हो जायें। और ऐसी परिस्थितियों ने यह भेद सचमुच मिटा भी दिये।

द्वीप पर भोजन की व्यवस्था में भी हर जगह फ़र्क़ था। मॉरीशस की स्थिति सबसे अच्छी थी, जहाँ भोजन सामग्री मुफ़्त थी। ट्रिनिडाड में दो साल मुफ़्त था, तो ब्रिटिश गयाना में चार महीने। वेस्टइण्डीज के अधिकतर द्वीपों में भोजन नहीं मिलता, पर उसके बदले उन्हें अलग से पैसे मिल जाते। फिजी में प्रतिदिन 10 छटाँक आटा (750 ग्राम), दो छटाँक अरहर दाल और आधी छटाँक घी मिलता।[65] लेकिन, यह व्यवस्था बस पहले छह महीने थी।

वेतन भी अलग–अलग तरीक़ों से मिलता। मॉरीशस में महीने के अन्त में। जमैका और ब्रिटिश गयाना में हर हफ़्ते। सेंट लुइस और ट्रिनिडाड में हर पन्द्रह दिन पर।[66] इसी तरह अन्य शर्तों में भी फ़र्क़ था।

काम के घण्टे मॉरीशस में पूरे हफ़्ते नौ घण्टे थे और इतवार को दो घण्टे। वेस्टइण्डीज में भी नौ घण्टे का काम था, और इतवार को छुट्टी थी।

पर वेस्टइण्डीज में साल के 280 दिन ही कार्य करना होता। ब्रिटिश गयाना में सात घण्टे रोज़ का काम था और शनिवार–रविवार छुट्टी थी।

मॉरीशस में काम पर न आने से पैसे काट लिए जाते। तीन दिन लगातार न आने पर तीन महीने का कारावास। ट्रिनिडाड में काम पर न आने से एक हफ़्ते का कारावास। ब्रिटिश गयाना में पाँच दिन न आने पर दो महीने का कारावास था।

महिलाओं के जीवन पर बात करें तो उनकी माँग भी अधिक थी, और जीवन भी अधिक स्वतन्त्र। यौन–शोषण एक मुद्दा ज़रूर था, पर इसके लिए महिलाओं ने एक सुरक्षा–कवच तैयार किया था। वो जहाज़ पर या टापू पर अपना साथी चुन लेतीं। इसमें ख़ास परेशानी नहीं होती। यह प्रशासन की तरफ़ से भी व्यवस्थित था। कुछ पति के साथ ही आतीं। कुछ के पीछे कई पुरुष पड़े थे। कुछ स्वतन्त्र ही रहतीं, और अपनी मर्ज़ी से यौन–सम्बन्ध स्थापित करतीं। कुछ की उम्र अधिक थी, और वो बच्चों को पालने का काम करतीं। उन पर यौन–शोषण का संकट नहीं था।

महिलाएँ यह भी कोशिश करतीं कि उन्हें ऐसा साथी मिले, जो कई वर्षों से टापू पर हो, धन–सम्पत्ति या ओहदा हो। 1878 ई. के एक रिकॉर्ड के अनुसार जिन 32 महिलाओं ने बच्चों को जन्म दिया, उनमें 27 के पति उनसे पहले से वहाँ रह रहे थे और बेहतर हालात में थे।[67] कुछ पुरुषों के पास इतना धन भी था कि वो उन्हें आज़ाद करा लेते, हालाँकि ऐसे उदाहरण कम हैं। यह एक तरह से हिन्दुस्तान के विपरीत स्थिति थी। यहाँ उन्हें दहेज देना नहीं पड़ता, बल्कि उन्हें दहेज (धन) मिलता। इस कारण कुछ पिता अपनी बेटियों को ब्याह भी देते कि उन्हें धन मिले।

वापस लौटने के नियम भी अलग थे। मॉरीशस में वेतन का पाँचवाँ हिस्सा रख लिया जाता, और यही पैसे जोड़ कर उनकी वापसी की टिकट अन्त में दी जाती। गर वो नहीं लौटना चाहते, तो पैसे वापस कर दिये जाते। अमूमन मज़दूर वापस नहीं लौटते। पैसे रख लेते। वेस्टइण्डीज में टिकट तो दिया जाता, पर दस साल बाद।

जो वापस लौटे, उनकी हालत ख़ास अच्छी नहीं रही। एक गुलजारीलाल नामक कान्यकुब्ज ब्राह्मण का ज़िक्र आता है, जो भारत लौटे तो उनके भाई ने सारा धन ले लिया। गाँव वालों ने पंचायत बिठा कर

शुद्धीकरण के लिए तमाम ख़र्च और कई गाँवों में भोज का उपाय बताया। वह अब निर्धन थे, तो यह सब करवा न सके। उन्हें बहिष्कृत कर दिया गया। आख़िर उन्होंने फिजी के अपने मित्रों को चिट्ठी लिखी, जिन्होंने धन इकट्ठा कर 1914 ई. में उन्हें वापस फिजी बुला लिया।[68]

वापस जाना इसलिए भी कठिन था कि वापसी जहाज़ कम ही चलते। फिजी से जब भी चलते, राजधानी सुवा से विज्ञापन प्रसारित होता और कई भारतीय नम्बर लगाते। पर वहाँ भी धक्का–मुक्की होती और सभी नहीं जा पाते। एक वाक़या है कि एक व्यक्ति ने जहाज़ के पास किसी अंग्रेज़ के घर से नीबू तोड़ लिया क्योंकि बच्चा नीबू की ज़िद कर रहा था। अंग्रेज़ ने वहीं उसका टिकट रद्द कर दिया। एक नीबू की वजह से देश–वापसी नहीं हो सकी?[69]

इतने वक़्त इन टापुओं पर बिताने के बाद यूँ भी लोग कम ही वापस लौटते। गिरमिटिया अब इसी मिट्टी के होकर रह जाते। वो और उनकी आने वाली पीढ़ी हिन्दुस्तान में शायद ही कभी क़दम रखेगी। उनको एक पी.आई.ओ. कार्ड गाहे–बगाहे प्रवासी उत्सवों में पकड़ाया जाता है, पर इसकी भी पहुँच कितनी है? और क्या यह स्वयं को भारतीय कहलाना पसन्द करते हैं? या हम भारतीयों की ही क्या इनसे जुड़ने की इच्छा है?

अब एक–एक कर इनके तार ढूँढ़ने की कोशिश करता हूँ। देखें तो सही कि हिन्दुस्तान अनजाने में कहाँ–कहाँ पसर गया।

द ग्रेट इण्डियन डायस्पोरा!

कालक्रम

1728 ई.–पुडुचेरी से फ्रांस द्वारा कुछ गुलाम मॉरीशस गये।

1793 ई.–बंगाल में 'पर्मानेण्ट सेटलमेण्ट ऐक्ट' पास हुआ। इस एक्ट से ज़मींदारों/राजाओं को कर–वसूली का भार दिया गया।

1807 ई.–ब्रिटिश साम्राज्य में गुलामों की बिक्री और व्यापार पर क़ानूनी पाबन्दी।

1812 ई.–दक्षिण भारत में 'रैयतवारी' प्रथा लायी गयी जो बंगाल के 'पर्मानेण्ट

सेटलमेण्ट ऐक्ट' के समकक्ष कही जा सकती है।

1815 ई.–मॉरीशस के गवर्नर फरकूहर कुछ क़ैदियों को मॉरीशस लेकर आये।

1826 ई.–फ्रांस के द्वारा पुडुचेरी से मज़दूर 'रियूनियन द्वीप' ले जाये गये।

1833 ई. (23 अगस्त)–गुलामी प्रथा के अन्त का ऐक्ट लन्दन की संसद में पास हुआ।

1834 ई. (1 अगस्त)–ब्रिटिश साम्राज्य के गुलाम मुक्त कर दिये गये, पर कुछ साल 'एप्रेंटिस' बनाकर रखने की अनुमति दी गयी।

1834 ई. (2 नवम्बर)–'एटलस' जहाज़ पर बिहारी मज़दूर मॉरीशस लाये गये। यह तारीख़ मॉरीशस में 'आप्रवासी दिवस' के रूप में मनायी जाती है।

1838 ई.–ब्रिटिश राज में 'एप्रेंटिस' गुलाम भी मुक्त कर दिये गये। गयाना के लिए पहला जहाज़ 'व्हिटबी' रवाना हुआ।

1845 ई.–जमैका के लिए पहला जहाज़ 'मेडस्टोन', और ट्रिनिडाड के लिए पहला जहाज़ 'फतेल रज़ाक'।

1848 ई.–फ्रांस साम्राज्य में गुलामी प्रथा का अन्त।

1849 ई.–मॉरीशस में अध्यादेश लाकर गिरमिटिया कॉन्ट्रैक्ट तीन साल का कर दिया गया। पहले यह मात्र एक वर्ष का था।

1853 ई.–भारत में पहली रेल चली, और उसके बाद एक अलग तरह की बेरोज़गारी छोटे शहरों में आ गयी। रेल पलायन का भी साधन बना।

1857 ई.–सिपाही विद्रोह के बाद कई सैनिक बेरोज़गार हुए।

1863 ई.–नीदरलैण्ड के उपनिवेशों में गुलामी प्रथा का अन्त।

1873 ई.–लालारूख़ जहाज़ डच उपनिवेश सूरीनाम पहुँचा।

1879 ई.–'लियोनिडास' जहाज़ कलकत्ता से फिजी पहुँचा।

1884 ई.–कलकत्ता से फिजी के लिए चला 'सीरिया' जहाज़ डूब गया।

1905 ई.–'इट्रिया' जहाज़ मद्रास से सेशेल्स द्वीप आया।

1910 ई.–मॉरीशस में गिरमिटिया भेजे जाने बन्द हुए।

1913 ई.–फिजी से गिरमिटिया कुन्ती की चिट्ठी भारत में प्रेस रिलीज़ हुई। गयाना के रोजहॉल विद्रोह में हुई मौतों पर भारत के लेजिस्लेटिव काउंसिल में सुरेन्द्रनाथ बनर्जी ने बात उठायी।

1916 ई.–पहले गिरमिटिया भारतीय बदरी महाराज फिजी लेजिस्लेटिव

काउंसिल के सदस्य बने।

1920 ई.–रियूनियन के भारतीयों को फ्रेंच नागरिकता मिलनी प्रारम्भ हुई। फिजी और अन्य द्वीपों के गिरमिटिया मुक्त हुए।

1972 ई.–ईदी अमीन ने लगभग 80 हज़ार भारतीयों को देश से निकाल दिया।

1999 ई.–महेन्द्र पाल चौधरी फिजी के पहले भारतीय मूल के प्रधानमन्त्री बने।

भारतीय प्रवास मानचित्र

B– बेलीज़, मध्य अमेरिका

F– फिजी, ऑस्ट्रेलिया

G– गयाना, दक्षिण अमेरिका

GL– ग्वाडेलूप, कैरिबियन द्वीप

J– जमैका, कैरिबियन द्वीप

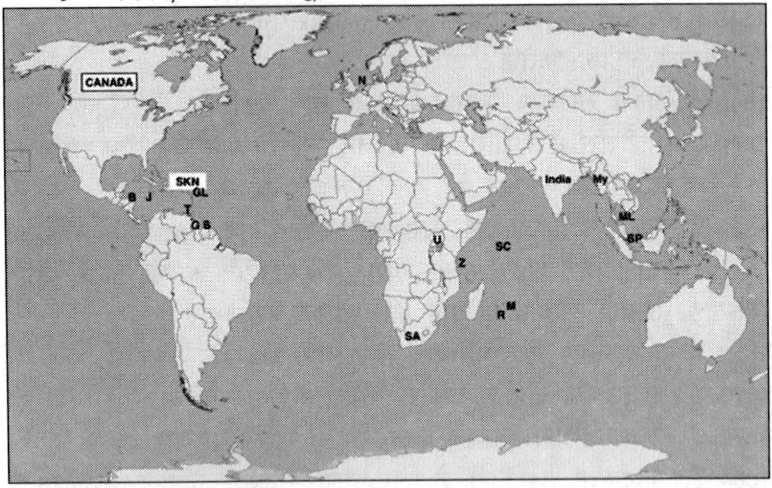

M– मॉरीशस, हिन्द महासागर

My– म्यामार, एशिया

ML– मलेशिया, एशिया

N– नीदरलैण्ड, यूरोप

R– रियूनियन द्वीप, हिन्द महासागर

S– सूरीनाम, दक्षिण अमेरिका

SA – दक्षिण अफ्रीका
SC– सेशेल्स, हिन्द महासागर
SKN– सेंट किट्स और नेविस, कैरिबियन द्वीप
SP– सिंगापुर, एशिया
U– युगाण्डा, अफ्रीका
Z– जंज़ीबार, अफ्रीका

सन्दर्भ

1. मरीना कार्टर, वॉयसेस फ्राम इण्डेंचर, एक्सपीरियेंसेस ऑफ़ इण्डियन माइग्रेंट्स इन द ब्रिटिश एम्पायर, लीसेस्टर यूनिवर्सिटी प्रेस, 1966
2. ह्यूज टिंकर, न्यू सिस्टम ऑफ़ स्लेवरी : द एक्सपोर्ट ऑफ़ इण्डियन लेबर ओवरसीज़ 1830–1920, ऑक्सफोर्ड यूनिवर्सिटी प्रेस, लन्दन, 1974
3. गिलियन के.एल. फिज़ी इण्डियन माइग्रेंट्स, ऑक्सफोर्ड यूनिवर्सिटी प्रेस, मेलबॉर्न, 1962
4. टिंकर, न्यू सिस्टम ऑफ़ स्लेवरी (सन्दर्भ 2)
5. वाल्टन लुक लाइ, इण्डियन लेबर, कैरिबियन सुगर : चाइनीज़ एण्ड इण्डियन माइग्रेंट्स टू द ब्रिटिश वेस्टइण्डीज 1838–1918, द जॉन्स हॉपकिन्स यूनिवर्सिटी प्रेस, बाल्टीमोर और लन्दन, 1993
6. कार्टर, वॉयसेस फ्राम एडवेंचर (सन्दर्भ 1)
7. वाल्टन लाइ, इण्डियन लेबर, कैरिबियन सुगर (सन्दर्भ 5)
8. राज्जिंदर भगवानबाली. कॉन्त्रैक्तेन वूर सूरीनाम, आर्बाइद्समाइग्रेतिए वनुइत ब्रिट्स–इण्डी ओन्देर हेत इण्डेचर्ड–लेबर्स्तेलसेन 1873–1916, अमृत, 1996
9. सुनील एस. अमृत, माइग्रेशन एण्ड डायस्पोरा इन मॉडर्न एशिया, कैम्ब्रिज यूनिवर्सिटी प्रेस, 2011
10. वही (सन्दर्भ 9)
11. सी. कोन्डापी, इण्डियन ओवरसीज़ 1838–1949, इण्डियन काउंसिल ऑफ़ वर्ल्ड अफ़ेयर्स, नयी दिल्ली. 1951
12. रा. भगवानबाली (सन्दर्भ 8)
13. कार्टर (सन्दर्भ 1)
14. वाल्टन लाइ (सन्दर्भ 5)
15. मैथिलीशरण गुप्त, किसान, साहित्य सदन, झाँसी, 1916 (उद्धरण इस पुस्तक के 'अध्याय 3 : सॉग्स ऑफ़ एबोलिशन : ऐन्टी इण्डेंचर्ड कैम्पेन इन अर्ली ट्वेंटीथ सेंचुरी इण्डिया' की सन्दर्भ सूची से– पी. प्रताप कुमार सम्पादित 'इण्डियन डायस्पोरा : सोशियो कल्चरल एण्ड रिलीजस वर्ल्ड्स', ब्रिल एकैडमिक पब्लिकेशन, 2015

16. जे. डब्ल्यू. बर्टन, अवर इण्डियन वर्क इन फिजी, मेथोडिस्ट मिशन प्रेस, 1909
17. गिलियन (सन्दर्भ 3)
18. गायुत्रा बहादुर, कुली वीमेन : द ओडिसी ऑफ़ इण्डेंचर, हर्स्ट कम्पनी 2013 (द्वितीयक स्रोत)
19. जॉर्ज ग्रियर्सन रिपोर्ट ऑन कोलोनियल इमिग्रेशन फ्रॉम बंगाल प्रेसिडेंसी, 1883
20. गिलियन (सन्दर्भ 3)
21. www.girmit.org (इण्टरनेट स्रोत)
22. डॉ. कमलेश शर्मा, गुलामी : स्लेवरी इन फिजी, इण्डेंचर्ड लेबर–फिजी, विविड पब्लिशिंग, 2016
23. एण्ड्रूयूज़ एण्ड ग्रियर्सन, इण्डियन इण्डेचर्ड लेबर इन फिजी, कलरटाइप प्रेस, पर्थ, 1918
24. वेद प्रकाश वटुक, प्रोटेस्ट सॉन्ग्स ऑफ़ ईस्ट इण्डियन्स इन वेस्ट गयाना, द जर्नल ऑफ़ अमेरिकन फ़ोकलोर, वॉल्यूम 77, नं. 305, 1964, पृष्ठ 220–235
25. आशुतोष कुमार, कुलीज़ ऑफ़ द एम्पायर, कैम्ब्रिज यूनिवर्सिटी प्रेस, 2017
26. गायुत्रा बहादुर (सन्दर्भ 18)
27. वही (सन्दर्भ 18)
28. राजेन्द्र प्रसाद, टियर्स इन पैराडाइज़ : सफ़रिंग्स एण्ड स्ट्रगल्स ऑफ़ इण्डियन्स इन फिजी 1879–2004, ग्लेड पब्लिशर्स, 2004, (द्वितीयक स्रोत, प्राथमिक स्रोत अज्ञात)
29. ग्रियर्सन (सन्दर्भ 19)
30. टिंकर (सन्दर्भ 2)
31. ब्रिन्सली समारू और डेविड दैबिदीन. इण्डियन्स इन द कैरिबियन, 'द इण्डियन कनेक्शन : द इन्फ्लूएन्स ऑफ़ इण्डियन थॉट एण्ड आइडियाज़ ऑन ईस्ट इण्डियन्स इन कैरिबियन', हंसिब पब्लिशिंग लिमिटेड. हर्टफ़ोर्डशायर, 1987, (द्वितीयक स्रोत, प्राथमिक स्रोत : जे. कृपलानी और अन्य, इण्डियन सेण्टेनरी रिव्यू, 1945)
32. अश्विन देसाई और गुलाम वाहिद, इन्साइड इण्डियन इण्डेंचर : अ साउथ अफ्रीकन स्टोरी 1860–1914. एच.एस.आर.सी. प्रेस, 2010 (द्वितीयक स्रोत)
33. गायुत्रा बहादुर (सन्दर्भ 18)
34. वही (सन्दर्भ 18, द्वितीयक स्रोत)
35. वही (सन्दर्भ 18, द्वितीयक स्रोत)
36. रा. भगवानबाली (सन्दर्भ 8)
37. जॉन डी. केली. अ पॉलिटिक्स ऑफ़ वर्च्यू, हिन्दुइज़्म, सेक्सुअलिटी एण्ड काउण्टर कॉलोनियल डिस्कोर्स इन फिजी. यूनिवर्सिटी ऑफ़ शिकागो प्रेस, 1991
38. वेरेने ए. शेफर्ड, महारानीज़ मिज़री, यूनिवर्सिटी ऑफ़ वेस्टइण्डीज प्रेस, 2002
39. गायुत्रा बहादुर (सन्दर्भ 18)
40. तोताराम सानिढ्य और बनारसी दास चतुर्वेदी फिजी द्वीप में मेरे इक्कीस वर्ष, राजपूत ऐंग्लो ओरिएण्टल प्रेस, 1914
41. कार्टर (सन्दर्भ 1)

42. वटुक (सन्दर्भ 24)
43. डेविड नॉर्थ्रप, इण्डेंचर्ड लेबर इन द एज ऑफ़ इम्पीरियलिज़्म 1834–1922, कैम्ब्रिज यूनिवर्सिटी प्रेस, 1995
44. गायुत्रा बहादुर (सन्दर्भ 18, द्वितीयक स्रोत)
45. डेविड नॉर्थ्रप (सन्दर्भ 43)
46. रा. प्रसाद (सन्दर्भ 28)
47. वही (सन्दर्भ 28, द्वितीयक स्रोत)
48. तोताराम (सन्दर्भ 40)
49. वेरेने (सन्दर्भ 38)
50. वाल्टर लाइ (सन्दर्भ 5)
51. ग्रियर्सन (सन्दर्भ 19)
52. रा. प्रसाद (सन्दर्भ 28)
53. तोताराम (सन्दर्भ 40)
54. आशुतोष कुमार, फीडिंग द गिरमिटिया, गैस्ट्रोनॉमिका : जर्नल ऑफ़ क्रिटिकल फूड स्टडीज़, वॉ. 16, नं. 1, स्प्रिंग 2016, पृ. 41–52
55. टिंकर (सं. 2)
56. रा. प्रसाद (सं. 28)
57. वेरेने (सं. 38)
58. कमलेश शर्मा (सं. 22)
59. मुंशी रहमान खान, जीवन प्रकाश, परामरीबो (सूरीनाम), 1943
60. गायुत्रा (सं. 18)
61. डेविड नॉर्थ्रप (सं. 43)
62. गायुत्रा (सं. 18, द्वितीयक स्रोत)
63. वही (सं. 18, द्वितीयक स्रोत)
64. तोताराम (सं. 40)
65. वही (सं. 40)
66. कार्टर (सं. 1)
67. गायुत्रा (सं. 18)
68. तोताराम (सं. 40)
69. वही (सं. 40)

रियूनियन द्वीप, हिन्द महासागर

"हमें काहे कहत हो कुली, जब हम पैदा भइल साधु–सन्तन के धरती पर"
(ब्रिटिश गयाना का एक लोकगीत)[1]

भगोड़ा कुली

सन् 1864, सेंट डेनीस कोर्ट, रियूनियन।

"सरकार! मेरी रक्षा करिए। नहीं तो मेरा मालिक मुझे मार डालेगा।"

एक अधोवस्त्र श्यामल व्यक्ति कचहरी में दाख़िल होता है, जिसके गले में एक मोटे लोहे की ज़ंजीर बँधी है।

"यह ज़ंजीर तुम्हारे गले में किसने बाँधी?" जज पूछते हैं।

"पादरी साहब ने।"

"पादरी ने? क्या बकवास कर रहे हो। वो भला क्यों ज़ंजीर बाँधेंगे?"

"साहब! मुझे मालिक ने उनके सामने बहुत मारा, और फिर दोनों ने मिल कर मेरे गले में यह फन्दा डाल दिया, और कुत्तों की तरह ज़ंजीर से बाँध दिया।"

जज ने उस व्यक्ति की छानबीन पुलिस से करने को कहा, और कागज़ात मँगवाये।

"जज साहब! यह भगोड़ा है। तभी इसे बाँधा गया है। पहले भी कई बार भाग चुका है। इसे हमने ही एक बार गिरफ़्तार किया और सौ दिन की कड़े परिश्रम की सज़ा दी थी। और फिर वापस बागान भेज दिया था। अब यह फिर से भाग आया।" पुलिस सार्जेंट ने बयान दिया।

"क्या यह सच है?" जज ने कुली से पूछा।

"हाँ साहब! पर मालिक मुझे रोज़ मारते है। मैंने हर जगह गुहार लगायी, पर कोई मदद नहीं मिली। आज आपके दर पे आया हूँ।"

"इस व्यक्ति पर हुई हिंसा की छानबीन की जाये। और अगर यह सत्य है, तो बागान के मालिक पर कार्रवाई की जाये।"

यह सुनवाई लगभग एक साल चली। बागान मालिक को आख़िर एक महीने की जेल की सज़ा हुई।

(एक मूल केस पर आधारित)

पहली खेप दक्खिन से

'कुली' तमिल शब्द है। इसका अर्थ है 'काम के बदले पैसा'। काफ़ी तार्किक है। पर इस परिभाषा के अनुसार, हम–आप सब कुली हैं। 'कुली' का पहला प्रयोग सम्भवतः कोरोमण्डल तट पर पुर्तगालियों ने किया, और उनसे बाक़ी यूरोपीय भी बाद में सीख गये। इस शब्द का प्रयोग उन मज़दूरों के लिए था जो पैसे के लिए छोटे स्तर का काम करते। यह 'कुली' शब्द ही पीढ़ियों तक गिरमिटियों की पहचान बनी रहेगी। वो चाहे पढ़–लिख लें, बड़े ओहदे पर हों, वह और उनकी आने वाली नस्लें 'कुली' ही कही जाती रहेंगी।[3]

पहले कुली भारतीय नहीं थे। चीनी लोग भारतीयों से पूर्व भी विदेश मज़दूरी के लिए ले जाये जाते रहे। ख़ासकर दक्षिण अमेरिका में। पेरू में चीनी मूल के लोग भरे पड़े हैं। मैं चर्चा कर चुका हूँ, भारत और चीन उस वक़्त भी सबसे अधिक जनसंख्या वाले देश थे। ग़र कोई जहाज़ भर–भर मज़दूर ले जाना चाहे, तो कल भी यहीं से ले जाता था, आज भी यहीं के लोग पूँजीपतियों की मज़दूरी कर रहे हैं। ये और बात है अब गन्ने के खेत नहीं रहे, कलपुर्ज़ों का युग है।

चीनियों की चर्चा इस किताब में होती रहेगी, फिलहाल भारतीयों की बात की जाये।

ताज्जुब की बात है, भारत से पहले कुली अंग्रेज़ों ने नहीं, फ्रेंच लोगों ने भेजने शुरू किये। वो भी ब्रिटिश सरकार से बिना पूछे, तस्करी कर ले गये।

सन् 1826 से 1830 ई. के बीच लगभग 3,000 मज़दूर फ्रांस ने भारत से चुराकर एक द्वीप पर भेज दिये। यह द्वीप 'रियूनियन' द्वीप कहलाता है। यह मालदीव और मेडागास्कर के बीच एक सुन्दर छोटा–सा फ्रेंच द्वीप है। यहाँ कभी गन्ने के खेत ही खेत थे, अब रंग–रूप बदल चुका है।

रियूनियन द्वीप फ्रांस का कभी मुख्य चीनी उत्पादन केन्द्र था। पर उन्नीसवीं सदी के उत्तरार्ध में यहाँ का चीनी उत्पादन घटने लगा। फ्रांस अपने दूसरे उपनिवेश मेडागास्कर पर अधिक ध्यान देने लगा, क्योंकि वहाँ की ज़मीन अधिक उर्वरा हो गयी। ज्वालामुखियों पर खड़ा यह रियूनियन द्वीप आज भी फ्रांस के सबसे मनोरम द्वीपों में है, जिसे कई लोग फ्रांस का 'हवाई द्वीप' भी कहते हैं।

रियूनियन में मज़दूर ले जाने की शुरुआत सम्भवतः सत्रहवीं सदी के उत्तरार्ध में ही हो गयी, जब गोवा से कुछ गुलाम रियूनियन ले जाये गये, पर इस साक्ष्य की पुष्टि नहीं हो पाती।[4] यह सच है कि रियूनियन पर भारतीय गिरमिटिया* किसी भी और द्वीप से पहले पहुँचे। 1830 ई. के आसपास ही लगभग 40,000 भारतीय इस द्वीप पर थे। फ्रेंच यहाँ मज़दूर चुरा कर लाते रहे और ब्रिटेन को कानों–कान ख़बर नहीं हुई। जब बीस–तीस वर्ष बाद यह तस्करी पकड़ी गयी तो फ्रांस ने समझौता कर लिया। ब्रिटेन से लिखित करारनामा हो गया (फ्रैंको–ब्रिटिश कन्वेंशन, 1860) कि हर साल 6,000 मज़दूर ले जा सकते हैं। अगर औसत देखा जाये तो तीस–चालीस साल में फ्रेंच लगभग दो लाख लोग द्वीप पर ले आये होंगे। 1885 ई. तक ही कुल 60,000 भारतीय आ चुके थे, जबकि उस द्वीप की कुल जनसंख्या ही एक लाख थी। असल गिनती उससे भी ज़्यादा थी। मसलन 1884 ई. में सिर्फ़ द्वीप के मार्टिनिक इलाके में ही 25,000 भारतीय थे।[5]

यह आँकड़ा चौंकाता है। इतने लोग एक छोटे द्वीप पर क्या करेंगे? सम्भवतः इनमें से दो–तिहाई इस यातनापूर्ण मज़दूरी से मर गये हों? या अवसाद (डिप्रेशन) में समन्दर में छलाँग लगा दी हो? दूर देश में अपने परिजनों से 'रियूनियन' की चाह में?

एक और रोचक बात पता लगी। 'रियूनियन' द्वीप में आज भी लगभग समुद्र में नहाना मना है, क्योंकि यहाँ विश्व के सबसे ख़तरनाक शार्क हमले होते हैं। यहाँ के शार्क लपक कर मनुष्यों को काट डालते हैं।

---

* गिरमिटिया' शब्द इस द्वीप पर आने वाले लोगों के लिए कभी स्थापित रूप से प्रयोग नहीं हुआ, पर लेखक ने किताब में 'कॉन्ट्रैक्ट मज़दूरों' को अलग–अलग स्थानों पर 'गिरमिटिया' या 'कुली' लिखा है। यह लेखन और भावार्थ सुलभता के लिए किया गया है।

क्या पता भारतीयों को निगल गये हों? पर यह मिथक लगता है। असल मृत्यु की वजह वही रही होगी, जो अन्य द्वीपों पर रही।

एक फ्रेंच जहाज़ 'ऑगस्टे' जो पुडुचेरी से लाया गया, उसकी जाँच में पता लगा कि कई बीमार जीवित गिरमिटियों को जहाज़ से फेंक दिया गया ताकि बीमारी न पसरे। कई लोगों को ख़ूब मारा–पीटा गया। महिलाओं का बलात्कार हुआ और कुछ को भोजन–पानी भी नहीं दिया गया।[6] तो इनकी मृत्यु की वजह कुछ ऐसी ही होगी।

ग़ौर करने वाली बात यह भी है कि फ्रांस में ग़ुलामी प्रथा ख़त्म नहीं हुई थी। यानी भारत से भी लोग उस वक़्त ही आ गये, जब अफ्रीकी ग़ुलाम आ रहे थे। यह सम्भव है कि उनमें कई लोग मामूली या बिना वेतन ग़ुलाम बनकर ही आये हों, पर यह बात इतिहास में पक्के तौर पर दर्ज नहीं। यह ज्ञात है कि उस समय हिन्द महासागर के द्वीपों पर ग़ुलाम लाने के तरीक़े अनियन्त्रित थे।[7,8] मेरा कयास है कि तमिलनाडु में कुछ अवैध सरदार या शक्तिशाली व्यापारी लोग होंगे, जो ग़ुलामों को ज़बरदस्ती या कुछ प्रलोभन देकर लाते होंगे, क्योंकि रियूनियन द्वीप के लिए अरकाटी एजेण्टों का कोई ज़िक्र नहीं आता। इन फ्रेंच उपनिवेशों पर पुडुचेरी से लाये गये मूलतः तमिल मज़दूर होते थे। इनके रहने–खाने की ज़िम्मेदारी बागान–मालिकों की थी।

फ्रेंच उपनिवेशों में ब्रिटिश उपनिवेशों की अपेक्षा व्यवस्था कम सुनियोजित थी। यहाँ शुरुआत में बागान–मालिक तमाम यातनाएँ तो देते ही, बल्कि वेतन भी रोक लेते। वेतन की अनियमितता से ये 'गिरमिटिया' नाराज़ हो गये। सबसे पहले गिरमिटियों ने अपना यूनियन भी यहीं बनाया और संगठित रूप से अधिकारों के लिए लड़े भी। इससे बागान–मालिक ख़तरा महसूस करने लगे। उन्होंने फ्रेंच अधिकारियों में यह अफ़वाह फैलायी कि यह भारतीय हमारे द्वीप को बरबाद कर देंगे। आख़िर इनका यूनियन 1837 ई. में बन्द कर दिया गया।[9]

पर मेरा आकलन है (और तथ्य भी कहते हैं) कि यहाँ के गिरमिटिया शुरुआती दौर से ही अपनी शर्तों के लिए लड़ने वाले थे। इनमें से कुछ लोग जब दूसरे द्वीप भेजे गये, तो वहाँ भी इन्होंने कम पैसे में अधिक कार्य से आनाकानी की, जिसकी चर्चा मैं आगे करूँगा। रियूनियन द्वीप पर जब

इनके यूनियन पर पाबन्दी लगी, तो यह झुके नहीं। ग़र ज़्यादती होती थी, तो ये एक बागान से भाग कर दूसरे बागान चले जाते। दूसरे बागान के मालिक इनकी सुरक्षा भी करते, क्योंकि उन्हें भी काम करने वाले लोगों की ज़रूरत होती। बल्कि यह इकलौता ऐसा गिरमिटिया द्वीप था, जहाँ हिन्दुस्तानियों को अक्खड़ और अपनी शर्त पर जीने वाला समझा गया। यहाँ के लोगों का मानना था कि चीनी मज़दूर हिन्दुस्तानियों से अधिक सीधे–सादे लोग थे। यह गिरमिटिया इतिहास में अनोखी बात है। बाकी हर द्वीप पर हिन्दुस्तानी दब कर रहे, और चीनी अपनी शर्तों पर जिये। पर यहाँ बिल्कुल विपरीत स्थिति थी। मुझे लगता है यह दक्षिण भारतीयों और उत्तर भारतीयों की संस्कृति का फ़र्क़ था। रियूनियन द्वीप पर दक्षिण भारतीय अधिक आये और बाक़ी द्वीपों पर उत्तर भारतीय।

इन गिरमिटियों के संघर्ष से 1843 ई. में ही यह क़ानून बन गया कि ग़र बागान–मालिकों ने वेतन में आनाकानी की तो उनका कॉन्ट्रैक्ट रद्द कर दिया जायेगा (Decree of 10 November, 1843)।

रियूनियन में महिलाओं का प्रतिशत कम था। पर इन गिरमिटियों ने इसका भी विचित्र हल निकाला। पौलीएंड्री यानी बहुविवाह! अक्सर चार–पाँच पुरुष मिलकर एक ही महिला से सम्बन्ध रखते। उनका यह तालमेल कई बार पूरी तरह संयोजित नहीं हो पाता, और आपसी झगड़े ख़ूब होते। इस रंजिश में भी कई हत्याएं हुईं।[10]

आज का रियूनियन

रियूनियन के आठ लाख लोगों में दो लाख भारतीय मूल के हैं (2017 के सेंसस के अनुसार) मतलब एक चौथाई या 25 प्रतिशत। बड़ी संख्या है।

जीन–पॉल विरापूल 'रियूनियन' द्वीप के समकालीन नेता हैं और सांसद हैं। उनके दादा कभी तमिलनाडु से मज़दूर बनाकर लाये गये थे।[11]

दक्षिण भारतीय मूल (मुख्यतः तमिल और तेलुगु प्रदेश) के लोग रियूनियन में 'मलाबार' कहे गये। इसी मलाबार मूल के कई लोग मालदीव में भी मिलेंगे। इसी मूल की श्रीमती नादिया रामासम भी द्वीप की बड़ी राजनेत्री हैं। इन लोगों को 'तमउल' भी कहा जाता है, क्योंकि ये तमिल हैं। ये लोग मुख्यतः हिन्दू हैं (या यूँ कहिए, कभी हिन्दू थे)।

उत्तर भारत से कई मुस्लिम भी आये, ख़ासकर गुजरात से। यह 'जराबे' कहलाये। इनमें कई हिन्दी बोलते, कई गुजराती। इन्हीं लोगों में बिहार और यूनाइटेड प्रॉविन्स (अब उत्तर प्रदेश) के भोजपुरी बोलने वाले लोग भी घुल–मिल गये। कई उत्तर भारतीय हिन्दू भी मलाबारी कहलाने लगे, ख़ासकर विवाह अगर मलाबारी परिवार में हुआ हो। एक तरह से, 'मलाबार' और 'जराबे' धार्मिक विभाजन भी कहा जा सकता है। हालाँकि कुछ पटयार उपजाति के हिन्दू जौहरी भी उन्नीसवीं सदी में ही आ गये थे। ये समृद्ध लोग थे, और गिरमिटिया मज़दूरों से अलग थे।[12]

भारतीय दो लाख लोगों में हिन्दू अब कम बचे हैं। लगभग 6–7 प्रतिशत। पर शनैः–शनैः बढ़ रहे हैं। कई तो शुरू से ही मुस्लिम थे, और कई को ज़बरदस्ती या स्वेच्छा से कैथोलिक ईसाई बना लिया गया। एक कारण मुझे यह भी लगा कि शुरुआती हिन्दू मज़दूर मुख्यतः दलित परिवारों से ही थे, और इनकी पूजा ब्राह्मणों से अलग थी। भारत में भी मन्दिर में इनका प्रवेश वर्जित था। इसलिए इन्हें धर्म का ज्ञान कम था। रियूनियन द्वीप पर सालों तक हिन्दू मन्दिर बनाना भी मना था। वहाँ सबको चर्च ही जाना होता। बाद में जब मन्दिर बने भी, तो ईसाइयों ने उन्हें 'पेगन' (काफ़िर) करार दिया। पर अजीब–सी बात है कि कई कैथोलिक ऐसे हैं जो हिन्दू रीतियों का पालन करते हैं। ख़ासकर तमिल।

अब हिन्दू धर्म के विस्तार में तमिल संगठनों के अलावा इस्कॉन (हरे–कृष्ण सम्प्रदाय) का भी हाथ है। यह भी ख़ास है इस द्वीप में कि एलेक्सिस और जीन मारिया जैसे फ्रेंच नाम वाले लोग आपको चर्च और मन्दिर दोनों जाते मिलेंगे। यहाँ के पुरोहित कहते हैं, 'अगर आप दोनों जगह जायेंगे, तो भगवान की नज़र आप पर दो बार होगी।' इसके अलावा यहाँ 'ब्लैक वर्जिन' की भी पूजा होती है। लोगों का मानना है 'ब्लैक वर्जिन' हिन्दू देवी काली और 'वर्जिन मैरी' का सम्मिश्रण है।[13]

प्रसिद्ध लेखक विलियम डैलरिम्पल ने अपने रियूनियन द्वीप के अनुभव पर लिखा–

"यहाँ एक ही परिवार में एक चाइनीज़ ताओ, एक हिन्दुस्तानी मुसलमान, एक आधुनिक कैथोलिक, एक अफ्रीकी झाड़–फूँक वाला ओझा और एक तमिल हिन्दू मिल सकता है।"[14]

जब मैं रियूनियन की सड़कों के तमाम चित्र पलट रहा था, उसमें सड़क किनारे गहरे लाल रंग के छोटे–छोटे मन्दिर दिखे। यह बिल्कुल हनुमान मन्दिर सरीखे दिखते हैं। ग़ौर करने पर पता लगा कि यह सन्त एक्सपेडिटे के मन्दिर हैं। यह मन्दिर विश्व में इतने सघन रूप से और कहीं नज़र नहीं आते। किंवदन्ती है कि 1931 ई. में वैटिकन से इस द्वीप पर कुछ सामान भेजे गये, पर रास्ते में उनका विवरण कहीं गुम हो गया।[15] वहीं कहीं एक काग़ज़ में 'एस्पेडीटो' लिखा था। और लोग तब से 'एक्सपेडिटे' की पूजा करने लगे। जगह–जगह लाल रंग के मन्दिर बन गये। एक उड़ते काग़ज़ से आस्था का केन्द्र बना लेने का जज़्बा भी अपने आप में भारतीयता लिए है। अब रियूनियन के हिन्दू इस काल्पनिक सन्त एक्सपेडिटे को विष्णु का अवतार भी मानने लगे हैं।

एक और कैथोलिक–हिन्दू मिश्रण का उदाहरण है श्राद्ध–कर्म। यहाँ के हिन्दू मृत्यु के बाद शव को पहले चर्च ले जाते हैं, और फिर हिन्दू पुरोहित के पास लाते हैं। वो फिर सोलह दिन का श्राद्ध–कर्म करते हैं।

पर ऐसा नहीं कि सर्वधर्म समभाव में बाधा नहीं। फ्रेंच क्रियोल और हिन्दुओं में टकराव के भी उदाहरण मिलते हैं। कुछ वर्ष पूर्व हाराम्बूरे के हिन्दू मन्दिर को तोड़ दिया गया। यह मन्दिर ऐतिहासिक था और यहाँ आये गिरमिटिया मज़दूरों ने सम्भवतः 1870 ई. में बनाया था।

भारतीय हिन्दू नामों के लोग इस द्वीप पर मेरी जानकारी में नहीं बचे हैं। यहाँ के भारतीय मूल समाज के अध्यक्ष पॉल कनागी भी फ्रेंच नाम वाले ही हैं। दरअसल शुरू से ही फ्रेंच लोगों ने एक नियम बना लिया कि इनको मुख्य भारत से हमेशा के लिए तोड़ दिया जाये। इनके सरकारी काग़ज़ जला दिये गये। इन्हें भारतीय भाषाओं में लिखना या पढ़ना नहीं सिखाया गया। इनके स्मरण को तोड़ दिया गया। हालाँकि आज भी यहाँ कुछ वृद्ध महिलाएँ टूटी–फूटी रामायण कथा शायद कह सकें, भले उन्हें सम्पूर्ण अर्थ नहीं पता। यहाँ के फ्रेंच–भाषी हिन्दू पुरोहितों को भी अभी भारतीय संस्कृति का बोध कम ही है।

इन भारतीयों को फ्रेंच नागरिकता मिलनी 1920 ई. के बाद ही शुरू हुई।[16] उससे पहले वो क़ानूनी तौर पर विदेशी आप्रवासी मज़दूर थे। इसलिए उनके अधिकार पहले काफ़ी कम थे। पर नागरिकता के बाद यह समृद्ध होते गये।

अब यहाँ के भारतीय ग़रीब नहीं रहे। गिलबर्ट कानाबाडी मोटीयन तमिल मूल के मलाबार हैं, और आज द्वीप के सबसे धनाढ्य लोगों में हैं। यह एक पूरे के पूरे शहर 'डोमेन मोन कैप्रिस' के मालिक हैं जहाँ कई शोरूम और दुकानें हैं। इनकी बनायी एक फ़िल्म 'इण्डियन फ्रॉम मोन कैप्रिस एस्टेट' कई छुपे राज़ खोलती है कि कैसे इनके दादा कभी गन्ने के खेतों में मज़दूर बनाकर लाये गये। उनका कहना है उनका मिडिल नाम 'कानाबाडी' उनके पिता ने दिया जो शायद गणपति ही हो। गिलबर्ट हर साल भारत के मन्दिरों में जाकर माथा टेकते हैं। अपने पूर्वजों की धरती याद करते हैं। उनकी बनाई फ़िल्म में जब वह तमिलनाडु आकर भगवान के सामने खड़े होते हैं, उनकी आँखों में पूरा गिरमिटिया इतिहास नज़र आ जाता है। जैसे गिरमिटिया सालों बाद घर लौट आया है।[17]

इस द्वीप पर लगभग बीस पुजारी हैं, जिनमें कइयों को दीक्षा मॉरीशस से आये तमिल पुरोहितों ने दी। रियूनियन के सेंट आन्द्र शहर में हर साल तमिल पर्व 'कवाड़ी' मनाया जाता है। तमिल देवता मुरूगन की रथयात्रा निकलती है और ख़ूब रंग जमता है। हर धर्म के लोग इसे द्वीप के पर्व की तरह मनाते हैं। भगवान गणेश का जन्म 'सादुर्ति' नाम से मनाया जाता है। महाविष्णु का पर्व 'यागरदेसी', चन्द्रमा का पर्व 'पौनेमी' और पूर्वजों के पर्व 'अमावासी' भी अब मनाये जाने लगे। ईद भी यहाँ ख़ूब मनाई जाती है, जो ज़राबे मूल के लोग आयोजित करते हैं। दीवाली और नवरात्रि भी मनाये जाने लगे हैं। ख़ासकर 'कॉलोसस पार्क' की दीवाली और यहाँ लगने वाला देसी मेला मशहूर है। भारत से कई कलाकार इस अवसर पर 'रियूनियन' द्वीप बुलाये जाते हैं।

अब तो ख़ैर बॉलीवुड भी पॉपुलर हो रहा है। सुना है, पुराने लोगों में फागुन का गीत 'मन डोले मेरा तन डोले' ख़ूब लोकप्रिय था।

अब 'रियूनियन' के कुछ स्कूलों में बाकायदा तमिल भी पढ़ाई जाने लगी है, यूनिवर्सिटी में भी। पर यह नयी पहल है। तमिल इस द्वीप से लगभग ख़त्म कर दी गयी और फ्रेंच 'क्रियोल' भाषा ही बोली जाती रही।

यहाँ का एक भोजन चावल–करी भी है। करी में भारतीय मसाले जैसे हल्दी, अदरक, लहसुन, लौंग डलते हैं। रियूनियन के भोजन में हालाँकि कई देशों की छाप है। इसमें फ्रेंच, चाइनीज़, अरबी और भारतीय भोजन का मिश्रण दिखता है।

यहाँ के लोग जानते हैं कि अपनी जड़ों तक लौट नहीं सकते, पर उसके जो भी अंश बचे हैं उसे सींच रहे हैं और अब कोपलें भी फूट रही हैं।

इस द्वीप पर जाने के लिए भारतीयों को वीसा की ज़रूरत नहीं। हालाँकि यह फ्रांस के अधीन है, यहाँ भारतीय 15 दिन बिना वीसा के जाकर रह सकते हैं। यह द्वीप सुर्खियों में इसलिए भी रहा, क्योंकि इसी द्वीप पर मलेशिया के लापता जहाज़ बोईंग MH370 के अंश मिले।

हमारी भारतीय संस्कृति के कुछ लापता अंशों का पता भी रियूनियन में तो मिलता ही है।

सन्दर्भ

1. वेद प्रकाश वटुक, प्रोटेस्ट सॉन्ग्स ऑफ़ ईस्ट इण्डियन्स इन वेस्ट गयाना, द जर्नल ऑफ़ अमेरिकन फ़ोकलोर, वॉल्यूम 77, नं. 305, 1964, पृष्ठ 220–235, (अंग्रेजी से लेखक द्वारा अनुवाद)
2. अलेजान्द्रो स्तांजियानि, लेबर, राइट्स एण्ड इमिग्रेशन : अ कम्पैरिज़न बिटविन मॉरीशस एण्ड रियूनियन 1840–1880, ले मूवमेण्ट सोशल, 2012 (द्वितीयक स्रोत)
3. गायुत्रा बहादुर, कुली वीमेन : द ओडिसी ऑफ़ इण्डेंचर, हर्स्ट कम्पनी, 2013
4. रिपोर्ट ऑफ़ द हाइ लेवल कमिटी ऑन इण्डियन डायस्पोरा, विदेश मन्त्रालय, अध्याय 6 : रियूनियन
5. वही (सं. 4)
6. हूबर्ट गुरब्यू, इनगेज़ीज़ एण्ड कुलीज़ ऑन रियूनियन आइलैण्ड : स्लेवरीज़ मास्क्स एण्ड फ्रीडम्स कॉन्स्ट्रेन्ट्स (पीटर सी. एम्मर सम्पादित 'कोलोनियलिज़्म एण्ड माइग्रेशन' से), दोरद्रेख्त, 1986
7. अलेजान्द्रो स्तांजियानि, सेलर्स, स्लेव्स एण्ड इमिग्रेंट्स : बॉण्डेज़ इन द इण्डियन ओसन वर्ल्ड
   1750–1914, पालग्रेव मैकमिलन, 2014
8. अलेजान्द्रो स्तांजियानि, बॉण्डेज़ : लेबर एण्ड राइट्स इन यूरेशिया फ्रॉम सिक्सटींथ टू अर्ली ट्वेंटीथ सेंचुरीज़, बर्धन बुक्स, 2014
9. सुदेल फुमा, ल' एस्क्लविज़्में आ ला रियूनियन 1797–1848, डाइवर्स ओसन इण्डियन, 1993
10. मरीना कार्टर, वॉयसेस फ्राम इण्डेंचर, एक्सपीरियेंसेस ऑफ़ इण्डियन माइग्रैंट्स इन द ब्रिटिश एम्पायर, लीसेस्टर यूनिवर्सिटी प्रेस, 1966
11. सीनेट फ्रांस वेबसाइट (इण्टरनेट स्रोत)
12. एस. जयसूर्या और रिचर्ड पांखर्स्ट, द अफ्रीकन डायस्पोरा इन इण्डियन ओसन, अफ्रीका वर्ल्ड प्रेस, 2003
13. गेराल्ड पेरियर निर्देशित वृत्तचित्र 'ला प्रोमेसे'
14. विलियम डैलरिम्पल, द एज ऑफ़ कलि, फ्लैमिंगो पब्लिशर्स, 1998
15. वही (सं. 14)
16. रिपोर्ट (सं. 4)
17. लुइ वालेकान निर्देशित वृत्तचित्र 'ला मेमोयर देस कानाबादी'

मॉरीशस (मारीच) द्वीप, हिन्द महासागर

"अतीत की रीसती छत से,
मेरा वर्तमान
ठोप–ठोप टपक रहा,
भविष्य के
पेंदीहीन पात्र में।"

–अभिमन्यु अनत, कवि, मॉरीशस*

झुनमुन गोसाईं और गंगा तालाब

"मुझे सपना आया है कि गंगा जी मॉरीशस आ गयी हैं। ऊपर पहाड़ पर तालाब है, जो सीधे जाह्नवी से जुड़ा है।"

झुनमुन गोसाईं को यह सपना कैसे आया, कहना कठिन है। कोई कहता है कि लंगलोइस के बाबा ने उनको बहका दिया। लंगलोइस के बाबा?

पण्डित संजीबनलाल जी ब्राह्मण थे या नहीं, यह भी मुझे पता नहीं लग सका। पहले वो 'रियूनियन' द्वीप गिरमिटिया मज़दूर बन कर गये और फिर मॉरीशस आकर एक अंग्रेज़ लंगलोइस साहब का बंगला ख़रीद लिया। तभी से वो लंगलोइस के बाबा बन गये और उनके चेले बन गये झुनमुन गोसाईं।

झुनमुन गोसाईं मात्र चौदह वर्ष की उम्र में आरा (शाहाबाद) ज़िला के सीकरहता गाँव से भाग गये और कलकत्ता पहुँच गये और वहाँ से मॉरीशस। यह 1860 ई. की बात है। गिरमिटिया जीवन बिता कर झुनमुन गोसाईं ने दुकान वग़ैरह खोल ली और वहीं मॉरीशस में बस गये। इसी मध्य वो बाबा से मिले होंगे।

---

* इण्टरनेट कविताकोश से

अब सपना आया कि गंगा जी मॉरीशस आ गयीं, तो वो ढूँढ़ने निकल पड़े। कई दिनों तक चलते रहने पर किसी पहाड़ के ऊपर पुराने ज्वालामुखी के बीच वो तालाब मिल गया जो उनकी नज़र में सीधा गंगा नदी से जुड़ जाता है। बस, फिर क्या था? वहीं मन्दिर स्थापित हो गया। शिव–वन्दना होने लगी। भैरों बाबा की मूर्ति भी आ गयी।

कुछ सालों बाद एक तिलकधारी नामक पण्डित आये, जिन्होंने गंगा तालाब वाले मन्दिर पर अपना अधिकार जमा लिया। तिलकधारी ब्राह्मण थे और झुनमुन गोसाईं सम्भवतः बनिया। तिलकधारी का पलड़ा भारी था। थक–हार कर झुनमुन गोसाईं को एक अलग मन्दिर बनाना पड़ा।

'गंगा तालाब' नामक यह तालाब धीरे–धीरे लोकप्रिय हो चला, और देश–विदेश से तीर्थयात्री आने लगे। आख़िर, 1972 ई. में भारत से गंगाजल लाकर इस तालाब में मिश्रित भी कर दिया गया। अब इस गंगा तालाब के द्वार पर 108 फुट ऊँची मंगल महादेव की मूर्ति है।

झुनमुन गोसाईं 1914 ई. में परलोक सिधार गये, पर मॉरीशस को गंगा दे गये।[1]

गिरमिटिया ज़मींदार

पटना ज़िला (अब बिक्रम ज़िला) में एक छोटा–सा गाँव है–सुन्दरपुर। यहाँ की कुर्मियों की बस्ती से एक युवा नौकरी ढूँढ़ने शहर गया, और फिर शायद कभी नहीं लौटा। आज इस बात को लगभग डेढ़ सौ वर्ष हो गये, और अब यह कुर्मी–बहुल गाँव पाटलिपुत्र विधानसभा क्षेत्र में है।

शीवुधारी भगत जब इस गाँव से 1855 ई. में मॉरीशस आये, तब तक लगभग डेढ़ लाख गिरमिटिया मॉरीशस आ चुके थे। पर इसकी कल्पना किसी ने भी नहीं की थी कि यह अट्ठाईस वर्ष का युवा यहाँ ऐसी पहल करेगा, जो इन मॉरीशस के गिरमिटियों का जीवन बदल देगा। रिचर्ड ऐलन अपनी किताब में इसे 'ग्रैंड मॉर्शेलमेण्ट' कहते हैं।

शीवुधारी तीन साल के बाद ही गिरमिटिया कॉन्ट्रैक्ट से आज़ाद हो गये, और दो भारतीय मित्रों के साथ दुकान खोल ली। वह धीरे–धीरे मॉरीशस में ज़मीन ख़रीदने लगे और कुछ वर्षों बाद यहाँ के बड़े ज़मींदार बन गये। इस तरह छोटे–छोटे प्लॉट लगातार ख़रीद कर कुछ

वर्षों में ज़मीन के बड़े हिस्से का मालिक बनना ही 'ग्रैंड मॉर्शेलमेण्ट' (grand morcellment) था।

उन्होंने ज़मीनों पर चीनी के बागान बनाने के अलावा इसे प्लॉटों में बाँट कर भारतीयों के गाँव भी बसाये। जैसे 1875 ई. में इन्होंने 312 अरपेण्ट (एकड़) ज़मीन ख़रीद कर एक–एक एकड़ पचास डॉलर में अलग–अलग लोगों को बेचने की योजना बनायी। जब यह बिकने लगी, तो दाम बढ़ कर 200 डॉलर प्रति एकड़ तक पहुँच गये। इस तरह से प्लॉट बाँट कर बेचना इस द्वीप के लिए नया था। अब इन छोटे–छोटे खेतों में किसान गन्ना उगाते, जो किसी बड़े खेत के मुक़ाबले अधिक होता। यह मुझे पता नहीं लग सका कि क्या यह सहकारी संगठन था? पर उस वक़्त शीवुधारी जैसे बड़े ज़मींदार और व्यापारी भारतीयों में कम ही हुए। उनकी वजह से कई गिरमिटिया स्वावलम्बी बन गये और वो भी उनकी तरह ज़मीन ख़रीदने लगे। अब उन्हें बागानों में मज़दूरी की आवश्यकता न थी।

आज जब सुन्दरपुर गाँव को देखता हूँ, तो सोचता हूँ शीवुधारी ने इस गाँव से बड़ी ज़मीन शायद मॉरीशस में हासिल कर ली। डेढ़ सौ वर्ष बाद जहाँ सुन्दरपुर गाँव गुमनाम है, शीवुधारी का मॉरीशस का 'प्लेन्स विलहेम्स' इलाका आज सम्पन्न है।

आप्रवास ने जहाँ कई मार्मिक कहानियाँ गढ़ीं, वहीं एक साधारण से गिरमिटिया मज़दूर को विदेशी धरती पर ज़मींदार बना दिया।[2]

आप्रवासी घाट

9 सितम्बर, 1834, कलकत्ता।

अरकाटी कुछ 36 लोगों को कलकत्ता लाते हैं। सुडौल, बलिष्ठ शरीर। अजीब से बिखरे बाल। कुछ इधर–उधर ताकते, कुछ सर झुकाये।

"कौन जात के हैं ये लोग?"

''धाँगड़ हैं सरकार!"

"ये क्या जात है?"

"आदिवासी हैं छोटा नागपुर की तरफ़ के। उराँव, मुण्डा लोग हैं।"

"फिर ठीक है, ब्राह्मण–खत्री नहीं हैं न?"

एक नेतानुमा लेकिन सूट–बूट में खड़े व्यक्ति ने सबको साथ खड़ा कर पूछा, "आप लोग तैयार हैं मरीच द्वीप जाने के लिए?"

"कहाँ हइ ये द्वीप?"

"अरे! बस कलकत्ता का समन्दर में है।"

''और पैसा कितना मिलेगा?''

''असम–बंगाल से बहुत ज़्यादा। मरीच द्वीप में पैसा ही पैसा है। ज़मीन खोदेगा तो एकदम सोना।''

''फिर चलेंगे साहेब। किधर अँगूठा लगाना है?''

जहाँ फ्रेंच लोग 1826 ई. में गिरमिटिया 'रियूनियन' ले जाने लगे, वहीं पड़ोस के मॉरीशस में ब्रिटिश भी 1829 ई. से गिरमिटिया ले जाने लगे। ताज्जुब की बात है कि ब्रिटिश ऑफ़िसरों को इस चोरी का पता तीस वर्ष बाद लगा, जबकि शायद एक ही रास्ते ले जाते हों।

बिहार–यूनाइटेड प्रॉविंस के मज़दूर मॉरीशस को 'मारीच' कहते थे। 1824 से 1910 ई. के बीच लगभग 1,84,000 बिहारी मज़दूर मॉरीशस गये। यह कुल बँधुआ मज़दूरों का लगभग 40% हिस्सा था। गया और छपरा ज़िला के लोग सबसे अधिक थे, पर भोजपुर, गोपालगंज और चम्पारण से भी कई लोग थे।

अब कुछ सिलसिलेवार इतिहास में झाँकते हैं।

मॉरीशस पहले एक फ्रेंच कॉलोनी थी और उस वक़्त से ही भारत से मज़दूर लाये जाते रहे। सबसे पहली जानकारी जो मिली, वो यह कि 1728 ई. में इस द्वीप के गवर्नर (इले डी फ्रांस) भारत के पाण्डिचेरी गये और वहाँ से 180 ग़ुलाम और 95 मज़दूर लेकर आये।[3] ग़ुलाम यानी अवैतनिक, मज़दूर यानी वैतनिक। एक और फ़र्क़ था कि ग़ुलाम अठारह वर्ष से कम उम्र के थे, और वैतनिक मज़दूर अठारह वर्ष से ऊपर के वयस्क। मुझे यह भी प्रतीत होता है कि ग़ुलाम अपहरण कर या डरा–धमका कर उठाये बच्चे होंगे, और मज़दूरों से काग़ज़ी ऐग्रीमेण्ट होता होगा। गवर्नर के बाद कई बागान–मालिकों ने भी मज़दूर ख़रीद कर मंगवाये। उन दिनों आये मज़दूरों में तलिंगा (तेलुगु), मलाबारी (तमिल) और बंगाली लोग थे। यह ज़िक्र अक्सर मिलता है कि इनमें कई ज़बरदस्ती उठा कर लाये ग़ुलाम थे। 1792 ई. में कालीकट के पोत पर एक–एक जहाज़ में तीन–तीन सौ ग़ुलाम भर कर लाये गये।[4] यह ग़ुलामी वाली बात सच भी लगती है क्योंकि उस वक़्त तक ग़ुलामी प्रथा ख़त्म नहीं हुई थी। 1806 ई. तक कुल 6,162 भारतीय मॉरीशस पहुँच चुके थे।[5] फ्रेंच राज के मॉरीशस का

एक आँकड़ा कहता है कि लगभग 20,000 ग़ुलाम इन इलाकों में आ गये थे।[6] इन ग़ुलामों की स्थिति कैसी रही होगी, इसका अन्दाज़ा उनके दण्डों से लगता है। ग़र ये एक बार भागते, तो एक कान काट लिया जाता। दो बार भागते, तो दोनों कान। और तीसरी बार में गोली मार दी जाती।[7]

मुझे फ्रांस के राज में आये भारतीयों का लेखा–जोखा ढूँढ़ना कठिन लगा। एक तो सभी आर्काइव फ्रेंच भाषा में हैं, और दूसरा, किताबों में उनका विवरण ठीक से नहीं मिलता। यह पता लगता है कि फ्रेंच उन पर भाषा, धर्म और संस्कृति काफ़ी हद तक थोपते थे। मेरा अनुमान है कि भारतीय ईसाई बन गये होंगे, और उनका भारत से सम्पर्क ख़त्म हो गया होगा।

पर जब ब्रिटिश इस द्वीप पर कब्ज़े की जंग लड़ रहे थे। इस लड़ाई में भी फ्रांस ने भारतीय गुलामों को ही लगाया। 1748 ई. और 1810 ई. में भारत से हट्टे–कट्टे लोग लाये गये जिनकी फ़ौज बनायी गयी कि ब्रिटिश से लड़ सकें।[8] लेकिन आख़िर ब्रिटिश की जीत हुई और 1815 ई. में इस द्वीप पर उनका क़ब्ज़ा हो गया। फ्रेंच मॉरीशस के गुलाम भारतीय गुम हो गये, पर ब्रिटिश मॉरीशस के भारतीय ऐसे नहीं होंगें।[9] वे दशकों तक अपनी भारतीयता सँजो कर रखेंगे। वे काफ़ी बड़ी संख्या में आयेंगे, और पूरे द्वीप पर प्रभुत्व जमा लेंगे।

ब्रिटिश कब्ज़ा होते ही 1815 ई. में गवर्नर फ़रकुहर बम्बई और बंगाल से 835 सज़ायाफ़्ता क़ैदी भारत से लाये। इन्हें मॉरीशस की सड़कें बनाने में लगाया गया। 1828 ई. तक कुल 1,028 क़ैदी ले आये गये। इन्हें क़ैदी शिविरों में रखा जाता। पर यह भी गुलामी ही थी, जो 1838 ई. में बन्द कर दी गयी। इन क़ैदियों में जो 65 वर्ष से अधिक उम्र के थे, उनको मुक्त कर दिया गया।[10,11]

1825 ई. में मॉरीशस की चीनी पर से ब्रिटिश सरकार ने टैक्स हटा दिया। इससे यहाँ की चीनी के उत्पादन और बिक्री में जमकर इज़ाफ़ा हुआ। लेकिन यह मज़दूरों के अभाव में कठिन हो रहा था।

सबसे पहले 1826 ई. से 1829 ई. तक चीन के पेनांग इलाके और सिंगापुर से मज़दूर बुलाये गये पर वे यहाँ के मौसम में टिक नहीं पाये, और उन्हें वापस भेज दिया गया। फिर अफ्रीका से मँगवाने की बात हुई पर इसका विरोध हुआ, क्योंकि अफ्रीकी ग़ुलामी को ही तो ख़त्म किया गया था। उन्हें वापस कैसे बुलाते? ब्रिटिश अफ़सरों को यह आभास हो

गया कि भारतीयों से अधिक जनसंख्या और भीरुता कहीं नहीं।

फिर शुरू हुआ गिरमिटिया प्रयोग जिसे 'द ग्रेट एक्सपेरीमेण्ट' कहा गया।

सन् 1831 ई. में मेसर्स लैला–मेथासन की कम्पनी कलकत्ता से 151 बिहारी मज़दूरों को लेकर आयी। इन्होंने जॉन सैम्पसन के 'रिवियेरी डू रैम्पर्ट' इलाके में फैले गन्ने के खेतों में काम किया। पर जो तारीख़ मशहूर है वो है 2 नवम्बर, 1834, जब 36 बिहारी 'ऐटलस' नामक जहाज़ पर बैठ पोर्ट लुइस आये। उन्हें अरभुतनॉथ नामक स्कॉटिश व्यक्ति के गन्ने खेतों में काम करने में लगाया गया। यह दिवस 2 नवम्बर आज भी मॉरीशस में सरकारी छुट्टी का दिन है। उन 36 ग़ुलामों और गिरमिटिया प्रवास को लोग इस दिन याद करते हैं। हालाँकि इसी वर्ष एक दूसरे जहाज़ पर 7 बिहारी और आये। 35 वर्ष के गंगादीन, 30 वर्ष के हरदयाल और 24 वर्ष की मुन्नी का नाम रिकॉर्ड में मिलता है। गंगादीन 90 वर्ष की उम्र तक गन्ने के खेत में काम करते–करते चल बसे, पर यह नाम अब भी लोग याद करते हैं।

बाद में 1856 ई. से 1869 ई. के बीच मोजाम्बिक (अफ्रीका) से आज़ाद ग़ुलामों को पकड़ कर भी लाया गया। लेकिन भारतीय मज़दूरों को लाने की व्यवस्था अधिक संगठित और स्थायी थी। अन्ततः कुल मज़दूरों के 95 प्रतिशत गिरमिटिया भारतीय रहे।

मॉरीशस हालाँकि शुरू में कोई आने को तैयार नहीं था। यह काला पानी था, और गिरमिटिया प्रथा अभी शुरू ही हो रही थी। अंग्रेज़ों ने कई तरह की योजना बनायी। डिस्ट्रिक्ट कलेक्टर ने अपने ज़िले के अनाज वितरण को आधा कर दिया, कि लोग भागने को मजबूर हों। फिर भी लोग कहीं जाने को तैयार नहीं थे। कई प्रलोभन देकर आख़िर उन्हें तैयार किया गया।

इतने छोटे सफ़र में भी कई मौतें होतीं। औसत आँकड़ा लें तो केवल 1858 ई. में लगभग 19 प्रति हज़ार की दर से कलकत्ता से आये जहाज़ पर मौतें हुईं। हालाँकि मद्रास से आये जहाज़ पर मृत्यु दर कम थी, लगभग 5 प्रति हज़ार की दर से। इसकी वजह यह भी सम्भव है कि कई संक्रामक बीमारियाँ जैसे हैजा कलकत्ता में आम थी। मद्रास में संक्रामक बीमारियाँ कम थीं।[12]

1910 ई. में जब गिरमिटिया युग का अन्त हुआ, तब तक 4,51,000 भारतीय मॉरीशस आ चुके थे।[13]

मॉरीशस में मज़दूरी

मज़दूर जब मॉरीशस आते तो उन्हें पुराने गुलामों के झोंपड़ों में रखा जाता। यहाँ आकर वो जब इतनी भीड़–भाड़ में साथ रहते तो एक गाँव–सा बस जाता। धीरे–धीरे वे संगठित भी होने लगे। यहाँ तक कि उन्होंने अपनी एक पंचायत भी बना ली, जिसे 'बैठका' कहा जाता। इस बैठका में वह अपने आपसी विवाद सुलझाते। बाद में धार्मिक संगठन भी बनने लगे, जैसे मुस्लिमों ने अपनी 'जमात' बना ली।[14]

मॉरीशस के मज़दूरों के आने के साथ ही दो प्रमुख अध्यादेश आये, जिसने उनके सुनहरे कॉन्ट्रैक्ट को यातनापूर्ण बना दिया। कड़े नियम बनाये गये जिसमें उन्हें काम न करने पर कारावास की सज़ा भी मिल सकती थी।

1835 ई. के अध्यादेश 10 के बिन्दुओं के अनुसार–

"कोई भी 14 वर्ष से ऊपर का मज़दूर या प्रशिक्षु अगर कोई अपराध करे या कॉन्ट्रैक्ट के अनुसार कार्य न करे–जैसे काम न करना, या काम पर न आना, या काम ठीक से पूरा न करना, तो उसे पाँच पाउण्ड का जुर्माना या तीन महीने तक का कारावास हो सकता है।"

अध्यादेश 16 के अनुसार–

"अगर तीन या तीन से ज़्यादा मज़दूर एक गुट बनाकर कॉन्ट्रैक्ट बदलने या वेतन बढ़ाने जैसी माँग कर काम में बाधा डालें, तो उन्हें छह महीने तक का कारावास हो सकता है।"

यानी मज़दूरों का कोई समूह (एसोसिएशन) नहीं बन सकता। इन बातों से मज़दूरों के पर आते ही काट दिये गये।

1847 ई. में एक 'डबल कट क़ानून' आ गया, जिसके तहत अगर कोई मज़दूर किसी महीने में छह दिन से अधिक अवकाश पर रहता है, तो उस महीने का वेतन नहीं मिलेगा।[15]

इन अध्यादेशों का लन्दन में जम कर विरोध भी हुआ पर मॉरीशस के गवर्नर ने समझा–बुझा दिया कि ये अध्यादेश साम्राज्य की भलाई और उत्पादन में अनुशासन के लिए है। ये गुलामी से जुड़े नहीं हैं। अब भारत

से मरीच द्वीप आये मज़दूर यह क़ानून और अध्यादेश क्या समझ पाते? उनसे ये नियम अक्सर टूटते और उन्हें यातना दी जाती। हालाँकि 1922 ई. में इन अध्यादेशों को ख़त्म कर दिया गया पर तब तक देर हो चुकी थी। आठ दशक तक शोषण हो चुका था।

मॉरीशस के पोर्ट लुइस के आप्रवासी घाट पर कुछ इस तरह की पंक्तियाँ अंकित हैं :

"इतिहास ने जिसके लिए न छोड़ा कोई गवाह,
इतिहास ने जिसकी कथा पूरी नहीं सुनायी,
जिसने इस मिट्टी को सींचा अपने पसीने से,
और पत्थरों को बदला सोने के लहलहाते खेतों में,
पहला गिरमिटिया, इस मिट्टी का बेटा था,
वो हमारा था, आपका था, हम सबका था।"

मॉरीशस में जातिवाद

मॉरीशस आने वाले गिरमिटिया कई जातियों के थे और अधिकतर पिछड़ी जातियों के, पर मॉरीशस के हिन्दुओं में अब जाति प्रथा नहीं के बराबर है। वो आपस में बिना किसी जाति–विजाति की सोच के विवाह करते हैं। शायद इसलिए भी कि सबका सामाजिक तबका अंग्रेज़ों के खेतों में काम कर के एक हो गया। सब गिरमिटिया ही तो थे।

मुझे यह अन्देशा था कि यहाँ महादलित जातियों के लोग अधिक आये होंगे, पर शोध कुछ और कहता है। 1883 ई. के आँकड़े देखें तो वे कुछ इस प्रकार हैं[16] :

1. उच्च जाति (ब्राह्मण और क्षत्रिय)– 19%
2. वैश्य, अहीर और अन्य मध्य जातियाँ– 36%
3. दलित (चमार मुख्यतः)– 23%
4. मुस्लिम– 19%
5. शेष– 3%

यह आँकड़ा महत्त्वपूर्ण है कि 19% उच्च जाति के लोग गिरमिटिया मज़दूरी करने आये। जाहिर है कि उनकी माली हालत काफ़ी कमज़ोर होगी कि वो अपनी जाति–त्याग कर काला पानी में आये।

भारत में उन दिनों जाति प्रथा इस कदर थी कि ब्राह्मण समन्दर पार

करने और ख़ासकर मॉरीशस वग़ैरह जाने को 'काला पानी' कहते थे। एक ब्राह्मण गजाधर जब 1904 ई. में मॉरीशस से ख़ूब कमा कर लौटा तो उसे उस ज़माने में दो लाख रुपये मुआवज़ा ग्राम पंचायत को देना पड़ा। उसके बाद ही वो वापस अपनी ब्राह्मण जाति पा सका। इसकी एक वजह यह थी कि जहाज़ों पर जूठन का ख़याल नहीं रखा जाता, खान–पान के नियम नहीं पालन होते, स्नान और पूजा–ध्यान नहीं होता। ऐसे में ब्राह्मणत्व तकनीकी तौर पर ख़त्म हो जाता, और वो पतित कहलाते। कुछ ब्राह्मणों ने वैसे जहाज़ों पर भी कर्मकाण्ड जारी रखा और अपनी शुद्धि बरकरार रखी। एक ब्राह्मण की कहानी प्रचलित है, जिन्हें जहाज़ पर ज़बरदस्ती मछली खिलाकर अपवित्र किया गया।[17]

एक रिपोर्ट यह भी है कि मॉरीशस में जातिवाद धीरे–धीरे पनप रहा था। इसकी शुरुआत बँधुआ मज़दूरी के वक़्त ही हो गयी थी। गन्ने के खेतों में कुछ साल काम करने के बाद कुछ मज़दूर 'सरदार' बन जाते। उनका काम बाक़ी मज़दूरों को आदेश देना और मैनेजरी करना था। उनको पैसे भी ज़्यादा मिलते। यहीं से कुछ सामाजिक संरचना बननी शुरू हुई। आज वहाँ 'वैश मुक्ति संघ' है, 'गहलोत राजपूत' महासभा है। आर्य समाजियों ने चमारों के लिए 'आर्य रविवेद प्रचारिणी' बनाया। हालाँकि जातिवाद की बात मॉरीशस में करना आपको जोख़िम में डाल सकता है। फ्रांस की मैगज़ीन L'Express के एडिशन (9 मई 2010) में जब मॉरीशस के जातिवाद पर लेख छपा तो 'फ्रण्ट कम्यून हिन्दू' नामक संगठन ने मैगज़ीन को पूरे मॉरीशस में जलाकर प्रदर्शन किये।[18]

पर कुछ हद तक जाति प्रथा तो है। मूलतः मॉरीशस में वर्णों को दो बड़े भागों में बाँटा गया है। एक है 'ग्रैंड नस्यों' यानी सवर्ण समाज। और दूसरा 'टी नस्यों' यानी दलित समाज। सवर्णों में तीन वर्ण हैं– महाराज या मराज (ब्राह्मण), बाबूजी (क्षत्रिय) और वैश (वैश्य)। इसके अलावा कुछ जाति विभाजन भी है। जैसे खत्री एक तरह के बाबूजी जात हैं। अहीर, कुर्मी और कोइरी वैश समाज में हैं। चमार, नोनिया और दुसाध दलितों में। इन सबके अलावा उड़ीसा और आज के झारखण्ड से आये आदिवासी भी हैं, जिन्हें ये 'जंगली' बुलाते हैं। चाइनीज़ भी एक जाति ही मानते हैं।

सूक्ष्मता से देखने पर क्षेत्रवाद की शुरुआती झलक दिखती है। 'बेल्ले मारे'

नामक इलाके के अधिकतर खेत बिहार के आरा ज़िला के लोगों ने ख़रीद लिए थे।[19] यह सम्भव है कि शुरुआत में उन लोगों में दोस्ती अधिक रही हो, जो आसपास के गाँव से आये थे। अब हालाँकि यह फ़र्क़ करना कठिन है कि कौन किस ज़िले से आया।

मॉरीशस की जहाज़िन

एक और आँकड़ा जिसकी खोज में मेरी रुचि थी, वो थी महिलाओं की संख्या। शुरुआती जहाज़ों में महिलाएँ न के बराबर थीं। 1842 ई. तक मात्र लगभग एक प्रतिशत महिलाएँ थीं।[20] इतनी कम महिलाओं में यह स्पष्ट नज़र आता है कि पुरुषों में काफ़ी प्रतियोगिता और विवाद होते होंगे। शायद यही वजह रही हो कि महिलाओं का कोटा बढ़ाया जाने लगा। 1884 ई. तक तो महिलाओं का प्रतिशत 50 प्रतिशत से ऊपर पहुँच गया।[21] यहाँ यह भी बता दूँ कि भारत में हुआ विवाह मॉरीशस में ग़ैर–क़ानूनी था। उन्हें पुनः मॉरीशस में पंजीकरण कराना होता, जो कम लोगों ने कराया जिससे कई वर्षों बाद तक समस्याएँ आती रहीं।

जहाज़–यात्रा में यौन–शोषण की कथाएँ अन्य जहाज़ों की तरह यहाँ के जहाज़ों पर भी मिलीं। एक डॉ. आर. ब्राउन पर इल्ज़ाम था कि वो शराब पीकर गिरमिटिया महिलाओं के कपड़े उतारते थे। बाद में दण्डित भी सम्भवतः किये गये।[22]

गिरमिटिया महिलाएँ अपने साथ गहने भी लेकर आती थीं। सोने के गहने। यही उनका 'सोलह श्रृंगार' था। उनकी सम्पत्ति। इतना ही नहीं, गिरमिटिया पैसे बचाकर ज़मीन तो ख़रीदते ही, सोना भी इकट्ठा करते। अपनी पत्नी को सोने के गहने बना कर देना गिरमिटिया प्रवासियों का शौक़ था। ख़ासकर गिन्नी सिक्के महिलाओं के आभूषण थे। गिन्नियाँ सत्रहवीं शताब्दी के सोने के सिक्के थे, जो पश्चिमी अफ़्रीका से आयातित सोने से बनते थे। बाद में इन सिक्कों का चलन मुद्रा के रूप में ख़त्म हो गया। पर यह आभूषण बन गये। हालाँकि गोरे साहब इसे धन की बरबादी कहते, लेकिन ये सिक्के भारतीय समृद्धि के संकेत बन गये। महिलाएँ गले में गिन्नियाँ लटकातीं और यही उनके वैभव का पैमाना था। इसे मॉरीशस में 'गिरनी' कहा जाता और पोर्ट लुइस के सुनार यह सिक्के बनाकर देते।

महिलाएँ अपने इन सिक्कों को अपने झोपड़ों में सँभाल कर रखतीं। शादी वग़ैरह के मौक़ों पर गले में पहन कर घूमतीं। यह भी आम था कि दादी–नानी अपने पोते–पोतियों को उपहार में गिरनी देतीं। बाद में गिरनी पिघलाकर आधुनिक आभूषण भी तैयार कराने लगे। हालाँकि इन गिरनियों से यह सिद्ध होता है कि कुछ समय बाद गिरमिटियों की हालत इतनी बुरी नहीं रह गयी थी। वो समृद्ध होने लगे थे।

हिन्दुस्तानी संस्कृति और धर्म

मॉरीशस के भारतीयों की हालत 'रियूनियन' के भारतीयों से इस मामले में अच्छी है कि उनकी संस्कृति बहुत अधिक क्षीण नहीं हुई। या यूँ कहिए, उनमें भारतीयता ज़्यादा है। वहाँ बिहार, उड़ीसा, महाराष्ट्र, तमिलनाडु और आन्ध्र से मज़दूर आये। गुजरात और सिन्ध से व्यापारी भी आये। आज (2017 सेंसस) मॉरीशस के 12 लाख लोगों में लगभग 8 लाख भारतीय हैं।

उस ज़माने में यहाँ चीन से भी कई लोग आये, पर उनमें सभी पुरुष थे। मजबूरन चीनियों को भारतीय महिलाओं से विवाह करना पड़ा। अब उनके बच्चों में भी भारतीयता नज़र आती है।

मॉरीशस के स्कूलों में तीन भाषा 'पॉलिसी' है। फ्रेंच और अंग्रेज़ी अनिवार्य है। तीसरी भाषा के रूप में हिन्दी और उर्दू अभी लोकप्रिय चल रहे हैं। मॉरीशस के कई बच्चे हिन्दी लिख–पढ़ दोनों सकते हैं। यह सुविधा 'रियूनियन' में नहीं। 1962 ई. के एक पुराने सेंसस में 60 प्रतिशत भारतीयों ने अपनी भाषा हिन्दी या भारतीय भाषा दर्ज की, फ्रेंच नहीं।[23]

मॉरीशस में 'झाल' बजाकर रामायण पाठ, या महिलाओं की गीत–गवई परम्परा आज भी प्रचलित है। महाशिवरात्रि सबसे धूम–धाम से मनाया जाने वाला पर्व है। यह फ़रवरी–मार्च के महीने में चार से नौ दिन तक चलता है। इसके अलावा तमिल भगवान मुरूगन की पूजा 'ताईपुसम' यहाँ भी लोकप्रिय है। गणेश चतुर्थी भी सरकारी छुट्टी है, और ख़ासकर मराठी मूल के लोग मनाते हैं। दीवाली एक ऐसा पर्व है जो ईसाई भी हिन्दुओं के साथ गर्मजोशी से मनाते हैं। होली में ख़ूब भोजपुरी रंग जमता है। उगाडी और मकर संक्रान्ति भी मनाया जाता है।

हिन्दुत्व के प्रचार–प्रसार में स्वामी कृष्णानन्द सेवाश्रम की अहम भूमिका रही है। इनका आयुर्वेद आश्रम 1983 ई. में स्थापित हुआ और बाबा रामदेव

आश्रम की टक्कर का है। इनके आश्रम में 200 मरीज़ एडमिट होते हैं और हफ़्ते में 400 आउट–पेशेण्ट मरीज़ देख डालते हैं। यह विश्व के बड़े आयुर्वेद आश्रमों में एक है जिसमें विदेशी पर्यटक भी ख़ूब रुचि ले रहे हैं। इसके अतिरिक्त इस्कॉन ने मन्दिर बनाये हैं। आर्य समाज भी विस्तृत रूप में है। स्वामी लक्ष्मणाचार्य विश्व शान्ति फ़ाउण्डेशन भी मॉरीशस में काफ़ी सक्रिय है। हिन्दू स्वयंसेवक संघ जो भारतीय आर.एस.एस. की शाखा है, उनकी गतिविधियाँ भी हाल के वर्षों में इस द्वीप पर बढ़ी हैं।

राजनीति में भारतीय

मॉरीशस में भारतीयता की बड़ी वजह यह भी है कि भारतीय मूल के लोग राजनीति में छाये हुए हैं। कार्ल ऑफ़मैन को छोड़कर सभी राष्ट्रपति भारतीय मूल के हुए। पॉल बेरेंगर को छोड़कर सभी प्रधानमन्त्री भी। लगभग सभी भारतीय पर्वों पर सरकारी छुट्टी होती है।

मॉरीशस के ज़्यादातर प्रधानमन्त्री और राष्ट्रपति बिहारी मूल के हुए। इसकी एक वजह यह भी है कि मॉरीशस के भारतीयों में बिहारियों का बाहुल्य है। इनमें अधिकतर हिन्दू हैं, और बाक़ी सुन्नी मुस्लिम और कुछ ईसाई बन गये। इनमें कई 'आदिवासी' भी थे पर उनका इतिहास या तो दब गया, या वो भी ईसाई बन गये। लेकिन यह भी सत्य है कि भारत और नेपाल के बाद सबसे अधिक प्रतिशत हिन्दू मॉरीशस में हैं।

मॉरीशस के पहले राष्ट्रपति सीवुसागुर रामगुलाम भोजपुर ज़िले के हरिगाँव के थे। उनके पिता मोहित रामगुलाम 1896 ई. में 'हिन्दुस्तान' जहाज़ से 18 वर्ष की उम्र में मज़दूर बनाकर लाये गये थे। इन सबकी मातृभाषा आज भी भोजपुरी ही है। सीवुसागुर रामगुलाम को तो अपनी जड़ों का पता लग गया पर राष्ट्रपति राजकिश्वर पुरयाग आज भी अपनी जड़ें तलाश रहे हैं। उनके परदादा कभी बिहार से मज़दूर बनकर मॉरीशस गये। उनके भाई का परिवार यहीं रह गया। उन्हें इतना पता लगा है कि पटना के पुनपुन इलाके के वाजितपुर गाँव से उनके तार जुड़े हैं, पर फिर भी पूर्वजों की पहचान नहीं हो पायी। बिहार के मुख्यमन्त्री नीतीश कुमार ने मसौढ़ी के महतो टोली से उनके कुलवृक्ष को जोड़ा है, पर पता नहीं कहाँ तक सच है।[24]

सन्दर्भ

1. विश्वनन्दन गोविन्दन, सब्जेक्ट्स ऑफ़ हिस्ट्री : गोकुला एण्ड झुनमुन गिरी गोसाईं, इण्डेंचर्ड माइग्रेंट्स टू मॉरीशस, सीरियल पब्लिकेशन, मैन इन इण्डिया, 92 (2), पृ. 333–352
2. रिचर्ड ऐलन, स्लेव्स, फ्रीडम एण्ड इण्डेंचर्ड लेबरइन कॉलोनियल मॉरीशस, कैम्ब्रिज यूनिवर्सिटी प्रेस, 1999
3. बर्टन बेनेडिक्ट, स्लेवरी एण्ड इण्डेंचर इन मॉरीशस एण्ड सेशेल्स (जेम्स. एल. वाटसन सम्पादित पुस्तक' एशियन एण्ड अफ्रीकन सिस्टम ऑफ़ स्लेवरी' से), यूनिवर्सिटी ऑफ़ कैलिफ़ोर्निया प्रेस, 1980
4. ह्यूज टिंकर, न्यू सिस्टम ऑफ़ स्लेवरी : द एक्सपोर्ट ऑफ़ इण्डियन लेबर ओवरसीज़ 1830–1920, ऑक्सफोर्ड यूनिवर्सिटी प्रेस, लन्दन, 1974
5. बर्टन (सं. 3)
6. रिचर्ड (सं. 2)
7. वही (सं. 2, द्वितीयक स्रोत)
8. बर्टन (सं. 3)
9. के. हजारी सिंह, द हिस्ट्री ऑफ़ इण्डियन्स इन मॉरीशस, मैकमिलन, 1975
10. रिचर्ड (सं. 2)
11. आर. आर. कुचिंस्की, डेमोग्राफ़िक सर्वे ऑफ़ द ब्रिटिश कॉलोनियल एम्पायर, वॉल्यूम 2, ऑक्सफोर्ड यूनिवर्सिटी प्रेस, 1949
12. रिचर्ड (सं. 2)
13. डेविड नॉर्थ्रप, इण्डेंचर्ड लेबर इन द एज़ ऑफ़ इम्पीरियलिज़्म 1834–1922, कैम्ब्रिज यूनिवर्सिटी प्रेस, 1995
14. बर्टन (सं. 3)
15. वही (सं. 3)
16. वही (सं. 3)
17. मैथ्यू क्लैवेरोलास, द लैण्ड ऑफ़ द वैश? कास्ट स्ट्रक्चर एण्ड आइडियोलॉजी इन मॉरीशस, साउथ एशिया मल्टीडिसिप्लनरी एकैडमिक जर्नल, ऑनलाइन स्रोत, 27 मई, 2015
18. वही (सं. 17)
19. रिचर्ड (सं. 2)
20. बर्टन (सं. 3)
21. रिचर्ड (सं. 2)
22. वेरेने ए. शेफहर्ड, महारानीज़ मिज़री, यूनिवर्सिटी ऑफ़ वेस्टइण्डीज प्रेस, 2002
23. बर्टन (सं. 3)
24. गिरिधर झा. 'मॉरीशस प्रेसिडेंट राजकिश्वर पुरयाग फाइणड्स हिज़ ऐन्सेस्ट्रल रूट्स इन बिहार', मेल टुडे, 2 जनवरी, 2013

सेशेल्स द्वीप, हिन्द महासागर

हज़ारों वर्ष पहले क्या कभी गोंडवाना महाभूखण्ड था? भारत से टूट कर या कभी कोई द्वीप बिखर कर दूर हिन्द महासागर में चला गया? सेशेल्स के ग्रेनाइट द्वीपों को देख कर लोग यही कयास लगाते हैं। द्वीप अलग होकर गया ये पता नहीं, पर कई हिन्दुस्तानी ज़रूर सेशेल्स द्वीप पहुँच गये।

वैवेल जॉन चार्ल्स रामकलावन को देखकर ऐसा नहीं लगता कि उनके भारत से कुछ सम्बन्ध हैं। कुछ अफ्रीकी मूल के लगते हैं। पर नाम में रामकलावन देख सन्देह होता है। कभी इनके परदादा उत्तर प्रदेश के एक गाँव से मॉरीशस और बाद में सेशेल्स आये। अब वैवेल रामकलावन सेशेल्स के नामी राजनीतिज्ञ हैं। ईसाई पादरी हैं और राष्ट्रपति प्रत्याशी रह चुके हैं। पर इनके परदादा के बारे में सोचकर ताज्जुब होता है। एक उत्तर प्रदेश से आया मज़दूर किन हालातों में यहाँ आया होगा? कैसे ईसाई बना होगा? और कैसे अफ्रीकियों से सम्बन्ध हुए होंगे?[1]

सेशेल्स मॉरीशस के पास 115 द्वीपों का समूह है, जो अब मॉरीशस से अलग है। इनमें अधिकतर द्वीपों पर आज कोई नहीं बसता। भारत की तरह इस द्वीप की खोज भी वास्को–डी–गामा ने 1502 ई. में की। इस द्वीप पर कभी ब्रिटेन तो कभी फ्रांस का राज रहा, पर 1814 ई. में नेपोलियन की हार के बाद यह ब्रिटेन के कब्ज़े में चला गया।

1770 ई. में ही फ्रेंच लोगों ने यहाँ दक्षिण भारत से गुलाम लाने शुरू किये। यहाँ कब कौन से जहाज़ आये, इसका पक्का ब्योरा नहीं मिलता। पर 1905 ई. में एक 'इट्रिया' नामक जहाज़ 135 मज़दूरों को यहाँ मद्रास से ज़रूर लाया था। यहाँ भी मुख्यतः गन्ने की खेती होती थी। पर यहाँ के बैरकों और गिरमिटिया जीवन के रिकॉर्ड मुझे नहीं मिल सके।

मैंने कुछ अनुमान ज़रूर लगाये। यहाँ अधिकतर भारतीय दक्षिण भारतीय मूल के हैं। कई रेड्डी उपनाम के ईसाई हैं। आज भारतीय मुख्यतः सेशेल्स के माहे द्वीप में केन्द्रित हैं। शायद यहीं काम करने आये हों। या यहाँ गिरमिटिया. जीवन के बाद आ गये हों। सेशेल्स के भारतीय यहाँ की संस्कृति में घुल–मिल गये। यहाँ के अन्य अफ्रीकी और चीनी मूल के लोगों से विवाह किये। धर्म परिवर्तन कर ईसाई बन गये।

इस द्वीप की कुल जनसंख्या 81,000 (2017) है, जिसमें 5,000 भारतीय मूल के हैं। तकनीकी रूप से यूँ तो अब बस 6% भारतीय हैं, पर लगभग 80% लोगों में भारतीय ख़ून है। यह कमाल का तथ्य लगता है। एक अनजाने द्वीप पर इतनी भारतीय आनुवंशिकता! चाहे किसी रूप में हो, वह अपना असर दिखाती है। भारतीय संस्कृति देर–सवेर लौट रही है। हिन्दू धर्म अब भी यहाँ का दूसरा सबसे बड़ा धर्म है।

पिछले तीन दशकों में तमिल हिन्दुओं ने अपनी संस्कृति के पुनर्जागरण की कोशिश प्रारम्भ की है। यहाँ अरूलमीगु नवशक्ति विनयागार मन्दिर की स्थापना हुई और कवाड़ी उत्सव मनाया जाने लगा। यह अब इतना लोकप्रिय है कि हिन्दुओं के लिए सरकारी छुट्टी का दिन घोषित कर दिया गया।

मॉरीशस और सेशेल्स द्वीप के विषय में शोध करते वक़्त मेरे मन में एक प्रश्न आया जो बाक़ी द्वीपों पर भी लागू है। आख़िर इन सभी द्वीपों पर अफ्रीकी ग़ुलाम पहले आये, और लम्बे समय तक रहे, लेकिन उनकी अफ्रीकी संस्कृति ख़त्म हो गयी। वहीं दूसरी ओर भारतीयों में भारतीयता काफ़ी हद तक बची रही। ऐसा क्यों?

इसकी वजह यह नज़र आती है कि भारत में धर्म की हर तबके में गहरी पैठ थी, और उससे जुड़ा विश्वास पीढ़ी–दर–पीढ़ी चलता रहा। अफ्रीकी अलग–अलग छोटे आदिवासी, कबीलों से थे और एक सामूहिक संस्कृति नहीं थी। जबकि भारतीय अलग–अलग प्रान्तों से होने के बावजूद एक ही हिन्दू या मुस्लिम संस्कृति से थे। हिन्दुस्तान विविध होकर भी मूल स्वरूप में एक ही था। इसके अलावा विवाह या सम्बन्ध भी भारतीयों ने अपने मूल के लोगों के साथ ही रचाये, जबकि अफ्रीकी इन मामलों में उन्मुक्त थे।[2] इसके अतिरिक्त भाषायी समानता और भाषा से कमोबेश जुड़े रहना,

और एक ही बैरक में साथ रहना, एक–सा सामन्तवादी इतिहास होना। अफ्रीकी ग़ुलाम बनाकर लाये गये थे, और आज़ाद होकर वो अपने बुरे इतिहास से बाहर निकलना चाहते थे। जबकि हिन्दुस्तानी ऐग्रीमेण्ट के माध्यम से अपनी मर्ज़ी से आये थे। उनको अपने इतिहास से उतनी नफ़रत शायद नहीं थी, जितनी अफ्रीकियों को। एक अन्देशा यह भी है कि अफ्रीकी नाबालिग उम्र में ही उठा कर ले आये गये, और उन्हें अपनी संस्कृति का उतना अन्दाज़ा नहीं था जितना भारतीयों को। यहाँ तक कि अफ्रीकियों के नाम भी फ्रेंच या अंग्रेज़ लोगों ने ही दिये, जैसे 'जैकब' या 'क्रिश'। जबकि भारतीयों ने अपने नाम बचा कर रखे।

ऐसी कई वजहें होंगी, जिससे हिन्दुस्तानियत ख़त्म नहीं हो पायी, जबकि अफ्रीकीयत क्षीण हो गयी।

सन्दर्भ

1. वैवेल जॉन चार्ल्स रामकलावन द्वारा संवैधानिक न्यायालय में की अपील (इण्टरनेट स्रोत)
2. बर्टन बेनेडिक्ट, स्लेवरी एण्ड इण्डेंचर इन मॉरीशस एण्ड सेशेल्स (जेम्स. एल. वाटसन सम्पादित पुस्तक 'एशियन एण्ड अफीकन सिस्टम ऑफ़ स्लेवरी' से), यूनिवर्सिटी ऑफ़ कैलिफ़ोर्निया प्रेस, 1980

फिजी के टपूआ

(फिजी द्वीप–समूह, दक्षिण प्रशान्त महासागर)

"छुरी, कुदारी के संग, अब बिताए दिन और रतियाँ,
गन्ने की हरी–हरी पत्तियाँ, जाने हमारे दिल की बतियाँ"

(किसी गिरमिटिया की गायी बिदेसिया)1

गिरमिटिया पहेली

सतीश राय सिडनी के डॉक्यूमेण्ट्री निर्देशक हैं। उनके दादा–दादी कभी फिजी में गिरमिटिया थे। 1994 ई. में वो अपने पूर्वजों की खोज में भारत आये। उनके पास पूर्वजों की जानकारी न के बराबर थी। उन्हें बस यह पता था कि उनके पूर्वज बस्ती ज़िला से आये थे। पर बस्ती ज़िला भी तो कोई छोटा–मोटा नहीं। उस इलाके के राय 'भूमिहार ब्राह्मण' होते हैं, यह बात तो उन्हें रिक्शेवाले ने भी बता दी। पर ऐसे हज़ारों भूमिहार ब्राह्मण परिवार होंगे। 20 साल तक वो खोजबीन में लगे रहे, कई दफ़ा भारत आये। आख़िर उन्हें कुछ सुराग मिले और 2014 ई. में वो बलरामपुर गाँव पहुँचे, जहाँ उनके खानदानी भाई नईम राय मिले।

पर नईम राय तो मुस्लिम थे, भूमिहार नहीं। ज़रूर कुछ धोखा हुआ होगा। बस उनका चेहरा मिल रहा था, बिछड़े भाइयों की तरह। नईम राय और सतीश राय भले ही मुसलमान और हिन्दू हों, पर कुछ तार ज़रूर जुड़े थे।

जब उन्होंने इतिहास में झाँका तो पता लगा, उनकी दादी राय बहादुर की पत्नी थी। राय बहादुर दबंग व्यक्ति तो थे ही, सम्भव है पत्नी पर अत्याचार करते हों। आख़िर एक दिन वह घर छोड़कर भाग गयीं। घर से

भागी हुई औरतों पर उन दिनों अरकाटी एजेण्टों की नज़र होती। ज़रूर किसी अरकाटी ने प्रलोभन दिये होंगे कि फिजी जाकर बस जायें। उन्हें यह प्रस्ताव इसलिए भी अच्छा लगा क्यूँकि भारत के किसी भी कोने में राय बहादुर उन्हें ज़रूर ढूँढ़ निकालते। उनकी दादी किसी पुरुष के साथ फिजी चली गयीं जो उनके दादा बने।

भारत में राय बहादुर ने उनकी दादी के परिवार का हुक्का–पानी बन्द कर दिया और किसी भी भूमिहार से उस परिवार में विवाह वर्जित कर दिया। आख़िर इस झंझट से बचने का एक ही तरीक़ा था कि धर्म बदल लें। उनका परिवार मुसलमान बना और उसी परिवार के पोते नईम राय हैं। सतीश राय के बिछड़े भाई।[2]

फिजी के महात्मा

यह कथा 1893 ई. में शुरू होती है। एक दरिद्र ब्राह्मण अपनी ग़रीबी से त्रस्त प्रयाग पहुँचता है, जहाँ उसे एक अहीर शरण देता है। यहीं प्रयाग के कोतवाली चौक पर उन्हें एक व्यक्ति मिलता है, जो नौकरी का प्रस्ताव रखता है। वो कहता है कि आसान–सा कार्य है और स्वैच्छिक है। जब मन हो त्याग देना। और इस तरह एक प्रबुद्ध ब्राह्मण तोताराम सानिढ्य जी भी आख़िर अरकाटी एजेण्टों द्वारा ठग लिए गये।

जब तोताराम जी डिपो पहुँचे, वहाँ तक़रीबन सौ पुरुष और साठ स्त्रियाँ बैठी थीं। लकड़ी के चूल्हे पर भोजन बनाया जा रहा था। तोताराम जी ने कभी चूल्हे को हाथ भी नहीं लगाया था, तो वह अपना भोजन कैसे बनाते? अरकाटी ने समझाया कि जो दुःख है, वह बस भारत तक है। फिजी जाकर स्वर्ग–लोक है, जहाँ सुख–ही–सुख है। वहाँ चैन से बैठ कर गन्ने का रस और केला खाना होगा।

तोताराम जी और तमाम लोगों को एक गाड़ी में बिठा कर मजिस्ट्रेट के पास ले जाया गया, जहाँ उन्हें हर बात पर 'हाँ' कहना था। यह सब इतनी जल्दी में हो रहा था कि 165 लोगों ने बीस मिनट के अन्दर अँगूठे लगा दिये। एक लम्बे सफ़र और लम्बे कॉन्ट्रैक्ट की सहमति बस कुछ सेकण्डों में हो गयी? तोताराम जी यह हड़बड़ी देख कर शंकित हुए और मना कर दिया। उन्होंने कहा कि उनके हाथ कोमल हैं और उनसे यह

मज़दूरी नहीं हो पायेगी। पर उन्हें एक कोठरी में अकेले बन्द कर दिया गया। जब एक दिन भूखे–प्यासे रहे तो आख़िर हार कर फिजी के काग़ज़ पर हस्ताक्षर कर दिये।

जहाज़ से जब तोताराम जी फिजी पहुँचे तो वहाँ भी कार्य से मना किया, पर इन्हें ज़बरदस्ती नाव पर चढ़ा कर बागान भेज दिया गया। तोताराम जी ने आख़िर गिरमिटिया कार्य जैसे–तैसे शुरू किया, पर उन्हें यह अत्याचार दिखने लगा। उन्होंने कभी खेती–बाड़ी नहीं की थी। अब कुदाल चलानी पड़ रही थी, तो भूख बहुत लगती। तोताराम जी ने अंग्रेज़ों से कहा कि रसद बढ़ायी जाये।

अंग्रेज़ ने पूछा, "वेल! टुम आडमी है कि घोरा?"

उन्होंने कहा, "था तो आदमी ही। पर इस कुदाल ने घोड़ा बना दिया।"

वहाँ के श्वेत गोरे अश्वेत भारतीयों की साँस से भी नफ़रत करते थे। वो कहते कि उनकी साँस की बदबू से रोग फैलता है। यह बातें तोताराम जी के अन्दर ब्रिटिश साम्राज्य के विरुद्ध संघर्ष को प्रेरित करने लगीं।

उन्होंने यहाँ की कहानियाँ भारत के राजनेताओं को चिट्ठी लिख कर बतानी प्रारम्भ कीं। ख़ासकर मोहनदास करमचन्द गाँधीजी को। गाँधीजी को जब उन्होंने एक भारतीय बैरिस्टर फिजी भेजने की गुज़ारिश की, तो उन्होंने उत्तर देवनागरी में लिखे एक पत्र से दिया। यह महत्त्वपूर्ण है क्योंकि गाँधीजी अक्सर गुजराती या अंग्रेज़ी में ही पत्राचार करते थे। वह चिट्ठी थी–

श्रावण वदी 8, सं. 1967

"आपका ख़त मिला है। वहाँ के हिन्दी भाइयों के दुख की कथा सुन के मैं दुखी होता हूँ। यहाँ से कोई बैरिस्टर को भेजने का मौक़ा नहीं है। भेजने जैसा कोई देखने में भी नहीं आता है। जो इजा परे उसका बयान मुझे भेजते रहना। मैं यह बात विलायत तक पहुँचा दूँगा। स्टीमर की तकलीफ़ का ख़याल मुझे बराबर यहाँ पाता है। यह सब बातों के लिए वहाँ कोई इंगरेजी पढ़ा हुआ स्वदेशाभिमानी आदमी होना चाहिए। मेरे ख़याल से आवेगा तो मैं भेजूँगा। आपके दूसरे ख़त की राह देखूँगा। मोहनदास करमचन्द गाँधी का यथायोग्य पहुँचे।"

और आख़िर गाँधीजी ने वकील मणिलाल डॉक्टर को फिज़ी भेजा भी, जिसकी चर्चा मैं आगे करूँगा।

तोताराम जी ने हिन्दू धर्म और संस्कृति के लिए भी महत्त्वपूर्ण योगदान दिया। उन्होंने पण्डिताई भी की, और अक्सर कुलियों का मार्गदर्शन करते। उनको ईसाई धर्मान्तरण न करने की सलाह देते। उन्होंने ही फिजी में रामलीला भी शुरू करवायी, और भारत से धर्म उपदेशकों को बुलावा भी भेजा।

तोताराम जी और उनकी पत्नी इक्कीस वर्ष फिजी में बिताकर भारत लौटे और गाँधीजी के साथ साबरमती आश्रम में रहने लगे। इस बीच 1914 ई. की मद्रास कांग्रेस सभा में फिजी में रहने वाले भारतीयों के नुमाइन्दे बनकर तोताराम जी ने भाषण भी दिया। वो गाँव–गाँव घूम कर गिरमिटिया प्रथा के ख़िलाफ़ मुहिम भी चलाते रहे और उन प्रयासों से ही आख़िर यह प्रथा बन्द हुई। इन्हीं कारणों से तोताराम सानिढ्य को कई लोग फिजी का महात्मा गाँधी कहते हैं।[3]

नरभक्षियों का द्वीप?

फिजी लगभग 300 द्वीपों और 500 से अधिक छोटे भू–खण्डों का समूह है। 110 द्वीपों में लोग रहते हैं। यह द्वीप करोड़ों वर्ष पूर्व ज्वालामुखी थे, जो अब बुझ गये। यह द्वीप प्रशान्त महासागर का स्वर्ग भी कहा जा सकता है, जहाँ नारियल के झूमते पेड़ हैं, हरियाली है, एक सतही शान्ति है। सतही, क्योंकि इस शान्ति में कई दर्द, कई यातनाएँ दबी पड़ी हैं। यह गिरमिटियों की धरती है। यहाँ का 'करिया पहाड़' जो 'बा' द्वीप का पहाड़ है, सचमुच काला पहाड़ है, जहाँ अब कई भारतीयों के अपने खेत हैं, बस्ती है।

कहते हैं फिजी का सफ़र बड़ा कठिन था और कई जहाज़ दक्षिण प्रशान्त महासागर की बलि चढ़ गये। पहला जहाज़ जो आख़िर पहुँच पाया, वह पीटर डिल्लन नामक एक आइरिश मूल के भारतीय का था। वह अंग्रेज़ों की रॉयल नेवी के ट्रफल्गार और कलकत्ता में कैप्टन थे।[4] 1813 में इनका जहाज़ 'हण्टर' कैप्टन रॉब्सन के नेतृत्व में चन्दन की लकड़ी की खोज में फिजी पहुँचा। वहाँ जब पहुँचे तो फिजी के आदिवासियों से भिड़न्त हुई।

डिल्लन यहाँ एक स्थानीय यूरोपियन चार्ल्स सैवाज़ के साथ मिलकर फिजीवासियों की नाव तोड़ने की योजना बना रहे थे। इतने में इन्हें जंगलों

में घेर लिया गया। डिल्लन और सैवाज़ वापस भाग कर अपने 'हण्टर' जहाज़ पर जाना चाहते थे। पर इनके प्रयास असफल रहे। डिल्लन अपने लोगों को लेकर एक टीले पर चढ़ गये, जिसका सफ़र नीचे से तय करना कठिन था। अगर कोई ऊपर पहुँच जाये, तो वहाँ से लड़ना आसान था। पर धीरे–धीरे हज़ारों वैलिया आदिवासियों ने पहाड़ को घेर लिया। चार्ल्स सैवाज़ ने भागने की योजना बनायी पर डिल्लन अड़ गये। उन्होंने ऐलान कर दिया कि जो भी साथी भागेगा, उसे गोली मार दी जायेगी।[5]

डिल्लन शातिर थे, और अपनी चाल सँभल कर चलते थे। उनके लोगों ने जहाज़ पर आठ वैलिया आदिवासियों को पहले से बन्दी बना रखा था। इनमें एक वैलिया के मुख्य पुजारी का भाई भी था। डिल्लन ने शर्त रखी कि हमें जाने दो तो तुम्हारे लोग भी जहाज़ से छोड़ दिये जायेंगे। वैलिया तैयार हो गये, पर इस प्रक्रिया में कई लोग टीले पर इधर–उधर से चढ़ने लगे।

चार्ल्स सैवाज़ फिजी में कई वर्षों से थे और स्थानीय भाषा धारा–प्रवाह बोलते थे।[6] उन्होंने कहा कि मैं नीचे जाकर शान्ति का प्रस्ताव रखता हूँ। डिल्लन ने कहा कि फिर बन्दूक़ें यहीं छोड़ जाओ। सैवाज नीचे तो गये, पर बात नहीं बनी। उल्टा सैवाज़ को ये लोग बन्दी बनाकर, पका कर खा गये। लड़ाई चलती रही और डिल्लन को छोड़ बाक़ी लोग भी धीरे–धीरे खा लिए गये। यह भी ग़ौरतलब है कि वह सैवाज ही थे, जिन्होंने फिज़ीवासियों को कभी बन्दूक़ चलाना सिखाया था। इसी टीले के आसपास। और यहीं उनके चेले मारकर खा गये![7]

यह टीला अब 'डिल्लन रॉक' कहलाता है। हालाँकि, इस कहानी का कुछ लोग विरोध करते रहे हैं। वो कहते हैं, फिज़ी के व्यक्ति आदम–मांस नहीं खाते थे। पर ऑस्ट्रेलिया के आसपास के द्वीपों में नरभक्षी आदिवासी थे, इसमें दो राय नहीं। फिजी भी इन द्वीपों का ही हिस्सा है।

फिजी के पहले गिरमिटिया

फिजी में गिरमिटिया लोगों को बुलाने का विचार सर आर्थर गॉर्डन का था, जो उन दिनों फिजी के गवर्नर थे। सन् 1879 में रियूनियन द्वीप से 31 मज़दूर फ्रांस के दूसरे द्वीप 'न्यू कैलिडोनिया' लाये गये और वहाँ से

ब्रिटिश लोग उन्हें फिजी ले आये। पर ये मज़दूर अब कच्चे खिलाड़ी नहीं थे। वो कई वर्ष गिरमिटिया रूप में बिता चुके थे। उन्हें ऐग्रीमेण्ट की शर्तों का अन्दाज़ा हो गया था। उन्होंने फिजी में काम करने से इंकार कर दिया, यह कहकर कि यहाँ काम ज़्यादा है। आख़िर उन्हें वापस भेजना पड़ा। 1881 ई. में फिर से 38 मज़दूर इसी रास्ते लाये गये, और उनमें भी कुछ लोग वापस लौट गये। पर कुछ लोग घूम–घूम कर थक गये थे तो वहीं जम गये। कुछ ने फिजी की महिलाओं से विवाह भी कर लिया। उनका वापस 'रियूनियन' से कभी रियूनियन नहीं हुआ।[8]

फिजी में उन दिनों गन्ने की खेती ब्रिटिश सरकार ने शुरू की, पर वहाँ के आदिवासी काम करने को तैयार नहीं थे। फिर सोलोमन द्वीप–समूह (अब वनुआतु) से मज़दूर लाये गये, पर वो भी भाग गये। आख़िर सर गॉर्डन ने कलकत्ता की 'रिक्रूटमेण्ट एजेंसियों' से सम्पर्क किया।

14 मई, 1879 ई. को 'लियोनिडास' जहाज़ पर कलकत्ता से 463 मज़दूर लाये गये और यह सिलसिला ऐसा चला कि अगले 40 वर्षों में लगभग साठ हज़ार भारतीय मज़दूर आ गये। उन दिनों फिजी पहुँचने में साधारण जहाज़ 73 दिन लेते, पर बाद में स्टीमर जहाज़ एक महीने में पहुँचाने लगे। शुरुआती जहाज़ों में ख़ासकर एक जहाज़ गिरमिटिया इतिहास में अविस्मरणीय है।

1884 ई. में जहाज़ 'सीरिया' कलकत्ता से कुल 479 मज़दूरों को लेकर चला। जहाज़ भारत से काफ़ी तेज़ गति से बस 58 दिन के सफ़र में फिजी पहुँचने वाला था। यह एक उत्साहित मज़दूरों का दल था, और उन्हें आख़िर उस रात फिजी द्वीप नज़र भी आने लगा था। पर द्वीप के क़रीब आते ही जहाज़ में कुछ हलचल हुई। जहाज़ द्वीप से बस चार मील दूर 'नसीलाई रीफ़' पत्थर से टकरा गया, और उसमें छेद हो गया। जहाज़ डूबने लगा। फिजी के गवर्नर आर्थर गॉर्डन ख़ुद बचाव दल लेकर पहुँचे, और कई लोग बचाये भी गये। पर उनके सामने कई लोग डूबते रहे, चिल्लाते रहे, और वह उनके लिए कुछ न कर सके। 'सीरिया' जहाज़ डूब गया, जिसमें 59 गिरमिटिया मर गये।[9]

'सीरिया' जहाज़ के डूबने को फिजी की यह मार्मिक कविता ख़ूब बयान करती है :

"रात अँधेरी, हवा सनसनी, पाल फड़फड़ाते थे ऊपर।
सीरिया आगे बढ़ा चला था, फिजी सागर की छाती पर।
तूफाँ का एक हुआ धड़ाका, सीरिया टकराया चट्टानों से।
एक तरफ़ वह सीधे डूबा, मची कोलाहल सब लोगों में।
डूब मरे मल्लाह यात्री, समा गये सागर के अन्दर।"[10]

जब यह मज़दूर जहाज़ से उतरते, उनको अक्सर एक वीराने नुकुलाऊ द्वीप पर महीने भर रखा जाता। यह इसलिए कि ये अगर भारत से कोई बीमारी लाये हों तो फिजी में न फैलायें। यह एक तरह का 'क्वारानटाइन' था। इनकी मेडिकल जाँच होती और जो बिल्कुल ही 'अनफिट' निकलते, उनको वापस भारत भेज दिया जाता। बलि पर वही चढ़ते जो 'फिट' होते। जो थोड़े 'अनफिट' होते, उनको कम काम और कम पैसे मिलते जब तक वो 'फिट' नहीं हो जाते। इस द्वीप से भी भागने की कोशिश होती। दो दक्षिण भारतीयों ने जब नुकुलाऊ द्वीप से विटी लेवु द्वीप देखा, उन्हें लगा कि वही भारत है। वो छलाँग लगा गये, और कुछ दूर तैर कर डूब कर मर गये। फिर किसी ने हिम्मत नहीं की। बाद में इस टापू पर पहुँचते ही पुलिस चारों ओर से घेर लेती, ताकि कोई भाग न सके।[11,12]

नुकुलाऊ द्वीप से 'जहाज़ी भाई' अब विभाजित हो जायेंगे। कई फिर कभी नहीं मिलेंगे। सब अलग–अलग बागान जायेंगे। 'हेल्मेट' पहने साहिब इन्हें मालगाड़ी में भर कर ले जायेंगे। कुछ तो भाई–भाई भी बिछड़ जायेंगे। उन्हें लगेगा कि कहीं आसपास ही जाना है, और वो एक–दूसरे को अलविदा भी नहीं कह पायेंगे। पाँच साल बाद मिलें, न मिलें, क्या पता? भाई–भाई तो छोड़िए, कई पति–पत्नी तक अलग हो गये।

गुरुमूर्ति और उनके भाई 1911 ई. में आन्ध्र के उत्तरी आरकॉट इलाके से एक ही जहाज़ पर फिजी आये। पर फिजी में उन्हें अलग–अलग द्वीपों में भेज दिया गया। अगले 68 वर्ष तक गुरुमूर्ति ढूँढ़ते रहे, पर वह नहीं मिले। 1979 ई. में गुरुमूर्ति मर गये।

वेंकटवा रेड्डी नकावाई एस्टेट में काम करते थे। पत्नी से बिछड़ गये थे। एक दिन मैनेजर से अस्पताल जाने की छुट्टी ली। वहाँ से 18 मील दूर लॉटाका तक पैदल चलते रहे, और लटौका के चीनी मिल के 'श्रेडर' में कूद पड़े। उनके शरीर के चिथड़े–चिथड़े मशीन के कलपुर्ज़ों में बिखर गये।[13]

इसी सन्दर्भ में ललिया नामक एक मुस्लिम महिला का ज़िक्र आता है, जो अपने पति इस्माइल को ढूँढ़ती रही। पाँच वर्ष वह फिजी में एक–दूसरे की खोज में भटकते रहे और आख़िर उनको एक–दूसरे का पता मिल गया पर बागान–मालिक ने मिलने की छुट्टी नहीं दी। और तो और इस्माइल को ज़बरदस्ती हिन्दुस्तान भेज दिया। इस दुःख से इस्माइल कलकत्ता पहुँचते ही मर गये। ललिया को जब इस मृत्यु की ख़बर हुई, वह पूरी तरह टूट गयी। कई दिनों तक बीमार रही। पर इस हालत में भी उसके मालिक उससे काम करवाते रहे। ललिया और इस्माइल की यह मार्मिक प्रेम–कहानी तोताराम जी ने अपनी किताब में दर्ज की, और सम्भव है कि इन्हीं कथाओं को पढ़ कर हिन्दुस्तान में गिरमिट–प्रथा समाप्ति के लिए माहौल बनना शुरू हुआ हो।[14]

कुली लाइन्स

मज़दूरों को भर्ती करने वाली सबसे बड़ी कम्पनी ऑस्ट्रेलिया की 'कॉलोनियल शुगर रिफाइनिंग' (सी. एस. आर.) थी, जिसके मिल 1882 ई. में नौसुरी, 1886 ई. में बा, 1894 ई. में लबासा, और 1924 ई. में लॉटोका में स्थापित हुए। एक और बड़ी मिल 'वैंकूवर शुगर कम्पनी' की नावुआ में थी, जो बाद में बन्द हो गयी।[15]

इनको एक बैरक के मकान में रखा जाता। 10 फ़ीट लम्बे और 7 फ़ीट चौड़े कमरों में। फ़र्श नहीं होती, पर ये गोबर लीप कर फ़र्श तैयार कर लेते। ऊपर लोहे का छप्पर होता। हर कमरे में तीन लोग औसतन रहते। इस बैरक को 'कुली लाइन्स' कहा जाता। कुछ जगह हालात कुछ बेहतर थे। नौसुरी की सी.एस.आर. कम्पनी ने पानी के नलके लगवाये थे और बाथरूम में 'सेप्टिक टैंक' भी थे। पर यह अपवाद ही था। 'कुली लाइन्स' बिल्कुल दुर्गन्धित होता। अंग्रेज़ नाक बन्द कर वहाँ से गुज़रते। आये दिन, कोई न कोई बीमारी पसरती।

पानी का नलका भी अक्सर एक ही था, तो सुबह–शाम वहाँ भी लड़ाइयाँ होतीं। सरदार रोब जमाकर पहले भरते। कई लोग रात को जागकर पानी भर रहे होते। सबसे बुरा हाल खेतों में पानी लेकर घूमने वाले का था।

उसका काम था एक ड्रम में पानी भर कर जगह–जगह मज़दूरों को पहुँचाना। काम लगता आसान है, पर कमर टूट जाती।

कुली लाइन्स में यह बिदेसिया लोकप्रिय था :

"काली कोठरिया में बीते नहि रतिया हो,
किस के बतायी हम पीर रे बिदेसिया;
दिन–रात बीती हमरी दुख में उमरिया हो,
सूखा सब नैन के नीर रे बिदेसिया।"[16]

एक दूसरा था :

"सब सुख कहाँ सीएसआर की कोठरिया,
छे फुट चौड़ी आठ फुट लम्बी;
उसी में धरी है कमाने की कूदरिया,
उसी में सिल और उसी में चूल्हा,
उसी में धरी है जलाने की लकड़िया,
उसी में महल उसी में दोमहला,
उसी में बनी है सोने की अटरिया।"

स्नानागार नहीं थे, तो नदी में जाकर ही नहाना होता। 4 बजे काम कर जब घर लौटते तो हाथ–पैर में फफोले पड़ जाते। अगले दिन फावड़ा उठाया न जाता, तो सरदार ख़ूब मारते और पैसे भी नहीं मिलते।

'ब्लडी बास्टर्ड' कहकर पीठ पर कोड़े मारते। कइयों ने कमरे में फाँसी भी लगा ली और कुछ नदी में कूद कर मर गये।

चार से नौ बजे रात तक तो पानी भरने और खाना बनाने में जाता। और सुबह तीन बजे भिश्ती आकर सबको उठा देता। मज़दूर फिर नाश्ता बनाने में जुट जाते। नौ बजे वापस खेतों में।

शुक्रवार शाम 8 बजे पैसे बँटते। लम्बी लाइन लगती, पैसे को लेकर ख़ूब झिकझिक होती। दस बजे रात आख़िर कुछ पैसे लेकर घर लौटते। शनिवार का आधा दिन काम था और इतवार छुट्टी। शनिवार की शाम कुली लाइन्स झूम उठता। ख़ूब गाना–बजाना। उन्हीं में कोई पण्डित बन जाता, चाहे किसी जात का हो। कोई रामायण–महाभारत की कथा सुनाता और सब चारों ओर गोल बैठकर सुनते। चुपचाप सुनते। फिर मिठाई बाँटते। हिन्दू हो या मुस्लिम, सब कथा सुनने ज़रूर जाते और फिर सब साथ बैठ भोज (खाना) खाते।

'बिदेसिया' जब गाया जाता तो भाव–रंजित माहौल होता। औरतें रो पड़तीं। एक बिदेसिया था जैसे–

"भाग आयी मैं देस से पीछे छूटा सबरिया,
मरजी भरती वाले, मेरी सूनी कर दे सेजरिया"

भरती वाले से उनका तात्पर्य 'अरकाटी' था।

ऐसे ही एक बिदेसिया है–

"बिपत झिनकी की सुनिये को दैया, साहिबा है बड़ा पिटैया;
है अपना सरदार चुगलख़ोर, बैरून है रामदैया।"

इसमें झिनकी कह रही है, साहेब पीटते हैं, सरदार चुगलखोर है, और उसका दोस्त रामदैया भी दुश्मन बन गया।[17]

औरतें कुलाम्बरों के लिए गातीं–

"टूट मरें हम काम में हो रामा,
फिर भी झिड़की लगाये रे बिदेसिया;
ख़ून–पसीने से सींचे हम बगिया,
बैठे–बैठे हुकुम चलाये रे बिदेसिया।"

बाद में हाट भी लगने लगे, जिसमें आज़ाद गिरमिटिया दुकानें लगाते। यहाँ मज़दूर अपने हिसाब से सज–धज कर जाते। मुसलमान बकरी हलाल करते, पर हिन्दू अक्सर नहीं खाते। वो चावल, दाल, मक्का वग़ैरह ख़रीदते। दर्ज़ी भी होते। नाई नीचे बैठ बाल काटते और वहीं हाट में पण्डित, मौलवी सब नीचे बैठ ज्ञान बाँट रहे होते, हाथ देखते।

कोठीवाले, कूलाम्बर और खेत

काम की अलग–अलग श्रेणियाँ थीं। जैसे गन्ने बोना या 'वीड' निकालना (निराई) अपेक्षाकृत आसान काम था। यह एक ख़ास क्षेत्रफल में एक दिन में एक मज़दूर निपटाता। एक 'फुल टास्क' या पूरा काम था 1,300 फ़ीट x 6 फ़ीट खेत की दिन भर में कुदाल से निराई करना।[18] यह कार्य पूरा होने पर ही दिहाड़ी मिलती। महिलाएँ भी यही काम करतीं, पर उनके क्षेत्र छोटे और कमाई कम होती, अक्सर पुरुषों की तीन चौथाई। यह काम लगता आसान है, पर कठिन था। पूरा न होने पर पेनाल्टी लगती। एक दूसरी कठिनाई यह थी कि खेत जोतने के लिए बैल नहीं, बल्कि घोड़े

भी हुआ करते। हिन्दुस्तानी मज़दूरों के लिए यह नया अनुभव था। घोड़े सँभालना बैल सँभालने से कहीं कठिन था।

हालाँकि अगर काम अधिक यातनापूर्ण हो, तो इंस्पेक्टर से शिकायत की जा सकती थी। पर इंस्पेक्टर बागान में बस साल में एक–दो दफ़ा आते। कोर्ट भी जा सकते थे, पर कोर्ट बागान से काफ़ी दूर होता जिसके लिए 'पास' लगता। मालिक 'पास' देते नहीं थे। अक्सर ऐसे हालात में मज़दूर सरदार और कूलाम्बर (ओवरसीयर) को पीट देते। कुछ मज़दूरों ने फ़सल काटने वाली (केन नाइफ़) हँसुली से सरदार के सिर भी काट दिये और हमेशा के लिए कारावास में चले गये। सरदार भी कोई भारतीय ही होता जो पहले से मज़दूरी कर रहा हो या चापलूस क़िस्म का हो। हालाँकि बात बढ़ती तो कूलाम्बर कोर्ट तक बात ले जाते। नमक–मिर्च लगाकर सारा ठीकरा मज़दूरों पर ही डालते। सिर्फ़ 1907 ई. में 1461 मज़दूर कोर्ट ले जाये गये, जो उस वक़्त के 13% बँधुआ मज़दूर थे। यह बड़ी संख्या है।

'केन नाइफ़' मज़दूरों का इकलौता हथियार था, जिसे वो हाथ में पकड़कर सोते या साथ रखते। आज भी भारतीय मूल के फिज़ी खानदानी हँसुली सँभाल कर रखते हैं, जो उनके गिरमिटिया इतिहास की निशानी है।

वाल्टर गिल ने अपनी किताब में लिखा है[19]–

"एक बार एक गोरा कूलाम्बर 'कुली लाइन्स' में घूम रहा था तो एक कुत्ता दिखा। उसने कुत्ते को 'केन नाइफ़' से काट कर चिथड़े कर दिये और एक मज़दूर के घर में चिथड़े फेंक दिये। मज़दूर मुस्लिम था, वह भड़क गया। उसने उसी 'केन नाइफ़' से गोरे की गर्दन काट दी।"

तोताराम सानिढ्य जैसे सहृदय व्यक्ति को भी जब अंग्रेज़ ओवरसीयर ने घूँसे मारे, तो उन्होंने उसे पटक कर इतने घूँसे मारे कि उसके होंठों से लहू निकलने लगा। वो अंग्रेज़ी में गुहार करता रहा, पर उन्हें अंग्रेज़ी की समझ नहीं थी तो सोचा कि कुछ उल्टा–सीधा कह रहा है। वह पीटते रहे। जब पिटाई ख़त्म हुई, उस अंग्रेज़ ने उन्हें कहा कि यह पीटने की बात किसी से न कहना। एक कुली से मार खाना अंग्रेज़ के लिए अपमानसूचक था। इस लड़ाई के बाद अंग्रेज़ ने उल्टे तोताराम जी को दोस्ती का भी प्रस्ताव दिया।[20]

सबसे ख़तरनाक कूलाम्बरों में गोर–जोन्स का नाम आता है और सरदारों में रामग़रीब और नन्द किशोर का। कूलाम्बर अंग्रेज़ होते और सरदार अक्सर गिरमिटिया में से ही चुने जाते। पर सरदार गोरों के ख़बरी भी होते और चापलूस भी। हालाँकि कुछ सरदार दिल के अच्छे और मज़दूरों के हिमायती थे। उन्हें गिरमिटिया ख़ूब मान देते। गोर–जोन्स के अत्याचार से एक ब्राह्मण गिरमिटिया सेवानन्दन ने आत्महत्या कर ली। उन्हें बहुत मारा और बेइज़्ज़त किया गया था। हालाँकि गोर–जोन्स ने उनकी आत्महत्या से पहले उन्हें 'सरदार' नियुक्त करने के ऑर्डर भी दे दिये थे, पर वो यह ऑर्डर देखने से पहले ही मर गये। जब गोर–जोन्स के अत्याचार बहुत बढ़ गये तो उन पर अभियोग चला और 3 पाउण्ड का फाइन हुआ। बस 3 पाउण्ड का![21]

एक बार एक हॉस्पिटल अटेण्डेण्ट बार्नीकोट ने एक मज़दूर पोलीगार्डू के गुप्तांगों पर उबलता पानी गिरा दिया और उसे ख़ूब मारा। तब तक मारा जब तक उसने चिल्लाना बन्द नहीं कर दिया। इसी तरह मार्च 1912 ई. में सेवाग्राम नामक गिरमिटिया ने रारावाई एस्टेट में सम्भवतः कुछ छोटी–मोटी चोरी की। उसे पहले हाथ मरोड़ कर पीटा गया और बाद में ज़बरदस्ती किरासन पिलाया गया।[22]

महिला मज़दूरों के साथ भी ख़ूब ज़्यादती होती। उन्हें पेड़ों से बाँधकर उनके बच्चों के समक्ष नंगा किया जाता, छेड़खानी की जाती। गोरे सुन्दर औरतों का ख़ूब फ़ायदा उठाते और मना करने पर उन्हें और उनके पतियों को मारते। एक महिला के बच्चे को बुख़ार था, तो वो उसे लेकर खेत आ गयी। खेत में बच्चे लाना मना था। वो गोद में बच्चा चिपकाये रही और अंग्रेज़ उसकी पीठ पर चाबुक मारते रहे। यह दृश्य देख एक दूसरे अंग्रेज़ को दया आ गयी और उसने आकर छुड़ाया। चाबुक दरअसल एक रस्म थी। शायद ही कोई गिरमिटिया हो, जिसने चाबुक न खाया हो। सुबह 3 बजे न उठे तो चाबुक, खेतों में मनमौजी चाबुक, कोई नियम तोड़ो तो चाबुक, ज़ोर से हँसो तो चाबुक, रोओ तो चाबुक।[23]

नुसावुसाउ बागान में एक महिला नारायणी ने 16 अगस्त, 1910 ई. को एक बच्चे को जन्म दिया जो 4 दिन में मर गया। महिला का काफ़ी ख़ून रिस रहा था, पर उसे पत्थर तोड़ने का काम दे दिया गया। वो यह

काम कर नहीं पा रही थी, तो सरदार मुनीराम ने कूलाम्बर ब्लॉमफील्ड से विनती की कि उसे कुछ और काम दे दें। ब्लॉमफील्ड ने नारायणी के बाल खींचे और कई दफ़े पत्थरों पर दे मारा। फिर बेंत से बहुत मारा। वो ख़ून से लथपथ नागागा अस्पताल ले जायी गयी। अस्पताल 5 मील दूर था और उसे गिरमिटिया कालीराम पैदल ले जा रहे थे। वो बेहोश होकर गिर गयी तो कालीराम उसे कन्धे पर ढोकर ले गये। डॉ. हैली ने मरीज़ को देखकर लिखा, 'उसे इस निर्दयता से मारा गया जिसकी मानवीय कल्पना मुमकिन नहीं।'[24] ब्लॉमफील्ड ने सरदार मुनीराम को इल्ज़ाम अपने सर पर लेने के लिए दो पाउण्ड की रिश्वत दी अन्यथा कालीराम को गोली मार देने की धमकी दी। पर मुनीराम से जाँच ऑफ़िसरों ने जब सख़्ती से पूछताछ की, उन्होंने सब सच बयान कर दिया। ब्लॉमफील्ड पर अभियोग लगा। नारायणी ने स्ट्रेचर पर आकर कोर्ट में गवाही दी। पर इतना सब होने के बावजूद भी ब्लॉमफील्ड रिहा कर दिये गये। नारायणी इस सदमे से कुछ दिनों में पागल हो गयी, और अजीब हरकतें करने लगी। आख़िर उसे भारत भेजना पड़ा।[25]

मज़दूरों को मारने–पीटने के बाद जो घाव बनते, उसके लिए मलहम नहीं मिलता था पर उन्होंने कुछ जंगली पत्ते ढूँढ़ लिए थे, जिन्हें पीस कर घाव में भरते। हालाँकि कोई ख़ास फ़ायदा नहीं होता, क्यूँकि कल फिर पिटना था। वैसे गोरे भी अक्सर पिटाई गुरुवार से शनिवार के दौरान ही करते कि घाव सप्ताहान्त में भर जायें, और सोमवार से वो काम पर दुरुस्त हों। लेकिन मौसम भी नम और गरम होता, घाव आसानी से नहीं भरते। कुछ गिरमिटिया जो जंगल की ओर पत्ते ढूँढ़ने गये, वो लौटकर भी नहीं आये।

धीरे–धीरे गवर्नर तक शिकायतें पहुँचने लगीं। पर गवाहों की कमी से केस कमज़ोर पड़ जाते। हरभजन गिरमिटिया को कूलाम्बर साउदी ने हाथ बाँध कर बहुत मारा। ऐसी ही कई और शिकायतें आयीं, पर कोई गवाह नहीं। सब डरे हुए थे।

मज़दूरों के अधिकारों की ज़िम्मेदारी 'एजेण्ट जनरल ऑफ़ इमिग्रेशन' की होती और वो तथ्य भी इकट्ठे करते, पर सब ख़ारिज कर दिये जाते। एक मज़दूर का हाथ कट कर अलग हो गया, फिर भी कोर्ट ने एक दुर्घटना कहकर बागान के मैनेजरों को बरी कर दिया।[26]

हिन्दुस्तानियों के लिए क़ानून अलग थे। एक खच्चर चलाने वाले मज़दूर को इतना मारा गया कि उसकी पसलियाँ टूट गयीं और शरीर के अन्दर ख़ून बहने से वो मर गया। इस पर भड़क कर उसके साथी मज़दूर ने कुल्हाड़ी से कूलाम्बर पर जानलेवा हमला किया। मज़दूर को 24 कोड़ों और दस साल जेल की सज़ा मिली।[27]

गिरमिटिया लोगों ने एक अनौपचारिक सहकारी फण्ड भी बनाया, जिसमें वो पैसे जमा करते। इस पैसे को गिरमिटिया एक–दूसरे पर अत्याचार के मुक़दमे लड़ने में लगाते। पर यह फण्ड भी अधिक न था, अत्याचार कहीं ज़्यादा थे।

महिलाओं की अस्मिता के लिए गिरमिटियों ने कई लड़ाइयाँ लड़ीं। लॉटोका के एक हॉल नामक कूलाम्बर को गिरमिटिया महिला पियारी पसन्द थी। वो एक दिन अकेले में उसे छेड़ने और ज़बरदस्ती करने लगा। वो कूली लाइन्स भाग गयी और आत्महत्या की कोशिश की। उसके पड़ोसियों ने आकर बचा लिया। तीन गिरमिटिया इन्दरपाल, तान सिंह और गुलाब कूलाम्बर हॉल के बँगले में गये और उसे मार कर टुकड़े–टुकड़े कर दिये। पुलिस शक़ की बिनाह पर सात गिरमिटियों को पकड़ कर ले गयी। पर ये तीनों अपराधी उनमें नहीं थे। उन सातों को फाँसी की सज़ा हुई पर किसी ने असली अपराधियों को जानते हुए भी नाम नहीं लिया। सब स्त्रियों के मान के लिए ख़ुशी–ख़ुशी फाँसी के फन्दे पर झूल गये।[28]

भारतीय सरदार भी ऐसी हरकतें करते। मादरे सरदार का सोम नायडू की पत्नी पार्वती पर दिल आ गया। वो सोम नायडू की अनुपस्थिति में ज़बरदस्ती करने लगा। जब सोम को पता लगा, मादरे का गला काट दिया। सोम पर किसी को शक़ नहीं हुआ, क्यूँकि वो भी औरों के साथ मादरे के श्राद्ध में दहाड़ें मार कर रो रहा था। यहाँ तक कि मादरे के मरने के बाद मादरे की जगह सोम नायडू स्वयं कुछ दिन में सरदार नियुक्त हुआ। इस बार उनके कूलाम्बर ब्राउन का दिल पार्वती पर आ गया। उन्होंने पार्वती की ड्यूटी अपने साथ लगा ली, और सोम को चिट्ठी भिजवायी कि वो दूसरी पत्नी ढूँढ़ लें। भड़के हुए सोम ने आकर ब्राउन की टाँग ही काट दी। और तो और, वो ब्राउन को कन्धे पर उठाकर उसके बँगले पर पार्वती को ढूँढ़ने गये। वहाँ पार्वती साड़ी का फन्दा बनाकर लटकी मिली।

उसने आत्महत्या कर ली थी। सोम ने ग़ुस्से में उसी वक़्त ब्राउन के टुकड़े–टुकड़े कर दिये।[29]

गाँधीजी के मित्र चार्ल्स एण्ड्रयूज़ ने लिखा–

"हिन्दुस्तानी ग़रीबी और यातना झेल सकते हैं। पर किसी महिला की इज़्ज़त से खिलवाड़ कभी नहीं झेल सकते।"[30]

एक और अजीब नीति यह थी कि अगर पति का गिरमिटिया काल समाप्त हो गया और पत्नी का ख़त्म नहीं हुआ तो पति को 'कुली लाइन्स' आने की अनुमति नहीं थी। पति बच्चों के साथ बाहर रहते और पत्नी वहाँ अकेली रहती। ऐसे में उन पर ज़्यादा ज़्यादतियाँ होतीं। भेड़िए ऐसे मौक़े का इन्तज़ार करते और सबको ख़बर होती।

सरदारों ने कई बार किसी गिरमिटिया की पत्नी को बेच भी दिया। पति ने आत्महत्या कर ली। कोर्ट–मुक़दमा भी हुआ और सरदार को पेनाल्टी भी लगी, पर यह सिलसिला गाहे–बगाहे चलता रहा।

हालाँकि कुछ भारतीय महिलाएँ, ख़ासकर जो अविवाहित थीं, वो यूरोपीय सरदारों से सम्बन्ध भी बनातीं। इसके बदले में उन्हें काम में काफ़ी रियायत मिलती। कुछ विवाहित महिलाएँ भी ऐसा करतीं, ताकि उनके पति की तरक्की हो और वो जल्दी सरदार बन सकें।

माँओं को गर्भ के आख़िरी महीनों तक काम कराया जाता। अक्सर गर्भ नहीं ठहरता और खेतों में ही जन्म हो जाता। इनके पास वृद्ध अनुभवी महिलाएँ भी नहीं होतीं, जो गाँव में थीं। बच्चा होते ही, फिर से काम शुरू। दूध तक पिलाने की आज़ादी नहीं थी काम के वक़्त। वो रोता बच्चा 'कुली लाइन्स' में छोड़ काम पर आतीं। वहाँ एक 'दाई' गिरमिटिया इन बच्चों की देखभाल करती। उनकी माँएँ खेत से उनके रोने की आवाज़ सुनतीं और अन्दाज़ा लगातीं कि किसका बच्चा रो रहा है? पर आने की अनुमति नहीं मिलती। बच्चे ज़्यादा दिन जी नहीं पाते। बच्चों को वहीं खेतों में गाड़ दिया जाता और निशानी के लिए गिरमिटिया वहाँ कुछ पत्थर रख देते।

हालाँकि आश्चर्यजनक रूप से एक बड़ी क्रान्ति महिलाओं ने ही की। रारावई के खेतों में 30 महिला मज़दूरों के प्रभारी कूलाम्बर घोड़े पर चढ़ कर आये, और एक महिला को 'रण्डी' कहा। उसे महिलाओं ने घोड़े से खींचा,

उसे पटक कर पीटा और सबने उसके ऊपर पेशाब कर दिया। वह शर्म से इतना डूब गया कि शिकायत भी न कर सका और ऑस्ट्रेलिया लौट गया। इस क्रान्ति का ऐसा असर हुआ कि कम्पनी ने महिलाओं से पंगा लेने की मनाही कर दी। बात पिटने की नहीं थी, बात महिलाओं से पिटने की थी।

हालाँकि यह कोई नयी बात नहीं थी। अंग्रेज़ों ने यह 'रण्डी' शब्द सीख लिया था। अक्सर वो महिलाओं के प्रभारी कूलाम्बर को 'रण्डीवाला' कहकर चिढ़ाते।[31]

एक नियम बच्चों से सम्बन्धित था, जिसका ज़िक्र ज़रूरी है। जो भी 7 वर्ष से ऊपर का बच्चा गिरमिटिया के साथ आता, वो बारह वर्ष पूरा होते ही स्वतः गिरमिटिया बन जाता और उसे 5 साल की बँधुआ मज़दूरी के बाद ही छोड़ा जाता (फिजी इण्डेंचर ऑर्डिनेंस, 1891, क्लॉज 58)। यह नियम प्राथमिक तौर पर ग़ैर–क़ानूनी लगता है, क्योंकि उसने (बच्चे ने) तो कभी ऐग्रीमेण्ट पर हस्ताक्षर किये ही नहीं और गिरमिटिया बन गया। बाद में यह उम्र बढ़ा कर 15 साल की गयी, पर फिर भी यह बच्चे की मर्ज़ी के ख़िलाफ़ ही था। यह बात उनके पिताओं को भी अचानक ही पता लगती कि ऐग्रीमेण्ट की एक शर्त यह भी थी।

बच्चों की हालत दयनीय थी। सिर्फ 1906 ई. में ही द्वीप के 62% गिरमिटिया बच्चों की मृत्यु हुई। बच्चों के स्कूल भी शुरू में नहीं थे। वो वहीं कुली लाइन्स के पास के मैदान में खेलते। ख़ासकर 'गुल्ली–डण्डा'। 12 साल की उम्र से उन्हें बागान में काम मिल जाता। हालाँकि बाद में मिशनरी स्कूल खुल गये और बच्चे पढ़ने भी लगे। इस पर काफ़ी विवाद भी हुआ। मालिकों का मानना था कि शिक्षित हो गये तो ये सिर पर चढ़ जायेंगे और अगर ईसाई बन गये, फिर तो बात भी नहीं मानेंगे। वो खेतों में मज़दूरी नहीं करेंगे।

गिरमिटिया कॉन्ट्रैक्ट से आज़ाद होकर भी लोगों पर कर्ज़ अधिक होते, आमदनी नदारद। ऐसा नहीं है कि सबके सब बिल्कुल ही कंगाल होते। अगर शिलिंग को भारतीय आना से तौलें तो इसकी क़ीमत अच्छी थी। पर फिजी में ख़र्चे भी भारत की अपेक्षा तीन गुना थे। मज़दूर कम खा–पीकर, साधारण रहन–सहन कर पैसे बचाते। बँधुआगिरी ख़त्म होते–होते कुछ

लोगों ने लगभग 14–15 सोने की अशर्फ़ियाँ बचा ली थीं। पर यह भी भारत लौट कर गुज़र–बसर करने के लिए पर्याप्त न थीं।

दिल में बसा हिन्दुस्तान

गिरमिटियों को देश बहुत याद आता। अपना गाँव। अक्सर भारत चिट्ठियाँ लिखते। उन्हें जवाब में लौटने का आग्रह किया जाता। यह कहा जाता कि उन्हें समाज से बहिष्कृत नहीं किया जायेगा, माफ़ कर दिया जायेगा। जवाब में गिरमिटिया लिखते कि लौटने के पैसे इकट्ठे कर रहे हैं। पर वह पैसे शायद कभी इकट्ठे नहीं हो पाये।

बुधाई और ढेलाई कुछ 25 वर्ष के होंगे जब वो घर से सपरिवार यह कहकर गये कि पूजा में जा रहे हैं, प्रसाद लेते आयेंगे। लेकिन कभी लौट कर नहीं आये। किसी ने उन्हें कलकत्ता की ट्रेन में बैठते देखा, पर पक्की ख़बर नहीं। बीस वर्ष बाद उनकी एक चिट्ठी और दस पाउण्ड आये। लिखा था कि वो फिजी टापू पर गन्ने की मिल में हैं, और इस पैसे से गाँव में कुआँ ख़ुदवा लें। उनके परिवार वालों को फिजी टापू का रास्ता नहीं पता था। गाँव के सबसे पढ़े–लिखे वकील भी निरुत्तर थे। बहुत दिनों बाद एक और चिट्ठी आयी कि ढेलाई की मिल में ही मृत्यु हो गयी। काफ़ी सालों बाद उनकी एक और चिट्ठी और कुछ फ़ोटो आये, पर वो कभी लौट कर नहीं आये।[32]

घर के बुज़ुर्ग बच्चों को क़िस्से सुनाते। भूतों के, डायनों के, जिन्न के और देवी–देवताओं के। उनके पास कहानियों का भण्डार होता, जो वो हिन्दुस्तान से लाये थे। हर कहानी में कुछ नैतिक मूल्य छिपा होता, जो उन्होंने फिजी की वर्तमान पीढ़ी तक पहुँचाया। कई कहानियाँ गाँव से जुड़ी होतीं। जैसे फिज़ी में जन्मे राजेन्द्र प्रसाद जी के दादा अपने गाँव 'बेल्हा राघव', बहराइच (यू.पी.) की कहानी कहते।

राजेन्द्र प्रसाद जी जब 1974 ई. में भारत–भ्रमण करने आ रहे थे तो फिजी में उनकी गिरमिटिया दादी ने कहा–

"बचवा, तू जा हमरे अँगनवा के तू पाक कर देना। हमरे भैया, पिताई, अगर होइहैन तो हमरे तरफ़ से क्षमा माँगना। कहना कि जियरा में आग लगा है। अब मौत इसी पार होई।'

वो और उनकी पत्नी आख़िर अपने पुरखों के गाँव पहुँचे और वहाँ उनका बिछड़ा परिवार मिल भी गया, पर यह सब के नसीब में नहीं। वो जब गाँव पहुँचे तो वहाँ सब उत्साहित हुए और घर की बुज़ुर्ग महिला ने कहा–

"राम और सीता बनवास से पधारे हैं।"

किसी ने कहा, "हमरो एगो काका चीनीडाड गइल। मिली का?"

"ट्रिनिडाड? वो अलग हइ। हम फिजी से।"

अब गाँव वालों के लिए क्या ट्रिनिडाड और क्या फिजी?

धीरे–धीरे भारत की आज़ादी के बाद चिट्ठियों का सिलसिला कम हो गया। उन्हें ये ख़बर होती कि उनका भतीजा हुआ, या बहन की शादी हुई। पर वो कभी गाँव लौट कर देख नहीं पाये। इसी सिलसिले में तोताराम जी अपनी किताब में लिखते हैं कि जब फिजी के अपने कष्टों का विवरण कलकत्ता में कार्यरत अपने भाई को भेजा तो वो इतने विचलित हुए कि तीन दिन बाद ही उनकी मृत्यु हो गयी।[33] आख़िर कैसे कष्ट होंगे, जिन्हें पढ़ कर ही मृत्यु हो जाये?

गिरमिटिया फिजी में भी अक्सर धोती पहनते और सफ़ेद पगड़ी बाँधते। जो अहीर थे, वो गाय ज़रूर पालते। गाय का नामकरण भी करते, जैसे राजेन्द्र प्रसाद जी अपनी किताब में 'हफकसिया' गाय का ज़िक्र करते हैं जो 'हाफ़–कास्ट' यानी 'हाइब्रिड' थी। गाय को पूजा जाता, उसे कभी भी कसाई को नहीं बेचा जाता। जब बूढ़ी हो जाती, करिया पहाड़ के जंगलों में विचरने छोड़ दिया जाता। कई अहीर घुड़सवारी भी सीख गये, और अमरीकी कउब्वॉय जैसे करतब भी करते। अक्सर मज़दूरों में दंगल भी होता। यह एक तरह का व्यायाम था। ख़ासकर अहीरों में लोकप्रिय था, पर सभी हिस्सा लेते। भाई–भाई भी कुश्ती लड़ते।

फिजी में भी पितृसत्तात्मक समाज ही था (और आज भी कुछ हद तक है)। पिता घर का मालिक होता, अक्सर तगड़ी मूँछ रखता और बच्चे आँखें मिलाकर बात नहीं करते। माँ से बच्चे दिल की बात कहते और वो पिता से कहती। महिलाएँ ससुर के सामने सिर पर ओढ़नी रखकर ही बात करतीं। अक्सर भाइयों का परिवार एक ही घर में या साथ के घरों में रहता।[34]

एक और पहलू की चर्चा आवश्यक है। दक्षिण भारतीय मज़दूरों की। उनकी समस्या अलग थी। वो उत्तर भारतीयों से बात नहीं कर पाते, संख्या में भी कम थे। कूलाम्बर भी हिन्दी तो सीख गये थे, पर तमिल नहीं बोल पाते। ऐसे अकेलेपन में कई दक्षिण भारतीय आत्महत्या कर लेते और कुछ पागल हो जाते।

राजेन्द्र प्रसाद एक पेडैया पागल की बात करते हैं, जो तमिल थे, पर पाँच साल गिरमिटिया मज़दूरी करते–करते अपनी भाषा ही भूल गये थे। उन्हें गाँव वाले दुत्कारते और वो पागलों की तरह घूमते रहते। टूटी–फूटी हिन्दी में गालियाँ बकते थे।

ऐसा ही एक पहलू है फिजी के मूल निवासियों से सम्बन्ध का। फिजी के मूल निवासियों से सम्बन्ध शुरू में बुरे नहीं थे। पर सम्पर्क कम था। कई बार मज़दूर भाग कर जब उनके गाँव पहुँचते तो वह सिर छुपाने की जगह देते, भोजन देते। वो भी इनका खाना खाते। शुरू में उन्हें रोटी पसन्द नहीं आयी, पर बाद में खाने भी लगे और बनाने भी लगे। धीरे–धीरे भारतीय फिजी की आबोहवा का हिस्सा बन रहे थे, लेकिन गिरमिटिया युग अब भी चल ही रहा था।

गिरमिटिया प्रथा का अन्त

गाँधीजी के राजनीतिक गुरु गोपालकृष्ण गोखले को फिजी के गिरमिटिया अत्याचारों की ख़बर 1910 ई. से ही मिल रही थी, और उन्होंने ब्रिटिश सरकार को अर्ज़ी भी दी। ख़ासकर सती कुन्ती की चिट्ठी छपने के बाद मामला काफ़ी गरम हो चुका था (परिशिष्ट–2)। उसके कुछ वर्ष पूर्व ही मोहनदास करमचन्द गाँधी ने दक्षिण अफ्रीका के गिरमिटियों के लिए सत्याग्रह किया था, जिसकी ख़बर फिजी पहुँच गयी थी।

यह चर्चा मैं कर चुका हूँ कि तोताराम सानिढ्य जी ने महात्मा गाँधी को चिट्ठी लिखी[35], जिसके बाद गाँधी जी ने मणिलाल मगनलाल डॉक्टर नामक बैरिस्टर को 1912 ई. में फिजी भेजा। मणिलाल मेहनती वकील थे और मॉरीशस में लड़ाई लड़ चुके थे। उनकी वजह से ही 1916 ई. में पहली बार बदरी महाराज नामक गिरमिटिया को 'लेजिस्लेटिव काउंसिल' में जगह मिली। हालाँकि काउंसिल में जाने के बाद बदरी महाराज ब्रिटिश

शासन के सहयोगी के रूप में ही रहे, फिर भी गिरमिटियों को प्रतिनिधित्व तो मिला ही।

1915 ई. में गाँधीजी ने अपने पादरी मित्र चार्ल्स एण्ड्रयूज़ को भी फिजी भेजा कि गिरमिटियों पर हो रहे अत्याचार की छानबीन करें। उन्हें एक 15 साल का ब्राह्मण किशोर मिला, जिसके हाथ कोमल थे, और वो भारत लौटने की दुहाई कर रहा था। उसे फुसलाकर ले आया गया था। चार्ल्स एण्ड्रयूज़ लम्बे समय तक फिजी के लिए लड़ाई लड़ते रहे, और उनका इस 'बँधुआ मज़दूरी' को ख़त्म करने में बहुत बड़ा हाथ है। उन्हें 'दीनबन्धु' कहा गया।

1 जनवरी, 1920 ई. को गिरमिटिया आज़ाद हो गये। सी.एस.आर. कम्पनी के पुतले और कूली के कपड़े, दोनों जलाकर उत्सव मनाया गया। गिरमिटिया एक दूजे से गले मिले। पर यह आज़ादी पक्की नहीं थी। मज़दूरी अब भी थी और वेतन पुरानी दर पर ही था। इसी वक़्त फिजी के मज़दूरों ने हड़ताल की, और मणिलाल डॉक्टर की पत्नी ने अगुवाई की।

13 फ़रवरी, 1920 ई. को साम्बाबूला ब्रिज पर हड़तालियों और पुलिस की भिड़न्त हुई और पुलिस ने ताबड़तोड़ गोलियाँ बरसायीं। कई लोग मारे गये, हालाँकि औपचारिक रूप से बस एक मृत्यु बतायी गयी। यह छोटा पुल था और भगदड़ मच गयी थी। यह फिजी का 'जलियाँवाला बाग' सरीखा था। 15 अप्रैल, 1920 ई. को मणिलाल डॉक्टर को देशद्रोह के इल्ज़ाम में फिजी छोड़कर जाना पड़ा। उनके साथ फ़ज़ल अहमद ख़ान और हरपाल महाराज को भी देशद्रोही करार दिया गया।[36]

फिजी में जातिवाद और धर्म

फिजी आने वाले अधिकतर लोग अहीर, कहार, कुम्हार और कुर्मी वर्ग से थे।

एक अधूरे आँकड़े के अनुसार मुख्य जातिगत विभाजन कुछ यूँ था–

1. चमार–6087 (13%)
2. मुस्लिम–5455 (12%)
3. अहीर–4197 (9%)
4. ठाकुर–3416 (7.5%)
5. शेष अन्य जातियाँ, आदिवासी, और दक्षिण भारतीय[37]

फिजी में सबसे अधिक बस्ती, गोंडा और फ़ैज़ाबाद ज़िला से लोग आये (परिशिष्ट–5)।

दक्षिण भारत में उत्तरी आरकॉट, मद्रास, कृष्णा, गोदावरी, विशाखापत्तनम, तंजौर और कोयम्बतूर ज़िलों से लाये गये।

बिहार से आये मज़दूरों के नाम भी वहीं से आये थे। जो बुध को पैदा हुआ, बुधई (पुरुष) या बुधिया (महिला)। शुक्रवार को पैदा हुआ तो सुखई या सुखिया। शनि वाला शनिचरा या शनिचरी।

अन्य गिरमिटिया देशों की तरह फिजी में भी एक जो अच्छी चीज़ हुई, वो यह कि हिन्दू जाति प्रथा ख़त्म हो गयी। चूँकि महिलाएँ कम थीं, अन्तर्जातीय विवाह हुए। फिजी के मूल निवासियों से भी सम्बन्ध बने। सबकी आर्थिक स्थिति भी लगभग एक थी, तो जातिवाद की उपयोगिता ही नहीं रही।

हालाँकि जाति 20वीं सदी में फिर से अलग होनी शुरू हुई, जब वो 'गिरमिटिया' नहीं रहे और आज़ाद होते गये। अहीर की कोशिश होती कि बेटे का रिश्ता अहीर या ऊँची जाति में हो, चमार में नहीं। लेकिन यह प्रथा 1950 ई. तक जाती रही। आज के फिजी में जाति का पता नहीं लोगों को। पता है भी, तो यह नहीं पता कि कौन–सी जाति बड़ी है, कौन–सा छोटी?

गिरमिटिया के बच्चों ने कई धार्मिक किताबें भी पढ़ीं। रामायण, रामचरित–मानस, महाभारत, सुख–सागर, सलिंग सदाबृज और बेताल पचीसी लोकप्रिय थीं।[38] हनुमान चालीसा भी संकट की घड़ी में ख़ूब पढ़ा जाता और अधिकतर मज़दूरों को कण्ठस्थ था। ऐसे ही 'आल्ह खण्ड' भी।

1902 ई. में नवुआ में पहली 'रामलीला' आयोजित हुई, जिसे देखने मज़दूर मीलों चल कर आये। ऐसे ही 1909 ई. में 'बा' में। यह सिलसिला चलता रहा और मेले बड़े होते गये। रामलीला में फिजी के मूल निवासी रावण की राक्षस–सेना का पात्र निभाते। उन्हें सी.एस.आर. कम्पनी में रावण नज़र आता। मुसलमान 'ताज़िया' निकालते, जिसमें हिन्दू भी भाग लेते।

सी.एस.आर. कम्पनी का अपना भी मेला होता, जिसे लोग 'उल्लू मेला' कहते। इसमें गोरे भी मज़दूरों के साथ ख़ुशी मनाते और पागलपन का माहौल होता। ख़ूब खेल वग़ैरह होते।

गाँवों में दक्षिण भारतीय लोग 'मन्दिर पूजा' करते जिसमें 'तिरनाल' नौटंकी लोकप्रिय थी। दीवाली, होली, कृष्णाजन्माष्टमी सब मनता। पर ताज्जुब की बात है 'बड़ा दिन' (क्रिसमस) भी ख़ूब लोकप्रिय था जब लोग बकरी का मांस खाते, शराब पीते।

गिरमिटिया जहाँ भी गये, कुछ संगीत भी साथ लेकर गये। हारमोनियाम बाँध ले गये। फिजी का 'ताम्बूरा भजन' और 'फगुआ' ख़ास है।

फिजी में पण्डिताई भी शुरू हुई। कुछ ब्राह्मण थे, कुछ ने यूँ ही कुछ पढ़–लिखकर त्रिपुण्ड लगा लिया। ये सत्यनारायण कथा ज़रूर सीख लेते, और आज़ाद गिरमिटिया के घर पूजा कराते। कुछ पंचांग भी सीख लिया, और कुछ विधि–व्यवहार भी। पक्का कोई नहीं था। पाँच साल की मज़दूरी में सब ज्ञान क्षीण हो गया था। ऐसे ही पण्डितों में तोताराम सानिढ्य पण्डित ख़ूब मशहूर रहे, जिनकी चर्चा मैं कर चुका हूँ।

श्राद्ध–पद्धति भी भिन्न हो गयी गिरमिटिया को जलाया नहीं जाता। उन्हें खेतों में ही गाड़ दिया जाता। कई गिरमिटिया आज भी कुछ भूत देखने की बात करते हैं। कहते हैं गिरमिटिया की आत्मा खेतों में भटकती है। कई गिरमिटिया 'पगला' या 'पगली' बनकर जूट के बोरे लेकर गाँवों में घूमते। लोग कहते कि भूत देखने से यह हालत हुई। हालाँकि आज़ादी के बाद उत्तर भारतीय गिरमिटिया जलाने लगे, पर दक्षिण भारतीय ज़मीन में ही गाड़ते थे। शुरुआती दिनों में कबीरपन्थी लोग मुर्दे गाड़ने का काम करते।[39]

श्राद्ध–कर्म के हिन्दू रिवाज भी थे जो अब भी फिजी निवासियों में मौजूद हैं। तेरह दिन तक भागवत कथा का पाठ। कथा के बाद भजन–श्रृंखला। रुदन। ऐसे समय "कोई ठगवा नगरिया लूटल हो" काफ़ी लोकप्रिय है।

ईसाई धर्म ने प्रभाव डालने और धर्मान्तरण का प्रयास किया। उन्होंने इन मज़दूरों का पक्ष भी लिया। ख़ासकर पादरी बर्टन और उनकी पत्नी ने मज़दूरों के हक़ में कई काम किये। इसके अलावा मिस डडली नामक एक मिशनरी महिला को गिरमिटिया 'माँ' बुलाते थे। पर धर्मान्तरण उस वक़्त ना के बराबर हुए। एक तो मज़दूरों को ईसाई धर्म पर भरोसा नहीं था और दूसरी तरफ़, मैनेजर भी नहीं चाहते थे कि कोई ईसाई बने।

फिजी हिन्दी

'फिजी हिन्दी' एक अद्भुत भाषा बनी जिसमें भारत के कई प्रदेशों की खिचड़ी से शब्द आये। अलग ही व्याकरण बना और कई विदेशी शब्द भी अपभ्रंश रूप में जुड़ गये। इसे 'हिन्दोस्तानी' भाषा भी कहा जाता है। धीरे–धीरे अब यह काफ़ी विकसित हो गयी है, और अधिकतर फिजीवासियों की मातृभाषा है। इनमें कई भारतीय मूल के भी नहीं हैं पर सब सीख गये।

बँधुआ मज़दूरों के आख़िरी जत्थों में तमिलनाडु और आन्ध्र से तेलुगु, तमिल और मलयालम बोलने वाले भी कुछ 15,000 लोग आये, पर तब तक फिजी में हिन्दी स्थापित हो चुकी थी। फिजी में पूर्वांचली भारतीयों का बोलबाला था, जो अवधी और भोजपुरी बोलते थे। ऐसे में दक्षिण भारतीयों को हिन्दी सीखनी पड़ी। पर उन्होंने कई तमिल और तेलुगु शब्द मिलाकर 'फिज़ी हिन्दी' को समृद्ध भी किया। बाद में गुजराती और पंजाबी भाषी भी आये। उनका परिवार घर में पंजाबी या गुजराती बोल भी ले, बाहर फिजी हिन्दी ही बोलता है। फिजी के कई मूल निवासी और यूरोपीय जो भारतीय बहुल इलाके में रहते हैं, वो भी फिजी हिन्दी अच्छी तरह बोलते–समझते हैं।

फिजी हिन्दी भारत की खड़ी बोली जैसी ही है पर कुछ अपभ्रंश है। इसमें पूर्वांचल का कलेवर है। जैसे 'श' के बदले 'स' ही लिखा और बोला जाता है। 'व' के बदले 'ब'। विदेश को फिजी हिन्दी में 'बिदेस' कहते हैं। इसके अलावा नुक्ता वाले शब्द भी नहीं हैं। फ़ल नहीं फल, ज़मीन नहीं जमीन। शब्दों को अलग तरह से खींचा गया है। जैसे भाभी को 'भउजी'। 'भउजी', भौजी नहीं। गाय को 'गइया'। संयुक्त शब्दों को तोड़ दिया गया। जैसे कर्म 'करम' हो गया। धर्म 'धरम' हो गया। राजेन्द्र 'राजेन' हो गये।

पुल्लिग–स्त्रीलिंग ख़त्म कर दिये गये। जैसे 'हम कहत हई' या 'हम कहता हय'। 'हम जात हइ' या 'हम जाता हय'। 'कहती' या 'जाती' नहीं। 'वो जाते हईं' या 'ओ जाते हइं'।

क्रिया का प्रयोग भी अलग है। हम आता है (वर्तमान)। हम काल आइस (भूतकाल)। हम बिहान आयेगा (भविष्य)। हम जात रहा। हम ढेर खेला करता था। ऊ आईस। ओ आईन।[40]

फिजी हिन्दी में बहुवचन भी नहीं हैं। एक घर, दुइ घर, ढेर घर। ई लोग, सब लोग, ढेर लोग। हालाँकि कुछ जगह बहुवचन हैं, अलग तरह से। एक लरका (लड़का), ढेर लरकन (लड़के)। एक आदमी, ढेर आदमियन। एक और प्रयोग है। जैसे 'लरकवा' यानी एक खास लड़का। 'लरका' मतलब कोई भी लड़का। छोटा लड़का नहीं कह कर 'छोटकनवा' या 'छोटकाना'।

'ये' के बदले 'ई' कहना। ई लोग। ऊ लोग। ओ लोग। वही लोगन।[41]

कुछ शब्द फिजी से लिए गये, ख़ासकर उन चीज़ों के जो फिजी में ही थे। जैसे समुद्री मछलियों के नाम। **Mullet fish** को यह 'कनाडे' कहते हैं। साला यानी बीवी का भाई यहाँ 'तबाले' कहलाता है। 'नंगोना' एक कावा (कहवा) की तरह का पेय है जो नारियल के कप 'बिलो' में पीते हैं।

अंग्रेज़ी से भी शब्द हैं। जैसे 'हुटल' मतलब होटल। 'गराउण्ड' मतलब ग्राउण्ड। 'गेंग' मतलब 'गैंग'। 'तीचा' मतलब महिला टीचर।

कुछ शब्द अब भारत में अलग प्रयोग में हैं। फिजी में एकड़ को 'बीघा' कहते हैं। आने वाले कल को 'बिहान' कहते हैं। बीते हुए कल को 'काल'। कंगाल को 'फोकटिया'। झूठ को 'गप्प'। बहुत सुन्दर को 'जुलुम'। क्या को 'कोनची'। दरवाज़े को 'पल्ला'। सब ठीक है को 'सब सेट हइ'।

गिनती में कुछ मामूली अन्तर है। शायद इस वर्ग के लोग भारत में पहले ऐंसे ही गिनते हों। जैसे बयालीस को 'चालीस अउर दुई'। छत्तीस को 'तीस अउर छह'। लाख और करोड़ जैसे शब्द फिजी में नहीं है। 'सउ हज़ार' का प्रयोग लाख के लिए करते हैं।

फिजी हिन्दी की लिपि देवनागरी और अंग्रेज़ी दोनों ही है। अब इस भाषा में किताबें भी लिखी जा रही हैं। बाइबिल का अनुवाद भी किया गया और 'यूनिवर्सिटी ऑफ़ साउथ पैसिफिक' में विषय के तौर पर भी पढ़ाया जा रहा है। रेमण्ड पिल्लई एक फिजी भारतीय हैं। उनके नाटक 'अधूरे सपने' पर आधारित फ़िल्म भी बनी है। सुब्रमनी नाम के लेखक ने फिजी हिन्दी में एक उपन्यास लिखा 'दुआका पुरान' (शायद द्वारिका पुराण का अपभ्रंश) जो पुराण की शैली में लिखा व्यंग्य है। उन्हें भारत सरकार ने सम्मानित भी किया। उर्मिला प्रसाद जी ने रोमन लिपि में फिजी हिन्दी पर किताब लिखी 'सुसमाचार और रोमियो'।

फिजी में विवाह

गिरमिटिया युग में विवाह नियम से कोर्ट में ही होते। बिना गाजे–बाजे के। 50 सेंट का शुल्क था। जो भारत से विवाहित थे, उन्हें भी शुल्क देकर क़ानूनी शादी करनी थी। दहेज तो ख़ैर था ही नहीं।

हालाँकि पण्डित शुभ दिन देखते और कुछ यूँ ही गुण मिलाते। शादी की रीति भी लम्बी थी। पहला दिन 'तेलवान' होता जब शरीर पर हल्दी तेल लगाया जाता। मण्डप बनाये जाते। औरतें नाच–गाना करतीं। दूसरा दिन 'भटवान', जब और कुछ औपचारिकता होती और अगले दिन शादी। 50–100 लोगों की बारात जाती। पहले सिर्फ़ पुरुष जाते थे, बाद में महिलाएँ भी साथ होने लगीं।

बाद में डोली से भी दुल्हन जाने लगी और यह गाना लोकप्रिय था–

"शिवजी, बिहाने चले पालकी सजाये के बिभुति लगाये के ना..."

जब डोली पहुँचती तो गाना बजता

"ले के डोलिया कहार, बाजे, बाजे, बाजे शहनाई हमारे अँगना"

हिजड़ों का नाच भी कई गाँवों में लोकप्रिय था। कव्वाली भी।

एक रात दुल्हन के घर बिताकर दूल्हा अगले दिन दुल्हन को लेकर अपने घर जाता। नगाड़ा, मजीरा, ताशा सब बजते। नाच होता। पर यह रीति बस आज़ाद गिरमिटिया ही निभाते।

विवाह में जो लोग जोड़े ढूँढ़ने–बनाने की पंजियारी करते, वो 'नवू' कहलाते। उनकी पत्नी यानी 'नवूनियाँ' भी ख़ूब भाग लेतीं। ये बाकायदा वर–वधुओं की लिस्ट और पूरी जानकारी लेकर गाँव–गाँव घूमते और रिश्ते लाते। जैसे ही गाँव में घोड़े पर सवार 'नवू' आता, खुसर–फुसर चालू हो जाती। ज़रूर किसी की शादी है। सब 'नवू' को घेर लेते, और नवू अक्सर गप्पी होते। ढेर सारी ख़बरें लाते कि फलाने की शादी यहाँ हुई, फलाँ लड़का अच्छा है, फलाँ के पास इतनी ज़मीन है। पर धीरे–धीरे बाद की पीढ़ियों में इनकी उपयोगिता घटती गयी। कई 'भगाऊ' शादियाँ यानी भाग कर शादी भी होने लगी। शादी हालाँकि एक ऐसा मौक़ा होता, जब पूरा गाँव साथ खड़ा होता, मदद करता।

मैं एक मित्र के माध्यम से एक हालिया फिजी हिन्दू विवाह देख रहा था। वह कुछ यूँ था–

फूलों से सजी दूल्हे की गाड़ी आयी है। दुल्हन के घर के बाहर ढोल, ताशा और करताल बजाये जा रहे हैं। एक पीपही (शहनाई जैसा यन्त्र) वाला भी है, जो गीत बजा रहा है "राजा की आयेगी बारात"। यह काफ़ी देर चलता है, और दूल्हा गाड़ी में बैठा ही रहता है। दूल्हा तमिल मूल का और दुल्हन बिहार मूल की। पर बोलते दोनों परिवार हिन्दोस्तानी (फिजी हिन्दी) ही हैं।

कुछ देर में दुल्हन के घर से औरतें कांजीवरम और सिल्क साड़ियों में निकल कर आती हैं। वे आकर दूल्हे की गाड़ी का दरवाज़ा खोलती हैं। रेशमी कुर्ते में दूल्हा कुछ शरमा रहा है। वो निकल कर आता है तो चावल लेकर महिलाएँ कोई रस्म कर रही हैं। फिर दूल्हे के ऊपर एक एक रेशमी चादर की छत बनायी गयी है, जिसके नीचे वो चल कर आ रहा है। दूल्हे को लेकर कई साड़ी में लिपटी स्त्रियाँ घर के आँगन में आ गयी हैं। वहाँ पण्डित कुछ संस्कृत में मन्त्र पढ़ कर मण्डप में बिठाते हैं। पीपही वाला पीछे से सुर देता है–"बड़ी दूर से आये हैं, प्यार का तोहफ़ा लाये हैं।"

फिर कई औरतें दूल्हे को घेर लेती हैं। कोई दूल्हे को टीका कर रही है। कोई एक थाल घुमा रही है। यह सिलसिला काफ़ी देर चलता है। नेपथ्य में कई हिन्दी गाने चल रहे हैं, कुछ नये, कुछ पुराने, कुछ लोकगीत।

इसी मध्य एक पण्डित जी बाहर बरामदे में सभी पुरुषों के सामने एक संक्षिप्त भाषण देते हैं। शुद्ध हिन्दी में वो कहते हैं–

"आज इस महान अवसर पर दो परिवारों का मिलन हो रहा है। दो गाँवों का। उत्तर और दक्षिण का। यह हमारा सौभाग्य है कि इस सुकर्म में सम्मिलित हो रहे हैं। आशा है कि इन दोनों परिवारों का सम्बन्ध प्रेमपूर्वक रहेगा।"

फिर एक संस्कृत मन्त्रोच्चारण पद्धति के साथ नारियल और अग्नि केन्द्र में रख विवाह सम्पन्न किया जाता है। कहा जाता है कि आज से यह बेटी आपके घर की हुई। दोनों परिवारों के लोग नाचने लगते हैं। पीपही वाला कई गीत बजाता है। पुरुष–महिलाएँ सब गँवई अन्दाज़ में नाचते हैं। अब एक महिला किसी पतली किताब से पढ़ कर भोजपुरी लोकगीत गाने लगती है। साथ में बज रहे करताल, हारमोनियम और पीपही के बीच उनकी आवाज़ दब जाती है।

आख़िर में दूल्हा–दुल्हन खड़े होते हैं, और लोग फ़ोटो खिंचवाते हैं। फिर भोज होता है। सब बाराती और लड़की वाले भोजन करते हैं।

यूँ लगता है कि विवाह भारत के ही किसी गाँव में हो रहा है।

(एक फिजी विवाह वीडियो से प्रस्तुत)

गिरमिटिया के बाद का फिजी

जब गिरमिटिया प्रथा ख़त्म हुई और सब आज़ाद हुए तो वो अपने पुराने घिनौने इतिहास को भुलाना चाहते थे। वो अब उन दिनों के 'बिदेसिया' नहीं सुनाते। बच्चों को ये नहीं बताते कि उन पर क्या बीती? उनके बदन पर आजीवन कुछ निशान होते पर कोई पूछता तो बहाना बना देते। उनका इतिहास उन्होंने लिखना नहीं चाहा। इतिहास तो विजेता रचते हैं, हारने वाले नहीं। ब्रिटिश इसे छुपाना चाहते थे और हिन्दुस्तानी भुलाना। फिजी के स्कूलों की इतिहास की किताबों में गिरमिटिया का कुछ ख़ास विवरण नहीं है। 1921 ई. में बनारसीदास चतुर्वेदी ने 'फिजी की समस्या' नामक किताब लिखी, जिसे फिजी में जला दिया गया। बैन कर दिया गया। सत्तर के दशक तक सभी गिरमिटिया मर गये और उनके साथ इतिहास भी दब गया। उन्हें ब्रिटिश सरकार ने भी कभी नहीं सराहा। उनका त्याग, उनकी मेहनत, सब अनदेखी कर दी गयी।

मेरे लिए यह पहेली सुलझानी भी महत्त्वपूर्ण है कि कभी एक गुलाम सरीखी व्यवस्था में दूर देश से आने वाले गिरमिटिया, आख़िर कैसे इस द्वीप के शासक बने? प्रधानमन्त्री बने, और द्वीप की अर्थव्यवस्था सँभाल ली? क्या यह वाक़ई स्वर्ण–युग था या बस छलावा? क्या यह पलायित समुदाय पुनः पलायित होने को मजबूर होगा?

1920 ई. में गिरमिटिया प्रथा तो ख़त्म हुई, पर सी.एस.आर. कम्पनी का राज अब भी था। आज़ाद मज़दूरों ने कम्पनी से लीज़ पर ज़मीन ली, पर क़ानून काफ़ी कुछ घिसे–पिटे ही थे। कूलाम्बर का रोब भी ज्यों का त्यों था। उसका घोड़ा जैसे ही गाँव के आसपास आता, सब एक–दूसरे को आवाज़ देते और घरों में छुप जाते। जो सामने पड़ जाता, वो सलाम ठोंकता। वो सलाम का जवाब देते तो सब तृप्त हो जाते, जैसे भगवान ने सुन ली हो। 1939 की बात है। किसान पेरिमल से कूलाम्बर ईवान नाराज़ थे।

उन्होंने पहले तो पेरिमल का सारा सामान फेंक दिया और झोंपड़े में आग लगा दी। पूरी रात पेरिमल परिवार सड़क किनारे आम के पेड़ के नीचे बैठा रहा।[42] ऐसे ही नागेश्वर प्रसाद को अपनी ज़मीन खाली करनी पड़ी, क्योंकि उसने कूलाम्बर को सलाम नहीं ठोंका था।

आख़िर, पण्डित अयोध्या प्रसाद नामक गिरमिटिया ने एक किसान संघ बनाया जो गाँव–गाँव घूम कर किसानों के हक़ की लड़ाई लड़ता था। यह संघ इतना ताक़तवर हो गया कि यह नियम बनाना पड़ा कि अब कोई कूलाम्बर किसानों को गाली भी नहीं दे सकता। पण्डित तोताराम और पण्डित अयोध्या जैसे लोगों की अगुवाई के विषय में पढ़ कर यह प्रतीत होता है कि ये लोग पढ़े–लिखे थे, तभी ऐसी योजनाएँ बनाते। इसलिए अंग्रेज़ों का यह अन्देशा ठीक था कि उच्च जाति के लोगों को गिरमिटिया बना कर उनका भविष्य ख़तरे में पड़ सकता है।

किसान संघ के अलावा मशहूर वकील अहमद दयाभाई पटेल ने 1941 में महासंघ की स्थापना की। दोनों संघों के कई सदस्य थे।

गिरमिटिया अब देश की राजनीति में भी भाग लेने लगे। बदरी महाराज तो काउंसिल में थे ही, बाद में 1929 ई. में पण्डित विष्णु देव, परमानन्द सिंह और जेम्स रामचन्दर भी चुनकर गये। पर इन सबसे अलग जो नेता सबके हित में काम करते थे, वो थे शिवाभाई भयलालभाई पटेल। उन्हें 1927 ई. में गाँधीजी ने फिजीवासियों की मदद के लिए भेजा था, वो आते ही इस काम में जुट गये और सत्तर के दशक तक लगे रहे।

गिरमिटिया आज़ादी के बाद कुछ और समीकरण भी बदल रहे थे। फिजी के मूल निवासी और गिरमिटिया, दोनों अलग–अलग अंग्रेज़ों के ख़िलाफ़ मुहिम चला रहे थे। अंग्रेज़ों ने इन दो गुटों को भिड़ाने की चाल चल दी, जो अब तक फिजी में अशान्ति का कारण है।

1934 ई. में गवर्नर फ्लेचर ने भारतीय मज़दूरों और भारतीय मूल के लोगों को फ़ौज में भर्ती किया और 'इण्डियन प्लाटून' बनायी। उन्होंने भारतीय लोगों को अपने साथ मिलाने की कोशिश की ताकि वो फिजी आदिवासियों से लड़ाई में उनके साथ खड़े हों। यूरोपी फ़ौजियों को 4 शिलिंग प्रतिदिन मिलता था, जबकि फिजी मूल निवासी और भारतीयों को 2 शिलिंग।

पर भारतीय फ़ौजियों ने अपने कम वेतन का विरोध कर दिया। आख़िर 1940 ई. में 'इण्डियन प्लाटून' ही बन्द करनी पड़ी।

आज़ादी के बाद हिन्दुस्तानियों के अन्दरूनी विवाद भी शुरू हो गये। पण्डित और मौलवी अपने–अपने धर्म–प्रचार में लग गये। एक तरफ़ हिन्दू–मुस्लिम विवाद जन्म ले रहा था, दूसरी तरफ़ हिन्दुओं में ही कई जातिगत संगठन बन गये। सनातन धर्म, आर्य समाज, कबीर पन्थ, सतनामी, नानक, रामानन्दी सभी गुट बने। ख़ासकर सनातनी और आर्य समाज का विवाद कई सालों तक रहा। 1926 ई. में फिजी मुस्लिम लीग की स्थापना हुई। इसी वर्ष दक्षिण भारतीयों ने संगम गुट बनाया। पंजाबियों ने गुरुद्वारा समिति बनायी।

पर एक चीज़ अच्छी हुई। इन सब धार्मिक संगठनों ने कई स्कूल खुलवाये। 1938 ई. तक कुल 71 स्कूलों में 7,968 बच्चे पढ़ते थे। हिन्दू स्कूलों में हिन्दी में, मुस्लिम स्कूलों में उर्दू में और तमिल स्कूलों में तमिल में पढ़ाई होती। पर बाद में सब अंग्रेज़ी माध्यम होने लगे। फिजी के भारतीयों को यह अहसास हो गया था कि उनकी यह दुर्गति इसलिए हुई क्योंकि वो निरक्षर थे। उन्होंने शिक्षा के विस्तार के लिए जी–जान लगा दिया। उस ज़माने के स्कूलों में जो अच्छे थे, उनके नाम थे डी.ए.वी. कॉलेज, रारावई मुस्लिम स्कूल, वाकिया (मेथोडिस्ट) इण्डियन स्कूल, वायसरू इण्डियन स्कूल और खालसा कॉलेज। स्कूल खोलने इतने आसान न थे, पर हर किसान ने अपनी ज़मीन का कुछ हिस्सा दिया, पैसे लगाये। इन स्कूलों को सरकार फण्ड नहीं देती और यह पूरी तरह स्वतन्त्र गिरमिटियों की पूँजी पर खड़े थे। आज उन स्कूलों की बदौलत ही फिजी भारतीय तरक्की कर रहे हैं, और सभी प्रोफ़ेशनल कामों में हैं। अब खानदानी खेती–मज़दूरी में कम ही भारतीय हैं।

फिजी मूल निवासियों की अपेक्षा भारतीय मूल के बच्चे अधिक अनुशासित होते। इससे यह भी सिद्ध होता है कि दलित या ब्राह्मण आनुवंशिकता अथवा मज़दूर के बच्चे होने की वजह से शैक्षिक कौशल पर प्रभाव कम था। औसतन हर मूल जाति और हर धर्म से क़ाबिल लोग निकले। एक और बात थी कि इन्हें कम पैसों में जीने की आदत हो गयी थी। यह सुख–सुविधा के शौक़ीन न थे। बच्चे भी माँ–बाप की तरह मेहनती थे।

10–12 किलोमीटर पहाड़ों–जंगलों से गुज़र कर पैदल स्कूल जाते, और लौट कर पिता का खेतों में हाथ भी बँटाते। कइयों के पास तो चप्पल–जूते भी नहीं थे।

गिरमिटिया प्रथा के अन्त के बाद साल में दो बार कम्पनी किसानों को गन्ने की कमाई देती, और इन दिनों का इन्तज़ार घर का हर बच्चा करता। वो मेले में जाकर कुछ ख़रीदते, खेलते और वयस्क इन दो दिनों में ख़ूब शराब पीते। चूँकि बड़ी कमाई साल के दो ही दिन होती, यह बाक़ी के महीने गाँव के साहूकारों से 40% ब्याज पर उधार लेते। जो पैसे मिलते भी, उसे वह दुकानदारों, साहूकारों के पास रखते जो उन्हें ब्याज भी देते। पर इस पैसे की कोई लिखित गारण्टी नहीं थी। एक बार एक दुकानदार पिल्लई दिवालिया हो गया तो कइयों की कमाई डूब गयी।[43]

बँधुआ लोगों में कुछ को यह सौभाग्य भी मिला कि वह यूरोपीय लोगों से ज़मीन लीज़ पर ले पाये, जहाँ वह काम के बाद और सप्ताहान्त में काम करते। कुछ गाय भी पालते, और सब्ज़ियाँ हाट में बेचते।

सत्तर के दशक तक फिजी के भारतीय यानी 'बुरेस' मिट्टी के झोंपड़े में रहते थे, पर धीरे–धीरे खपरैल वाले पक्के मकान बनने लगे। कूलाम्बर गोरों की बड़ी कोठी ऊपर पहाड़ों में होती। गाँव वालों की सुबह मुर्गे की बाँग से होती। घर में चारपाई होती। ऊपर पेड़ों पर मचान भी बनाये जाते। अक्सर रसोईघर मुख्य झोंपड़े से अलग होता, इसलिए कि आग न लग जाये। चूल्हों में लकड़ी से खाना पकाया जाता और औरतें फूकनी (हवा फूँकने वाली पाइप) से आग तीव्र करतीं। दातुन लोग अमरूद की टहनियों से करते, हालाँकि 60 के दशक में मंजन और पेस्ट आने शुरू हुए।

हर घर में एक छोटा मन्दिर भी ज़रूर होता, जहाँ महिलाएँ साफ़–सफ़ाई करतीं, धूप–अगरबत्ती लगातीं। गाँवों में अफ़वाहबाज़ भी ख़ूब होते। कोई भी ख़बर मिनटों में पूरे गाँव में फैल जाती। हर घर में लगभग गाय होती। मुर्गी पालते। घरों में नल नहीं होता और लोग गाँव में कुआँ खोदते थे या नदी से पानी लाते थे। घरेलू झगड़े और पत्नियों को पीटना भी गाँवों में आम था।

गाँवों में कुछ छोटी–मोटी दुकानें होतीं, जहाँ चौपाल बैठती, गप्प मारे जाते। अक्सर उधारी खाता चलता। 'शान्तिदूत' नाम का स्थानीय अख़बार लोकप्रिय था।

गाँव का पढ़ा–लिखा व्यक्ति पढ़ कर सुनाता। ख़ासकर लोगों को भारत की ख़बर सुनने में लुत्फ़ आता। पचास के दशक में रेडियो भी आ गया। उन दिनों रेडियो के लिए ऊपर बाँस पर ऐंटीना लगाना होता।

रेडियो पर धार्मिक कार्यक्रम ख़ूब सुने जाते। ख़ासकर वो, जिनमें पूजा–विधियाँ बतायी जातीं। शोक समाचार कि गिरमिटिया परिवार का फलाँ व्यक्ति मर गया, भी लोकप्रिय थे। लोग अगर उनको जानते, तो एक–दूसरे को उनके साथ बिताये गिरमिटिया पल बयाँ करते। बाद में फुटबॉल की कमेण्ट्री आने लगी, तो रेडियो और लोकप्रिय हुआ।

गुल्ली–डण्डा अब समाप्त हो रहा था। खेलों में अब फुटबॉल लोकप्रिय था। गिरमिटिया बच्चों के लिए इससे सस्ता खेल न था। मैदान की तो ख़ैर कमी न थी। बाद में हर छोटे द्वीप की अपनी टीम बन गयी, जो आपस में खेलते। फुटबॉल की असल प्रोफ़ेशनल शुरुआत 'लॉयड फेयरब्रदर ट्रॉफ़ी' के बाद हुई जो हर साल होती।

रॉय कृष्णा नाम के स्थानीय खिलाड़ी का नाम आता है। चन्द्रभान सिंह नामी 'मिड–फील्डर' थे। लोग कहते हैं, फिजी में उनसे बेहतर कोई नहीं हुआ। जॉनी बकरीदी लड़ाकू थे। लोग उनको भड़काते, वह भड़क कर टाँग मारते, खेल से बाहर कर दिये जाते। पर खिलाड़ी अच्छे थे। चोटका नाम के मिड–फील्डर बाद में सिडनी चले गये, वहाँ टैक्सी–ड्राइवर बने। उससे कई साल पहले आनन्द सामी भी मशहूर थे, हालाँकि वो बाद में ब्रिस्बेन (ऑस्ट्रेलिया) चले गये। वो और उनके भाई जगन्नाथ सामी 'सॉकर प्रिन्स' कहलाते। यही जगन्नाथ सामी बाद में फिजी के लोकप्रिय नेता बने और गन्ना व्यापारी संगठन के सीईओ भी। ये और बात है कि फ़ौजी तख़्तापलट के बाद जगन्नाथ से यह पद छीन लिया गया था।

फुटबॉल में एक और बात थी। फुटबॉल के मैदान पर गोरे, भारतीय और फिजी के मूल निवासी साथ खेलते। यह ऐसा मैदान था जहाँ भेदभाव मिट जाते। खेल को खेल की तरह खेला जाता। यहाँ राजनीति नहीं होती।

फुटबॉल के कुछ शब्द भी ख़ास थे। जैसे "आवे, आवे" मतलब "वो आ रहा है।" ऐसे ही "ले लो, ले लो।" एक वाक्य था, "ई ना जाई।" जब गोल के चांस कम थे। रेफरी के ग़लत निर्णय पर उसे "मुर्गी–चोर" कहने की भी परम्परा थी, जो दशकों तक रही।[44]

क्लब, हॉल, गोल्फ़–कोर्स वग़ैरह में बस गोरे ही जा सकते थे। बाकायदा 'नो इण्डियन्स एलाउड' लिखा भी होता। ट्रेन में 'व्हाइट्स ऑनली' कम्पार्टमेण्ट थे। काउंसिल मेम्बर जैसे मुनिस्वामी मुदलियार भी जब साहिबों से मिलने जाते, तो उन्हें ज़मीन पर नीचे बैठने को कहा जाता।

10 अक्टूबर, 1970 को फिजी देश आज़ाद हो गया। आज़ाद तो हो गया लेकिन अब फिजी पर राष्ट्रवाद हावी होने लगा। 1969 में अचानक फिजी भारतीयों के सबसे बड़े नेता ए. डी. पटेल चल बसे थे। भारतीय फ़िज़ी फिर से बेघर होने की कगार पर आ गये। 1972 ई. में जब ईदी अमीन ने युगाण्डा के 80,000 भारतीयों को निकाल फेंका, तो फिजी में भी भारतीय डर गये।

1975 ई. में फिजी नैशनलिस्ट पार्टी के नेता सकियासी बुताद्रोका ने सदन में प्रस्ताव रखा–

"अब समय आ गया है कि भारतीय और भारत मूल के लोग वापस अपने देश लौट जायें, और उन्हें भेजने का ख़र्च ब्रिटिश सरकार वहन करे, जो उन्हें यहाँ लेकर आयी थी।"

हालाँकि यह प्रस्ताव पारित नहीं हो पाया, पर फिजी के हिन्दुस्तानियों में भय डाल गया। पर इन सबके बीच फिज़ी ने 1979 ई. में गिरमिटिया का सौवाँ साल धूमधाम से मनाया। 1981 ई. में इन्दिरा गाँधी भी फिजी दौरे पर आयीं। आने वाली सरकारों में कई भारतीय मूल के लोग आये।

अगले 6 वर्ष सब ठीक–ठाक चला, पर 1987 ई. में जो हुआ, वह भारतीय फिजियों को वापस हाशिए पर ले गया। 24 अप्रैल, 1987 ई. को एक मार्च निकाला गया और कहा गया, 'बन्द करो यह भारतीयों की सरकार; यह फिजी है छोटा भारत नहीं। यह ताउकेइ मूवमेण्ट था जो फिजी के मूल निवासियों का विद्रोह था। यह जगह–जगह भारतीयों पर आक्रमण करते, बम फोड़ते जा रहे थे। 14 मई, 1987 ई. को कर्नल राबुका अपनी फ़ौज लेकर संसद में घुस गये और सभी नेताओं को बन्दी बना लिया।

फिजी के भारतीयों पर जुल्म शुरू हो गये और उन्होंने कोई विरोध नहीं किया। गिरमिटिया ख़ून था, क्या विरोध करता? भारतीय नेताओं विनोद पटेल और द्विजेन्द्र सिंह के बाल खींचकर घसीटते हुए ले जाया गया और जेल में बन्द कर दिया गया। मन्दिर, मस्जिद, गुरुद्वारा सब जलाये गये।

यह सिलसिला लगभग दस साल कमोबेश चला, पर अचानक 1997 ई. में कर्नल राबुका नरम पड़ गये। देश की अर्थव्यवस्था कमज़ोर पड़ रही थी, और उन्हें लगा कि भारतीयों के बिना फिजी चल नहीं सकता।

1999 ई. में चुनाव हुए और महेन्द्र पाल चौधरी प्रधानमन्त्री बने। पहले भारतीय मूल के प्रधानमन्त्री। गिरमिटिया आख़िर राजगद्दी तक पहुँचे और यह दिन फिजी के इतिहास में स्वर्णिम दिनों में है। पर यह सब बस तिलिस्म था।

अगले ही साल 2000 ई. में जॉर्ज स्पाइट के नेतृत्व में फिजी चरमपन्थियों का दल संसद पहुँचा और महेन्द्र चौधरी सहित नेताओं को बन्दी बना लिया। उनको वहीं संसद में 56 दिनों तक बन्दी रखा गया, और बाहर भारतीयों पर अत्याचार चलते रहे। फिजी मूल के लोगों ने भारतीयों को लूटना–मारना शुरू किया। कई लोग कहते हैं कि अंग्रेज़ अगर सिक्खों और क्षत्रियों को गिरमिटिया बना कर लाते, तो कुछ और बात होती। दलितों और निचली जातियों के ख़ून में विरोध की ज्वाला नहीं थी। वो दबने के आदी सामन्तवादी भारत से ही थे। हालाँकि जॉर्ज स्पाइट को आख़िर पकड़ कर जेल भेजा गया। पर इस दौरान कई भारतीय फिजी पलायन कर गये। ऑस्ट्रेलिया, न्यूजीलैण्ड, अमरीका, कनाडा और इंग्लैण्ड। ये जहाँ भी गये, वहाँ ख़ूब मेहनत की और अब धनाढ्य परिवारों में से हैं।

ग़लती फिजी के भारतीयों से भी हुई। वो अन्य देशों के गिरमिटिया लोगों की तरह स्थानीय लोगों से घुले–मिले नहीं। अपना गुट बना लिया, अपनी पार्टी बना ली, अपनी भाषा बोलते रहे और फिजी संस्कृति से जुड़ नहीं पाये। वो एक छोटा हिन्दुस्तान बना कर रह गये। ये ईसाई भी नहीं बने, और हिन्दू ही रहे। फिजी भारतीयों ने शिक्षा पर भी ध्यान दिया और मेहनत भी उनकी नसों में थी, जबकि मूल निवासी न मेहनती थे, न शिक्षित। इसलिए यह दूरी बढ़ती ही गयी। बाकी द्वीपों में ऐसा नहीं हुआ।

फिजी की 40% जनसंख्या भारतीय है। लगभग 4.5 लाख भारतीय मूल के लोग फिलहाल (2017 ई.) फिजी में हैं।[45]

कई सम्पन्न परिवार के लोग पंजाब, गुजरात और अन्य प्रदेशों से आकर भी बसे। अब भी जा रहे हैं। पंजाबी किसान और गुजरात के व्यवसायी फिजी के सबसे सम्पन्न परिवारों में हैं।

1987 ई. में तख़्तापलट के समय यहाँ से पलायित गिरमिटिया सन्तान ऑस्ट्रेलिया और न्यूजीलैण्ड में कुल साठ हज़ार हैं, जो फिजी हिन्दी बोलते हैं। उन्होंने अपनी फिजी की संस्कृति बचा कर रखी है, और वो ऑस्ट्रेलिया के अन्य भारतीयों से खुद को अलग ही समझते हैं। इसके अलावा अमरीका और कनाडा में भी बतीस–तीस हज़ार फिजी भारतीय हैं।

मेरे आकलन में सभी गिरमिटिया देशों में फिजी और मॉरीशस, दो ऐसे द्वीप रहे जहाँ की भारतीयता सबसे अधिक बची रही। यह उनके लिए अच्छा रहा या बुरा, यह अलग मुद्दा है।

सन्दर्भ

1. राजेन्द्र प्रसाद, टियर्स इन पैराडाइज़ : सफरिंग्स एण्ड स्ट्रगल्स ऑफ़ इण्डियन्स इन फिज़ी 1879–2004, ग्लेड पब्लिशर्स, 2004 (द्वितीयक स्रोत)
2. स्वाति माथुर, हाउ दिस फिजियन 'गिरमिटिया' फाउण्ड हिज़ इण्डिया होम, टाइम्स न्यूज़ नेटवर्क, 7 जनवरी, 2016
3. तोताराम सानिढ्य और बनारसी दास चतुर्वेदी, फिजी द्वीप में मेरे इक्कीस वर्ष, राजपूत ऐंग्लो ओरिएण्टल प्रेस, 1914
4. पीटर डिल्लन, नैरेटिव एण्ड सक्सेसफुल रिज़ल्ट ऑफ़ अ वोयाज़ इन द साउथ सीज़, हर्स्ट, चांस एण्ड कम्पनी. 1829 (येल विश्वविद्यालय पुस्तकालय से साभार)
5. वही (सं. 4)
6. आई. सी. कैम्पबेल, द हिस्ट्रियोग्राफ़ी ऑफ़ चार्ल्स सवाज, जर्नल ऑफ़ पॉलिटीशियन सोसाइटी, 1980, 89 (2), पृष्ठ 143–166
7. जे. डब्ल्यू. डेविडसन, पीटर डिल्लन ऑफ़ वानिकोरो : शेवैलियर ऑफ़ द साउथ सीज़, ऑक्सफ़ोर्ड यूनिवर्सिटी प्रेस, मेलबॉर्न, 1975, पृष्ठ 31
8. www.girmit.org (इण्टरनेट स्रोत)
9. बेसिल लब्बॉक, कुली शिप्स एण्ड ऑयल सेलर्स, ब्राउन सन एण्ड फ़र्गुसन, 1981
10. बी.बी.सी. वृत्तचित्र 'कुलीज़ : हाउ ब्रिटेन रिइनवेण्टेड स्लेवरी' से
11. राजेन्द्र प्रसाद (सं. 1, द्वितीयक स्रोत)
12. तोताराम (सं. 3)
13. राजेन्द्र प्रसाद (सं. 1)
14. तोताराम (सं. 3)
15. राजेन्द्र प्रसाद (सं. 1)
16. वही (सं. 1)
17. पं. गुरुदयाल शर्मा, मेमोरीज़ ऑफ़ फिजी 1887–1987, स्व–प्रकाशित, सुवा, 1987
18. तोताराम (सं. 3)

19. वाल्टर गिल, टर्न नॉर्थ ईस्ट ऐट टॉम्बस्टोन. रॉबर्ट हेल लिमिटेड, 1970
20. तोताराम (सं. 3)
21. राजेन्द्र प्रसाद (सं. 1, द्वितीयक स्रोत)
22. वही (सं. 1)
23. जॉन बर्टन, फिज़ी ऑफ़ टुडे, चार्ल्स एच. केली, 1910
24. राजेन्द्र प्रसाद (सं. 1, द्वितीयक स्रोत)
25. वही (सं. 1)
26. वही (सं. 1)
27. वही (सं. 1)
28. वही (सं. 1)
29. गुरुदयाल (सं. 17)
30. राजेन्द्र प्रसाद (सं. 1, द्वितीयक स्रोत)
31. वही (सं. 1)
32. वही (सं. 1)
33. तोताराम (सं. 3)
34. राजेन्द्र प्रसाद (सं. 1, द्वितीयक स्रोत)
35. वही (सं. 1)
36. वही (सं. 1)
37. बृज लाल, गिरमिटियाज़ द ऑरिजिन ऑफ़ फिजी इण्डियन्स, जर्नल ऑफ़ पैसिफ़िक हिस्ट्री, 1983
38. राजेन्द्र प्रसाद (सं. 1)
39. वही (सं. 1)
40. रॉडनी मोग एण्ड राम नारायन, फिजी हिन्दी : अ बेसिक कोर्स एण्ड रिफरेन्स ग्रामर, ऑस्ट्रेलियन यूनिवर्सिटी प्रेस के एक्स्टेंशन सर्विसेज़ के सौजन्य से, यूनिवर्सिटी ऑफ़ साउथ पैसिफ़िक, सुवा (फिज़ी), 1977
41. वही (सं. 40)
42. राजेन्द्र प्रसाद (सं. 1, द्वितीयक स्रोत)
43. वही (सं. 1)
44. बृज लाल, इण्टरसेक्शन्स : हिस्ट्री, मेमोरी एण्ड डिसिप्लिन, ए.न.यू. ई प्रेस, 2012
45. फिजी पॉपुलेशन अप 50,000 इन 10 ईयर्स, फिजी लाइव, 31 अक्तूबर, 2017

गयाना, दक्षिण अमरीका

"हर विदेशी भूमि पितृभूमि है और हर पितृभूमि विदेशी भूमि।"

–डियोग्नेटेस को चिट्ठी*

मायावी लछमन

लछमन को अरकाटी एजेण्टों ने बहला–फुसला कर गयाना भेज दिया। उन्हें यह कहकर गयाना लाया गया कि वहाँ बस लेटे रहना है और नारियल पानी उसके मुँह में गिरेगा, सोनवर्षा होगी। वहाँ पहुँचे तो नज़ारा ही कुछ और था। स्वप्नलोक बिखर गया और लछमन बागान में मज़दूरी के लिए भेज दिये गये।

लछमन आज फिर बागान से गायब हो गये। वह दूसरी बार भागे थे। बागान से भागना इतना आसान न था। पकड़े जाने पर कारावास हो जाता। पर लछमन कुछ दिन ग़ायब रह कर लौट आते। वह कहाँ जाते, क्या करते, किसी को नहीं पता। पर वह भागते रहते। उन्होंने अपने मित्रों को कहा था कि वो एक दिन हिन्दुस्तान लौट जायेंगे। उन्हें सब समझाते कि यह नामुमकिन है। अपनी नियति स्वीकार लें। लेकिन वह 'शॉशैन्क रिडेम्पशन' के नायक की तरह योजना बनाते रहते। लछमन ने दस साल द्वीप पर काटे, और कई दफ़े भागे। आख़िर 1884 ई. में लछमन भाग ही गये। वो द्वीप पर कहीं नहीं मिले, न ही उनकी लाश मिली। उनका पासपोर्ट बागान–मालिक ने ज़ब्त कर रखा था। फिर भी वह भारत पहुँचने में कामयाब रहे।

हद तो यह कि लछमन अगले ही साल वापस 'एलेनशॉ' नामक जहाज़ पर गयाना लौट आये और तीन–चार महीने में ही फिर से भाग गये। इस बार मालिक को लन्दन से चिट्ठी मिली। लछमन किसी लश्कर

के साथ लन्दन पहुँच गये थे। सम्भवतः लछमन दुनिया देखना चाहते थे। वह भागते रहते। 1887 ई. में लछमन नाम बदल कर फिर से गयाना आ गये, और कहा कि नटाल (अफ्रीका) से आये हैं। आख़िर अधिकारियों ने उन्हें पहचान लिया। लछमन फिर भागे और सूरीनाम के रास्ते में पकड़े गये।

1888 ई. में लछमन आख़िरी बार भागे और उसके बाद लछमन को न किसी ने देखा, न सुना। इस तरह गयाना के मायावी लछमन एक आश्चर्य बन कर रह गये।[1] लछमन की चर्चा आगे भी एक महत्त्वपूर्ण सन्दर्भ में करूँगा।

एक अंग्रेज़ की प्रेम कथा

जानकी, उत्तर प्रदेश के किसी गाँव से शायद भगा कर या लुभा कर लायी गयी थी। सुन्दर, उच्च जाति की महिला। गाँव में ऐसी सुन्दर युवतियाँ शादीशुदा ही होतीं। बचपन में बड़े घर में ब्याह दी जातीं। पर उनके अरमान भी तो उड़ने के होते, दुनिया देखने के होते। पता नहीं कब जानकी किसी अरकाटी के जाल में फँस गयी। शायद मन्दिर जाते वक़्त कोई मिल गया और जानकी एक दिन भाग निकली। गाँव से अरकाटी के बहलावे पर ज़िले के एजेण्ट के पास। इतनी सुन्दर महिला जहाज़िन की क़ीमत भी एजेण्ट को ख़ूब मिली होगी।

वहाँ से जानकी कलकत्ता के 'गार्डेन रीच' के डेमेरारा डिपो ले जायी गयी। अब तक के सफ़र की थकान से मुरझायी जानकी यहाँ नहा–धो कर नये वस्त्रों में आ गयी। अब गयाना जाने की तैयारी थी। वेस्टइण्डीज़ के सुन्दर द्वीपों की ओर, जहाँ नारियल के पेड़ होंगे, जानकी का स्वर्ग होगा। जानकी के मन में तय था कि उन्हें वहाँ मज़दूरी नहीं करनी, राजकुमारी बन कर रहना है।

1882 ई. में 'सिलहेट' नामक जहाज़ गयाना के लिए चल पड़ा। जहाज़ के सरदारों की नज़र जानकी पर पहले ही पड़ गयी थी। ख़ासकर दी मोहम्मद की।

दी मुहम्मद मुसलमान थे, पर जानकी पर फ़िदा थे। वह जानकी का ख़ूब ख़याल रखते और जानकी भी कुछ भाव तो उन्हें देती ही थी।

हट्टे–कट्टे दी मोहम्मद गिरमिटियों के सरदार जो थे। सरदार की इज़्ज़त भी ख़ूब थी, तो उनके रानी बनने का ख़्वाब पूरा होता नज़र आ रहा था।

लेकिन जानकी का उस जहाज़ पर एक और आशिक़ था। अंग्रेज़ सर्जन डॉ. ऐटकिन्स। इनके पिता पादरी रेवरेण्ड ऐटकिन्स गुलामी मुक्ति के प्रचारक थे। सम्भवतः यही गुण इनमें भी आया। अन्यथा, यह आम तौर पर नहीं होता कि किसी अंग्रेज़ को गिरमिटिया से इश्क़ हो जाये। यौन–शोषण करने वाले कई थे, पर प्रेम करने वाले कम ही थे।

दी मोहम्मद यूँ तो सरदार थे, पर एक अंग्रेज़ ऑफ़िसर के सामने उनका पलड़ा कमज़ोर ही था। दी मोहम्मद को घुटने टेकने पड़े और जानकी ऐटकिन्स की हो गयी।

गयाना पहुँच कर डॉ. ऐटकिन्स ने अर्ज़ी दी कि जानकी का कॉन्ट्रैक्ट रद्द कर दिया जाये और उन्हें आज़ाद कर दिया जाये। उन्हें 250 पाउण्ड भरने पड़े, लन्दन चिट्ठी गयी और जानकी आख़िर आज़ाद हुई। जॉर्जटाउन में दोनों ने विवाह कर लिया। उन्नीसवीं सदी का यह अभूतपूर्व विवाह आज भी किताबों में दर्ज़ है।[2]

पर जो दर्ज़ नहीं है, वो है जानकी का विवाहोपरान्त रिकॉर्ड। डॉ. ऐटकिन्स बाद में ऑस्ट्रेलिया गये, इंग्लैण्ड गये और वापस भारत लौटे। उनकी मृत्यु कलकत्ता में 3 जुलाई, 1896 ई. को हुई, यानी जानकी से विवाह के चौदह वर्ष बाद। पर जानकी गुम हो गयी। यह ज़िक्र नहीं मिलता कि डॉ. ऐटकिन्स उनको साथ लेकर गये या गयाना में ही छोड़ गये।

आपको क्या लगता है? सच क्या रहा होगा? जानकी का आख़िर क्या हुआ?[3]

महारानी एक अपूर्ण यात्रा

'एलेनशॉ' जहाज़ जब गयाना के लिए चला, उसमें कई अजीब घटनाएँ घट रही थीं। एक तो लछमन उस जहाज़ पर रूप बदल कर फिर से गिरमिटिया बन वापस गयाना जा रहे थे। और दूसरी थीं महारानी। महारानी के साथ ठीक–ठीक क्या हुआ, यह एक राज़ ही रह गया, पर ज़रूर कुछ ऐसा हुआ जो आज भी जवाब माँग रहा है।

महारानी लगभग अठारह वर्ष की उच्च जाति की युवती थी। पिता का नाम परगस। यह सम्भव है कि इतनी कम उम्र की युवती का अरकाटियों ने अपहरण किया हो, या धोखे से फुसलाया हो। महारानी जहाज़ पर चुपचाप ही रहती। किसी पुरुष से बात करते उसे नहीं देखा गया। महारानी की पूरी तफ़्तीश दशकों बाद एक शोधार्थी वेरेने शेपर्ड ने की। ख़ासकर इस बात की, कि आख़िर महारानी की इस जहाज़ पर रहस्यमय मौत क्यों हुई?

हुआ यूँ कि एक सुबह डॉ. हार्डविक को ऊपरी डेक पर एक कम्बल में लिपटी महारानी मिली। उसे तेज़ बुख़ार था। यह अजीबोग़रीब स्थिति देख उन्हें चिन्ता हुई, पर कुछ शक़ नहीं हुआ। उन्होंने डेक से नीचे भेजकर बस कुछ दवाइयाँ दिलवायीं। यह नहीं पूछा कि महारानी के साथ आख़िर क्या हुआ? उस पूरी रात वह रोती रही, तो उसे उसके साथी नन्दलाल और गोलप जहाज़ के अस्पताल लेकर गये। डॉ. हार्डविक को यह शक़ हुआ कि कुछ विचित्र तो घटा है, पर वह समझ नहीं पा रहे थे। महारानी बस शरीर में दर्द की शिकायत कर रही थी, जो जहाज़ पर एक साधारण बीमारी थी। अगली सुबह, महारानी की धड़कनें कमज़ोर पड़ती गयीं और वो मर गयीं। अब इस बात की तफ़्तीश में चलते हैं कि मृत्यु क्यों हुई?

शोधार्थी शेपर्ड को कुछ महिलाओं, ख़ासकर मूर्ति और महोदया के गवाही के काग़ज़ मिले, जिन्हें महारानी ने बताया था कि उसके साथ बलात्कार हुआ। एक नहीं, तीन व्यक्तियों (कम से कम) द्वारा। पर उनकी पूरी तरह पहचान न हो सकी। शुरुआती गवाही के अनुसार उनमें एक अश्वेत था, सम्भवतः रॉबर्ट इप्सन। दूसरा, इंग्लैण्ड से जेम्स ओलीवर। और तीसरा अज्ञात। महोदया ने गवाही में कहा कि महारानी को वह भारत से ही जानती थी और इसलिए उसने उसे सारी कहानी बया कर दी थी।

जहाज़ पर दी पहली गवाही के अनुसार, महारानी एक रात जब पानी भरने ऊपर गयी, तो दो नाविकों ने उसे पकड़ लिया और उसकी साड़ी से मुँह ढँक दिया। और फिर वहीं एक–एक कर दोनों ने बलात्कार किया। महारानी ने मरने से पहले यह बताया था कि उनमें एक पुरुष की छाती पर 'टैटू' था। उन्होंने यह भी कहा कि उसी व्यक्ति ने पहले जुगेसर की पत्नी को भी गाली दी थी। यह व्यक्ति रॉबर्ट इप्सन ही हो सकता था, क्योंकि उसने जुगेसर की पत्नी को गाली तो दी थी।

रॉबर्ट इप्सन पर सन्देह दो और भारतीयों को भी था, जिन्हें इप्सन ने कलकत्ता में ही कहा था कि वो जहाज़ पर कुछ ऐसा करेगा। इसके अलावा थॉमस डेविड नामक एक अफ़सर ने यहाँ तक कह दिया कि इप्सन ने उसके सामने यौन–सम्बन्ध की बात क़बूल की, पर महिला का नाम नहीं बताया। यहाँ तक कि इप्सन ने उसे अपना लिंग भी दिखाया था, जो इस प्रक्रिया में घायल हो गया था। एक और गवाह ली ने देखा था कि रॉबर्ट इप्सन ने महारानी के कन्धे पर हाथ रखा था, और उसने इप्सन को चेताया भी कि ऐसी हरकतों से दूर रहे। पर ली का यह भी कहना था कि उसने कोई यौन–सम्बन्ध या ज़बरदस्ती नहीं देखी।

पर मेरे मन में प्रश्न उठा कि महारानी ने इस बात की शिकायत उसी वक़्त क्यों नहीं की? सम्भवतः वह भयभीत हो। जब मूर्ति और महोदया की शिकायत सुन दुबारा जहाज़ के ऑफ़िसर ने महारानी से अस्पताल में पूछा था, तो महारानी ने मना कर दिया कि ऐसा कुछ हुआ ही नहीं था। शायद उन्हें अंग्रेज़ों पर भरोसा ही नहीं था।

यह बात जाँच का मुद्दा बन गयी। पूछताछ के बाद जहाज़ से उतरते ही रॉबर्ट इप्सन को गिरफ़्तार कर लिया गया। हालाँकि डॉ. हार्डविक के द्वारा पोस्टमॉर्टम से बलात्कार सिद्ध नहीं हो पाया। उनका पक्ष था कि अगर बलात्कार कुछ दिनों पहले हुआ हो तो यह कहना कठिन होता है। कुछ ख़ास सबूत नहीं मिलते। और वह ज़माना 'डी.एन.ए. टेस्ट' का था भी नहीं। हार्डविक बस यह कह पाये कि महारानी किसी 'शॉक' की वजह से मरी, जिसका कारण पता नहीं।

जहाज़ से उतरते ही महोदया ने भी गवाही बदल दी और कहा कि उन नाविकों से महारानी की पहले से मित्रता थी। उसने आरोप लगाया कि आमतौर पर लोग पानी भरने दो–तीन के समूह में जाते हैं, पर महारानी जानबूझ कर अकेले गयी। उसने यौन–सम्बन्ध की बात ज़रूर कही थी पर बलपूर्वक हुआ, यह नहीं कहा। यह बदली गवाही देख कर लगता है कि उसे भी गयाना पहुँच कर धमकाया गया।

दूसरी गवाह मूर्ति भी मुकर गयी। वो यौन–सम्बन्ध की पुष्टि करती है पर बलात्कार पर विशेष नहीं कहती। लेकिन दोनों की गवाही में यह ज़रूर साफ़ है कि महारानी ने दोनों को अस्पताल में पेट दर्द की वजह जबरन यौन–सम्बन्ध ही बताया।

गयाना का यह केस उलझता चला गया। तभी कहानी में लछमन का प्रवेश होता है। वो एक अलग ही गवाही देता है। मायावी लछमन की कहानी पहले भी कह चुका हूँ जो गयाना का एक रहस्यमय गिरमिटिया रहा। उसके कई महिलाओं से सम्बन्ध रहे और इस जहाज़ पर भी थे। केस की एक मुख्य गवाह मूर्ति, लछमन की जहाज़ पर संगी या प्रेमिका थी। ऐसा लगता है कि लछमन को इस पूरे बलात्कार की घटना की सबसे अधिक जानकारी थी। अफ़वाह थी कि लछमन का महारानी से भी सम्बन्ध था, पर इसकी पुष्टि नहीं हुई। लछमन के मित्र चितामन ने यह बलात्कार अपनी आँखों से देखा था, वो भी लगभग 45 मिनट। यहाँ तक कि जब महारानी अस्पताल में एडमिट हुई, वो ख़ासकर उसकी हालत देखने गया। चितामन के अनुसार भी इसमें तीन लोग थे। दो गोरे और एक अश्वेत।

वहीं दूसरी ओर, अभियुक्त रॉबर्ट इप्सन की गवाही अलग ही दिशा में थी। उसने कहा कि नाविक और ऑफ़िसर अक्सर यौन–सम्बन्ध बनाते हैं। इसमें मदद गिरमिटिया सरदार ही करते, अगर उनको कुछ तम्बाकू दिला दो तो वे स्वयं औरतों को कमरे तक लेकर आते। उसने इल्ज़ाम जहाज़ के बड़े अफ़सरों पर लगा दिया कि यह उनकी ही करामात होगी। उसने कहा कि अफ़सर अक्सर कुछ ख़ास महिलाओं को अधिक और अच्छा खाना खिलाते हैं। उसने जहाज़ के डॉक्टर और ऑफ़िसरों को महिलाओं को कुर्सी पर बिठाकर उनकी टाँगों के बीच हाथ डालते भी देखा था। महारानी के बारे में उसने बस यह कहा कि वह उसे लछमन के माध्यम से जानता था, और महारानी लछमन या उसके किसी दोस्त की प्रेमिका थी। इसलिए इप्सन ने कभी उस पर बुरी नज़र नहीं डाली। इप्सन के अनुसार लछमन ने उसे ख़ास बताया भी कि ऑफ़िसर जानबूझ कर उसे फँसाना चाहते हैं।

यह पूरा मामला आख़िर एक रहस्य रह गया। यह तो एक निष्कर्ष निकला कि महारानी किसी यौन–सम्बन्ध के बाद किसी संक्रमण से मरी। पर कोई एक व्यक्ति इसके लिए आरोपित नहीं किया जा सका। सभी अभियुक्त रिहा कर दिये गये। इस जहाज़िन महारानी की मृत्यु कहीं फ़ाइलों में दब कर रह गयी।[4]

एक फ़ौजी का डेमेरारा सफ़र, सन् 1870 ई.

ऐसा नहीं कि गिरमिटिया जहाज़ पर कमज़ोर और अनपढ़ वर्ग ही जाता। बल्कि अच्छे–ख़ासे अंग्रेज़ी बोलने वाले नौजवान भी जाते।

मोहम्मद शरीफ़ उस दिन लखनऊ बाज़ार में फूल ख़रीद रहे थे जब अरकाटी से भेंट हुई।

"क्या तुम कुछ काम ढूँढ़ रहे हो? डेमेरारा चलोगे? वहाँ के गन्ने के बागानों में बहुत काम और काफ़ी पैसा है?"

"हाँ! चलूँगा।"

शरीफ़ की हाल ही में फ़ौज की इन्फैंट्री डिवीज़न में नौकरी लगी थी, पर वह छोड़ आये थे। उन्हें काम की सख़्त ज़रूरत थी। यह मौक़ा वह हाथ से नहीं जाने देना चाहते थे।

शरीफ़ के साथ नौ और लोग ट्रेन से कलकत्ता भेजे गये और 25 अगस्त को 'मेडिया' नामक जहाज़ से वो गयाना के लिए चल पड़े। उस जहाज़ पर शरीफ़ के साथ 446 भारतीय थे, जिनमें 91 महिलाएँ, 31 बच्चे और 21 नवजात शिशु थे। जहाज़ का सफ़र 87 दिनों का था। इस सफ़र में छह लोगों की मृत्यु हुई, और पाँच बच्चों का जन्म हुआ।

शरीफ प्रबुद्ध और पढ़े–लिखे तो थे ही, अंग्रेज़ी भी बोल लेते थे। इसलिए जहाज़ पर ही वह सरदार नियुक्त हुए और अंग्रेज़ों के लिए दुभाषिये का भी काम किया। इस काम के लिए तीन डॉलर की कमाई भी होनी थी, पर उन्हें पूरी रकम मिली नहीं। अरकाटी एजेण्ट ने भी कहा था कि बोनस मिलेगा, पर वो भी नहीं मिला।

शरीफ़ ने कभी खेती–बाड़ी तो नहीं की थी, पर फ़ौजी रह चुके थे तो हट्टे–कट्टे थे। इतना ही नहीं, वह दो वर्ष पूर्व ब्रिटिश फ़ौज में इथोपिया पर आक्रमण में भी गये थे। तो जहाज़ यात्रा या विदेश यात्रा उनके लिए नयी नहीं थी। इसलिए उनका आत्मविश्वास बाक़ी जहाजियों की अपेक्षा अधिक था। उन्हें भी दस साल गयाना में बिताने थे।

पर मुझे यह जानकारी नहीं मिल पायी कि शरीफ़ का गयाना प्रवास कैसा रहा? क्या वो कभी भारत लौट पाये?[5]

प्रेग्नेंट, 4 मन्थ्स

ग्राम–भुराहुपुर, पुलिस डिस्ट्रिक्ट–माझी, ज़िला–छपरा।

यहीं से एक चार महीने की गर्भवती ब्राह्मण महिला सुजारिया 1903 ई. में फ़ैज़ाबाद डिपो और फिर कलकत्ता गयी। वो 'क्लाईड' नामक जहाज़ से गयाना पहुँची। इस महिला के पहले पति कौन थे, इसका कोई रिकॉर्ड नहीं। इस जहाज़ पर ही उन्होंने एक पुत्र को जन्म दिया। नाम रखा–लाल बहादुर। उनकी परपोती गायुत्रा बहादुर अपने पूर्वजों को ढूँढ़ने 2005 ई. में बिहार पहुँचती है। यह कैसा मंज़र होगा? अपनी किताब में वो लिखती हैं कि उन्हें किसी ने कहा वो ऐसे ढूँढ़ने आयी हैं जैसे 'वीर–ज़ारा' फ़िल्म की प्रीति ज़िंटा।

उनको रिकॉर्ड से बस यह पता लगता है कि सुजारिया के पिता का नाम मुखलाल था। शायद कोई गाँव में पहचान ले? यह तो तय था कि उस ज़माने में एक ब्राह्मण महिला घर छोड़कर भाग जाये, यह एक अद्वितीय घटना होगी। वो भी एक सम्भ्रान्त परिवार की गर्भवती महिला? आख़िर क्या वजह रही होगी?

भुराहुपुर एक छोटा–सा भोजपुरी भाषी गाँव जहाँ लगभग आठ हज़ार लोगों की आबादी है। खेतिहर परिवारों की। गायुत्रा को आख़िर एक व्यक्ति मिलते हैं जिनके परदादा मुखलाल दूबे बर्मा में युद्ध में मारे गये। मुखलाल दूबे की एक बेटी थी–रामजारो या शायद शिवजारो? गायुत्रा बहादुर कयास लगाती हैं कि अंग्रेज़ों ने शायद 'सुजारिया' लिख दिया हो?

पर वो जो भी थी, सत्ताईस वर्ष की उम्र में गाँव से अकेले इतने लम्बे सफ़र पर निकली और बच्चे को जन्म दिया जिनकी पीढ़ियाँ अब अमरीका में हैं। छपरा के एक साधारण गाँव से निकली यह महिला इतिहास रच गयी, जबकि यह गाँव आज भी पिछड़ा हुआ है। यह सब आख़िर कैसे हो गया?

आगे की कहानी में सुजारिया एक ठाकुर गिरमिटिया शिवरतन सिंह और उनकी पत्नी के साथ रहने लगती है। शिवरतन सिंह से उनकी एक बेटी भी हुई। पर कुछ कारणों से सुजारिया उनकी बेटी को लेकर दूर चली गयी, और अपने बेटे लाल बहादुर को ठाकुर के पास छोड़ गयी। क्या शिवरतन सिंह ने उनसे बस पुत्र–मोह में सम्बन्ध बनाया था? यह कहना कठिन है।

दूर दूसरे बागान पर उन्होंने एक और सम्बन्ध अहीर जाति के दिलचन्द से बनाया, जिससे पुनः एक बेटी हुई। सुजारिया का शिवरतन सिंह के परिवार से अलग होकर भी सम्बन्ध अच्छा ही रहा। वो अक्सर मिलने भी आते। लगभग चौदह वर्षों बाद शिवरतन सिंह की मृत्यु के बाद उनका जहाज़ पर जन्मा पहला बेटा लाल बहादुर भी उनसे जुड़ गया।

इस बहादुर महिला की आने वाली पीढ़ी के साथ 'बहादुर' उपनाम हमेशा के लिए जुड़ गया। ग़ौर करने की बात है कि यह एक पूर्णतया पैतृक उपनाम नहीं था। यह एक माँ के द्वारा अपने पुत्र को दिया उपनाम था—बहादुर।

सुजारिया का जीवन एक जहाज़िन के संघर्ष और उनके जीवन के पड़ावों को ख़ूब उकेरता है।[6]

'द मेन' जहाज़, 1901 ई.

ऐसा कम ही हुआ कि गिरमिटिया जहाज़ को बीच रास्ते में रोक दिया गया हो। यह तभी होता, जब कोई तकनीकी समस्या होती या विद्रोह होता। पर इस जहाज़ के विद्रोह की वजह एक महिला थी।

एक अश्वेत नाविक स्टेड ने किसी महिला के साथ शौचालय के बाहर छेड़छाड़ की। शौचालय का एकान्त इलाका छेड़—छाड़ के लिए बदनाम था। अक्सर शौचालय जहाज़ के ऊपरी तल पर होते, जहाँ ऐसी घटनाएँ होतीं। इसलिए, औरतें जत्थे में जातीं। कभी कोई अकेले मिल जाती तो नाविक उनका रास्ता रोक लेते और यौन—शोषण करते। कई बार वो लुभाने के लिए कुछ बिस्कुट या कुछ काजू भी रख देते। शायद यह भी होता हो कि कुछ महिलाएँ महज़ काजू—बिस्कुट के लिए मान जाती होंगी? इसी जहाज़ पर एक महिला एक ऑफ़िसर के साथ सो भी चुकी थी। पर उस दिन बात कुछ और थी। सर्जन जनरल डॉ. ओलीवर ने स्टेड को छेड़ते देख लिया था, और वह भड़क गये थे।

सभी नाविकों को बुलाकर नियम—क़ानून बताये गये, पर उनमें अश्वेतों का बहुमत था, और वो स्टेड के साथ खड़े हो गये। नाविकों ने ओलीवर के ख़िलाफ़ विद्रोह कर दिया, और मामला गम्भीर होता गया। डॉ. ओलीवर को आख़िर बन्दूक़ निकालनी पड़ी और जहाज़ को जबरन

बीच रास्ते मॉरीशस में रोक दिया गया। वहाँ स्टेड और उसके एक साथी को जेल में बन्द किया गया, और तभी जहाज़ आगे की ओर बढ़ा।

डॉ. ओलीवर का महिला–अस्मिता की रक्षा का यह अभूतपूर्व क़दम याद किया जाना चाहिए।[7]

हालाँकि इस जहाज़ की हालत इतनी खस्ता थी कि सभी यात्री कमज़ोर हो गये। इस विद्रोह और तमाम अनियमितताओं की वजह से उन्हें भोजन ठीक से नहीं मिला। एक महिला ने यह कबूला कि उसने कुछ भोजन के लिए ऑफ़िसर को अपना देह बेचा। बागान–मालिक कमजोर मज़दूरों के पैसे नहीं देते थे। इसलिए बागान–मालिकों से मिलाने से पहले इन्हें जॉर्जटाउन में कुछ दिन खिलाया–पिलाया गया। दो सौ लोगों को अस्पताल में भर्ती किया गया। जिन सौ मज़दूरों को बागान भेजा गया, वह भी कुछ दिन में बीमार हो गये। जहाज़ पर जो भी हुआ, उसका ख़मियाजा आख़िर गिरमिटियों ने ही भोगा।

ऐज़ल जहाज़ का जहाज़िन–विद्रोह, 1875 ई.

जहाज़ अपना ईंधन भराने अक्सर किसी रास्ते के द्वीप पर रुकते, जैसे सेंट हेलेना। यह सामान्य–सी प्रक्रिया थी। पर उस दिन एक अजीब घटना हुई। वहाँ के 'प्रोटेक्टर ऑफ़ इमिग्रेंट' औचक निरीक्षण के लिए जैसे ही जहाज़ पर आये, महिलाओं का झुण्ड उनके पैरों पर आ गिरा। वो अपनी हिन्दुस्तानी भाषा में चिल्ला रही थीं, शिकायत कर रही थीं। वह इशारे कर रही थीं कि उनके साथ बुरा हो रहा है। और वह डॉ. होलमैन का नाम ले रही थीं। वो यह कह रही थीं कि अगर डॉक्टर को जहाज़ से नहीं उतारा गया, तो वह अपनी जान दे देंगी या डॉक्टर का गला काट देंगी। यह एक अप्रत्याशित घटना थी क्योंकि जहाज़िन अमूमन शान्त रहतीं। उनके कुछ विद्रोह गिरमिटिया द्वीपों पर हुए, किन्तु जहाज़ पर संगठित विद्रोह का यह अनूठा उदाहरण है।

उनकी शिकायतें जो दर्ज़ हुईं, वह रिकॉर्ड में हैं, और होलमैन को जहाज़ से उतारा भी गया। पर कोई कार्रवाई नहीं हुई। गयाना में उन्हें माफ़ कर दिया गया। पर यौन–शोषण की उनकी शिकायतें भयावह थीं।

एक ने कहा कि उसके साथ सर्जन ने ज़बरदस्ती तीन रात बलात्कार किया। एक ने कहा कि जबरन उसको खींच कर घसीटता हुआ अपने कमरे में ले गया। उसने शिकायत भी की, पर सुनी नहीं गयी। एक और महिला ने कहा कि उसका मुँह बन्द कर बलात्कार किया गया। एक ने कहा कि उसे सर्जन ने कई बार दबोचा और बुरी हरकतें कीं। एक रामझड़ी नाम की महिला ने कहा कि उसे बिस्कुट दिये और रात को केबिन में आने को कहा। मना करने पर उसे दस घण्टे हथकड़ी पहना कर रखा।

यह ताज्जुब है कि इन तमाम शिकायतों के बावजूद सर्जन को निर्दोष करार दिया गया। यौन–शोषण ही नहीं, एक चिकित्सक के रूप में भी डॉ. होलमैन का रिकॉर्ड बुरा था। उनकी देख–रेख के पहले जहाज़ में ही 31 प्रतिशत लोग मर गये थे, जो गिरमिटिया इतिहास की अधिकतम मृत्यु–दर है। पर फिर भी उन्हें कई वर्षों तक एक विशेषज्ञ के रूप में रखा गया, और सम्भव है वह आगे भी शोषण करते रहे हों। जहाँ पिछली कहानियों में गिरमिटिया प्रेमी डॉक्टरों का ज़िक्र किया है, वहीं डॉ. होलमैन सरीखे वहशी डॉक्टर भी हुए। और सम्भव है कि इनकी संख्या ज़्यादा रही हो।[8]

गर्भ की चोरी

एलीज़ा जोन्स एक अश्वेत महिला थी, पर उसे एक जो सुकूल नामक हिन्दुस्तानी पुरुष से प्रेम हो गया। यह आम नहीं था कि अश्वेतों और हिन्दुस्तानियों के सम्बन्ध बनें बल्कि उनका छत्तीस का आँकड़ा था। पर प्रेम के रिश्ते कभी–कभार बन ही जाते थे। सुकूल बागान के बाल–मज़दूरों का मैनेजर था, तो एलीज़ा को उसमें आशाएँ दिखी होंगी। उसके साथ रहते हुए एलीज़ा ने हिन्दुस्तानी भाषा भी सीख ली।

पर एलीज़ा सम्भवतः बाँझ थी, और सुकूल इसलिए नाराज़ रहने लगा था। एलीज़ा को चिन्ता होने लगी तो उसने एक स्वाँग रचा। अपने पेट पर कपड़ों की परतें बाँधती गयी, और सुकूल को कहा कि वह गर्भवती है। पर स्वाभाविक रूप से वह किसी भी मिडवाइफ़ से जाँच के लिए मना करती। यह स्वाँग महीनों चलता रहा, पर सवाल यह था कि बच्चा कहाँ से आयेगा?

उन दिनों बाग़ान पर कुछ झाड़–फूँक वाले हिन्दुस्तानी ओझा भी घूमते थे। सम्भव है, यह मज़दूर ही हों जो पार्ट–टाइम ओझागिरी करते हों।

एलीज़ा ने उनमें से एक से सम्पर्क किया और एक नवजात बच्चा लाने के लिए दस डॉलर दिये।

यह कहानी 1905 ई. के मेलविले बागान की है। और इस कहानी का अन्त इतना दुर्दान्त होगा, यह कल्पना से परे है।

वहाँ एक हिन्दुस्तानी गर्भवती महिला किशुनी की हत्या होती है। लाश गन्ने के खेतों में मिलती है। उसका पेट काट कर मृत बच्चा निकाल लिया जाता है। कुछ घण्टों में एलीज़ा एक मृत बच्चे को जन्म देती है। बस इसलिए कि अपने पति को यह दिखा सके कि वो गर्भवती थी।[9]

बोल्ड बेबी की दास्ताँ

वेस्टइण्डीज में नारी की स्वच्छन्दता का उदाहरण थी 'बेबी'। उसका असल नाम जो भी रहा हो, पर वह डेमेरारा टापू पर 'बेबी' नाम से ही जानी गयी। वह अपने गिरमिटिया माता–पिता द्वारा बारह वर्ष की उम्र में ब्याह दी गयी। यह ग़ैर–क़ानूनी था, पर हिन्दू विवाह करा दिया गया।

छह महीने बाद बेबी को उसके प्रेमी टल्लू भगा ले गये। टल्लू उससे दस वर्ष बड़े थे, और वो भी बेबी की तरह ही गिरमिटिया बैरकों में पले–बढ़े थे पर वो जॉर्जटाउन शहर में इंस्पेक्टर फ्रांसिस के पास काम करते थे। शहरी टल्लू आम गिरमिटिया से अधिक क़ाबिल तो थे ही, वो बेबी को भगा कर जॉर्जटाउन में रहने लगे। टल्लू ने बेबी को कई महँगे गहने और तोहफ़े भी दिये।

शहर में एक लेफ्टिनेंट अलेक्ज़ेंडर बेबी पर फ़िदा हो गये। वो बेबी को गयाना से भगाकर कहीं दूर सूरीनाम–वेनेजुएला के पास ले जाना चाहते थे। उतनी दूर तो नहीं भगा पाये क्योंकि टल्लू को यह बात पता लग गयी, पर वो बेबी के साथ कुछ दिन रहे ज़रूर।

पर जब टल्लू बेबी को ढूँढ़ने आया, वो अलेक्ज़ेंडर के साथ नहीं, बल्कि एक हिन्दुस्तानी डेडीदील के पास मिली। अब टल्लू का बेबी से दिल टूट गया। वो समझ गया कि बेबी उन्मुक्त स्त्री है, और उसे क़ाबू में रखना नामुमकिन है। हाँ! टल्लू ने अपने सहयोगी पुलिस इंस्पेक्टर के साथ मिल कर बलपूर्वक उसके गहने उतार लिए और स्कर्ट फाड़ दी। डेडीदील मदद करने आये, पर उन दोनों से भिड़ न पाये।

आख़िर उन्हें पुलिस थाने जाकर समझौता करना पड़ा, पर वहाँ लेफ्टिनेंट अलेक्ज़ेंडर ने बेबी का साथ दिया। और आश्चर्यजनक रूप से बेबी फिर से ग़ायब हो गयी। इस बार वो सूरीनाम भाग गयी थी। यह इन्तज़ाम शायद लेफ़्टिनेंट ने ही कराया था। सूरीनाम से वो वापस अपनी माँ से मिलने आयी।

बेबी के जीवन में इन वर्षों में पाँच पुरुष आये, पर कोई भी उस पर अधिकार जमाने में असफल रहा। बेबी अपनी शर्तों पर ही उन्हें नचाती रही। इतना ही नहीं, बेबी ने टल्लू और पुलिस के ख़िलाफ़ मुक़दमा भी किया। एक निरक्षर गिरमिटिया महिला निडर होकर व्यवस्था के ख़िलाफ़ लड़ी, और उसकी बात सुनी भी गयी।[10]

ग्लैडस्टोन कुली

गयाना दक्षिण अमरीका के उत्तरी छोर पर एक ख़ूबसूरत देश है। यहाँ के वृष्टि–वन (रेन–फॉरेस्ट) इतने घने हैं कि कोई भी गुम हो जाये। यह नदियों से घिरा देश द्वीप न होते हुए भी द्वीप ही नज़र आता है। तभी इसे शायद वेस्टइण्डीज द्वीप समूह के हिस्से में डाल दिया गया। यह 'ब्रिटिश गयाना' है। इसका पड़ोसी 'डच गयाना' अब सूरीनाम नाम से जाना जाता है। गिरमिटिया दोनों देशों में आये। एक में ब्रिटिश स्वयं अपने लिए लेकर आये, एक में डच को बेचने। एक अब अंग्रेज़ी भाषी हैं, दूसरे डच भाषी। सूरीनाम के सरनामी हिन्दुस्तानियों की चर्चा आगे करूँगा। अभी गयाना या ब्रिटिश गयाना या डेमेरारा की बात की जाये। गिरमिटियों की संख्या के हिसाब से वेस्टइण्डीज का सबसे महत्त्वपूर्ण हिस्सा।

ग़ुलामी–प्रथा के अन्त से सबसे अधिक घाटा वेस्टइण्डीज को हुआ। सिर्फ़ गयाना में ही, 1838 ई. से 1850 ई. के बीच 112 कम्पनियाँ बन्द हो गयीं। चीनी की गुणवत्ता दिन पर दिन घट रही थी। आज़ाद हुए अफ्रीकी ग़ुलामों ने मालिकों का कहना मानना छोड़ दिया था, बल्कि उत्पात भी करते थे। सभी बागानों के मालिक इस स्थिति से चिन्तित थे। उन्हें मज़दूर कहीं से भी चाहिए थे, नहीं तो उनका अस्तित्व ख़त्म हो जाता।[11]

इनकी पहली कोशिश यही रही कि यूरोप से मज़दूर मँगाये जायें। उस वक़्त गयाना में 90 प्रतिशत अफ्रीकी थे, जो पुराने ग़ुलाम थे। यूरोपीय

बागान मालिकों की यह इच्छा तो थी कि श्वेत लोगों का प्रतिशत बढ़ाया जाये[12]। पर यूरोप से बागान पर काम करने आयेगा कौन? फिर भी शुरुआती खेप में लगभग तीस हज़ार लोग पुर्तगाल से लाये गये। दूसरी कोशिश रही कि उत्तरी अमेरिका और बारबाडोस से अश्वेत मज़दूर बुलाये जायें। पर इससे ख़ास फ़ायदा नहीं हुआ। बागानों की हालत में सुधार नहीं हो रहा था।

हालाँकि ऐसी हालत में भी ब्रिटिश गयाना पूरे वेस्टइण्डीज में सबसे अधिक चीनी उत्पादन करता रहा। कई बागानों के बन्द होने के बाद भी यह क्यूबा के बाद क्षेत्र का सबसे बड़ा चीनी उत्पादक था। ख़ासकर अगर जमैका से तुलना करें तो यह बहुत आगे था। इसकी वजह रही उनकी उद्यमशीलता और प्रतियोगिता में आगे रहना। गिरमिटिया काल में जो लगभग पाँच लाख मज़दूर बाहर से (मुख्यतः भारत से 80 प्रतिशत) आये, उसमें लगभग तीन लाख ब्रिटिश गयाना के लिए ही आये।

5 मई, 1838 ई. को कलकत्ता से 396 बँधुआ मज़दूर गुइआना (अब गयाना) दो जहाज़ों 'व्हीटबी' और 'हेस्पेरूस' पर चढ़ा कर लाये गये। इन्हें 'ग्लैडस्टोन कुली' कहा गया। जॉन ग्लैडस्टोन ब्रिटेन के नामी प्रधानमन्त्री विलियम ग्लैडस्टोन के पिता थे। उनके गयाना में दो बड़े बागान थे–व्रीड–एन–हूप और व्रीड–एन–स्टीन। जब अमरीका में ग़ुलामी–प्रथा पर पाबन्दी लगी तो उन्होंने कलकत्ता के बड़े एजेण्ट 'गिलैन्डर्स अरभुत्नोत' को चिट्ठी लिखी। वो लोग मॉरीशस और रियूनियन तो पहले से भेज ही रहे थे, अब गयाना और सही।

शुरुआती जहाज़ों में आये लोग मुख्यतः छोटानागपुर के पठारी इलाके से थे। इन्हें 'हिल कुली' या धाँगर कहा गया जिनकी चाय के बागानों में काफ़ी ज़रूरत थी। यह उराँव और मुंडा आदिवासी बड़े हट्टे–कट्टे थे, ख़ासकर बिहार–यूपी के लोगों की अपेक्षा। पहले जहाज़ पर ही लगभग 150 धाँगर आये। दक्षिण भारत से भी कई लोग आये।

पहले साल जब मज़दूर आये तो वो यहाँ से भागने के तरीक़े ढूँढ़ने लगे। 'बेले–व्यू' नामक बागान से बीस मज़दूर एक नाव लेकर भागे। पर कहाँ भागते? नाव से हिन्दुस्तान पहुँचना तो नामुमकिन था। कुछ दिनों बाद एक द्वीप के जंगलों में भूखे–प्यासे भटकते हुए पाये गये।[13]

1845 से 1848 ई. तक आने वाले मज़दूरों में लगभग आधे बंगाल से और आधे मद्रास से आये।

मद्रासी मज़दूर काम से हमेशा भागते, बागान छोड़कर भाग जाते। पर बंगाल से आये मज़दूर अनुशासित थे। इसकी वजह शायद यह थी कि मद्रासी मज़दूर अधिकतर शहरी बस्तियों से आये, और बंगाल के लोग गाँवों से। वहाँ के डॉक्टर बुन्यन के एक रिपोर्ट के अनुसार 1845 ई. में आये 3,985 तमिल मज़दूरों में 1,249 मज़दूर (33.5 प्रतिशत) मर गये या भाग गये। जबकि 3,668 कलकत्ता मज़दूरों में बस 265 मज़दूर भागे। जो मज़दूर भागते, वह भाग कर जॉर्जटाउन या न्यू एम्सटर्डम जाते, और वहाँ घास काटने, मवेशी पालने या मछुआरे के काम में लग जाते।

मद्रासियों का स्वभाव भी जंगली था। वह इधर–उधर तफ़री मारते फिरते। कुछ भी खा लेते। यहाँ तक कि कचरे से उठाकर सड़े–गले जानवरों को पका कर खा जाते। हालाँकि मद्रासियों में दो तरह के लोग थे। पहले तरह के लोग भारत में अछूत थे। दूसरी तरह के मद्रासी इनसे सभ्य थे। पर जहाँ धर्म और साफ़–सफ़ाई की बात हो, कलकत्ता के मज़दूर कहीं बेहतर थे। अधिक साफ़–सुथरे और सभ्य।

जहाज़ों की शुरुआती हालत खस्ता थी। पहले कुछ वर्षों में आये 396 ग्लैडस्टोन कुली में 1843 ई. तक 236 लोग वापस भारत लौट गये। यह अपने साथ कुल लगभग 5,296 पाउण्ड लेकर गये। 100 लोग पाँच साल के दौरान मर गये, और साठ लोग वहीं रुक गये। 1857 ई. में आये मर्चेण्टमैन जहाज़ में कुल 385 लोग सवार हुए। सौ से ज़्यादा रास्ते में मर गये, और लाशें समन्दर में फेंकी गयीं। बाक़ी बीमार हो गये, बस दस लोग ही सही–सलामत पहुँचे।

शुरुआती जहाज़ों में लगभग 96 दिन का सफ़र था, जो बाद में (1908 ई. के बाद) 41 दिनों का हो गया।[14]

हालात इतने बुरे थे कि वहाँ के मजिस्ट्रेट चार्ल्स एण्डरसन ने चिट्ठी लिख शिकायत की, पर वह चिट्ठी दब गयी। बागान व्यापारियों का ही नहीं, चर्च का भी दबाव था कि मज़दूरी न रोकी जाये। कोई अंकुश न लगाया जाये। हालाँकि कुछ मामूली सुधार हुए पर बँधुआ मज़दूर लाये जाते रहे। सिलसिला बन्द न हुआ। सरकार ने यह भी देखा कि मलक्का

से चीनी मज़दूर या सियरा लीयोन से अफ्रीकी मज़दूर लाने आसान न थे। एक तरफ़ आर्थिक हानि थी, दूसरी तरफ़ नैतिक हानि। अर्थ नैतिकता पर भारी पड़ा।

जहाज़ पर कुछ विद्रोह के भी क़िस्से हैं। 1862 ई. के क्लैसमार्डेन जहाज़ पर कुछ ऐसे लोगों को चढ़ा दिया गया, जो 1857 ई. के सिपाही विद्रोह में क़ैदी थे। यह विद्रोही तो थे ही। इन्होंने जहाज़ पर विद्रोह कर दिया कि उन्हें जितनी लम्बी दूरी बतायी गयी, सफ़र उससे कहीं अधिक लम्बा है। आख़िर जहाज़ को ब्राजील के पैराम्बूको में रोकना पड़ गया।[15]

गयाना की धरती पर क़दम

जब यह मज़दूर पाँच साल के ऐग्रीमेण्ट पर गयाना पहुँचे, यहाँ भीषण गर्मी थी। खेतों में काम करना कठिन था। लेकिन शुरुआत में नियम भी सख़्त नहीं थे, जैसे बागान से बाहर जाने की अनुमति थी। इस वजह से कई शुरुआती मज़दूर भाग भी जाते, या काम पर न आते। बाद में यह नियम सख़्त होते गये। 1852 ई. में थॉमस कैर्ड नामक एजेण्ट जब कलकत्ता पहुँचे तो उन्होंने वेस्टइण्डीज और मॉरीशस के कई गुण गाये। यह कहा कि वहाँ का रख–रखाव और व्यवहार बहुत अच्छा है। इसका परिणाम यह हुआ कि ऐग्रीमेण्ट दस साल का कर दिया गया, जिसमें पाँच साल की कॉन्ट्रैक्ट मज़दूरी और पाँच साल की आज़ादी थी। किन्तु वापसी दस साल बाद ही सम्भव थी।

लेकिन एजेण्ट थॉमस की बात मज़दूरों की बात से मेल नहीं खाती।

"अब तो दिन कठिन हुई जात है। इत्ता पइसा पर गुजर न हुई साहेब। हमार पेटो न भरई।" मज़दूरों के नेता कजोल ने कहा।

भारतीयों की संख्या द्रुत गति से बढ़ रही थी। 1851 ई. में जहाँ 16% मज़दूर भारतीय थे, 1891 ई. तक लगभग 80% मज़दूर भारतीय हो गये। अधिकतर भारतीय मज़दूर गन्ने के खेतों में ही काम पर लगाये गये, पर कुछ मज़दूरों को नारियल और कॉफ़ी के बागानों में भी भेजा गया। 1891 ई. के कोमिंस रिपोर्ट के अनुसार दस हज़ार मज़दूरों में मात्र 600 मज़दूर 'कोको' और नारियल के बागानों में थे। पर उन्नीसवीं सदी के

अन्त तक कई भारतीय मज़दूर इन बागानों में चले गये, ख़ासकर जब कॉफ़ी की माँग बढ़ गयी।

यहाँ के कुली लाइन्स में सुबह–सुबह 'मस्टर रॉल' लगता। नाम पुकारे जाते। जो मज़दूर कुछ देरी से पहुँचते, उनका उस दिन का वेतन काट लिया जाता और मुफ़्त में काम कराते। जो अटेन्डेंस तो ठीक लगाते, पर काम पूरा नहीं कर पाते, उनका भी वेतन काट लिया जाता। विरोधी आवाज़ों को किसी–न–किसी बहाने जेल में बन्द कर देते। 1863 ई. में जॉर्जटाउन जेल में 4,900 क़ैदी में 3,100 क़ैदी भारतीय मज़दूर थे। 1874 ई. से 1894 ई. तक बीस वर्षों में लगभग 65,000 मुजरिम बनाये गये और सज़ा दी गयी।

इन मज़दूरों को एस्टेट (बागान) छोड़कर बाहर जाने के लिए मैनेजर से एक 'पास' लेना पड़ता। कई बार ये 'पास' कहीं गिर जाते, या ग़लती से एस्टेट की सीमा से बाहर चले जाते तो पुलिस पकड़ कर जेल में डाल देती। घूमने की पाबन्दी इसलिए भी नहीं थी कि वो दूसरे बागान जाकर वेतनों की तुलना न कर सकें। नतीजतन एक मज़दूर एक ही बागान से जुड़े रह जाते। बाहर निकलने के 'पास' के लिए सरदार रिश्वत भी लेते। यहाँ तक कि बाहर जब पुलिस उन्हें बिना पास पकड़ती, तो वो भी रिश्वत लेकर छोड़ देती। इसलिए पैसे हों, तो भागना कठिन भी नहीं था।

बैरकों में मद्रासी और बंगाल से आये मज़दूरों को साथ तो ठूँस दिया जाता, पर उनमें आपसी समझ होना बहुत कठिन था। और इसका मूल कारण था–भाषा। दोनों एक–दूसरे को समझते ही नहीं। पानी की तरफ़ उँगली दिखा के पूछते कि इसे तुम क्या कहते हो? आख़िर यह समस्या बढ़ती ही गयी, और उन्होंने थोड़ी–मोड़ी अंग्रेज़ी सीख ली। अब दोनों अंग्रेज़ी में संवाद करते, पर फिर भी इन दोनों गुटों में शुरुआती संवाद कम था। कई लड़ाइयाँ भी हुईं। ख़ासकर जब एक गुट हड़ताल पर जाता, तो दूसरा गुट साथ न देता। हिन्दुस्तानियों के इन दो गुटों की लड़ाई मालिकों के लिए एक मुश्किल बन गयी थी, पर धीरे–धीरे लड़ाइयाँ कम होने लगीं।

इन मज़दूरों को 24 सेंट प्रतिदिन के हिसाब से वेतन मिलता, लेकिन यह शुरुआत में नियमित नहीं था। यह 1862 ई. में, यानी पहले जहाज़ के आने के 24 साल बाद ही नियमित हुआ।[16] कई मज़दूर औसतन 28 सेंट

रोज़ कमाते जबकि एक रिपोर्ट (1895 ई.) के अनुसार चालीस प्रतिशत मज़दूर 12 सेंट या उससे भी कम कमाते। वजह जो भी रही हो, पर यह बड़ा अन्तर है। कॉन्ट्रैक्ट जो तयशुदा था, और मानवीय था, वह क्यों नहीं मिला? 'योहन्ना सिसिलिया' नामक एक बागान में गोविन्दर नामक मज़दूर 1889 ई. में भूख से मर गया क्योंकि उसे बस आठ सेंट रोज़ मिलते थे। 1897 ई. में बेचू नामक मज़दूर ने रॉयल कमीशन में अलग से जाकर शिकायत भी लगायी कि पैसे नहीं मिल रहे। कुछ बागानों में एक हफ़्ते का पैसा रोक लिया जाता, कुछ में एक महीने का। यह सब मालिक की मर्ज़ी पर था।[17]

हालाँकि यहाँ के एजेण्ट–जनरल जेम्स क्रॉस्बी, जो 1858 से 1880 ई. तक रहे, वह मज़दूरों में ख़ासे लोकप्रिय थे। इतने लोकप्रिय कि उनके बाद के एजेण्ट जनरल भी 'क्रॉस्बी' ही कहलाये। वह अक्सर मज़दूरों के समर्थन में खड़े होते। पर उन तक पहुँचना आसान न था।

गयाना के बागानों में एक फ़ायदा था कि उनको अपनी गाय रखने की आज़ादी थी। हिन्दुस्तानियों ने धीरे–धीरे दूध के धन्धे पर अपना आधिपत्य जमा लिया, और बागान के आसपास के गाँवों को दूध अब यहीं से जाता। यह उनकी बागान के वेतन से अलग कमाई थी।

एक अजीब–सा अनुभव मज़दूरों ने भारत लौटकर बताया। ख़ासकर 1851 के जेनोबिया जहाज़ से लौटे मद्रासियों ने। वहाँ एक कीड़ा था 'जिग्गा' जो शरीर के अन्दर घुस जाता, और अगर इलाज जल्दी नहीं किया, तो हाथ–पैर काटने पड़ते। इस बात से नये आने वाले मज़दूर काफ़ी डर गये थे। ये मद्रासी जब लौटे, उन्होंने अपने गाँववालों को डेमेरारा जाने के लिए मना कर दिया।

गयाना की महिलाएँ

उस वक़्त महिलाओं को लाना आसान न था। बाल–विवाह की वजह से कुँवारी लड़कियाँ तो बहुत कम थीं। लेकिन इसी प्रथा की कुण्ठा की वजह से विवाहित लड़कियों को मनाना आसान भी था। बागान के मालिक उच्च वर्ग की विवाहित या विधवा स्त्रियों को पसन्द करते। उनके हिसाब से वो कामकाजी होतीं। कुँवारी दलित महिलाओं को वो वेश्या कहते। कई

विवाह सीधे डिपो पर ही होते। वहीं जोड़े बना दिये जाते, अगर दोनों मान जायें। मानने की वजह थी कि उन्हें समझाया जाता कि विवाह के बाद नौकरी मिलनी आसान है। कुछ ऐसे भी क़िस्से हुए कि जहाज़ पर चढ़ने के बाद दोनों मुकर गये। मोती नामक एक नेपाली महिला ने अपने पति अबेरबूर को 1883 ई. में रोहिल्ला जहाज़ पर पति मानने से इंकार कर दिया।[18] 1886 ई. के फॉयल जहाज़ पर असेरम नामक महिला डिपो पर विवाह कर पति अलादीन के साथ आयी। उसकी सुरक्षा भी ली, पर कभी उसके साथ सोयी नहीं। जहाज़ से उतरते ही उसने कहा कि उसे दूसरे बाग़ान भेजा जाये क्योंकि वह अपने पति को अब पति नहीं मानती।[19]

शुरुआती जहाज़ 'व्हीटबी' और 'हेस्पेरूस' में महिलाएँ बहुत कम थीं। लगभग चार सौ लोगों में बस पच्चीस, जिनमें ग्यारह छोटी बच्चियाँ थीं। अगले ही साल उनमें एक आठ साल की बच्ची नुन्नीदी का बलात्कार हुआ, और मृत्यु हुई। इस तरह की दुर्दान्त घटनाओं की वजह से ही बाद में महिलाओं का प्रतिशत बढ़ाने की बात पर बल दिया गया।[20] महिला मज़दूरों का कोटा पहले चार महिला मज़दूर प्रति दस पुरुष मज़दूर था, जो 1863 ई. में बढ़ा कर 50% कर दिया गया। यह आँकड़ा भी महिलाओं की बढ़ती माँग को दर्शाता है। इस अनुपात को कायम रखना कठिन था। कई पुरुष अपनी पत्नियों के साथ यात्रा नहीं करते। पत्नियाँ या तो गाँव में छूट जातीं, या वो अविवाहित थे। ऐसे में अकेली महिलाएँ ज़्यादा आतीं। उनकी भी अपनी कहानियाँ होतीं, पर अधिकतर भारतीय वातावरण में घुटन से भागी थीं या किसी ख़ास ज़रूरत से।

भारतीय नारियों का भाव बढ़ गया था, इस विषय पर सहमति रही है। हर कोई उन्हें पाना चाहता था। उस द्वीप पर पुरुषों की अपेक्षा उनकी संख्या कम थी। उन्हें हर किसी ने लुभाने का प्रयास किया और उन्हें ख़ूब उपहार भी मिलते।

इन मज़दूरों के साथ शुरुआत में और बाद में भी कई चीन के लोग भी आये थे। उनकी भाषा अलग थी और रंग भी। चीन से बस पुरुष आये थे, औरतें भारतीय जत्थे में थीं। चीनी शुरुआत में तो भारतीयों से अलग ही रहते, पर आख़िर थक–हार कर भारतीय महिलाओं से सम्बन्ध बनाये। भारतीय महिलाएँ वहाँ की अफ़्रीकी महिलाओं से अलग दिखतीं, जो

आकर्षण का कारण था। सन् 1892 में कुल छह चीनी पुरुषों ने भारतीय महिलाओं से विवाह किया। कुछ इन्हें लेकर अपने देश चीन भी गये, पर उनके तार ढूँढ़ना अब काफ़ी कठिन है। उन औरतों को ये भी नहीं पता था कि वो अपने नैहर, अपने देश के क़रीब आ चुकी हैं। भारतीय पुरुषों को वहाँ की अफ़्रीकी मूल की स्त्रियाँ कुछ ख़ास नहीं भायीं। पर कुछ विवाह ज़रूर हुए। भारतीय स्त्रियों से यौन–सम्बन्ध यूरोपीय ज़मींदार भी बनाते रहे। ऐसा सम्भव है कि चूँकि यह भारतीय सामन्तवाद में भी आम था, इसलिए उन्हें कुछ अलग नहीं लगा।

महिलाओं का वेतन तो अन्य द्वीपों की तरह कम था ही, खाने का राशन भी कम था। उनका काम मुख्य न होकर, सहायक का था। वृद्ध या अधेड़ महिलाएँ बच्चे सँभालने का काम करतीं, युवतियाँ मज़दूरों के बच्चे पैदा करतीं और काम करतीं। ऐसी बच्चे सँभालने वाली महिलाएँ 'खेलौनी' कहलातीं, और यही बच्चों में भोजपुरी भाषा की नींव डालतीं। इसलिए, गिरमिटिया बच्चों की मातृभाषा भोजपुरी ही रही।

बैरकों में महिलाओं के साथ दुर्व्यवहार तो आम था, पर इसकी पराकाष्ठा तब होती जब पति को पत्नी के विवाहेतर सम्बन्धों का संज्ञान होता। बादल नामक व्यक्ति अपनी पत्नी लौंगी पर दुश्चरित्र का आरोप लगाता है। उसे मार–पीट कर गिराता है, और शीशे की बोतल से उसको लहूलुहान करता है। जब वो घर से बाहर की ओर भागती है, उसे पकड़ कर उसकी पैरों की उँगलियाँ काट देता है। वह अस्पताल ले जायी जाती है, पर रक्तस्राव से उसकी मृत्यु हो जाती है। जब उस पर मुक़दमा होता है, जज यह भी कहते हैं कि उसने अपने मूल देश के नियमों के हिसाब से शायद ठीक ही किया। पर फिर भी उसे फाँसी मिलती है। उसे जब फाँसी मिलती है, वह 'हे राम!' कहता है। अपनी मुक्ति के लिए।

भगवान राम और रामचरितमानस का प्रभाव गयाना के टापू पर था। अक्सर जब गिरमिटिया काम से लौटते, रामचरितमानस का पाठ भी होता। कुली स्वयं में राम भी ढूँढ़ते। वह सोचते कि वह भी राम की तरह वनवास पर हैं, और जंगलों में भटक रहे हैं और उनकी पत्नी सीता। और जो भी इनका हरण करता या उनकी इज़्ज़त पर हाथ डालता, वह रावण है। चरित्र पर शंका होने पर उन दिनों शूर्पणखा की तरह नाक

काटने का भी रिवाज था। यह कहना कठिन है कि रामायण को आधार बनाकर वह स्त्रियों के अंग काटना धर्मसम्मत मानते रहे होंगे। मूती नामक एक पुरुष ने अपनी प्रेमिका महारिया की नाक काट ली थी। कल्याण सिंह ने अपनी एक रखैल उमराई को मार डाला था। 1859 ई. से 1917 ई. के मध्य पतियों या प्रेमियों ने कुल 167 स्त्रियों की हत्या की।

रामावतार नामक एक व्यक्ति ने अपनी पत्नी लछमिनिया का खेतों के बीच गला काट दिया, और जब वो गला काट कर लौट रहा था तो चिल्ला रहा था, "एक रण्डी हम काटी है"। वो एक ग़रीब व्यक्ति था, और उसकी इकलौती कमीज़ ख़ून से लथपथ थी। अपनी आख़िरी कमीज़ उतार कर वह अर्धनग्न दौड़ रहा था। लछमिनिया सात महीने की गर्भवती थी और रामावतार उसका ख़र्च नहीं वहन कर पा रहा था। इसलिए वह रामावतार को त्याग कर एक दूसरे अमीर गिरमिटिया भीखू के साथ रहने लगी थी। रामावतार ने उसे मार डाला। उसे फाँसी हुई, पर उसे कोई गिला नहीं था। इस न्याय का सिलसिला गयाना में उन्नीसवीं सदी के पूर्वार्ध में ही चल पड़ा था।

स्थानीय सरकार ने कई नियम बनाये कि यह घटनाएँ कम हों। पर हिन्दुस्तानी मानसिकता ऐसी थी कि फाँसी से भी उनको फ़र्क नहीं पड़ता। उनको अपनी इज़्ज़त अधिक प्यारी थी, जीवन नहीं। कोड़े मारना या दण्ड देना भी इन हत्याओं में कमी लाने में नाकाम रहा। 1860 ई. में एक अध्यादेश आया कि अगर किसी व्यक्ति ने किसी की पत्नी चुराई तो पहली बार चौबीस डॉलर और उसके बाद दुबारा करने पर सौ डॉलर का जुर्माना। पर यह तभी लागू होता जब विवाह क़ानूनी होता। अमूमन विवाह ब्रिटिश क़ानून के हिसाब से पंजीकृत होता ही नहीं, तो यह जुर्माना लगता ही नहीं। 1893 ई. की सांख्यिकी के अनुसार गयाना में 1,10,000 भारतीय थे, जिसमें बस 10,000 विवाहितों के पास 'मैरिज सर्टिफिकेट' था। एक तरीक़ा जो कुछ कारगर था, वो था स्थानान्तरण। किसी भी ऐसी घटना की शंका होते ही मैनेजर उनका स्थानान्तरण दूसरे बागान कर देते। हालाँकि इस तरीक़े से अप्रिय घटनाओं में कितनी कमी आयी, पता नहीं।

कुछ अलग तरह के सन्दर्भ भी हैं। एक हिन्दुस्तानी पुरुष ने अपनी पत्नी को एक चीन के व्यक्ति के साथ इसलिए शेयर किया, क्योंकि वह

अच्छे दोस्त थे। चीन का व्यक्ति अकेला था, और उसे बच्चे की इच्छा थी। यह बात जब उसने अपने भारतीय मित्र को कही, उन्होंने अपनी पत्नी को शेयर कर लिया और उनका बच्चा भी हुआ, जिसे चीनी व्यक्ति ने पाला। वह महिला 'गैंग–गैंग' नाम से जानी जाती रही।[21]

बाँझ महिलाएँ जिनका बच्चा नहीं होता, वो भी आत्महत्या करतीं। वह उस संस्कृति से आयी थीं, जहाँ कुलवृक्ष बढ़ना आवश्यक था। एक बेटा ही पिता को आग दे सकता था। इस अवसाद में पत्नी का आत्महत्या करना स्वाभाविक था। एक गिरमिटिया के कठिन जीवन में वह प्राथमिक तौर पर बाँझ न भी हों, एक बच्चे को नौ महीने पालना भी कठिन था। बच्चे अक्सर मृत पैदा होते, यह भी एक माँ को आत्महत्या के लिए मजबूर करता। पति भी पत्नी को त्याग देते और ऐसी महिला से कोई सम्बन्ध भी नहीं रखना चाहता। इसलिए यहाँ बाल–बच्चेदार महिलाओं की माँग अधिक होती, क्योंकि वह बच्चा जनने में समर्थ मानी जातीं।

गयाना में जातिवाद

यहाँ लगभग 83 प्रतिशत लोग भोजपुरी या अवधी बोलने वाले थे। इनमें अधिकतर उत्तर प्रदेश और बिहार क्षेत्र के थे। हालाँकि बंगाल, उड़ीसा, झारखण्ड, आन्ध्र, तमिलनाडु और पंजाब से भी लोग आये। लगभग 85% हिन्दू थे, और 15% मुस्लिम।

जाति विभाजन

1. खेतिहर (धानुक, कुर्मी, कोइरी, अहीर)–30%
2. दलित (चमार, डोम, दुसाध)–25%
3. सवर्ण (ब्राह्मण, भूमिहार, राजपूत, ठाकुर)–11%
4. कुम्हार, बढ़ई–9%
5. मद्रासी–3%
6. बनिया–2%
7. पहाड़ी कुली/आदिवासी–2%
8. मल्लाह–2%
9. वैश्य–1%
10. शेष–5%

पहाड़ी कुलियों (धाँगड़) का प्रतिशत ज़्यादा भी हो सकता है, क्योंकि पहले बीस वर्षों के लगभग आधे लोग धाँगड़ ही थे। पर उनके दस्तावेज़ ठीक से रखे नहीं गये और समय के साथ वो बाक़ी गिरमिटिया के लिए उपेक्षित होते चले गये। वो आदिवासी थे, जिनके जीने का ढंग अलग था। यह भी सम्भव है कि वो अफ़्रीकियों से घुल–मिल गये। हालाँकि कुछ स्रोत यह भी कहते हैं कि धाँगड़ जहाज़ पर और बागानों में बड़ी संख्या में मर गये। वो यहाँ पूरी तरह से जम नहीं पाये। इन्हें यहाँ भी 'जंगली' ही बुलाया जाता। 1860 ई. के बाद धाँगड़ आने बन्द हो गये, हालाँकि आख़िरी वर्षों में इनका एक छोटा जत्था फिर से आया।

जातियों में यूरोपीय यह ध्यान देते थे कि ब्राह्मणों को बड़ी ज़िम्मेदारी न दें। उन्हें यह जाति चतुर नज़र आती, जिनपर भरोसा नहीं किया जा सकता। उन्हें दबाकर रखना ही ठीक है। पठानों को भी एक साथ एक ही बागान पर नहीं रखा जाता। वे आक्रामक लोग थे। पंजाबी लोगों को भी इसी वजह से पसन्द नहीं किया जाता।

ब्राह्मणों और क्षत्रियों पर शुरुआती समय में यह भी आरोप थे कि नेतागिरी करते हैं, बहला–फुसला कर पैसे ऐंठते हैं। कुछ ऐसे भी प्रकरण हुए कि यह नये–नवेले मज़दूरों को कहीं वीरान जगह ले जाते, यह कह कर कि वहाँ से भारत वापसी का रास्ता है। उनसे पैसे ऐंठ लेते और उन्हें वहीं छोड़ देते। वो कहीं गुम हो जाते और कभी लौट कर नहीं आते। कुछ दिनों में भूखे मर जाते।[22] 1884 ई. में एक लाल सिंह नाम के व्यक्ति का ज़िक्र है, जो इन कुलियों से पैसे लेकर जंगलों से एक पहाड़ की तरफ़ ले जाता था और कहता था कि उस पार से एक रास्ता सीधा कलकत्ता जाता है। वो जंगल में भटकते रहते, लाल सिंह पैसे लेकर फुर्र हो जाता[23]। कई लाशें और कंकाल बाद में इन जंगलों में और गन्ने के खेतों में पाये गये।

कुछ ऐसी भी कहानियाँ हैं जहाँ एक ऊँची जाति की महिला ने निचली जाति के पुरुष से विवाह किया और जब वापस भारत लौटे, तो उससे सारे पैसे ऐंठ कर त्याग दिया। वो दलित वापस एजेण्ट के माध्यम से वेस्टइण्डीज लौट आया और कभी किसी ऊँची जाति की महिला से विवाह न करने का प्रण किया। डॉ. कॉमिन्स के एक संस्मरण के अनुसार, एक उच्च जाति के पुरुष ने अपनी निचली जाति की पत्नी और बच्चे को हावड़ा उतरते ही त्याग दिया।

हालाँकि इतने वर्ष की सामूहिक गिरमिटिया मज़दूरी करने के बाद यहाँ भी जाति–प्रथा क्षीण होती गयी। अब चमार या दक्षिण के अछूत भी एक क्षत्रिय से अधिक धन के मालिक हो सकते थे। दुकानें सँभालने के लिए बनिया होना ज़रूरी नहीं था। हालाँकि कुछ लोग अपने जाति–कर्म में वापस लौटे, पर उच्च वर्ग ख़ासकर अपनी शक्ति में नीचे आया। जो लोग भारत में कभी खेती–पथारी नहीं करते, वो भी खेती करने लगे। इस प्रकार एक सामाजिक समानता आ ही गयी। इसके अलावा अन्तर्जातीय विवाह भी ख़ूब हुए, जिससे यह प्रथा धीरे–धीरे जाती रही। पर भारतीयों ने अपने मन में एक बात रख ली कि अफ्रीकी अश्वेत उनसे जाति में छोटे हैं, और वो उनसे बेहतर नस्ल हैं। इसका शुरुआती असर विवाह और सम्बन्धों पर हुआ। अश्वेतों से सम्बन्ध अच्छा नहीं माना जाता। यह दो संस्कृतियों का विभाजन शुरुआती वर्षों में रहा ही। पर यह कहना ठीक नहीं होगा कि सम्बन्ध हुए ही नहीं। बल्कि 1838 ई. के पहले जहाज़ के आने के बाद से ही ऐसे सम्बन्धों के रिकॉर्ड मिलते हैं। 1842 ई. में ऐसे ही एक भारतीय–अफ्रीकी सम्बन्ध से जन्मे बच्चे की मृत्यु भी हुई[24]। लेकिन भारतीयों का समाज अफ्रीकियों से अलग अपनी पहचान बनाकर रहा।

गिरमिटियों का विद्रोह

1860 ई. के बाद विरोध और नियम तोड़ने ख़ूब शुरू हुए। मज़दूरों ने संगठन बनाये और हड़तालें करनी भी आरम्भ कीं। जुलाई 1869 ई. में उन दिनों का बड़ा विरोध लियोनोरा प्लांटेशन (वेस्ट कोस्ट डेमेरारा) में हुआ। दरअसल मिट्टी गीली होने की वजह से और दलदल में काम न पूरा हो पाने की वजह से वेतन काट लिया गया। मज़दूरों ने हड़ताल कर दी और वेतन भी बढ़ाने को कहा। अगले ही साल देश के छह और बागानों में हड़तालें हुईं। पुलिस और फ़ौज की टुकड़ियाँ भेजनी पड़ीं। जेलबन्दी भी कोई हल नहीं था क्योंकि मैनेजरों को भी बागान चलाने थे। वेतन में इजाफ़ा होने लगा।

दूसरा जो बड़ा विद्रोह हुआ, वो 1872 ई. में डेवोनशायर कैसल के बागान में हुआ। यहाँ मज़दूरों ने कई मुद्दे उठाये। लम्बे 'वर्किंग–आवर',

कामों का अजीब बँटवारा, कम वेतन और भी कई मुद्दे निकल आये थे। इस बार पुलिस ने गोलियाँ भी चलायीं, और पाँच मज़दूर मारे गये। कई घायल भी हुए।

1896 ई. में 'नॉनपरेल बागान' में जंगली नामक व्यक्ति का ज़िक्र ज़रूरी है। जंगली भारत में 1857 ई. के सिपाही विद्रोह में शामिल थे। जब वो फ़ौज से निकाले गये, वो जहाज़ी बनकर गयाना आ गये। यहाँ वो 'नॉनपरेल' के बागान में काम करने लगे। लेकिन डिप्टी–मैनेजर की बुरी नज़र इनकी पत्नी पर पड़ गयी। उसने उनकी पत्नी को रखैल बना कर रख लिया। इस भारतीय विद्रोही फ़ौजी का ख़ून खौलना वाज़िब था। इन्होंने मज़दूरों को एकत्रित कर संगठित विद्रोह किया। लेकिन, इस विद्रोह को दबा दिया गया और पाँच भारतीयों की गोली लगने से मृत्यु हुई।

1903 ई. के मई महीने में एक संगठित गिरमिटिया विद्रोह 'फ्रेंड्स' नामक बागान पर हुआ जिसमें सैकड़ों गिरमिटिया अपना वेतन बढ़ाने की माँग लेकर क्रान्ति करने निकले। पर पुलिस ने गोली चला दी जिसमें छह लोगों की मृत्यु हो गयी, और सात घायल हुए। पर यह हार नहीं माने, और सभी हड़ताल पर बैठ गये और जब गिरफ़्तारी वारण्ट निकला तो सब जेल जाने को तैयार हो गये।

1913 ई. के रोजहॉल विद्रोह में पन्द्रह जानें गयीं और 39 लोग घायल हुए। यह अब तक का सबसे वीभत्स काण्ड था। इसमें अग्रणी लोगों में एक पढ़े–लिखे गिरमिटिया मौला बक्श का नाम आता है जिसने मूल ऐग्रीमेण्ट के पालन नहीं किये जाने की बात कही थी। इस विद्रोह की चर्चा भारत में भी हुई जब सुरेन्द्रनाथ बनर्जी ने नौ सितम्बर, 1913 ई. में वायसरॉय लेजिस्लेटिव काउंसिल में रोज़हॉल की बात की। और इसके बाद ही यह गिरमिटिया प्रथा बन्द करने के लिए दबाव बनने लगा। बल्कि इसी साल मोहनदास करमचन्द गाँधी ने भी नेटाल में कुलियों की एक बड़ी रैली निकाली थी। लॉर्ड हार्डिंग पर दबाव बनने लगा था।[25]

गिरमिटिया युग के बाद

हालाँकि ब्रिटेन में समय–समय पर विरोध होता रहा। 1838 ई. के 'ग्लैडस्टोन कुली' पर हो रहे अत्याचार के ख़िलाफ़ लन्दन की 'ऐन्टी–

स्लेवरी सोसाइटी' ने आवाज़ उठायी। एक चार्ल्स जैकब नामक बागान मालिक मज़दूरों को मारते थे और उनके ज़ख़्मों पर नमक रगड़ देते थे। जैकब पर जुर्माना किया गया और कारावास की सज़ा भी हुई।

ताज्जुब है कि इस प्रथा का अन्त ब्रिटिश समाजसेवी संस्थाओं या गिरमिटिया भारतीयों की पहल से नहीं, बल्कि भारत में रह रहे भारतीयों की पहल से हुआ। यहाँ भी फिजी की तरह गोपालकृष्ण गोखले, मोहनदास करमचन्द गाँधी और चार्ल्स एण्ड्रयूज़ की पहल से इस प्रथा का अन्त हो सका। गोपालकृष्ण गोखले की एक चिट्ठी के अनुसार, कांग्रेस और मुस्लिम लीग ने संयुक्त रूप से गिरमिटिया प्रथा के विरोध में बिल पास किया। इस सम्बन्ध में दो और नाम जो उल्लेखनीय हैं, वो थे बिहार के पुरुषोत्तम दास जिन्होंने तमाम पर्चे गाँवों में बाँटकर गिरमिटिया प्रथा के ख़िलाफ़ मुहिम चलायी, और दूसरे थे आर्य समाजी स्वामी सत्यदेव जिन्होंने दरभंगा और मुजफ़्फ़रपुर में उल्लेखनीय भाषण दिये और बिहार के गाँव–गाँव में गिरमिटिया प्रथा के ख़िलाफ़ पर्चे बाँटे।[26]

जब गिरमिटिया कॉन्ट्रैक्ट से आज़ाद हुए, उनके पास कई विकल्प थे। गर उन्होंने ठीक–ठाक पैसे कमा लिए, तो कुछ लोग वापस लौट जाते। 1918 ई. तक कुल 3,41,600 मज़दूर गयाना ले आये गये। इनका बड़ा प्रतिशत हमेशा के लिए यहीं रुक गया, मात्र 75,000 लोग वापस भारत लौटे। इसके कई कारण थे। कुछ ने अन्तर्जातीय विवाह किया, जो कि भारत लौटने पर समाज से बहिष्कृत कर देता। कुछ के पास इतने पैसे जमा नहीं हुए थे जिससे गाँव में ज़मींदार का कर्ज़ उतर जाता। कुछ समाज से पहले ही 'काला पानी' की वजह से बहिष्कृत हो गये थे। जो लोग रुक जाते उनका पहला और सबसे आकर्षक विकल्प तो चीनी बागान में ही आज़ाद होकर रुकना था। यहाँ मुफ़्त घर, मुफ़्त राशन, मुफ़्त स्वास्थ्य सुविधाएँ, और अपनी छोटी ज़मीन तक मिल जाती। जो बागान में नौकर नहीं रहना चाहते, वो अपनी ज़मीन अलग से ख़रीद कर भी खेती–बाड़ी कर सकते थे। कुछ लोग दोनों पार्ट–टाइम करते। कुछ जो शिल्पकार वग़ैरह थे, उन्होंने अपना अलग धन्धा शुरू किया। कुछ ने छोटी–मोटी दुकानें खोल लीं। कुछ शहर जा कर नौकरी करने लगे। और कुछ वेस्टइण्डीज से बाहर दक्षिण या उत्तरी अमेरिका की तरफ़ भी चले गये।

इन सबका ब्योरा मिलना असम्भव है, क्योंकि कॉन्ट्रैक्ट के बाद का पक्का रिकॉर्ड नहीं मिलता।

लेकिन क्या आख़िर इन गिरमिटिया के सपने पूरे हुए? क्या वे धन बचा कर भारत लौट सके।

जब पहले 'हिल–कुलियों' का कॉन्ट्रैक्ट 1842 ई. में पूरा हुआ, तो वे सब के सब भारत लौट जाना चाहते थे। ज़ाहिर है, उनका जीवन कठिन रहा होगा, और वे इसी दिन का इन्तज़ार कर रहे थे। बागान मालिकों ने मनाने की कोशिश की, वो नहीं माने। यहाँ तक कि उनका राशन बन्द कर दिया गया तो वो भूख हड़ताल पर बैठ गये। उन्हें बस भारत लौटना था, किसी भी शर्त पर। यह बागान मालिकों के लिए चुनौती थी, क्योंकि वो क़ाबिल मज़दूर थे जिन्हें वो खोना नहीं चाहते थे।

कुछ सफल भी हुए। एक भारतीय व्यक्ति 1869 ई. में दस हज़ार डॉलर लेकर भारत लौटे और वहाँ जाकर दुकान खोली और बड़े साहूकार बन गये। लेकिन आमतौर पर इतनी बड़ी रकम जमा कर पाना असम्भव था। कुछ लोग पाँच–सात सौ डॉलर जमा कर लेते पर दस हज़ार? यह उस गिरमिटिया ने कैसे किया, पता नहीं। अधिकतर ग़रीब ही रह गये। 1871 ई. से 1910 ई. के बीच कुल गिरमिटिया का आठवाँ हिस्सा इतना ग़रीब था कि उन्हें सरकारी ख़र्च पर भारत भेजना पड़ा।[27]

1880 ई. में 'हुइस्ट डियेरेन' नामक बागान की ज़मीन सरकार ने प्लॉट बनाकर गिरमिटिया लोगों को दे दी। हर वयस्क को लगभग सवा दो एकड़, दस से पन्द्रह वर्ष के बच्चों को दो एकड़ और दस वर्ष से कम उम्र के बच्चों को आधा एकड़। जब यह स्कीम बन्द हुई तो यहाँ के प्लॉट चौबीस डॉलर प्रति एकड़ बेचे जाने लगे। पर हिन्दुस्तानियों को उससे सस्ती ज़मीन पाँच डॉलर प्रति एकड़ पर कहीं और मिल गयी, तो वो वहाँ चले गये[28]। बाद में 1897 ई. में पाँच वर्षों के लिए यह स्कीम फिर चलायी गयी। पर वहाँ की सरकार यह मानने लगी कि उन्हें मुफ़्त ज़मीन देने से बेहतर है कि उन्हें इस लायक बनाया जाये कि वे खुद ज़मीन ख़रीद सकें। इसकी वजह यह भी थी कि मुफ़्त की ज़मीन को वो नहीं रखते, बल्कि उसे बेच कर कहीं और ख़रीद लेते। वो यह देखते कि उनके धान उगाने के लिए बेहतर ज़मीन कहाँ है।

यह भी आम था कि कुछ हिन्दुस्तानी नौकरी की तलाश में जॉर्जटाउन शहर जाते, पर वहाँ उनके लिए जगह नहीं थी। वहाँ उन्हें दुत्कारा जाता। वे छोटा–मोटा काम कर अक्सर गाँव लौट जाते। वे सड़क किनारे सो जाते, खुले में शौच करते, जिसका मखौल उड़ाया जाता। पर ऐसे समय में उनके तारणहार बने एक अंग्रेज़ अलेक्ज़ेंडर साहब। उनको पता नहीं, एक दिन दिव्य–ज्ञान हुआ कि उनका जन्म इन हिन्दुस्तानी कुलियों की रक्षा के लिए हुआ है। उन्होंने अपना नाम बदल कर ग़रीबदास रख लिया और हिन्दुस्तानी लिबास में रहने लगे। डेमेरारा के कुली डिपो के पास ही उन्होंने एक धर्मशाला बना ली, जहाँ बेरोज़गार या शहर के ओर भागे कुलियों को रखा जाता, उन्हें मुफ़्त भोजन दिया जाता। पर ऐसे ग़रीबदास सरीखे मसीहा लोग कम थे[29]। उनका भी कोई स्मारक बना या अब भी याद किये जाते हैं, इसका कोई प्रमाण नहीं।

कॉन्ट्रैक्ट से आज़ादी के बाद चीनी मज़दूरों और भारतीयों में एक बड़ा फ़र्क़ ये रहा कि चीनी मज़दूर मुख्यतः व्यापारी बने, जबकि भारतीय कृषि से जुड़े रहे। कृषि भारतीयों का इतना मज़बूत और ज़मीनी पहलू था कि पूरे वेस्टइण्डीज को अन्न और सब्ज़ियाँ देने का भार धीरे–धीरे भारतीयों ने सँभाल लिया। वहाँ के अश्वेत लोगों से भी अधिक खेत और उत्पादन भारतीयों के होने लगे। यह एक बड़ी उपलब्धि मानी जा सकती है। बिहार–यूपी के किसानों को धान की खेती का अनुभव था। अहीरों को गाय–बैल का। उन्होंने गन्ने की खेती से अलग धन्धे शुरू किये। गयाना में धान की खेती होने लगी। दूध के धन्धे होने लगे। मल्लाह मछली मारने लगे। दर्ज़ी, बढ़ईगिरी सभी कामों में भाग लेने लगे। अब वो द्वीप पर चारों ओर फैल गये थे।

यह कहना वैसे ठीक नहीं कि धान वेस्टइण्डीज में भारतीयों ने उगाना शुरू किया। सबसे पहले पश्चिमी अफ्रीका से आये गुलामों ने धान उगाया। इसी तरह सीरिया लियोन और लिबेरिया से आये लोगों ने। पर धान को गयाना की एक मुख्य फ़सल बनाने में मूल योगदान भारतीयों का ही रहा। ट्रिनिडाड में कोकोआ, और गयाना में धान। 1884 ई. तक गयाना प्रति वर्ष 19,411 टन चावल आयात करता था और 1916 तक इतना धान उपजने लगा कि गयाना निर्यात करने लगा।[30]

हालात यहाँ तक हो गये कि गन्ने की खेती बन्द होने लगी, और धान की खेती शुरू होने लगी। जो गिरमिटिया कभी गन्ने की खेती में काम करने आये थे, आज अपने खेत में वैतनिक मज़दूर रखने लगे। 1917 ई. तक गयाना में 86 चावल मिलें खुल गयीं। इसके अलावा गयाना का 80 प्रतिशत दूध भारतीयों के हाथ में था। वही कृषक जो धान उगाते, गाय भी पालते। तो यह दोहरी आय थी। कुछ बस गाय ही पालते। 1893 ई. में एक भारतीय के पास सात सौ गायें थीं![31]

गयाना में धर्म

हिन्दू धर्म एक हद तक गयाना में बचा रहा। यह गिरमिटिया की अपनी स्मृति के आधार पर तैयार हुआ धर्म था, जो भारत की प्रथाओं से अलग था। हालाँकि बाद में भारत से भी कुछ प्रचारक आये, तो धर्म की धारणाओं में भी बदलाव या सुधार आता रहा। इस्लाम भी काफ़ी हद तक अपना अस्तित्व बचाने में सफल रहा। यह इसलिए भी महत्त्वपूर्ण है क्योंकि इनको ईसाई धर्म अपनाने के लिए भी प्रेरित किया जाता रहा। पर यह ईसाई धर्म को छोटा समझते, और जल्दी धर्म परिवर्तन नहीं करते। जबकि अफ़्रीकी और चीनी लोगों में अधिकतर ने ईसाई धर्म अपना लिया। दरअसल, हिन्दू धर्म न चाहते हुए भी इन्हें छोड़ नहीं पाया। यह जब मज़दूरी कर लौटते तो सब साथ में बैठते और रामायण का पाठ होता। घरों में भगवान की मूर्तियाँ रखते। मुसलमान भी नमाज़ पढ़ते, रस्में निभाते। जब वो आज़ाद हुए तो यह सब संगठित रूप में होने लगा। कई नये त्योहार मनाये जाने लगे।

बाद के वर्षों में कई भारतीयों का ईसाई धर्म से आकर्षण बना। ख़ासकर जब वो समृद्ध हुए और उनका आधुनिकीकरण हुआ। वो अंग्रेज़ी सीखने और बोलने लगे। उनके बच्चे अंग्रेज़ी स्कूल जाने लगे और उनका अफ़्रीकी लोगों से सम्पर्क बढ़ा। धीरे–धीरे वो हिन्दुस्तानियत खोने लगे। इसमें 1896 ई. से पादरी जे. डब्ल्यू क्रॉपर द्वारा किया गया मिशनरी प्रचार का बड़ा हाथ था। हालाँकि उनके स्कूलों में भारतीय बच्चे शुरू में कम जाते। उनका ख़ास पढ़ने में झुकाव न था और उन्हें डर था कि कहीं बच्चे ईसाई न बन जायें। पर कनाडियन मिशन स्कूलों ने यह गणित भी बदल दिया।

वो मुफ़्त में पढ़ाते और किताब भी दोनों भाषाओं में देते– अंग्रेज़ी और हिन्दुस्तानी दोनों में। इससे बच्चे आकर्षित हो गये, और उस वक़्त के लगभग सभी भारतीय बच्चे इन्हीं स्कूलों में पढ़े। पर इन तमाम उपायों के बावजूद 1931 ई. में बस 25 प्रतिशत भारतीय साक्षर थे, जबकि अश्वेतों में 81 प्रतिशत साक्षरता थी।[32]

ईसाई मिशनरियों से हिन्दुओं को बचाने के लिए भी लोग सक्रिय थे। ख़ासकर जो भी गिने–चुने ब्राह्मण थे, उन्होंने कमान ले ली थी। इसको यह लोक गीत कुछ यूँ बयाँ करता है–[33]

"हम झुकावत हैं सर उस बाभन को, जो कथा सुनावत है।
जो सिखावत है हमका पूजा, सन्ध्या आउर हवन।
परनाम उन बाभन को, जो बनावत हइ इहाँ मन्दिर।
बचावत है ऊ सबको, जिनको बरगलावत हइ मिशन।"

(पुनः अनुवादित)

गयाना में फगवा (होली) और दीवाली आज भी मनायी जाती है। ईद और कुर्बानी भी। गयाना के हिन्दुस्तानी मूल के लोगों के घर में आज भी भगवान गणेश, हनुमान और सरस्वती की मूर्तियाँ मिल सकती हैं। पीतल की थाली में अगरबत्तियाँ जलाकर हिन्दी में भजन गाये जाते हैं। बाद के वर्षों में पुट्टपर्थी के साईं बाबा के भी कुछ अनुयायी यहाँ हुए।

गयाना में फगवा तो लोकप्रिय है ही, पर इसमें एक ब्राह्मण गिरमिटिया लालबिहारी शर्मा के लिखे चौताल उल्लेखनीय हैं, जो अब भी गाये जाते हैं। ख़ासकर अमर रामेसर का गाया यह चौताल जब मैंने सुना तो मन्त्र–मुग्ध हो गया[34]–

उलारा :

भतरा मोर दढ़िजरा के नाती– 2
मैं जो बोलूँ, तबहु न बोले– 2
आनके देखो चले अठलाती,
भतरा मोर दढ़िजरा के नाती।।

चौताल :

सखि उठिकर करहु सिंगार बसन्त जोय।।
बाजुबन्द कंगन भल सोहे अँगुरिन नेपिर भाय।।

पहिरि बिजीयठ हार जो सोहत, सिर बिन्दी मन लाय।।1।।
करि सिंगार पलंग पर बैठी पिया पिया गोहराय।।
मैं बिरहिनी पिया बात न पूछत, तब जोबन जोर जनाय।।2।।
चोलिया मसके बन्द सब टूटे अंग–अंग थहराए।।
काम के विरह सहा नहि जात हो, गोरी सोचन में तन छाय।।3।।
पिय–पिय बोलत पपीहरा सुनि सुनि धीर न आय।।
लालबिहारी धीर धरावत, गोरी धीर धरो मन माय।।4।।

यहाँ के गाँवों में अब भी व्यवस्था–विवाह (अरेंज्ड मैरिज) होता है, अक्सर हिन्दू परिवारों के बीच। यह भी सम्भव है कि पति–पत्नी कभी एक दूसरे से मिले न हों। कई बार पति अमरीका में होता है तो उन परिवारों में बेहतर ज़िन्दगी के लिए विवाह होता है। पर उनका मूल गयाना भारतीय का ही होता है।

यहाँ अब भी काफ़ी हद तक पितृसत्तात्मक समाज है, जहाँ महिलाएँ घर का काम देखती हैं, और पुरुष बाहर का। यह एक विडम्बना है कि समाज से जातिवाद तो ख़त्म हुआ, पर अमरीकी महाद्वीप में होने के बावजूद पितृसत्ता नहीं ख़त्म हुई।[35] शुरुआती विवाहों में यह भी समस्या हुई, कि हिन्दू या मुस्लिम विवाहों को गयाना का क़ानून नहीं मानता। उन्हें विवाह का सर्टिफ़िकेट जॉर्जटाउन कोर्ट जाकर लेना होता, जो वो अक्सर नहीं लेते। इस कारण कई सन्तानें वहाँ ग़ैर–क़ानूनी ही दर्ज़ रहीं, जिससे सम्पत्ति के हस्तान्तरण में ख़ासकर समस्या होती। हालाँकि 1894 ई. से इस क़ानून में रियायत मिली, फ़ीस घटायी गयी और जॉर्जटाउन जाने की ज़रूरत नहीं रही। फिर भी, क़ानूनी विवाह कम ही होते।

श्राद्ध–कर्म में कुछ भिन्नता आयी। अंग्रेज़ों ने उन्हें लाशें जलाने से मना कर दिया था, पर उन्हें दफ़नाने में कोई हर्ज नहीं था। उन्होंने लाशें दफ़नाना ही शुरू कर दिया।

इनकी भाषा भी भोजपुरी और 'क्रियोल' भाषा की चटनी बनी। यहाँ बॉलीवुड की फ़िल्में देखी जाती हैं। लता मंगेशकर के गीत सुने जाते हैं। ये वो लोग हैं जिन्होंने कभी हिन्दुस्तान नहीं देखा, पर दिल में लियें घूमते हैं आज भी। गायुत्रा बहादुर अपनी किताब में याद करती हैं कि कैसे गयाना के उनके गाँव में कुमार गौरव की 'लव स्टोरी' फ़िल्म सिनेमा हॉल में लगी थी।[34]

5 मई को यह 'इण्डियन अराइवल डे' मनाते हैं।

भोजन में दाल–पूरी, परसाद (नारियल के चूरन से बना मिष्ठान), चिकन करी, गुलाबजामुन और खीर आज भी मशहूर हैं। गिरमिटिया अपने साथ कई पौधे और बीज भी लाये थे। ख़ासकर महिलाएँ सूरजमुखी फूल के बीज लायी थीं। भिंडी भी भारतीय ही लेकर आये। कई आयुर्वेदिक पत्ते भी लाये गये।

उनके बच्चे क्रिकेट खेलने लगे, और वेस्टइण्डीज की क्रिकेट टीम इंग्लैण्ड और ऑस्ट्रेलिया सरीखों को टक्कर देने लगी थी। गयाना अब भारतीयों का प्ले–ग्राउण्ड था। गिरमिटियों की सन्तान अल्विन कालीचरन, रोहन कन्हाई, शिवनारायन चन्दरपॉल, रामनरेस सरवन और मार्क रामप्रकाश गयाना के मशहूर क्रिकेटर रह चुके हैं।

राजनीति में हिन्दुस्तानी

गयाना में लगभग 3.5 लाख लोग भारतीय मूल के हैं जो वहाँ की 43% जनसंख्या हैं।

छेदी भरत जगन गयाना के चौथे राष्ट्रपति रहे और उन्हें 'फादर ऑफ़ नेशन' भी कहा जाता है। 1901 ई. में उनके पिता जगन और माँ जगाओनी उत्तर प्रदेश से उनकी दो दादियों और चाचा के साथ लाये गये। उनके पिता गन्ने के खेतों में मज़दूरी करते और छेदी जगन 11 भाई–बहनों में सबसे बड़े थे। उन्होंने गिरमिटिया का संघर्ष क़रीब से देखा, हालाँकि उनके पिता ने उन्हें अंग्रेज़ी स्कूल में पढ़ाया। बाद में अमरीका जाकर दाँतों की डॉक्टरी भी सीखी। जगन शुरुआत में मार्क्सवादी थे, शायद इसलिए कि वो ग़रीब तबके की पैदाइश थे, बाद में वो समाजवादी हो गये। उनकी पत्नी जैनेट जगन भी राष्ट्रपति बनीं। छेदी जगन के मार्क्सवादी होने की वजह से सी.आई.ए. उनके विरुद्ध साज़िश भी करती रही।

छेदी जगन और जैनेट जगन के अतिरिक्त भरत जगदेव और डोनाल्ड रामोतार गयाना के राष्ट्रपति रह चुके हैं। मोज़ेज नागामुटू प्रधानमन्त्री।

एक समस्या जो गयाना और बाक़ी के वेस्टइण्डीज देशों में हुई, वो है स्थानीय अश्वेतों से टकराव की। भारतीयों ने ख़ुद को अश्वेत मानने

से इनकार कर दिया। कई भारतीयों ने ख़ुद को कॉकेशियन मूल का और बेहतर नस्ल बताया। यह उनको बन्दरों की प्रजाति कहते। वहीं अफ्रीकी मूल के लोग इन्हें कुली कहकर अपमानित करते। यह विवाद सत्तर के दशक से पिछले दशकों से बढ़ने लगा, शायद इसलिए भी कि दोनों लगभग संख्या में बराबर हैं।

सत्तर के दशक में भारतीयों पर कई आक्रमण हुए। उनके घर जलाये गये। हत्याएँ हुईं। बलात्कार हुए। यह एक तरह की नस्लीय हिंसा थी, जो उस वक़्त देश में हो रही थी। यह छेदी जगन के हटने और तानाशाह लिंडेन बरहैम के आने के बाद हुई। और इसी कारण कई भारतीय अमरीका पलायित हो गये।

जब मैं गयाना को समझने की कोशिश कर रहा था, तब एक प्रश्न मेरे ख़याल में आया, जो बाक़ी जगह भी लागू होता है। क्या वजह होगी कि हिन्दुस्तानियों में राष्ट्रवाद नहीं आया? वो अपनी हिन्दुस्तानियत इतनी आसानी से कैसे भूल गये? सम्भवतः इन मज़दूरों के लिए राष्ट्र की परिभाषा ही अलग थी। वो भारत को एक देश नहीं मानते थे। उनके लिए भारत बस कुछ गाँवों का समूह था, जहाँ से वो आये थे। उन्हें अन्दाज़ा ही नहीं था, भारत एक राष्ट्र है। और ब्रिटिश शासित होने की वजह से भारत में सम्प्रभुता थी भी नहीं।

गयाना के गिरमिटिया सामाजिक स्तर पर बेहतर होते गये और उनकी आने वाली पीढ़ी अपने पूर्वजों पर गर्व करने लगी। जिस 'कुली' शब्द से वह नफ़रत करने लगे थे, उसके लिए वहाँ की कवयित्री राजकुमारी सिंह ने कहा[37]–

"इस शब्द को अपनाओ। इस शब्द से पहचान बनाओ। गर्व से कहो कि हम 'कुली' हैं!"

थेथ्थर लोग आ गये!

गयाना में गिरमिटिया के पहली बार क़दम रखने के 112 वर्ष के बाद भारत के लिए आख़िर गिरमिटिया जहाज़ चला। जहाज़ का नाम था 'रिसर्जेंट'। अब भारत आज़ाद हो चुका था और गिरमिटिया अपना आज़ाद देश देखना चाहते थे। इनमें से कई कभी भारत लौट कर नहीं गये थे। कई ने कभी भारत की धरती देखी ही नहीं थी। कुछ की यह इच्छा थी कि उनकी मृत्यु अपनी धरती पर ही हो।

पर क्या भारत इनको अपनाना चाहता था? ब्रिटिश गयाना में तो यह ख़बर प्रचारित की गयी कि अब हिन्दुस्तान में उनके लिए जगह ही नहीं। विभाजन के बाद भारत का मंज़र बदल चुका है। पर गिरमिटियों के लिए अब भी वह पावन धरती थी। पूरे गयाना और ट्रिनिडाड के भारतीय उस जहाज़ को देखने आये। मुसाफ़िरों को विदा करने आये। यह एक मार्मिक वक़्त था। अब जो इस जहाज़ पर है, वो हिन्दुस्तान जायेगा। जो नीचे है, वो हमेशा के लिए गयाना की धरती पर रह जायेगा। जब जहाज़ चलने लगा, तो एक व्यक्ति जहाज़ से कूद पड़ा। उसे शायद गयाना की धरती से ही प्रेम हो गया था। उसके जैसे कई लोग थे, जिनकी हिन्दुस्तान जाने की इच्छा मर चुकी थी।

जहाज़ जब वापस अफ्रीका के 'पागल समन्दर' पहुँचा, उनका दशकों पुराना भय वापस लौट गया। कभी वह इसी 'पागल समन्दर' पार कर गयाना पहुँचे थे। समन्दर तो ज्यों–का–त्यों था। लहरें ज़ोर–ज़ोर से जहाज़ से टकरा रही थीं और जहाज़ बुरी तरह डोल रहा था। जब जहाज़ कलकत्ता पहुँचा, वह घाट बदल चुका था। अब डिपो की जगह 'पूर्वी पाकिस्तान' (अब बांग्लादेश) के शरणार्थी कैम्प आ गये थे। विभाजन के दर्द अब भी ताज़ा थे, पर दशकों बाद लौटे गिरमिटिया के लिए यह सब समझ पाना कठिन था।

इस जहाज़ के भारत पहुँचने के बाद उनका कैसा स्वागत हुआ होगा? पं. जवाहरलाल नेहरू को गयाना में बैठे लोगों ने ऑल इण्डिया रेडियो पर सुना। उन्होंने कहा–

"थेथ्थर लोग आ गये।"[38]

हालाँकि गायत्रा बहादुर की पुस्तक के इस सन्दर्भ पर मुझे सन्देह है की पण्डित नेहरू ने वाकई यह शब्द प्रयोग किया होगा।

क्या भारत इनको नहीं आने देना चाहता था? या यह 'थेथ्थर' इसलिए थे कि तमाम मुश्किलों के बाद भी यह भारत आख़िर लौट आये? यह बस 243 लोग ही थे, पर पहले से ही शरणार्थियों का बोझ झेल रहे प्रधानमन्त्री के लिए यह 'थेथ्थर' ही रहे होंगे।

क्या गाँव के लोगों ने पहचाना होगा? वी.एस. नैपॉल को भारत के गाँव में 1962 ई. एक महिला मिली, जो कैरिबियन भाषा बोलती थी। उन्हें

गाँव वालों ने अपना लिया था।[39] पर ऐसा सबके साथ हुआ हो, यह ज़रूरी नहीं। ख़ासकर उन लोगों का क्या हुआ, जो टापू से कुछ धन लेकर नहीं लौटे? इनको 'टपूहा' कह कर बुलाया गया। कई गाँवों में इन्हें साथ हुक्का नहीं पीने दिया जाता। गाँव के कुओं से पानी नहीं भरने दिया जाता। यह जिस हाल में गये, एक आज़ाद देश में उससे भी बदतर हाल में लौटे। एक बच्चा जो गयाना में अंग्रेज़ी स्कूल जाता था, अब कलकत्ता के माचिस फैक्टरी में बाल मज़दूर बन गया था। वह वापस अपने पूर्वजों की तरह भारत में 'कुली' बन गया था।

हालात ये हो गये कि कई लोग वापस गयाना भेजने की माँग करने लगे। एक बालगोविन्द नाम का मुक्केबाज़ वापसी की टिकट का पैसा जमा करने के लिए कलकत्ता में मुक्केबाज़ी करने लगा। उसने इतने लोगों को घायल किया कि सरकार को आख़िर उसे गयाना भेजना पड़ा। लगभग पच्चीस लोग वापस गयाना भेजे गये[40]।

जिन्होंने नहीं लौटने का फ़ैसला किया, उनकी हालत ख़ास बुरी नहीं। अब गयाना भी एक आज़ाद देश था। गिरमिटिया युग ख़त्म हो चुका था।

आज भी गयाना के डेमेरारा में 356 मोटे रजिस्टरों में सभी कुलियों/गिरमिटियों के अँगूठे लगे कॉन्ट्रैक्ट काग़ज़ सँभाल कर रखे हैं। यह ब्रिटिश सरकार की एक ख़ूबी तो कही जा सकती है कि काग़ज़ सहेज कर रखे गये। रियूनियन और बाक़ी फ्रेंच द्वीपों से तो यह रिकॉर्ड ही मिटा दिये गये। हालाँकि ब्रिटिश सरकार के जाने के बाद यह काग़ज़ भी ढंग से सँभाल कर नहीं रखे गये। कई रजिस्टरों को दीमक खा गये। काग़ज़ गीले होकर फट गये। ज़मीन पर बिखरे फटे काग़ज़ों में किसी गिरमिटिया की जन्म–मृत्यु और उसके आने का ब्योरा है। हर बिखरे काग़ज़ के टुकड़े में एक इंसान है। एक गिरमिटिया है।

सन्दर्भ

1. मरीना कार्टर, वॉयसेस फ्रॉम इण्डेंचर, एक्सपीरियेंसेस ऑफ़ इण्डियन माइग्रैंट्स इन द ब्रिटिश एम्पायर, लीसेस्टर यूनिवर्सिटी प्रेस, 1966
2. वेरेने ए, शेपर्ड, महारानीज़ मिज़री, यूनिवर्सिटी ऑफ़ वेस्टइण्डीज प्रेस, 2002
3. गायुत्रा बहादुर, कुली वीमेन : द ओडिसी ऑफ़ इण्डेंचर, हर्स्ट कम्पनी, 2013, (द्वितीयक स्रोत)

4. वेरेने (सं. 2)
5. डेविड नॉर्थ्रप, इन्डेंचर्ड लेबर इन द एज ऑफ़ इम्पीरियलिज़्म 1834–1922, कैम्ब्रिज यूनिवर्सिटी प्रेस, 1995
6. गायुत्रा (सं. 3)
7. वही (सं. 3)
8. वही (सं. 3)
9. वही (सं. 3)
10. वही (सं. 3)
11. कार्टर (सं. 1)
12. डेविड (सं. 5)
13. 'द हॉरिबल ट्रीटमेण्ट ऑफ़ हिल कुलीज़', द लैन्सेट, 24 अगस्त, 1839
14. वेरेने (सं. 2)
15. कार्टर (सं. 1)
16. वही (सं. 1)
17. वही (सं. 1)
18. गायुत्रा (सं. 3)
19. जेरेमी पोएन्टिंग, द ईस्ट इण्डियन वीमेन इन द कैरिबियन : एक्सपीरियेंस, इमेज एण्ड वॉयस, जर्नल ऑफ़ साउथ एशियन लिट्रेचर, 21 (1) 1986, पृ. 133–180
20. वेरेने (सं. 2)
21. गायुत्रा (सं. 3)
22. कार्टर (सं. 1)
23. गायुत्रा (सं. 3)
24. कार्टर (सं. 1)
25. गायुत्रा (सं. 3)
26. वही (सं. 3)
27. डेविड (सं. 5)
28. कार्टर (सं. 1)
29. गायुत्रा (सं. 3)
30. कार्टर (सं. 1)
31. वही (सं. 1)
32. लालबिहारी शर्मा, डमरा फाग–बहार, स्व–प्रकाशित, 1972
33. गायुत्रा (सं. 3)
34. वही (सं. 3)
35. कार्टर (सं. 1)
36. अश्विन देसाई और गुलाम वाहिद, इनसाइड इण्डियन इण्डेंचर : अ साउथ अफ्रीकन स्टोरी 1860–1914, एच. एस. आर. सी. प्रेस., 2010 (द्वितीयक स्रोत)
37. गायुत्रा (सं. 3)
38. वही (सं. 3)
39. वि. सू. नैपॉल, फाइण्डिंग द सेण्टर, अल्फ्रेड नॉफ़, 1984
40. गायुत्रा (सं. 3)

ट्रिनिडाड और टोबैगो, कैरिबियन द्वीप

"आप्रवास नारी–मुक्ति का वाहक है।"

–पीटर एम्मर[1]

प्रधानमन्त्री का गाँव

आज भी जब बिहार और उत्तरप्रदेश के उन गाँवों में लोग चक्कर लगाते हैं, जहाँ से गिरमिटिया गये, कोई कहता है फिजी गये, कोई कहता है चीनीडाड। यह अन्तर सबको नहीं पता कि ये दो अलग देश हैं और एक–दूसरे से काफ़ी दूर हैं। किसी को यह भी नहीं पता कि उनके पूर्वज फिजी गये या ट्रिनिडाड। बस, वो कहीं सात समन्दर पार गये।

ऐसा ही एक गाँव है बक्सर के इटाढ़ी ब्लॉक में, भेलुपुर। आज इस गाँव में ईंट बिछी और खरंजा सड़कें हैं, कई पक्के मकान हैं। पर उन्नीसवीं शताब्दी में सम्भवतः पुराने झोंपड़े रहे हों और मिट्टी की सड़कें। और यहीं, कहीं रामलखन मिश्र का घर रहा होगा। यह कहना कठिन है कि उस वक़्त एक ब्राह्मण के जीवन में क्या परिस्थिति रही होगी कि वो मज़दूरी करने कहीं दूर चल दिये। कयास यही लगाया जा सकता है कि ग़रीबी एक कारण हो। आज भी इनके परिवार के कई लोग यहीं गाँव में हैं, और खेती–बाड़ी ही यहाँ के ग्रामीण का पेशा है। उन्नीसवीं सदी में भी कुछ ऐसा ही होगा, या इससे बदतर होगा।

21 अक्टूबर, 1889 ई. में कलकत्ता से वोल्गा नामक जहाज़ पर रामलखन बाबू गिरमिटिया बनकर चल दिये, और लगभग महीने भर की जहाज़–यात्रा के बाद ट्रिनिडाड उतरे। उनका विवाह हो चुका था या ट्रि. निडाड आकर किसी बिहारी गिरमिटिया से किया, यह मुझे स्पष्ट नहीं पता।

पर उनकी परपोती आख़िर यहाँ की प्रधानमन्त्री बनी। कमला प्रसाद बिसेसर।

कमला जी जब वापस अपने पैतृक गाँव लौटीं तो यह एक भावपूर्ण यात्रा थी। उन खेतों से गुज़रना जिसमें कभी उनके परदादा खेती करते हों। अपनी जड़ें ढूँढ़ना। अपना घर ढूँढ़ना। वो अब हिन्दी या भोजपुरी नहीं बोल पातीं, बल्कि धाराप्रवाह अंग्रेज़ी बोलती हैं। मैं सोचता हूँ गर रामलखन मिश्र ट्रिनिडाड मज़दूर बनकर न जाते, तो उनकी क्या स्थिति होती? भारत इतनी तरक्की कर गया पर भेलुपुर की औरतों की आज क्या स्थिति है? डेढ़ सौ वर्ष बाद? भारत की आज़ादी के बाद? कहीं एक किसान की परपोती इतनी तरक्की कर गयी, और कहीं नहीं कर सकी।

वो सिल्क साड़ी में अपने पति ग्रेगरी बिसेसर के साथ आयीं और पैदल अपने चाचा जगदीश मिश्र के घर गयीं। ईंट के रास्तों पर 'ग्रीन कार्पेट' बिछाया गया। वो एक चॉपर से गाँव पहुँची थीं, और तमाम अंगरक्षकों से घिरी थीं। उनका भाषण सुनने हज़ारों लोग दूर–दूर के गाँवों से आये थे। उन्होंने कहा कि आज आपकी पोती लौट आयी है। आज वो जो भी है, जिस मुकाम पर है, आपकी वजह से है। आपकी पोती अब किसी देश की प्रधानमन्त्री है।

ग़रीब परिजन बेटी को क्या दे सके? कुछ साड़ियाँ, कुछ मिठाई, और ढेरों आशीर्वाद समेट वापस लौट गयीं।[2]

भगवान दी

भगवान दी। यही नाम रिकॉर्ड में मिलता है। अन्दाज़न बिहार के किसी गाँव से लायी गयी अधेड़ विवाहित महिला, जो घर से भाग गयी। विवाहित महिला क्यों घर से भागी, इसके तमाम कारण हो सकते हैं। वे कारण आज भी कमोबेश हैं।

भगवान दी अपने गाँव से भाग कर डिपो के रास्ते कलकत्ता पहुँची। 1885 ई. में कलकत्ता से गयाना के लिए चले 'नरबुद्दा' जहाज़ में वो सवार हो गयीं। भगवान दी आकर्षक भी थीं और बहिर्मुखी भी। जहाज़ पर ही उनको एक सरदार (नेता) से प्रेम हुआ। सरदारों को आकर्षित करना महिलाएँ चाहती थीं, यह भी सम्भव है। सरदार स्वयं महिलाओं के पीछे

पड़ते थे, यह भी मुमकिन है। और यह भी कि भगवान दी को सच्चा प्रेम हुआ हो। लेकिन एक विवाहित भागी हुई स्त्री का उस ज़माने में जहाज़ी सफ़र में हुआ प्रेम रूमानी लगता है।

लेकिन, भगवान दी के भाग्य में कुछ और ही लिखा था।

जहाज़ पर तनाव का वातावरण तो होता ही, यह भी तय करना मुश्किल था कि कौन कैसा आदमी है? एक रात किसी बात पर उनकी सरदार से अनबन हो गयी, और सरदार ने एक नुकीला भाला भगवान दी की पीठ में घुसेड़ दिया। आगे क्या हुआ, यह स्पष्ट नहीं। शायद वो छोड़कर ऐसी घायल हालत में भागी हो। या उन्हें सरदार मारने के बाद घसीट कर ले गया हो।

रिकॉर्ड के अनुसार भगवान दी ने जहाज़ से कूद कर अपनी जान दे दी। सरदार को ट्रिनिडाड पहुँचते ही क़ैद कर लिया गया, और कारावास की सज़ा हो गयी। ऐसी कितनी ही भगवान दी के वीभत्स अन्त हुए होंगे।[3]

नरक से नरक तक

महारानी के माँ–बाप कब–क्यों चल बसे, उन्हें याद नहीं। उन्हें बस यह याद है कि वो एक दिन पाँच वर्ष की उम्र में अपने चाचा की गोद में बैठी थीं, और सामने एक वृद्ध था। मन्त्र पढ़े जा रहे थे। गीत गाये जा रहे थे। मालाएँ पहनायी जा रही थीं। महारानी का बाल–विवाह हो रहा था।

जब महारानी बारह वर्ष की थी, उसके पति का देहान्त हो गया। अब वो विधवा थी, ससुराल के लोगों पर आश्रित। एक दिन उसके देवर मजिस्ट्रेट के पास ले गये, और उसका ज़मीनी अधिकार अँगूठा लगवा कर छीन लिया। अब वह अपने घर में नौकरानी बन गयी थी। उन्हें हर ग़लती पर मारा–पीटा जाता।

एक दिन वो यूँ ही दूध उबाल रही थी, कि एक बिल्ली ने आकर बर्तन पलट दिया। दूध गिर गया और वह डर गयी कि अब फिर उसकी पिटाई होगी। महारानी के लिए यह वह बिन्दु था, जहाँ से उनका जीवन हमेशा के लिए बदल गया। महारानी घर छोड़कर भाग गयी।

बाहर सड़क पर कुएँ के पास एक लँगड़ा आदमी मिला, जिसने उसकी मदद की। उसने पूछा कि क्या वह एक टापू पर चीनी चालने जायेगी? पच्चीस सेंट रोज़ मिलेंगे। महारानी इस हालत में थी कि हाँ कह दिया।

बीस साल की उम्र में 1916 ई. में महारानी कलकत्ता से जहाज़ पर ट्रिनिडाड के लिए निकल पड़ी, चीनी चालने। जब उनके जहाज़ 'चिनाब' पर वो सवार हो रही थी, सामने से एक गिरमिटियों का जहाज़ लौट कर आ रहा था। वहाँ से लोग चिल्ला रहे थे, इशारा कर रहे थे, कि टापू पर मत जाओ। वहाँ बहुत कठिन जीवन है। पर जहाज़ की सीटी में वो आवाज़ गुम हो गयी। अब काफ़ी देर हो चुकी थी। और महारानी ख़ुश थी। आख़िर क्या बुरा होगा? उसके पिछले जीवन से तो अच्छा ही होगा। उसे ढोल बजाते, गीत गाते जहाज़ी याद हैं। उल्लास याद है। यह उसके जीवन की सुखद यात्रा थी। मुक्ति–पथ। महारानी टिनिड्राड पहुँची और फिर कभी लौट कर भारत नहीं आयी।

महारानी को ट्रिनिडाड में एक रामगुलाम नामक व्यक्ति से सम्बन्ध स्थापित करने को कहा गया। यह एक प्रक्रिया थी, जो अंग्रेज़ सब पर थोपते। जोड़े बनाने की शुरुआत जहाज़ से ही होती, पर फिर भी जो अकेले रह जाती, उससे बागान मालिक ज़बरदस्ती करते। महारानी अकेले जीना चाहती थी। उसने किसी भी सम्बन्ध से सीधे तौर पर मना कर दिया, पर रामगुलाम ने ओवरसीयर से पैरवी लगवायी। ओवरसीयर ने महारानी को समझाया, पर वह नहीं मानी। उसे रामगुलाम चरित्रहीन व्यक्ति लगता था, और वह स्वतन्त्र रहना चाहती थी।

पर महारानी का यह सपना पूरा न हो सका। ओवरसीयर के कहने पर रामगुलाम ज़बरदस्ती उसे अपने साथ ले गया। उसे नशा खिलाकर उसके साथ सम्बन्ध बनाया। और महारानी मरते दम तक कहती रही कि यह सम्बन्ध झूठा है और उसका पति अब भी दूसरी महिलाओं के साथ सोता है। उसे मारता–पीटता है। उसके रामगुलाम के साथ इस सम्बन्ध में नौ बच्चे हुए, जिनमें पाँच मर गये। एक दिन महारानी भी मर गयी। हिन्दुस्तान से बाहर पहुँच कर भी महारानी का जीवन नरक ही रहा।[4]

शीबा की रानी (क्वीन ऑफ़ शीबा)

एक मिथक के अनुसार जेरूसलम के राजा सोलोमन से मिलने एक लम्बा सफ़र तय कर रानी शीबा आती हैं। वो जब आयीं, तो अपने साथ मसालों से लदे तमाम ऊँट, सोने के गहने, हीरे और जवाहरात लायीं। जेरूसलम ने कभी ऐसी समृद्धि देखी न थी, जो रानी शीबा लेकर आयी थीं।

लोग कहते हैं कि वो अफ्रीका से आयी थीं। रानी जब राजा सोलोमन के पास आयीं तो उनसे शास्त्रार्थ किया और तमाम बौद्धिक प्रश्न किये। जब सोलोमन उसमें सफल हुए, शीबा प्रसन्न होकर उनको तमाम उपहार देकर वापस लौट गयीं। इस रानी की निशानी अब मिथकों में ही मिलती है।

एक ऐसी ही रहस्यमय युवती का ज़िक्र हिन्दुस्तान से चले जहाज़ 'शीला' के कैप्टन ऐंजल साहब करते हैं। उन्होंने ही यह नामकरण किया– शीबा की रानी। शीबा की वो रानी लगभग चालीस वर्ष की बिल्कुल दुल्हन सरीखी सजी–धजी सुन्दर युवती थी। तमाम गहनों से लदी और आत्मविश्वास से भरी। सभी अवसाद से भरी जहाज़िनों के बीच एक उल्लास से भरी महिला। वो कहाँ से आयी थी, और लक्ष्य क्या था, यह ज्ञात नहीं। पर वो ट्रिनिडाड में पहले भी गिरमिटिया समय बिता चुकी थी। सम्भव है, वो अपनी समृद्धि वहीं से कमा कर भारत लौटी, और वापस उसी सफ़र पर चल पड़ी, अकेली।

अब जब वो ट्रिनिडाड लौटी, तो कुली बन कर नहीं, एक रानी बन कर। उसने द्वीप और द्वीप के लोगों से प्रेम किया। सम्भवतः विवाह भी किया। उसने द्वीप पर पुनः सम्पत्ति अर्जित की। यह साधारण व्यक्ति नहीं कर सकता, यह शाही घराने के लोग ही कर सकते हैं। कम से कम उन्नीसवीं सदी में जब पूँजीवाद अपने शैशव काल में था। यह भी सम्भव है कि उसने वहाँ व्यापार किया हो।

यह रानी पुनः जब भारत लौटी, तो हिन्दुस्तान में शास्त्रार्थ किया, यह सम्भव है। नारियों के अधिकार पर। नारियों की क्षमता पर। जातिवाद और काला पानी पर। जैसे रानी शीबा ने राजा सोलोमन से किया था। पर एक ग़ुलाम देश में कहाँ राजा सोलोमन? उसे निराशा ही हुई और उसने कहा, "हिन्दुस्तान मात्र गुलामों का ही देश है।" वह अपनी सम्पत्ति लेकर वापस सुदूर वेस्टइण्डीज के टापुओं पर आ गयी। शीबा की रानी वहीं बस गयी मिथकों में।[5]

जहाज़िन वेश्या

सुखिया कलकत्ता की वेश्या थी। पर जब वो 1899 ई. में 'फॉयल' जहाज़ पर सवार हुई तो वह अपना इतिहास पीछे छोड़ आयी। पर इतिहास शायद कभी पीछा नहीं छोड़ता।

जहाज़ पर उसे रूछा नामक व्यक्ति मिला। यह स्पष्ट नहीं कि रूछा उसे पहले से जानता था, या उसका पुराना ग्राहक था। पर यह बात रिकॉर्ड में मिलती है कि उसने दस डॉलर देकर सुखिया के साथ जहाज़ पर ही यौन–सम्बन्ध स्थापित किया। पर अगर ऐसा था भी, तो यह प्रेम सम्बन्ध नहीं था। यह महज़ एक ख़रीद–फरोख़्त थी, जो सम्पन्न हुई। पर रूछा इस बात से सन्तुष्ट न था। वह सुखिया के प्रेमपाश में बँध चुका था, जिससे उसके मन में ईर्ष्या ने जन्म लिया।

एक दिन सुखिया को कोई सरदार बिस्कुट दे रहा था तो उसे शंका हुई। यह 'बिस्कुट' एक जहाज़ी कोड था यौन–सम्बन्ध की अपेक्षा का। यह बात अतार्किक लगती है कि महज़ कुछ बिस्कुटों के लिए महिलाएँ देह बेचतीं, पर यह कई मामलों में जहाज़ का एक घिनौना सत्य भी था। यह एक संकेत था, और बिस्कुट ले लेना एक तरह की स्वीकृति। तो रूछा का शंकित होना स्वाभाविक था।

एक दिन अक्टूबर के महीने में जब रात को सुखिया की नींद खुली, उसने रूछा को बिस्तर पर पाया। वह कैसे पुरुष–स्त्री जहाज़ियों के बीच लगी दीवारें फाँद कर आया, यह पता नहीं। सम्भव है बाहर खड़े रक्षक सरदारों को रिश्वत दी हो, या बीच में लगे लोहे के तार काटे हों। पर सुखिया डर गयी, और ज़ोर से चिल्लायी। अगली शाम जब वो कुछ औरतों के साथ चावल फटक रही थी, तो फिर से रूछा ने पीछे से आकर पीठ पर हाथ मारा। बाद में सुखिया ने यह भी इल्ज़ाम लगाया कि रूछा ने ज़बरदस्ती उसके स्तनों पर हाथ लगाया। रूछा की नज़र में सुखिया एक बाज़ारू वेश्या थी, और वो यह सोचता कि दस डॉलर में उसने हमेशा के लिए उसका शरीर ख़रीद लिया। वह इस मानसिकता से नहीं निकल पा रहा था।

इस तरह की घटनाओं से यह भी प्रतीत होता है कि जहाज़िन महिलाओं के लिए अपनी अस्मिता को बचाये रखना इस सफ़र में काफ़ी कठिन था। और वेश्याओं के साथ जहाज़ पर भी वेश्या की तरह ही व्यवहार किया जाता। यह सफ़र उनकी इच्छा से भी मुक्ति दिलाने में अक्षम था।[6]

ट्रिनिडाड के गिरमिटिया

"कहाँ लय जाओगे?"

"चीनीडाड"

"का करने?"

"चीनी चालने।"

छोटा–सा देश। पाँच द्वीपों का समूह। वही नारियल और ताड़ के पेड़ और रेतीला समन्दर तट, जिस पर बच्चे क्रिकेट खेलते मिल जायेंगे। यह क्रिकेटर ब्रायन लारा का देश जो है। यहाँ दुनिया के सबसे बड़े कछुए आकर अण्डे देते हैं, जिन कछुओं का रंग बिल्कुल काले चमड़े–सा होता है। इन्हें 'लेदरबैक टर्टल' या 'लूथ' कहते हैं। ऐसे अजीबो ग़रीब देश में कभी हिन्दुस्तानियों का एक जत्था उतरा था। फिर कई जत्थे उतरे। चीनी चालने ट्रिनिडाड (चीनीडाड) उतरे।

ट्रिनिडाड की आर्थिक हालत भी गुलामों के आज़ाद होने पर चरमरा रही थी। 1847 ई. से 1850 ई. के मध्य ही लगभग 40 बागान बन्द हो गये[7]। 1860 ई. तक ट्रिनिडाड के सात चीनी उत्पादक ज़िलों में गन्ने की खेती पूरी तरह बन्द हो गयी थी। इन्हें बाहर से सस्ते मज़दूरों की सख़्त ज़रूरत थी।

30 मई, 1845 ई. में यहाँ पहला जहाज़ 'फतेल रजाक' 225 भारतीय बँधुआ मज़दूरों को लेकर आया था। 1874 ई. से 1917 ई. तक यहाँ कुल 1,34,118 लोग लाये गये जिनमें 5,000 लोग मद्रासी (तमिल) भी थे। पहले इस जहाज़ का सफ़र 3 महीने का था, पर 1869 ई. में 'स्वेज़ कैनाल' खुलने पर यह रास्ता कुछ छोटा हुआ। 1917 ई. में कलकत्ता से आख़िरी जहाज़ आया 'एस. एस. गैंगीज़' और फिर गिरमिटियों का आना बन्द हो गया। आज जो ट्रिनिडाड के भारतीय हैं, उनमें कई आसपास के द्वीपों जैसे गयाना, जमैका और सूरीनाम से भी आये हैं।

अन्य द्वीपों की तरह ट्रिनिडाड भी अरकाटी एजेण्ट के बहलावे पर ही जाते मज़दूर। उन्हें सपने दिखाये जाते। 1905 ई. में आये चार ब्राह्मणों ने खेतों में काम करने से इनकार कर दिया। उन्होंने कहा कि अरकाटियों ने उन्हें ठग कर भेज दिया। खेती–मज़दूरी की कोई बात ही नहीं हुई थी। ट्रिनिडाड के 'प्रोटेक्टर ऑफ इमिग्रेंट्स' विलियम कूम्ब्स उनसे तंग हो गये थे,

जिन्हें बहला–फुसला कर भेजा गया था। ब्राह्मण, पुजारी और साधु जिन्होंने आज तक कभी खेती नहीं की, उन्हें भी कमीशन के चक्कर में भेज दिया जाता। कुछ जहाज़ों के 5–6 प्रतिशत लोग ऐसे ही निकलते। इनको वहाँ रखना भी कठिन, और वापस भेजना भी कठिन। वो कहते कि उन्हें मुनीमगिरी करनी है, पर ऐसा कोई काम भी उनके लायक नहीं था। वो द्वीप पर बोझ बन कर ही रहे, या वापस भेज दिये गये, यह नहीं पता। कुछ और भी कहानियाँ हैं। एक विधवा अपने पाँच साल के बच्चे और एक पोटली में गहनों के साथ अपने पैतृक गाँव का रास्ता ढूँढ़ रही थी। एक अजनबी ने कहा कि वह गाँव छोड़ आयेगा, पर उसके सारे गहने लूट कर उसे कलकत्ता के डिपो के लिए ट्रेन में बिठा दिया और वह ट्रिनिडाड आ गयी।[8]

जब ये जहाज़ से आते थे, इन्हें एक 'नेल्सन द्वीप' पर रखा जाता था। 'नेल्सन द्वीप' उतरते ही मज़दूर वहाँ की मिट्टी उठाकर नमन करते। उन्हें यह बताया गया कि यहाँ की मिट्टी भारत से बेहतर है। यहाँ की मिट्टी उनका अधिक सम्मान करेगी। यहीं से उनकी मिट्टी बदल जायेगी। अब यही उनकी मिट्टी बन जायेगी। यहाँ 'प्रोटेक्टर ऑफ़ इमिग्रेंट' द्वारा इन मज़दूरों की जाँच होती। इनके कम्बल और सामान से कीटाणु–नाश किया जाता। जब यह पूरी तरह से पक्का हो जाता कि इनको कोई बीमारी नहीं है तब इन्हें 'पोर्ट ऑफ़ स्पेन' भेजा जाता। ख़ासकर 'छोटी माता' और चेचक भारत से आने का ख़तरा होता। उस समय भारत में टीकाकरण तो होता नहीं था, तो यह बीमारियाँ बच्चों में आम थीं। जो बीमार होते, उन्हें पोर्ट ऑफ़ स्पेन के 'कोलोनियल अस्पताल' भेजा जाता। आज भी अगर किसी गिरमिटिया को अपने पूर्वजों की लिस्ट या ब्योरा चाहिए तो वह इसी द्वीप पर मिल सकती है।

वहाँ से तीन साल के लिए अलग–अलग बागानों पर भेजा जाता था। पाँच साल पूरा होने पर उन्हें 'फ्रीडम सर्टिफ़िकेट' मिलता था। अब अंग्रेज़ों की ज़िम्मेदारी थी उन्हें वापस भेजने की। पर अंग्रेज़ उन्हें वहीं कुछ ज़मीन देकर रोक लेते थे। कुछ जो अड़ गये, वो वापस गये, पर अधिकतर वहीं बस गये। वापस सरकारी ख़र्च पर जाने की एक और अजीब शर्त यह थी कि उन्हें पाँच साल और द्वीप पर बिताने होंगे। वो आज़ाद हैं, जहाँ मर्ज़ी

काम करें, पर दस साल बाद ही जा पायेंगे। दस साल रुकने पर उनकी वापस लौटने की इच्छा ही मर जाती।

बैरक और बागान

'नेल्सन द्वीप' और अन्य द्वीपों की हालत भी अन्य गिरमिटिया देशों जैसी ही थी। यहाँ भी 10 फ़ीट लम्बे और 10 फ़ीट ऊँचे कमरों वाले बैरक थे। कमरों के बीच विभाजन दीवार छत तक नहीं पहुँचती और इसलिए निजता का अभाव था। रसोई अलग से नहीं थी, और खाना बाहर सीढ़ियों पर बैठकर बनाना होता। यहाँ की भी दो मुख्य समस्याएँ थीं–पानी और स्वच्छता।

हालाँकि कुछ बैरकों में पानी के पम्प और कुएँ थे, पर अधिकतर बैरकों में पानी जमा करने के साधन कम थे। पानी को स्वच्छ रखने की ज़िम्मेदारी न मज़दूर लेते, न मालिक। वह बहुत जल्द मलिन हो जाता। मज़दूर तो मज़दूर ठहरे। वो नालों–नदियों से भी पानी पीने लगे, इससे समस्याएँ और बढ़ गयीं। बीसवीं सदी से पहले शौचालयों की व्यवस्था भी नहीं थी। मज़दूर मैदान में ही शौच करते।

यहाँ के बैरकों में कई बीमारियाँ फैलीं, मसलन मलेरिया, डायरिया, कॉलेरा। बीमारी आग की तरह पसरती, पर फिर भी काम न रुकता। बीमारी में भी मज़दूरी तब तक करनी पड़ती जब तक वो मरणासन्न न हो जाते।

शुरुआत में हालत बहुत ही बुरी थी। 1845 से 1848 ई. के बीच आये पहले दस्ते में कई मज़दूरों की लाशें और हड्डियाँ खेतों में पड़ी मिलतीं। यह वे मज़दूर थे जो बागान से भागते और यूँ ही भूखे मर जाते। कई ऐसे भी थे, जो काम कम करते या बीमारी की वजह से मालिकों द्वारा काम से निकाले जाते। 1847–48 ई. में 250 लोग अस्पताल में मरे। 1848 ई. में चालीस भारतीय एक सुदूर द्वीप पर मालिकों द्वारा भोजन और दवाई नहीं दिये जाने के कारण मर गये।

गवर्नर लॉर्ड हैरिस ने लिखा, "विश्व के किसी देश में इतनी त्रासदी नहीं हुई, जितनी इन ग़रीब, अभागे मज़दूरों ने बीमारी, भुखमरी और आख़िर मृत्यु से झेली।"

एक और अजीब बात होती। ये मज़दूर एक बागान से भागकर दूसरे बागान जाते, वह भी समूह में। उन्हें लगता कि शायद वहाँ कम काम हो।

यह मृगमरीचिका थी। कभी–कभी यह भी होता कि किसी बागान से 50 व्यक्ति शनिवार की शाम भागे, और सोमवार की सुबह पचास नये मज़दूर वहाँ खड़े मिलते। द्वीप छोटे थे। लोग भाग कर एक से दूसरे बागान ही घूमते रहते।[9] भाग कर कई बार ये मज़दूर आज़ाद हुए भारतीयों के छोटे खेतों में भी काम करते। शुरुआती दिनों में कुछ और अजीब से पलायन भी देखे गये। 1851 ई. में एक मज़दूर सुदूर, मुख्य इलाकों से दो सौ मील दूर एक गाँव में वहाँ के आदिवासी इलाके में काम करता पाया गया। अकेला कैसे ऐसी बीहड़ जगह पहुँचा, पता नहीं।

भारतीयों ने मेहनत कर अपनी जगह ज़रूर बनायी, पर शुरुआती समय में बागान मालिक इनसे काफ़ी निराश भी थे। अफ्रीकी मूल के लोग अधिक हट्टे–कट्टे थे, और जो काम भारतीय आठ घण्टे लगाकर करते, वो बस चार घण्टे में निपटा देते। हर साल औसतन 260 कार्य करने होते, पर भारतीयों का औसत लगभग 150 कार्य ही पूरा हो पाता। भारतीय काम पर रोज़ आते भी नहीं। पैसे कटवा लेते। दण्ड सह लेते। पर हफ़्ते में बस तीन से चार दिन ही काम करते। 1890 ई. के बाद तो वे एक–तिहाई वक़्त ग़ायब ही रहने लगे। यह बागान मालिकों को पसन्द नहीं आता। वे भारतीयों को इस कारण भी प्रताड़ित करते। पर जब उन्हें यह लगने लगा कि भारतीयों पर हुक्म चलाना अधिक आसान है, और वेतन की भी कटौती वे सह जाते हैं, तो ये अफ्रीकियों से बेहतर मज़दूर साबित हो सकते हैं। और यही हुआ भी। धीरे–धीरे बागानों पर भारतीयों की संख्या बढ़ती गयी और अफ्रीकी क्रियोल मूल के लोगों की घटती गयी।[10]

1858 ई. तक तो गन्ने के खेतों में लगभग 35% भारतीय थे, और बाक़ी अफ्रीकी। बाद के वर्षों में भारतीयों का प्रतिशत बढ़ता ही चला गया। ख़ासकर कोवा इलाके में भारतीयों का प्रतिशत बहुत ही अधिक था। 1895 ई. तक 87 प्रतिशत कर्मी भारतीय हो गये। इसकी वजह यह भी थी कि अफ्रीकी हर काम नहीं करना चाहते थे। जो भी छोटे काम होते, वो कुली (भारतीय) करते। अफ्रीकी ऐसे काम करते जिसमें कमाई ज़्यादा थी। पर मालिकों को यह रास नहीं आता। जैसे–जैसे भारतीय बड़े काम सीखते गये, अफ्रीकी कम होते गये।

ट्रिनिडाड से कई मज़दूर भाग कर वेनेज़ुएला भी गये, और वहीं बस गये। पर उनका ब्योरा सन्तोषप्रद रूप से उपलब्ध न हो सका।

यह कहना कठिन है कि वेनेज़ुएला में कौन–से भारतीय बाद में गये, और कौन पहले ही भाग कर चले गये थे। वेनेज़ुएला पोर्ट ऑफ़ स्पेन से महज़ 25 मील था, और भाड़ा (1876 ई.) बस दो डॉलर। द्वीप के एक हिस्से से वेनेज़ुएला बस 8 मील दूरी पर था। वहाँ रात को कुछ मानव–तस्कर नाव पर भगा ले जाते। वेनेज़ुएल पहुँचते ही वो आज़ाद थे। कुछ रिपोर्ट कहती हैं कि वहाँ के कोकोआ बागानों में वेतन अच्छा था, पर सन्देहास्पद ही है। 1889 ई. की एक रिपोर्ट के अनुसार वेनेज़ुएला की गुरिया नामक जगह पर सौ कुली भाग कर गये। वहाँ से जब एक परिवार कुछ वर्षों बाद वापस लौटा तो अपने साथ एक खच्चर और ठीक–ठाक रकम लेकर लौटा। वहीं 1893 ई. की डॉ. कॉमिन्स के लेख के अनुसार वेनेज़ुएला से आते–जाते इन गिरमिटियो को लूट भी लिया जाता, सोना छीन लिया जाता। 1897 ई. में चार भारतीयों को वेनेज़ुएला से गिरफ़्तार कर वापस ट्रिनिडाड के बागान भेज दिया गया। अब जैसी भी परिस्थिति रही हो, पर यह सत्य है कि वेनेज़ुएला में आज गिरमिटिया वंशजों का बड़ा समुदाय रहता है।

बागान से मज़दूर भाग न जायें, इसलिए 1899 ई. में ट्रिनिडाड में अध्यादेश (सेक्शन 136) आया कि अगर कोई प्रवासी किसी हाईवे, ज़मीन, या ऐसे घर में मिला जो उसके मालिक की सम्पत्ति नहीं, या किसी भी जहाज़ पर मिला, तो बिना किसी वारण्ट के उसे रोका जा सकता है। अगर वह मालिक का आज्ञा–पत्र दिखाने या एक तर्कसंगत कारण बताने में असमर्थ है तो उसे पुलिस कारावास में डाल सकती है।[11] इसके अलावा अपने श्रेष्ठ/वरीय व्यक्ति को गाली देने, काम पर शराब पीने, या आदेश पालन न करने पर तनख़्वाह कटने का भी प्रावधान था। हालाँकि 1913 ई. में जब जेम्स मेकनील और चिमनलाल के नेतृत्व में भारतीय जाँच दस्ता आया तो कई क़ानून नरम किये गये। इन क़ानूनों की वजह से भागने में कमी भले ही आयी, भागना बन्द नहीं हुआ। इसका कारण था कि इसमें वहीं के लोग लिप्त थे। एक पूर्व मुख्य न्यायाधीश तक फँस गये कि उन्होंने एक भगोड़े गिरमिटिया को अपने घर में नौकरी दी थी।

एक और नियम बना कि मज़दूर अगर एक दिन काम पर नहीं आते, तो उनको दो दिन अधिक काम करना पड़ेगा। यह नियम मॉरीशस में भी आया था।

इस वजह से अधिकतर कॉन्ट्रैक्ट पाँच साल में ख़त्म न होकर, छह–सात साल तक खिंच जाते।[12]

मज़दूर अपनी गुहार लेकर अदालत भी जाते, पर कुछ ख़ास मदद नहीं मिलती। शुरुआती दौर में 1840 ई. में मेजर फेगन नामक एक मजिस्ट्रेट थे, जिनको 'कुली मजिस्ट्रेट' कहा जाता। वह पूरी तरह कुली लोगों का साथ देते। जम कर बागान मालिकों को डाँट भी लगाते, पर आख़िर उन्हें पदच्युत कर दिया गया। मेजर फेगन ने कई खुलासे किये। उन्होंने देखा कि मज़दूरों के कपड़े छीन कर नग्न सड़कों पर भूखे मरने छोड़ दिया जाता है। महिलाओं को भी ऐसे ही सड़कों पर छोड़ देते हैं, जो वेश्यावृत्ति करने लगती हैं या भूखी मर जाती हैं। मेजर फेगन ने एक बार एक बागान मालिक मि. वाल्किनशॉ पर तीन इल्ज़ाम लगाये। उस मालिक ने बेचूक नामक मज़दूर को बहुत मारा था। उसी के बागान में कंडप्पा पैर में एक घाव की वजह से मर गया। और झण्डू नामक एक मज़दूर ने कहा कि पाँच दिनों से भोजन नहीं मिला। इतना ही नहीं उस बागान पर काम भी दोगुना लिया जाता। मेजर फेगन ने उस बागान से सभी गिरमिटिया मज़दूरों को तो निकाला ही, साथ ही बागान में किसी भी गिरमिटिया की भर्ती पर प्रतिबन्ध लगा दिया। एक बार मेजर फेगन एक दूसरे बागान मालिक ऐण्डरसन से भिड़ गये जिसने भोदू नामक मज़दूर को मारा था जिससे सिर पर गहरी चोट आयी थी। पर सम्भवतः वह लड़ाई ही मेजर फेगन के पदच्युत होने का कारण बनी। बागान मालिकों ने मिलकर मेजर की शिकायतें कीं। वह भोदू को न्याय नहीं दिला सके। पर भारतीय उन्हें मसीहा मानते और हमेशा याद करते। एक जहाज़ जब कलकत्ता पहुँचा तो उन्होंने मेजर फेगन का ख़ूब नाम लिया, यह कह कर कि मेजर दूध का दूध और पानी का पानी कर देते। यहाँ तक कि उन्होंने हिन्दुस्तानी भाषा भी सीख ली थी।[13]

मेजर फेगन के निकाले जाने की एक और वजह सामने आती है। वो एक बार 35 गिरमिटिया मज़दूरों के साथ हो–हल्ला करते लॉर्ड हैरिस के पास पहुँच गये। मज़दूर अपनी माँगें लेकर पहुँचे थे। पर एक ब्रिटिश ऑफ़िसर का इस तरह मज़दूरों का नेतृत्व करते आना लॉर्ड हैरिस को पसन्द नहीं आया।[14]

बाद में एक थॉमस शिरली वार्नर आये। वह भी मज़दूरों को कभी सज़ा नहीं सुनाते। लोग कहते कि मज़दूरों की चाहे जितनी भी ग़लती है, वह दस में से नौ अपराधियों को छोड़ देते। ऐसे ही बाद में जॉन गोरी। पर अमूमन ऐसे भले मानुष आये नहीं, और मज़दूर बेहाल ही रहे।

कोर्ट–कचहरी तक बात तो कई बार जाती ही नहीं। बागान मालिक कुछ लोग रखते, जो मज़दूरों को पीटते। यह काम सरदार भी अक्सर करते। पर इसका ज़िम्मा मालिक के ड्राइवर के कन्धों पर होता। एक बार सेंट मैडलीन एस्टेट के मैनेजर पीटर एबेल ने गिरमिटिया मज़दूर सीताराम और उसके पाँच साथियों को रस्सी से बाँध कर कड़ी धूप में नंगे पाँव खड़ा कर दिया। यह बात आख़िर मजिस्ट्रेट तक पहुँची और 'प्रोटेक्टर ऑफ़ इमिग्रेंट' विलियम कूम्ब्स तक। आख़िर पीटर एबेल को साठ पाउण्ड (दस पाउण्ड प्रति मज़दूर) जुर्माना भरना पड़ा।

कई मज़दूरों की हड़ताल भी हुई, पर वो अक्सर एक बागान तक ही सीमित रही। ख़ासकर 1903 ई. की हार्मनी हॉल हड़ताल सबसे संगठित और लम्बी हड़ताल थी जिसमें कई लोग जेल भी गये। हड़ताल के नेता एक क्षत्रिय दौलत सिंह को भारत भेज दिया गया। यह भी अनुमान है कि इस हड़ताल के पीछे कोई अश्वेत वकील थे, पर दस्तावेज़ों में इस हड़ताल का इतिहास पूरी तरह नहीं मिलता।[15] हड़तालों की योजना बनाने वाले अक्सर पुराने गिरमिटिया होते, जो भारत से दुबारा लौट कर काम करने आते। हड़ताल के अलावा कुछ हमले भी हुए। 1907 ई. में पंजाबियों और मद्रासियों के गुटों ने दो सरदारों को पीट–पीट कर मार दिया।

ग्रेगरी डुरूटी नामक युवती उस समय वहाँ सचिवालय में काम करती थी। जब 1917 ई. में आख़िरी जहाज़ 'एस. एस. गैंगीज़' पहुँचा, तो वो एक ग्रामोफ़ोन और कैमरा लेकर उनसे मिलने पहुँची। इन मज़दूरों ने कभी ऐसी मशीन देखी न थी। वो पंक्तिबद्ध होकर फ़ोटो खिंचवाने लगे। ग्रामोफ़ोन पर रूडी वैली का मशहूर गीत बज रहा था, "I havn't got nobody and nobody cares for me." (मेरा यहाँ कोई नहीं, मेरी करता कोई फ़िक्र नहीं)। यह गिरमिटियों की वस्तु–स्थिति थी।

यह भी आश्चर्य है कि 1851 ई. में जब पहला जहाज़ 'एलीजा स्टीवर्ट' कलकत्ता लौटा तो मज़दूरों ने अपना अनुभव अच्छा ही बताया। कई वापस भी लौटना चाहते थे। उन्होंने किसी यातनापूर्ण जीवन का

ज़िक्र नहीं किया। वे ठीक–ठाक धन लेकर आये थे और परिवार वालों से मिल कर एक बार फिर से वापस जाना चाहते थे। हर मज़दूर लगभग दस पाउण्ड लेकर आया था, और हर सरदार लगभग 50 पाउण्ड। उनकी अगर शिकायत थी तो वह मद्रासियों से थी, जो ढंग से काम नहीं करते थे और उनके हिसाब से बुरे लोग थे।[16]

यह भी हो सकता है कि हालत वाकई उतनी बुरी न हो। एक पादरी अण्डरहिल अपनी डायरी में लिखते हैं–

"सम्भव है कि कुछ ज़्यादतियाँ हुई हों, पर कभी सुना नहीं। और यह पक्का है कि वो लोग जिनके साथ मेरे यौन–सम्बन्ध रहे, कम से कम वो मुझे ज़रूर बताते। मैंने तमाम बागान घूमे और अपनी आँखों से भी देखा। कुली जिन झोंपड़ियों में रहते, वे भारत से तो बेहतर ही थीं। लोग काफ़ी ख़ुश और खाते–पीते नज़र आये। मैंने बंगाल, अवध और बिहार के लोगों से बात की। बागान में भी, और बाहर सड़क पर भी। पर सब ने ख़ुशी ही जताई। सब कहते कि यह देश अच्छा है।"

एक और पादरी गैम्बल ने लिखा–

"लोगों की हालत बहुत अच्छी थी और सब अपने परिवार और बच्चों के साथ ख़ुश थे। उनको एक छोटी ज़मीन भी मिली थी, जिसमें वो गाय या सूअर पालते। गाय ख़ासकर उन्हें पसन्द थी, और पालते भी अच्छी तरह थे। यह कभी–कभार दिखता कि ग़ुस्से में ड्राइवर ने या सरदार ने कूली को मारा, पर यह तो किसी भी देश में हो सकता है। मैं यह कहूँगा कि बागान से निकलकर कुलियों ने अपनी स्थिति सुधारी। इतना ही नहीं, उनका जातिवाद का अभिशाप भी ख़त्म हो गया। ट्रिनिडाड के भारतीय अब ईसाई बनने को तैयार हैं।"[17]

यहाँ तक कि एक ब्रिटिश स्कूल अध्यापक जो ट्रिनिडाड में थे, उन्होंने लिखा कि भारतीय महिलाएँ सोने–चाँदी से सज कर बारह हज़ार पाउण्ड लेकर भारत लौट रही हैं। ऐसे नसीब तो ब्रिटेन के किसानों की पत्नियों के भी नहीं।[18] पर इतना धन बचाने के लिए भारतीय बिल्कुल ही साधारण और कम भोजन पर जीते। एक मूलचन नामक गिरमिटिया 1878 ई. में मर गया, तो उसके पास 12,500 पाउण्ड पड़े मिले। मुमकिन है कि वह खाता–पीता ही न हो।

इन बातों से यह लगता है कि ट्रिनिडाड पूरे वेस्टइण्डीज का सबसे सुखद इलाका था, और यहाँ का जीवन सबसे अच्छा था। यह बातें डॉ. कॉमिन्स की रिपोर्ट में भी हैं। ग्रियर्सन ने जब उस समय बिहार और यूनाइटेड प्रॉविंस के गाँवों में पूछताछ की तो 'चीनीडाड' (ट्रिनिडाड) जाने में रुचि अधिक लोगों की थी और 'डमेरा/डमरैला' (डेमेरारा, गयाना) जाने की कम। 'मिरीच' (मॉरीशस) और 'चीनीडाड' बराबर ही लोकप्रिय थे।

(ट्रिनिडाड में आये गिरमिटिया, 1897, चित्र : विकीमीडिया कॉमन्स)*

भारतीयों की मेहनत ने चीनी से कमाई में बहुत तेज़ गति से वृद्धि की। जहाँ 1851 ई. में चीनी निर्यात 2,94,248 पाउण्ड था, वह बढ़कर 1871 ई. में 9,38,000 पाउण्ड हो गया। यह लगभग तीन गुनी कमाई थी। और इसमें मुख्य मेहनत भारतीयों की ही थी।[19]

ट्रिनिडाड की महिलाएँ

महिलाओं की बात में एक ज़िक्र कर दूँ कि यहाँ भी चीन के कई लोग थे। उन्होंने बिहार–यूपी की महिलाओं से विवाह शायद कम किये, पर मद्रासी महिलाओं से ज़रूर किये। यह अजीब–सी बात लगती है कि इतने

* Public Domain, https://commons.wikimedia.org/w/index.php?curid=58459603

भारतीय होने के बावजूद महिलाएँ चीनी पुरुषों से विवाह करें, पर सम्भवतः चीन के लोग पहले से थे और सम्पन्न थे। शायद वो अच्छे उपहार देकर आकर्षित करते हों। यह भी सम्भव है कि भारतीय महिलाएँ भारत से त्रस्त हो चुकी हों, और आज़ाद ज़िन्दगी की खोज में गाँव से भाग कर आयी हों। यह अनुमान है कि कैरिबियन द्वीपों पर यौन–सम्बन्धों की खुली आज़ादी थी। एक और मत ये है कि भारतीय चीन और यूरोप के लोगों को सवर्ण मानते थे और उनसे सम्बन्ध करते थे, पर अफ्रीकी से विवाह करने वाले समाज से बहिष्कृत होते। मेरा कयास यह भी है कि बिहार–यूपी वाले पितृसत्तात्मक समाज से थे, इसलिए महिलाओं में उतनी स्वच्छन्दता न थी। तमिल मातृप्रधान समाज से थे, और उनकी महिलाएँ स्वच्छन्द थीं।

यह भी आम था कि कई सरदार इन महिलाओं को रखैल की तरह रखते। 1845–48 ई. के बीच एक डॉक्टर ने लॉर्ड हैरिस को चिट्ठी लिखी कि एक सरदार ने सात महिलाओं को गर्भवती कर रखा है। 1857 ई. में एक गिरमिटिया बेचू की गवाही में यह बातें खुल कर कही गयीं कि मज़दूरों को पत्नी नहीं मिल रही, क्योंकि सरदार उन्हें रखैल बना कर रखते हैं। 1891 ई. में हिल्सन क्रिस्टियन नामक एक बागान मालिक के बेटे को मज़दूरों ने पीट दिया क्योंकि उसने किसी महिला को रखैल बना रखा था। 1916 ई. में भी गिरमिटियों का एक समूह इसी बात की शिकायत लेकर गया।[20] इसकी वजह से विवाद कई बार भड़क भी जाते। हालाँकि कैम्पबेल की एक रिपोर्ट के अनुसार ग़लती महिलाओं की भी होती। वह इन सरदारों को लुभातीं ताकि काम न करना पड़े। ऐसे मामलों में यह भी हुआ कि पति ने अपनी पत्नी की हत्या कर दी। 1872 ई. से 1898 ई. के बीच 63 पत्नियों की हत्या की गयी। इसका हल मालिकों ने यही निकाला कि अधिक से अधिक कुँवारी महिलाएँ बुलायी जायें, जिससे सब सन्तुष्ट रहें।

मुक्ति के बाद

तमाम मुश्किलों के बाद भी वेस्टइण्डीज के 71 प्रतिशत गिरमिटिया लोगों ने वापस लौटने की नहीं सोची, और वहीं रह गये। इसकी वजह थी उनकी ख़ून–पसीने से कमाई आज़ादी। वो जब आज़ाद हुए तो उन्हें लगा कि

आख़िर उनकी मेहनत का फल उन्हें इसी धरती पर मिले। बल्कि उनकी मज़दूरी के दिनों का सपना ही यही था कि मेहनत का फल उन्हें यहीं मिलेगा। इसी उम्मीद से वो दिन–रात मेहनत करते।

गयाना और ट्रिनिडाड में यह भी फ़र्क़ रहा कि भारतीय जल्दी आज़ाद हुए, और शहरी इलाकों जैसे पोर्ट ऑफ़ स्पेन के बाहर अपनी पकड़ बना ली। इनके कई खेत और बागान थे। यहाँ तक कि इनके पास इतनी गायें थीं कि ट्रिनिडाड के दूध पर इन लोगों का आधिपत्य हो गया। इसमें काफ़ी ज़मीन ग़ैर–क़ानूनी भी थी। यह इसलिए सम्भव हो पाया, क्योंकि भारतीय एक समुदाय रूप में एक–दूसरे का साथ देकर जीते थे।[21] इनमें कुछ के पास इतना धन हो गया था कि अब वो सस्ते टिकट पर गिरमिटिया जहाज़ों से भारत नहीं जाते, बल्कि पचास पाउण्ड का टिकट ख़रीद कर अच्छे जहाज़ से भारत आते–जाते रहते।

उनकी समृद्धि की एक और वजह रही। 1870 ई. के बाद यह नियम आया कि जो लोग भारत नहीं लौटना चाहते, उनके टिकट के एवज़ में दस एकड़ ज़मीन दी जायेगी। लोगों ने वापस लौटना बन्द कर दिया और दस एकड़ ज़मीन लेकर खेती शुरू कर दी। यह एक अच्छी शुरुआत थी। ये अक्सर ज़मीन साथ लेते, और सारे भारतीय एक इलाके में जम जाते। सबसे अधिक लोग मॉन्टशेराट वार्ड में बसे। पर यह इतना आसान भी नहीं था। इनको ज़मीन सँभालने का ख़ास अनुभव नहीं था, ख़ासकर दस साल मज़दूरों की तरह काम करने के बाद। कई लोगों को जंगल में ज़मीन मिली, जिसे काट कर खेती करनी थी। कुछ को समन्दर किनारे दलदली इलाकों में, जहाँ खेती सम्भव नहीं थी।

जो मज़दूर अपने खेत भी रखते, वो भी कुछ समय चीनी के बागानों में काम करते। उनका मन अपने खेतों में ही लगा रहता। चीनी के बागान में बस वो इसलिए काम करते कि अच्छा वेतन मिले। कॉमिन्स की एक रिपोर्ट में लिखा है कि एक मज़दूर चीनी के बागान में काम कर रहा था। कुछ घण्टों बाद वही मज़दूर मीलों दूर एक सुनसान इलाके में अपने खेत में घोड़ी पर बैठा दिखा। दोनों जगह सँभालना इनकी उद्यमशीलता दर्शाता है, जो भारतीयों के आज के उज्ज्वल भविष्य में भागी रही।[22]

कई भारतीय बिल्कुल सड़क किनारे 130 X 70 फीट ज़मीन लगभग

दस डॉलर सालाना किराये पर लेते। वहाँ वो एक झोंपड़ी बनाते, बिल्कुल भारत की तरह। कभी फूस की छत, कभी एस्बेस्टस की। वहीं वो गाय और मुर्गियाँ पालते। यह समस्या भी ख़त्म हो गयी थी कि हिन्दू मुर्गी नहीं पाल सकते। अब हिन्दू मुर्गी भी पालते, और वहीं बाहर दुकान लगाकर अण्डे भी बेचते। कुछ ने देशी शराब के ठेके भी खोल लिए थे।

1920 ई. तक भारतीयों के पास लगभग 95,000 एकड़ ज़मीन थी, जिसमें सबसे अधिक खेती कोकोआ की होती। इसके अलावा गन्ना, मक्का, नारियल, धान, कॉफ़ी और फल भी उगाते। किसी के पास पाँच एकड़ ज़मीन थी तो किसी के पास सौ एकड़ से भी अधिक। विक्टोरिया के ला ब्रिया में एक बुडु सिंह नामक भारतीय व्यक्ति (पूर्व गिरमिटिया) के पास पाँच सौ एकड़ में 'पटना कोकोआ एस्टेट' था। यहीं पास में भरत सिंह का लगभग दो सौ एकड़ का धान और गन्ने का बागान था। धान हिन्दुस्तानियों की ताक़त थी, जिसे ढंग से उगाना बस वही जानते थे। बल्कि उन्होंने कई सस्ते और बेकार समझे जाने वाले लैगून द्वीप ख़रीद लिए, और उसमें अप्रत्याशित रूप से धान की खेती की।

ऐसा नहीं कि सब खेत ही सँभालते रहे। 1891 ई. में भी कुल 109 हिन्दुस्तानी लोग शिक्षक थे, जिनमें 15 महिलाएँ भी थीं। यह आँकड़ा चौंकाता है कि कैसे दस साल मज़दूरी करने के बाद कोई शिक्षक बन जाता है। उसने कब पढ़ाई की, और कब सीखा? पर सेंसस की मानें तो यह सच है। सम्भव है कि वो भारत में ग़रीब शिक्षक रहे हों, जो पैसे कमाने मज़दूरी करने यहाँ आ गये। फिर जब अवसर मिला, वापस शिक्षक बन गये। इतना ही नहीं, द्वीप की लगभग 42 प्रतिशत दुकानें भारतीयों की थीं।

संस्कृतियों की चटनी

उस वक़्त ट्रिनिडाड द्वीप पर कई मूल के लोग थे। फ्रेंच, अफ्रीकी, चीनी, यहूदी, पुर्तगाली, इतालवी, जर्मन, कुछ पुरानी गुलाम प्रजातियाँ और अब भारतीय भारी मात्रा में आने लगे। यह एक छोटे–से द्वीप पर कई संस्कृतियों का एक साथ होना है। संस्कृतियों की चटनी।

जब भी कोई नयी संस्कृति आती है, तो शुरुआती दौर शंकाओं से भरा होता है। वो भी इतनी भारी मात्रा में आयें तो स्थानीय लोगों में एक स्वाभाविक भय आ जाता है। इसलिए नहीं कि वो उनसे नफ़रत करते हैं, बल्कि इसलिए

कि वो डरते हैं कि उनकी नौकरियाँ न चली जायें। इतना ही नहीं, स्थानीय अफ़्रीकी पूर्व गुलामों के वंशज थे जो यह सोचते कि अब देश उनका हो गया लेकिन उनके हाथ से फिसलता जा रहा है। ब्रिटिश शक्तिमान होते जाते हैं, और वो कमज़ोर। इससे जो नफ़रत पैदा हुई, उसका ख़मियाजा इन भोले–भाले भारतीयों को भुगतना पड़ा। सी. पी. डेविड, अफ़्रीकी मूल के राजनीतिज्ञ ने गिरमिटिया प्रथा का जमकर विरोध किया। सर हेनरी अल्काजार ने यह शंका जतायी कि इससे देश में बेरोज़गारी बढ़ जायेगी। और इन विरोधों के केन्द्र में थे भारतीय गिरमिटिया। उनको इस संस्कृति में मिलने में कई वर्ष लगेंगे।

गिरमिटियों को स्थानीय लोगों और अंग्रेज़ों, दोनों की मार झेलनी पड़ी। अख़बारों 'सैन फर्नांडो गैजेट' और 'न्यू एरा' में उनका ख़ासकर विरोध होता। जब 'ग्रेट डिप्रेशन' यानी आर्थिक मन्दी आयी, तो गिरमिटिया मज़दूरों का वेतन घटा दिया गया, और काम बढ़ा दिया गया। इतना ही नहीं, अफ़्रीकी मध्य–वर्ग के कई लोग बेरोज़गार हो गये। बस 'पोर्ट ऑफ़ स्पेन' में ही कम से कम 8,000 लोग सड़क पर आ गये थे, जिन्हें भोजन नसीब न था। ऐसे में भारतीयों से नफ़रत और बढ़ गयी।[23]

अन्य गिरमिटिया देशों की तरह यहाँ आने वाले भारतीयों में भी मुख्यतः यूपी–बिहार से ही थे। 75% आज के उत्तर प्रदेश और 13.5% बिहार से थे। आज लगभग 50% भारतीय मूल के लोग हिन्दू हैं, 12% मुसलमान और बाक़ी ईसाई बन गये। सतनारायन महाराज की "सनातन धर्म महासभा" यहाँ का सबसे बड़ा हिन्दू संगठन है। इसके अलावा चिन्मय मिशन, आर्य समाज और इस्कॉन भी सक्रिय हैं।

ट्रिनिडाड में भी गयाना की तरह कनाडियन मिशनरी स्कूलों का प्रभाव रहा। इसके अलावा ट्रिनिडाड में 1892 ई. में एक कॉलेज भी खुला, जहाँ ईसाई प्रचारक–शिक्षकों का प्रशिक्षण होता। यहाँ कई भारतीय भी प्रशिक्षित हुए जिससे ईसाई धर्म का प्रचार हिन्दुस्तानियों में आसान हो गया। पर फिर भी भारतीयों की साक्षरता दर काफ़ी कम थी। 1931 ई. में बस 23 प्रतिशत भारतीय साक्षर थे[24]।

ट्रिनिडाड कई गिरमिटिया देशों से अलग इसलिए है, क्यूँकि यहाँ ये लोग संस्कृति में पूरी तरह घुल–मिल गये। यहाँ हिन्दी या भोजपुरी लगभग

नहीं बोली जाती। हालाँकि कई शब्द यहाँ की भाषा में उपयोग होते हैं। संगीत ने भी यहाँ नया रूप लिया जो 'चटनी म्यूज़िक' नाम से मशहूर हुआ। राकेश यंकारन चटनी संगीत के अच्छे गायकों में रहे।

यहाँ दीवाली और ईद पर सरकारी छुट्टी होती है और दोनां त्योहार ख़ूब धूमधाम से मनाये जाते हैं। फगवा (होली) भी लोकप्रिय है। 'ताशा' नामक ढोल यहाँ आज भी बजते हैं।

कभी यहाँ 'होसैन' या मुहर्रम भी मनाया जाता था। पर 30 अक्टूबर, 1884 में अंग्रेज़ों ने इस उत्सव के दौरान 22 भारतीयों को गोली मार दी थी। वो नहीं चाहते थे कि यहाँ दूसरा हिन्दुस्तान बसे। इस त्योहार में सभी धर्मों के भारतीय साथ मिलकर जुलूस निकालते, ख़ूब शोर मचाते, और अस्त्र–शस्त्र के साथ निकलते। इसी दौरान वो अपने मन में दबे द्वेष और खुन्दक निकालते। कुछ ऐसा ही 1884 ई. में भयावह रूप से हुआ, और तब से यह उत्सव बन्द हो गया।

हालाँकि ट्रिनिडाड मुख्य भारत से पूरी तरह नहीं टूटा। इस देश में 1930 ई. के आसपास भी 'इण्डिया क्लब' था जो भारतीय कांग्रेस से सम्पर्क में था। और आज़ादी की लड़ाई में समर्थन में था। 1935 ई. में यहाँ हिन्दी फ़िल्म 'बाल जौबन' भी प्रदर्शित की गयी थी। यहाँ के सम्पन्न लोग भारत जाते भी रहे। ट्रिनिडाड के भारतीयों ने कई मुहल्लों और गलियों के नाम उन जगहों के नाम से रखे जहाँ से वो आये थे। आज इस द्वीप पर मथुरा, कानपुर, लखनऊ, फ़ैज़ाबाद सब मिलेंगे। बस्ती (यू.पी.) के मूल निवासियों ने 'बस्ता हॉल' बनाया। बैरकपुर और चन्दरनगर भी हैं।

कमला प्रसाद बिसेसर जो अभी (2017) नेता विपक्ष हैं, यहाँ की पहली महिला प्रधानमन्त्री रह चुकी हैं। बसदेव पाण्डे भी प्रधानमन्त्री रह चुके हैं। रुद्रनाथ कपिलदेव और सिम्भूनाथ कपिलदेव भी नामी नेता रह चुके हैं।

वी. एस. (विद्याधर सूरजप्रसाद) नैपॉल भारतीय मूल के महानतम लेखकों में हुए और नोबेल पुरस्कार से भी नवाज़े गये। सुनील नारायन और डैरेन गंगा सरीखे क्रिकेटर भी हुए।

ट्रिनिडाड का भोजन भारत से जुड़ा है। यहाँ नाश्ते में रोटी और भिण्डी भुजिया खाते लोग मिल जायेंगे। बैंगन चोखा, कोहरा तरकारी और आलू चोखा भी लोकप्रिय है। चटनी और अचार भी तरह–तरह के बनाये जाते हैं।

वैसे यहाँ का सबसे मशहूर भोजन 'कल्लालू' है जो यहाँ की सभी संस्कृतियों के मिश्रण से बना है। यहाँ के दाशीन झाड़ी, भिण्डी और नारियल को पीसकर बना एक अजीबो ग़रीब भोजन। जैसे सब संस्कृतियाँ पिसकर चटनी बन गयी हों।[25]

आज के ट्रिनिडाड के भारतीय अब भारत नहीं आना चाहते। अब गिरमिटिया की पाँचवीं–छठी पीढ़ी वहाँ है, जो भारतीय संस्कृति से जुदा है। कुछ अब भी हिन्दुस्तानी जैसे दिखते हैं, पर अधिकतर अलग ही नज़र आते हैं। अगर समानता है तो बस इतनी कि वो भी बॉलीवुड फ़िल्में देखते हैं। और यदि वो ट्रिनिडाड को छोड़ किसी और देश का समाचार पढ़ना पसन्द करते हैं, तो वो है भारत।

2017 ई. में इस द्वीप पर कुल पाँच लाख भारतीय मूल के लोग हैं। ध्यान रहे कई लोग पास के वेनेजुएला जाकर भी बस गये थे, जिनकी गिनती मेरे पास उपलब्ध नहीं।

(ट्रिनिडाड के भारतीय एक कोकोआ बागान में,

चित्र : Food of gods, Brandon Head, Public domain)*

* http://www.gutenberg.org/ebooks/16035

ट्रिनिडाड में आज भी एक मुहावरा प्रचलित है कि उठाओ अपना 'जहाज़ी बण्डल' और निकल लो। यह बोरिया–बिस्तर बाँध कर निकलने के समकक्ष है जो कभी जहाज़ी अपने सिर पर भारत से बाँधे लाये थे।

(भारतीय बिना वीसा के भारत से 3 महीने के लिए ट्रिनिडाड और टोबैगो द्वीप जा सकते हैं)।

सन्दर्भ

1. पीटरसी. एम्मर, कोलोनियलिज़्म एण्ड माइग्रेशन : इण्डेंचर्ड लेबर बिफोर एण्ड आफ्टर स्लेवरी, दोरदेख़्त : मार्टिन सनिहौफ़ पब्लिशर्स, 1986
2. फ़ैजान अहमद, 'ट्रिनिडाड्स डॉटर पी.एम. रिटर्न्स टू विलेज इन बिहार फॉर एन इमोशनल रियूनियन', टाइम्स न्यूज़ नेटवर्क, 12 जनवरी, 2012
3. वेरेने ए. शेफर्ड, महारानीज़ मिजरी, यूनिवर्सिटी ऑफ़ वेस्टइण्डीज प्रेस, 2002
4. गायुत्रा बहादुर, कुली वीमेन : द ओडिसी ऑफ़ इण्डेंचर, हर्स्ट कम्पनी, 2013, (द्वितीयक स्रोत)
5. वही (सं. 4)
6. वही (सं. 4)
7. मरीना कार्टर, वॉयसेस फ्रॉम इण्डेंचर, एक्सपीरियेंसेस ऑफ़ इण्डियन माइग्रैंट्स इन द ब्रिटिश एम्पायर, लीसेस्टर यूनिवर्सिटी प्रेस, 1966
8. गायुत्रा (सं. 4)
9. कार्टर (सं. 7)
10. डेविड नॉर्थ्रप, इण्डेंचर्ड लेबर इन द एज ऑफ़ इम्पीरियलिज़्म 1834–1922, कैम्ब्रिज यूनिवर्सिटी प्रेस, 1995
11. कार्टर (सं. 7)
12. डेविड (सं. 10)
13. कार्टर (सं. 7)
14. जे. एच. कोलेन्स, अ गाइड टू ट्रिनिडाड : अ हैण्डबुक फ़ॉर द यूज़ ऑफ़ टूरिस्ट्स एण्ड विजिटर्स, जनरल बुक्स, 2010
15. ह्यूज़ टिंकर, न्यू सिस्टम ऑफ़ स्लेवरी : द एक्सपोर्ट ऑफ़ इण्डियन लेबर ओवरसीज़ 1830–1920, ऑक्सफोर्ड यूनिवर्सिटी प्रेस, लन्दन, 1974
16. कार्टर (सं. 7)
17. डब्ल्यू. एच. गैंबल, ट्रिनिडाड : हिस्टॉरिकल एण्ड डिस्क्रिप्टिव– बीइंग अ नैरेटिव ऑफ़ नाइन ईयर्स रेसिडेंस इन आइलैण्ड, लन्दन, 1866
18. कोलेन्स (सं. 14)
19. गेराद एम. टीका सिंह, द इस्टैब्लिशमेण्ट ऑफ़ इण्डियन्स इन ट्रिनिडाड 1870–1900, (सन्दर्भ ब्रिज़ेट ब्रेरेटन की पुस्तक 'रेस रिलेशन्स इन कॉलोनियल ट्रिनिडाड' से), अप्रकाशित शोध–ग्रन्थ

20. कार्टर (सं. 7)
21. वही (सं. 7)
22. वही (सं. 7)
23. गेरार्ड बेसन, नेल्सन आइलैण्ड. कैरिबियन हिस्ट्री आर्काइव्स, पारिया पब्लिशिंग (इण्टरनेट स्रोत)
24. कार्टर (सं. 7)
25. नील सुकदेव, फ्रीडम, फेस्टिवल्स एण्ड कास्ट इन ट्रिनिडाड आफ़्टर स्लेवरी, झिल्ब्रीस कॉरपोरेशन, 2001

जमैका, कैरिबियन

"जब ब्रिटेन का पूँजीवाद वेस्टइण्डीज पर पूरी तरह निर्भर था, उन्होंने गुलामी प्रथा के विरोध पर खास ध्यान नहीं दिया। पर जब इसी वेस्टइण्डीज का एकाधिकार (मोनॉपली) उन्हें परेशान करने लगा, उन्होंने गुलामी मिटा कर उनकी मोनॉपली ही ख़त्म कर दी।"

–एरिक विलियम्स[1]

जब गिरमिट ने देश बचाया

यह चर्चा मैं कर चुका हूँ कि 18वीं सदी में यूरोप की आधी चीनी वेस्टइण्डीज से आती थी। वहाँ के व्यापारी इस बात से कुछ अधिक ही अक्खड़ हो गये थे और चीनी ब्रिटेन को नहीं पहुँचा कर महँगे दामों में बाक़ी देशों को दे देते। गुलामों पर भी उनका एकाधिकार हो रहा था और सम्पत्ति पर भी। ब्रिटिश प्रधानमन्त्री विलियम पिट्ट ने अगर गुलामी प्रथा मिटाने में भूमिका निभायी, उसकी एक वजह थी वेस्टइण्डीज!

1846 ई. में जब चीनी पर टैक्स ख़त्म किया गया और ब्रिटेन ने सभी देशों से चीनी ख़रीदना शुरू किया, वेस्टइण्डीज का यह एकाधिकार भी ख़त्म हो गया। वजह जो भी रही हो, पर एक–एक कर ब्रिटेन वेस्टइण्डीज के ताबूत में कील ठोंक रहा था।[2] इतना ही नहीं 1847–48 ई. में इंग्लैण्ड आर्थिक संकट में चला गया। अब तो चीनी के दाम घट कर न्यूनतम हो गये और मालिक मज़दूरों को वेतन देने में भी समर्थ नहीं रहे। ग़ुलामी प्रथा ख़त्म होते ही वेस्टइण्डीज का चीनी उत्पादन घटता गया और हालत बद से बदतर हो गयी। उसकी मिट्टी की उर्वरता दशकों की गन्ना खेती के बाद घटती जा रही थी। कभी गन्ना उत्पादन का सिरमौर रहा जमैका अपनी आख़िरी साँसें गिन रहा था।

दूसरी ओर, अफ़्रीकी ग़ुलाम जो आज़ाद हुए, उनका बड़ा प्रतिशत बागान छोड़ गया। पूरे वेस्टइण्डीज के पुराने ग़ुलामों में सिर्फ़ चौथाई लोग ही बागानों में रह गये, वो भी अपनी शर्तों पर। जब मर्ज़ी काम किया, जब मर्ज़ी नहीं किया। वो अपनी मुश्किल से मिली आज़ादी अब खुल कर जीना चाहते थे। और उन्हें यह भी लगता था कि ब्रिटिश सत्ता ख़त्म हुई, अब वही द्वीप के राजा हैं।

लेकिन वो इतने दूरदर्शी नहीं थे और न ही ब्रिटिश साम्राज्य के विस्तार का उन्हें अन्दाज़ा था। उन्हें यह अन्देशा नहीं था कि हिन्दुस्तानी आयेंगे, और इतनी बड़ी संख्या में आयेंगे कि उनकी कोई ज़रूरत नहीं रह जायेगी। एक ग़ुलाम गया, दूसरा आया। अगर भारतीय न होते, तो वेस्टइण्डीज आर्थिक रसातल में होता और सम्भवतः ख़त्म हो गया होता। यह और बात है कि उनका इतिहास समय के साथ मिटता चला गया और उनको वह सम्मान न मिल सका जो एक राष्ट्र–निर्माता या राष्ट्र–उद्धारक को मिलना चाहिए।

जमैका में क़दम

1845 से 1917 ई. के बीच कुल 36,000 भारतीय जमैका आये। ये मूलतः राजस्थान, बिहार और यूपी से आये। जमैका के जहाज़ पर चढ़ने से पहले एजेण्ट को यहाँ भी वही निर्देश थे। गर हाथ कोमल हों तो न लिए जायें। मन्दिर के पुरोहित, कायस्थ, बनिया, जुलाहे, रंगरेज, पंजाबी, भिखारी और जोगी न भेजे जायें। किसी के शरीर पर किसी तीर्थ–स्थान की निशानी हो, उसे न लिया जाये। यूँ कहिए, बस कामगर मज़दूर ही लिए जायें।[3]

1845 ई. में 'मेडस्टोन' नाम का जहाज़ ओल्ड हार्बर बे आया। इसमें 30 वर्ष से कम उम्र के 200 पुरुष, 28 महिलाएँ और 12 वर्ष से कम उम्र के 33 बच्चे थे। दरअसल वेस्टइण्डीज आने वाले जत्थे में नियम था कि 12% महिलाएँ हों, जो मॉरीशस में नहीं था। तीन साल के अन्दर कुल 2,539 लोग जमैका आ गये।

इनको आते ही एक–एक 'वेलकम किट' मिला। एक पीस कपड़ा, खेती–बाड़ी के सामान, और खाना बनाने का एक बर्तन। इनको 20 से 40 लोगों के ग्रुप में बाँट दिया गया। इन्हें खच्चर–चालित गाड़ियों या मालगाड़ी के डिब्बों में ठूँस कर बागान ले जाया जाता। एक शिलिंग

प्रतिदिन मिलता, और वहाँ के टैण्टों में कई परिवारों को एक साथ रखा जाता। इन्हें मासिक राशन भी मिलता, पर उसके लिए वेतन से 2 शिलिंग और छह पेंस काट लिए जाते। राशन में चावल, आटा, मटर, सूखी मछली, सूखा मटन, और कुछ मसाले। बच्चों को आधा राशन दिया जाता, पर उनकी नियमित मुफ्त स्वास्थ्य जाँच होती।

वहीं दूसरी ओर, बागान के मालिकों की एय्याश ज़िन्दगी थी। उनका एक बड़ा बँगला होता, जहाँ तमाम सुविधाएँ होतीं। ब्रिटिश शैली के बड़े घर। आलीशान बड़े हॉल, जिसके एक कोने में पियानो रखा होता, छत पर झूमर, बड़े सोफ़े, कई पेंटिंग, और दीवालों पर नक्काशी। बँगले ज़मीन से कुछ ऊपर होते, जिसकी बाल्कनी से बैठ मज़दूरों को खेत में काम करते देखा जा सकता। वहाँ दूरबीन लेकर बैठे बागान के मालिक, लेमोनेड की चुस्की लेते, और उनके पैरों के नाखून काटते कुली। वह जिस महिला के साथ सोना चाहें, सो सकते थे। रोज़ बदल–बदल कर। यह राजसी सुख था। और क्यों न हो? चीनी के धन्धे से क़ीमती धन्धा उस समय कम ही था।

उस समय के जीवित गिरमिटियों का यह भी कहना है कि मालिक और सरदार लात–जूतों से तो ख़ैर मारते ही, कभी–कभार गोलियाँ भी चलाते। ऐसे में भगदड़ मच जाती। गिरमिटिया मज़दूर एक–दूसरे को आगाह करते कि फलाँ जगह गोलियाँ चल रही हैं, उधर न जायें। लोग भाग कर अपनी बैरक में घुस जाते और दरवाज़े की कुण्डी लगाकर उसकी छेद से देखते रहते कि कोई उनकी तरफ़ तो नहीं आ रहा। यह अक्सर होता, तो उनको आदत हो गयी थी। कुल मिलाकर इनकी हालत यहाँ दयनीय रही। इन्हें यूरोपी और अफ्रीकी लोगों से कम वेतन मिलता और 'कुली' कहकर चिढ़ाया जाता।

जमैका के बागानों से भी मज़दूर भाग जाते और किंग्सटन में भीख माँगते नज़र आते। उनके हाथ में एक झोला होता जो कन्धे पर लटकाये रखते, और जो भी कचड़े में काम का मिलता, उसमें भर लेते। उसी झोले में गर कोई भीख में सामान देता। अमूमन जो लोग गाँव से आते, वे ठी. क–ठाक काम करते। पर शहरी कलकत्ता वाले गिरमिटिया काम से भाग कर भिखारी बन जाते। सम्भव है ये लोग भारत में भी भिखारी ही थे।

वो दुत्कारने पर भी नहीं भागते। जमे रहते। घण्टों खिड़कियों के सामने खड़े होते। वो कुछ नहीं कहते, बस उनकी आँखें भीख माँगतीं। उनके चेहरे पर न कभी ख़ुशी दिखती, न आँसू। एक हारे हुए व्यक्ति की तरह, या किसी ऐसे व्यक्ति की तरह जिसने अपने अन्दर कई दर्द छुपा रखे हों।[4]

जमैका में भी मद्रासी और बिहारी मज़दूरों के बीच झगड़े होते रहे। 1916 ई. में आये जहाज़ 'देवा' से उतरते ही सब बुरी तरह लड़ने लगे और इसमें सत्रह लोग घायल हुए।[5] यह तो एक आम राय थी ही कि हट्टे–कट्टे शरीर होने के बावजूद मद्रासी किसी काम के नहीं थे। बंगाली और बिहारी मज़दूर ही मालिकों को पसन्द थे। खेतों में काम करने के लिए कलकत्ता मज़दूर ही चुने जाते। मद्रासियों को घर में नौकर या ख़ानसामा बनाकर रख लेते। इस मामले में वेस्टइण्डीज, मॉरीशस और फिजी से अलग था, जहाँ मद्रासी मज़दूरों की माँग अच्छी थी।[6]

पाँच साल की बँधुआ मज़दूरी ख़त्म कर सब ने सरकार से वापस न जाने की एवज़ में ज़मीन या पैसे ले लिये। ज़मीन कहीं बंजर पहाड़ पर न मिले, इसलिए अधिकतर पैसे ही लेते। दरअसल वापस जाने के जहाज़ भी कम थे। कई लोगों ने आज़ाद होकर 1884 ई. में 'पनामा कैनाल' बनते समय भी मज़दूरी की।

बॉब मार्ले और हिन्दुस्तानी

जमैका में लगभग एक लाख भारतीय मूल के लोग हैं। अफ्रीकी और आइरिश मूल के लोगों के बाद तीसरी बड़ी संख्या इनकी है। यहाँ का भारतीय समुदाय गयाना और ट्रिनिडाड की अपेक्षा अलग तरह से उद्यम करता रहा। यहाँ बड़े कोकोआ या धान के खेतों के मालिक न थे। यहाँ कई लोग दुकानदारी करते, कई केले के बागान रखते, और कुछ ही धान के खेत रखते। इसकी वजह यह भी थी कि भारतीयों ने वापसी के टिकट के बदले पैसे ही लेना पसन्द किया, ज़मीन नहीं।

जमैका में भी हालाँकि बाक़ी वेस्टइण्डीज द्वीपों की तरह भारतीयों का जम कर विरोध हुआ। यह शिकायत थी कि भारतीयों के आने से जमैका के स्थानीय लोगों में बेरोज़गारी बढ़ गयी। हर साल लगभग 25 हज़ार लोग दक्षिण अमरीकी देशों में पलायन कर रहे थे।

बागान मालिक भारतीयों को अधिक से अधिक रखने लगे और स्थानीय अफ़्रीकी मूल के लोगों को अनदेखा करने लगे।

पर भारतीय धीरे–धीरे घुल–मिल गये। यहाँ आने वाले अधिकतर हिन्दू थे, पर इनका बड़ा प्रतिशत ईसाई बन गया। कई लोग जब आये तो उनका उपनाम भी नहीं था। ख़ासकर सवर्ण अपना उपनाम छुपा गये थे, क्यूँकि अंग्रेज़ एजेण्ट सवर्णों को नहीं लेते थे। यहाँ आकर सबने स्थानीय उपनाम रख लिया। जमैका के भारतीय जल्दी अंग्रेज़ी भी सीख गये, और हिन्दी–भोजपुरी त्याग दी। जाति प्रथा तो ख़त्म हो ही गयी थी, 'अरेंज मैरेज' भी बन्द हो गयीं।

लेकिन भारतीयों ने धर्म–परिवर्तन के बाद भी यहाँ की संस्कृति में अपनी छाप छोड़ी। कुछ हिन्दू पर्व जैसे दीवाली ये ईसाई बनकर भी मनाते रहे। चावल की खेती भारतीयों ने ही शुरू की और बकरे का मांस भी लोकप्रिय बनाया। बम्बई और कलकत्ता से आम की गुठली भी लाये थे। आज भी जो जमैका में आम के पेड़ हैं, कभी भारत से आये थे। जमैका में इमली भी ये मज़दूर ही लाये। एक और चीज़ जो भारत से जमैका आयी वो है नेवला। गन्ने के खेतों में चूहे उत्पात करने लगे थे तो उनसे लड़ने के लिए अंग्रेज़ भारत से नेवला लेकर आये। नेवले आक्रामक तो थे ही। जमैका आकर अधिक आक्रामक हो गये। उन्होंने चूहे तो खाये ही, मुर्गियाँ और अण्डे भी ख़ूब खाये। भारत के नेवले पेड़ पर कम चढ़ते हैं, पर जमैका आकर वो पेड़ पर भी चढ़ने लगे। आज जमैका में नेवले कहीं भी दिख सकते हैं। ज़मीन से लेकर पहाड़ की चोटियों तक।

भारतीयों पर यह भी इल्ज़ाम लगा कि वो अपने साथ गाँजा के पत्ते लाये, और जमैका में उगाने भी लगे। इस नशे की आदत द्वीप पर आग की तरह फैल गयी। जहाँ भारतीय इसके आदी थे, और उनकी कार्यक्षमता नहीं घटी, वहीं जमैका के मूल निवासी गाँजा पीकर सुस्त पड़ गये। यह कहा गया कि भारतीय कई अच्छी चीज़ें भी लाये, पर गाँजा इन सब पर भारी पड़ा। भाँग और चिलम की लत भी भारतीयों ने ही लगायी। 'रास्ताफेरियन' समुदाय को गाँजा इतना भाया कि इसे अपने जीवन में शामिल कर लिया।

'रास्ताफेरियन' समुदाय की शुरुआत लियोनार्ड पर्सिवल हॉवर्ड ने की। उनका जीवन भारतीयों के बीच 'क्लैरेन्डोन' इलाके में ही बीता। वो गाँजा पीकर 'जय काली माई' भजन करते थे। उन्होंने हिन्दू साधुओं की तरह बालों में जटा बनाना भी शुरू किया जो बाद में उनके अनुयायियों की पहचान बनी। यही जटा बाद में बॉब मार्ले जैसे रास्ताफेरियन ने लोकप्रिय बनाया। बॉब मार्ले ने अपने बेटे का नाम भी भारतीय मूल के क्रिकेटर रोहन कन्हाई के नाम पर रखा 'रोहन मार्ले'। रोहन कन्हाई के नाम पर ही सुनील गावस्कर ने भी अपने बेटे का नाम चुना–रोहन गावस्कर।

यहाँ के भारतीय अच्छे सुनार भी बने और सोने की चूड़ियाँ बनायीं जो आज भी जमैका में लोकप्रिय हैं। ख़ासकर जादूसिंह जी की तो किंग्सटन में कई ज्वेलरी की दुकानें खुलीं।

मशहूर पॉप और रेगे गायिका 'डायना किंग' की माँ भारतीय मूल की हैं। हालाँकि अब जमैका में भारत ढूँढ़ना बहुत कठिन है। ये लोग पूरी तरह से जमैका में घुलकर ग़ायब हो गये।

सन्दर्भ

1. एरिक ई. विलियम्स, कैपिटलिज़्म एण्ड स्लेवरी, यूनिवर्सिटी ऑफ़ नॉर्थ कैरोलिना प्रेस. 1944
2. मरीना कार्टर, वॉयसेस फ्रॉम इण्डेंचर, एक्सपीरियेंसेस ऑफ़ इण्डियन माइग्रेंट्स इन द ब्रिटिश एम्पायर, लीसेस्टर यूनिवर्सिटी प्रेस, 1966
3. गायुत्रा बहादुर, कुली वीमेन : द ओडिसी ऑफ़ इण्डेंचर, हर्स्ट कम्पनी, 2013, (द्वितीयक स्रोत)
4. जॉन बिगेलो, जमैका इन 1850, ऑर दी इफेक्ट्स ऑफ़ सिक्सटीन ईयर्स ऑफ़ फ्रीडम ऑन अ स्लेव कॉलोनी, द यूनिवर्सिटी ऑफ़ मिशिगन, 1851
5. हरिंदर सिंह सोहाल, द ईस्ट इण्डियन इण्डेंचरशिप सिस्टम इन जमैका 1845–1917, पी.एच.डी. शोध–ग्रन्थ, यूनिवर्सिटी ऑफ़ वाटरलू, 1980
6. वाल्टन लुक लाइ, इण्डियन लेबर, कैरिबियन सुगर : चाइनीज़ एण्ड इण्डियन माइग्रेंट्स टू द ब्रिटिश वेस्टइण्डीज 1838–1918, द जॉन्स हॉपकिन्स यूनिवर्सिटी प्रेस, बाल्टीमोर और लन्दन, 1993

सेण्ट किट्स और नेविस, कैरिबियन

वेस्टइण्डीज के इन दो द्वीपों पर गिरमिटियों की आख़िरी भर्ती हुई। सेण्ट नेविस में 315 मज़दूर और सेण्ट किट्स में 337। इन दोनों द्वीपों और सेण्ट क्रोईक्स द्वीप पर सबसे कम लोग आये। पर मुझे इन मज़दूरों के दस्तावेज़ नहीं मिल सके। 1982 ई. में आग लगने से कोर्ट हाउस में रखे यह दस्तावेज़ जल गये थे तो ढूँढ़ना ही बेकार था।

यह ज़रूर पता लगा कि कलकत्ता से 26 फरवरी, 1861 ई. को 'डार्टमाउथ' जहाज़ चला जो 3 जून, 1861 को सेण्ट किट्स पहुँचा। यह जानकारी कैप्टन ईल्स ने दर्ज़ की जो कलकत्ता के फोर्ट विलियम के प्रोटेक्टर ऑफ़िस में रखी गयी। मुझे जो जानकारी मिली, उस हिसाब से 361 लोग चले, लेकिन पहुँचे 337। यानी 24 लोग रास्ते में मर गये। शायद हैजा से मरे हों, या किसी और वजह से। कुछ पक्का पता नहीं लगा।

कलकत्ता में कैप्टन ईल्स ने यह भी दर्ज़ किया कि लोग कहाँ से आये थे–

साहेबगंगे (गया)–85

राँची–84

पुरुलिया–40

हज़ारीबाग–33

शाहाबाद (आरा)–25

मुंगेर–22

कुछ लोग पटना, अजीमाबाद और जलासोर से भी आये।

जहाज़ जब नेविस द्वीप पहुँचा तो 6 लोग अस्पताल में एडमिट हुए, जिनमें पाँच मर गये। अब बचे 332, जिन्हें अलग–अलग बागानों में भेजा गया।

सबसे ज़्यादा 29 मज़दूर 'देवार एस्टेट' भेजे गये। इन लोगों को इतने छोटे–छोटे 20–25 के ग्रुप में अलग–अलग बागानों में भेजा गया कि सब तितर–बितर हो गये। कई परिवार बिछड़ गये। काम शुरू होते हुए 7 लोग मर गये, जिनमें एक वो नवजात शिशु भी था जिसका जन्म जहाज़ पर ही हुआ था। भला क्या मजबूरी रही होगी कि एक गर्भवती महिला की जो इतने लम्बे सफ़र के जहाज़ पर मज़दूर बन चल पड़ी?

सेण्ट किट्स आया दस्ता कुछ अलग भी था। उनमें कई मज़दूरों ने काम करने से मना कर दिया। ब्रमदत्त, धीजन और शम्पोड नाम के मज़दूरों का नाम आता है, जिन्होंने विरोध किया था।

एक और दूसरी चीज़ यह हुई कि चार साल के अन्दर लगभग सभी मज़दूर ईसाई बन गये। हिन्दू भी, और मुसलमान भी। यहाँ तक कि नाम भी बदल कर ईसाई नाम रख लिया। हो सकता है बलपूर्वक हुआ हो, पर इतनी तादाद में सामूहिक बदलाव हुआ तो कुछ अपनी इच्छा भी रही होगी। इतनी तेज़ी से संस्कृति में मिलना कम द्वीपों में हुआ।

यहाँ के मज़दूर अपना ऐग्रीमेण्ट पूरा होते ही द्वीप छोड़ ट्रिनिडाड और गयाना चले गये। आज लगभग न के बराबर मूल भारतीय यहाँ बचे हैं। कुल जनसंख्या के 0.2%। इसलिए इन 300 लोगों के परिवार को ढूँढ़ना लगभग असम्भव है।

नेविस द्वीप जो जहाज़ आया था, उसका नाम था 'सीरिया'। यह जहाज़ 30 मार्च, 1874 को कलकत्ता से चला। यही जहाज़ बाद में फिजी में डूब गया था।

नेविस द्वीप से भी लोग अपना ऐग्रीमेण्ट ख़त्म होते ही द्वीप छोड़ भाग गये। मुझे इनके द्वीप छोड़कर भागने का ठोस कारण नहीं समझ आया, पर सम्भवतः ट्रिनिडाड और गयाना में अवसर अधिक हों, और भारतीय मूल के लोग भी काफ़ी ज़्यादा संख्या में थे। तक़रीबन 20 प्रतिशत लोग वापस भारत भी लौट गये।

लेकिन आज भी नेविस द्वीप के कॉटन ग्राउण्ड गाँव में कुछ मूल भारतीय परिवार हैं, जो डटे रहे और कहीं नहीं भागे। इनकी खोज में एक जॉन क्लार्क के परिवार की जानकारी मिली, जिनके दादा भगीरथ और

दादी मंगरू भारत से आये थे। ज़ाहिर है, वो ईसाई बन गये। अब इस क्लार्क परिवार के अधिकतर लोग न्यूयॉर्क में हैं, पर कम–से–कम एक परिवार आज भी नेविस के इस द्वीप पर है।[1,2]

सन्दर्भ

1. मॉरिट्ज हसनख़ान और अन्य, द लिगेसी ऑफ़ इण्डियन इण्डेंचर : हिस्टॉरिकल एण्ड कण्टेम्पररी ऐसपेक्ट्स ऑफ़ माइग्रेशन एण्ड डायस्पोरा, रूटलेज, 2016
2. इण्डो–कैरिबियन जीनियालॉजी (शम्सुद्दीन का ई–मेल)–इण्टरनेट स्रोत

सेण्ट क्रोइक्स, कैरिबियन (यू.एस. वर्जिन आइलैण्ड)

सेण्ट क्रोइक्स अलग इसलिए था क्योंकि यह डैनिश (डेनमार्क की) कॉलोनी थी। यह अकेली डैनिश कॉलोनी है जहाँ गिरमिटिया पहुँचे। फ्रेंच और डच लोगों से तो ब्रिटेन का पुराना ऐग्रीमेण्ट था पर, डेनमार्क को इस ऐग्रीमेण्ट के लिए बहुत पापड़ बेलने पड़े। कई गारण्टी देनी पड़ीं जिसमें यह भी था कि मज़दूरों को ठीक से रखा जायेगा।

कलकत्ता से 'मार्स' नामक जहाज़ चला जो सेण्ट क्रोइक्स 13 जून, 1863 को 321 लोगों को लेकर पहुँचा। इसमें 3 लोगों की मृत्यु हुई।[1]

यहाँ से उतरते ही हर द्वीप की तरह यहाँ भी मज़दूरों को कई टुकड़ों में बाँट दिया गया। सबसे ज़्यादा 64 लोग 'लोवर बेथलहेम एस्टेट' गये।

सेण्ट क्रोइक्स पर फिर कोई जहाज़ नहीं आया। दरअसल ब्रिटिश सरकार डेनमार्क से मज़दूरों के लिए बहुत मोटी रकम वसूल करती थी। इतना महँगा सौदा उन्हें रास नहीं आया और उन्होंने मज़दूरों की दूसरी किस्त नहीं मँगवाई।

यहाँ आने वाले मज़दूर या तो भारत लौट गये, या ट्रिनिडाड चले गये। उन मूल परिवारों में अब शायद कोई भारतीय यहाँ नहीं रहते। हालाँकि कालान्तर में अन्य कैरिबियन द्वीपों से कुछ लोग अब आ बसे हैं।

सन्दर्भ

1. कुली जर्नल, 1863 (लोमाश रूपनारायन की स्प्रिंगर से 2016 में प्रकाशित पुस्तक 'इण्डियन इण्डेंचर इन द डैनिश वेस्टइण्डीज 1863–1873' से सन्दर्भित)

ग्वाडेलूप, कैरिबियन

यह एक फ्रेंच उपनिवेश था, जिसकी हालत दिन पर दिन खस्ता हो रही थी। 1843 ई. के भूकम्प में इसके कई चीनी मिल ध्वस्त हो गये। पर फ्रेंच चाहते थे कि उत्पादन न रुके। इसकी वजह यह भी थी कि रियूनियन द्वीप में चीनी का उत्पादन घट रहा था। गुलामी प्रथा ख़त्म हुई, तो यहाँ और संकट बढ़ गया था। तभी भारतीय गिरमिटिया यहाँ भी लाये गये।

यहाँ 25 दिसम्बर, 1854 ई. में 'ला ऑरेलिए' जहाज़ पर 344 भारतीय लाये गये। 1864 ई. में 330 मज़दूर मद्रास से लाये गये। 1884 ई. तक लगभग 40,000 मज़दूर इस द्वीप पर लाये गये। उसके बाद ब्रिटेन और फ्रांस का करार ख़त्म हो गया। यह करार ख़त्म होने की वजह यह हो सकती है कि यहाँ जीना दूभर था। लगभग दस हज़ार गिरमिटिया इस द्वीप पर आने के बाद मर गये। कुछ लोगों को पास के अन्य द्वीप सेंट मार्टिन भी ले जाया गया।

यह कैरिबियन द्वीप इसलिए भी अलग है कि यहाँ तमिल मज़दूर आये। इस कारण यह कैरिबियन का इकलौता द्वीप है जहाँ तमिल भारी संख्या में हैं। इन्हीं मज़दूरों में एक गुरदीन की महात्मा गाँधी से जुड़ी कहानी मैं आगे सुनाऊँगा।

यहाँ ख़ास कर हेनरी सिदम्बरम का ज़िक्र ज़रूरी है जिन्होंने मज़दूरों के अधिकारों की लड़ाई लड़ी और आख़िर इनको फ्रेंच नागरिकता दिलायी।

फ्रांस के अन्य द्वीपों की तरह यहाँ के गिरमिटिया का इतिहास भी समय के साथ ख़त्म होता चला गया। अब शायद ही यहाँ कोई परिवार तमिल बोलता हो, पर भारतीय नाम ज़रूर मिल सकते हैं।[1]

कुछ समय पहले यहाँ के शहर 'बासा–तेरे' और पुडुचेरी (भारत) को मित्र नगर बनाया गया है और सम्बन्ध वापस जोड़े जा रहे हैं। इस शहर में कई तमिल मन्दिर भी मिलते हैं, और तमिल हिन्दुओं का पुनर्जागरण हो रहा है।

सन्दर्भ

1. क्रिश्टियान श्राकेनबर्ग, ल'इमिग्रेशन इण्डियेने एन ग्वाडेलूप 1848–1923, पी.एच.डी. थीसिस, यूनिवर्सिटी ऑफ़ प्रोवेंस

बेलीज़ का कलकत्ता

बेलीज़ मध्य–अमेरिका का एक छोटा–सा देश है, होंडुरास और पनामा के निकट।

दस्तावेज़ कहते हैं कि यहाँ हिन्दुस्तानियों की पहली खेप में 1857 ई. के सिपाही–विद्रोह के क़ैदी लाये गये। यह एक संयोग ही है कि इसके दूसरे तट पर आज अमरीका का बदनाम ग्वाटेनामो बे कैम्प है। कुछ तो वजह होगी कि यह इलाका क़ैदियों को प्रताड़ना देने के लिए सदियों से मशहूर है। इन हज़ार सिपाहियों से बेलीज़ में मज़दूरी करवायी गयी, और बेलीज़ का वह हिन्दुस्तानी विद्रोही फ़ौजियों का गाँव आज भी 'कलकत्ता' ही कहलाता है।

बाद में लगभग 1870 ई. में जमैका से यहाँ मज़दूर लाये गये, जो यहाँ के टोल्डो और कोरोज़ल के गाँवों में गन्ने की खेती करने आये। आज भी इन ज़िलों में हिन्दुस्तानी चेहरे मिलेंगे, बिहारी नाम मिलेंगे, पर अब सब यहाँ की संस्कृति में घुल–मिल गये हैं।

बेलीज़ किसी जहाज़ आने की जानकारी नहीं मिली, पर बेलीज़ से एजेण्ट जमैका जाकर मज़दूर ज़रूर उठा कर लाते रहे। 1880 ई. से 1917 ई. के मध्य लगभग 3,400 भारतीय बेलीज़ लाये गये।

आज बेलीज़ में लगभग 7,000 हिन्दुस्तानी मूल के लोग हैं, और हिन्दी भाषी भी कहीं–न–कहीं मिल सकते हैं।[1]

सन्दर्भ

1. मॉरिट्ज़ हसनख़ान और अन्य, द लिगेसी ऑफ़ इण्डियन इण्डेंचर : हिस्टॉरिकल एण्ड कण्टेम्परी ऐसपेक्ट्स ऑफ़ माइग्रेशन एण्ड डायस्पोरा, रूटलेज, 2016

जय सीरी राम

(सूरीनाम, दक्षिण अमरीका)

"चल सीरी राम देस! ऊहाँ सब कुछ मिली।"

"का बात कर रहे हो? सीरी राम?"

"हाँ–हाँ! सीरी राम।"

"जय सीरी राम!"

अरकाटी एजेण्टों ने सूरीनाम का नाम 'सीरी राम' रखा और शायद यही वजह रही कि लोग जहाज़ भर कर चल दिये।

मुंशी जी का सफ़र

मुंशी रहमान खान एक पढ़े–लिखे मुसलमान तो थे ही, धर्मनिष्ठ और आदर्श व्यक्ति भी। जब वह गिरमिटियों को हुगली नदी पर हिन्दूओं को अपने जनेऊ बहाते देख रहे थे, उन्हें बहुत दुःख हुआ और रोष भी। उन्होंने लिखा कि यहाँ लोग धर्म त्याग रहे हैं, पतित होते जा रहे हैं, कुछ भी खा रहे हैं, किसी के भी साथ सो रहे हैं। ये अपनी हिन्दुस्तानियत खोते जा रहे हैं। मुंशी जी ने अपनी जीवनी में लिखा कि वो जहाज़ पर गिरमिटियों को रामायण का पाठ कर सुनाते। वो मुसलमान थे, लेकिन पढ़े–लिखे थे, तो रामायण पढ़ सकते थे। तभी उनका नाम मुंशी पड़ा।

रहमान, हमीरपुर (यूनाइटेड प्रॉविंस) के भरखाड़ी गाँव के पठान थे। ज़ाहिर है कि ग़रीब मुसलमान थे, तभी सूरीनाम जाने की नौबत आयी।

जब 1898 ई. में वह हिन्दुस्तान से जहाज़ पर सूरीनाम पहुँचे, तो उन्हें बाकियों की तरह एक बागान भेजा गया। वहाँ उनके जत्थे में पाँच पुरुष और एक निचली जाति की हिन्दू महिला थी। अक्सर अकेली गिरमिटिया महिलाओं का स्वयंवर बागान पर ही रचाया जाता। बागान

के मालिक महिलाओं को अपना पति चुनने को कहते। रस्म के तहत उस हिन्दू महिला को भी अपना साथी चुनने को कहा गया तो उन्होंने रहमान को चुन लिया। सम्भवतः उन पाँचों में डील–डौल या अन्य गुणों में बेहतर रहमान रहे हों। पर यह अजीब स्वयंवर था और स्वयं रहमान इसके लिए तैयार न थे।

रहमान लिखते हैं कि यह उनकी इच्छा के विरुद्ध था और वह इस महिला से विवाहोपरान्त भी दूर ही रहे। पर वह जब भी भाग कर जाना चाहते, महिला चिल्ला उठती कि अब उसकी देखभाल कौन करेगा? एक दफ़ा जब वह अर्ज़ी लेकर ओवरसीयर के पास गये, तो उनकी पत्नी ने कह दिया कि उनके पेट में रहमान का बच्चा है। बागान के मैनेजर ने हुक्म दिया कि छह महीने तक बच्चे का ख़र्च उसे देना होगा। बिना सम्बन्ध के बच्चा सम्भव नहीं था और बच्चा कभी हुआ भी नहीं, पर रहमान को उन्हीं के साथ रहना पड़ा और धन भी देना पड़ा।

निश्चित रूप से रहमान साहब ने उन्हें आख़िर बागान से निकलते ही त्याग दिया होगा। इस कहानी में रहमान ही बेचारे नज़र आते हैं। पर एक स्त्री की दयनीयता पर तरस भी आता है कि ऐसी क्या हालत होगी कि अपनी सुरक्षा और देखभाल के लिए एक व्यक्ति बस यूँ ही चुन लेना। अपनी सुरक्षा के लिए बच्चे का ढोंग करना। जब रहमान खान ने छोड़ा होगा, तो उनका क्या हुआ होगा?

मुंशी रहमान ने अपना शुरुआती जीवन इस कविता में ख़ूब बयाँ किया–

"आये हम सब हिन्द से करन नौकरी हेत,
'गिरमिट' काटी कठिन से, फिर सरकारी खेत।
कमिश्नरी अलाहाबाद में जिल्ला हमीरपुर नाम,
बिम्बर थाना है मेरा मुकाम भरखाड़ी ग्राम।
सिद्धि–निद्धि वास भूमि की वर्षीस्वी पाये,
मास शत्रु तिथि तेरहवीं डच गयाना आये।
गिरमिट काटी पाँच वर्ष की कोठी रुस्तमलस्त,
सरदार रहेन वहाँ बीस वर्ष लौ नीचे मनेजर हार्स्ट।"

अपने बुन्देली और हिन्दी लेखन के लिए उन्हें सूरीनाम का 'आदि हिन्दी कवि' कहा जाता है।[1,2]

केट केलॉक का जहाज़ी विद्रोह

क्या हिन्दुस्तानी ऑफ़िसर भी जहाज़ पर होते थे? गर होते तो कितना अच्छा होता। ब्रिटिश राज के कई ऑफ़िसर भारतीय भी तो थे। तो जहाज़ पर भी जाते ही होंगे। इस खोज में मुझे सूरीनाम के एक जहाज़ का पता लगा जो 1874 ई. में सूरीनाम पहुँचा। जब इस जहाज़ की जानकारी ले रहा था, तो यह पता लगा कि इसके सर्जन सुपरिंटेंडेंट डॉक्टर बिपिन बिहारी दत्त थे। उन्होंने एडिनबरा (स्कॉटलैण्ड) से चिकित्सा की शिक्षा की प्राप्ति की थी। पर वो आख़िरी ऑफ़िसर थे। इनके बाद कोई भी भारतीय ऑफ़िसर किसी भी जहाज़ पर नहीं गया। यह बात मुझे चौंका गयी। भला ऐसा क्यों हुआ? डॉ. बिपिन बिहारी दत्त में ज़रूर कोई राज छुपा है।

सूरीनाम के साथ समस्या यह है कि सभी कागज़ और किताबें डच भाषा में हैं, और इनका कम्प्यूटर पर अनुवाद करना मेरे लिए एक कठिन कार्य था। पर इस जानकारी के तार एक महत्त्वपूर्ण पहलू से जुड़े थे। इसलिए ढूँढ़ने लगा।

क्या डॉ. दत्त को इन गिरमिटियों से हमदर्दी हुई? एक हिन्दुस्तानी ने क्या बाकियों की अन्याय से रक्षा की? मुझे लगता है कि ज़रूर की। मदद ही नहीं की, बल्कि इन गिरमिटियों को विद्रोह के लिए भड़काया भी।

इस जहाज़ पर सम्भवतः दो औरतों को लेकर अंग्रेज़ों से झगड़ा हुआ। एक दूसरी सम्भावना है कि डॉ. दत्त मज़दूरों पर अत्याचार से दुःखी थे, और इसका विरोध कर रहे थे। धीरे–धीरे यह विद्रोह संगठित हो गया। नाविकों और गिरमिटियों में युद्ध छिड़ गया। नाविक इन पर वार कर रहे थे। हड्डियाँ उठा कर इन पर फेंक रहे थे। पता नहीं, कौन–सी हड्डियाँ? पर ज़िक्र यही आता है कि गिरमिटियों पर हड्डियों से वार हो रहे थे। इस विद्रोह की जड़ में डॉ. दत्त ही थे जिन्होंने गिरमिटिया लोगों को ऑफ़िसरों की आज्ञा न मानने को कहा।

गिरमिटियों में यह अफ़वाह भी फैल गयी कि सूरीनाम पहुँचते ही उनका गला काट कर समन्दर में फेंक दिया जायेगा। इस बात ने विद्रोह को और भड़का दिया।

आख़िर यह विद्रोह शान्त हुआ और जहाज़ सूरीनाम पहुँचा, पर डॉ. बिपिन बिहारी दत्त पर अभियोग लगा। उन पर यह आरोप लगाया

गया कि उन्होंने जहाज़ के स्टोर से शराब गिरमिटियों और नाविकों में बाँटी थी। इसका सत्य मुझे पता नहीं। डॉक्टरों द्वारा बीमार गिरमिटियों को 'ब्राण्डी' पिलाना कोई नयी बात नहीं थी, और डॉ. दत्त ने अगर पिलायी भी तो यह बड़ी गलती नहीं थी। सम्भव है यह आरोप बनावटी हो, या ऐसा सचमुच हुआ हो। पर डॉ. दत्त को बीच रास्ते में ही एक द्वीप (सेंट हेलेना?) पर परिवार सहित उतार दिया गया और वापस लन्दन भेज दिया गया। उसके बाद किसी भी भारतीय ऑफ़िसर की जहाज़ पर बहाली नहीं हुई।

यह जहाज़ अवश्य श्रापित हो गया। 1878 ई. में एक एक्सीडेण्ट में यह जहाज़ सैन फ्रांसिस्को से चलने के बाद समुद्र में डूब गया।[3,4,5]

बाबा और माई

सूरीनाम दक्षिण अमरीका के उत्तर में एक छोटा–सा देश है। सोलहवीं शताब्दी में यह ब्रिटिश उपनिवेश था। फिर 1667 ई. में इस पर डच (नीदरलैण्ड) ने कब्ज़ा कर लिया और यहाँ चीनी और कॉफ़ी का उत्पादन शुरू किया। तमाम ग़ुलाम रखे गये, ख़ासकर यहाँ के मूल निवासी 'अरोवाक इण्डियन्स' और बाद में अफ्रीकी ग़ुलाम। 1795 ई. में यह फ्राँस के कब्जे में चला गया और उनकी अनुमति से ब्रिटिश लोगों ने इसे सँभाला। पर 1813 ई. में नेपोलियन की हार के बाद नीदरलैण्ड के राजा विलेम I ने इस पर फिर से कब्ज़ा कर लिया। यह तो पक्का है कि इस धरती में धन था, तभी इतनी शक्तियों ने इसे अदल–बदल कर कब्ज़े में रखा। 1863 ई. में यहाँ ग़ुलामी प्रथा का अन्त हो गया।

सूरीनाम में जब ग़ुलामी प्रथा का अन्त हुआ तो मज़दूर बाहर से ही लाये जा सकते थे। पहले तो कुछ डच किसान लाये गये ग्रोनिंगन शहर से। उनमें आधे मर गये। फिर इण्डोनेशिया से कुछ चीनी मज़दूर मँगाये, जो पाँच साल का एग्रीमेण्ट पूरा कर भाग गये। कोई सूरीनाम में बसने को तैयार ही न था। कुछ पुराने अफ्रीकी ग़ुलामों को भी दस साल के कॉन्ट्रैक्ट पर रखा गया। वो भी दस साल पूरा कर निकल लिए। अब एक ही रास्ता था, हिन्दुस्तान!

ब्रिटिश भारत से मज़दूर लाना एक डच कॉलोनी के लिए आसान न था। पर ब्रिटिश तो मज़दूर बेचते थे। जैसे फ्रांस को बेचा, वैसे ही

नीदरलैण्ड को। कलकत्ता में नीदरलैण्ड का दूतावास पहले से था, इसलिए यह व्यापार सुलभ था। पर इस पूरी गिरमिटिया पद्धति के लिए उन्हें ब्रिटिश एजेण्टों और अरकाटियों पर ही निर्भर रहना था।

अरकाटी एजेण्टों को समझने में डच लोगों को वक़्त लगा, और शुरुआत में डच लोगों को इन एजेण्टों ने आड़े–हाथों लिया। 1873 ई. से 1888 ई. तक यह नियम था कि एक बार मज़दूर डिपो आकर अगर भाग जाये, मना कर दे, 'अनफिट' हो जाये, या मर जाये, तो भी एजेण्टों को पूरी रकम दी जायेगी। पर बाद में यह नियम ख़ारिज कर दिया गया, क्योंकि इससे डच लोगों को काफ़ी घाटा होने लगा। वो अब बस साठ प्रतिशत एडवांस देते कि मज़दूर को एजेण्ट पकड़ कर लायें, उनका खाना–पीना और भाड़ा निकल जाये। पक्की बहाली होने पर ही बाक़ी के चालीस प्रतिशत मिलते।[6] यह घाटे का सौदा था। फिर भी अरकाटी डच लोगों के पास ही आना पसन्द करते। इसका कारण कुछ और था। एक ब्रिटिश अधिकारी ने शिकायत की कि डच हमारी कॉलोनी के लिए लाये गये मज़दूर उठा रहे हैं। वो अरकाटियों को कहते हैं कि मैं तीस रुपये अधिक दूँगा, हमारे जहाज़ जल्दी भर दो।[7] इस कमीशन के चलते डेमेरारा के लिए लाये मज़दूरों को सूरीनाम के जहाज़ पर चढ़ा दिया जाता। भोले–भाले हिन्दुस्तानी गिरमिटियों को क्या फ़र्क़ पड़ता? डेमेरारा हो या सूरीनाम।

कलकत्ता के पहले सूरीनाम एजेण्ट विलियम डरहैम थे, पर उनसे सूरीनाम के अधिकारियों को कई शिकायतें थीं। वह ढंग के मज़दूर नहीं भेजते। उन पर यह भी इल्ज़ाम था कि उनकी पत्नी और बेटी ही सारा काम सँभालती थीं। आख़िर 1875 ई. में उनको हटाकर एक डच व्यक्ति वान कस्टम को एजेण्ट बनाया गया।[8] वान कस्टम ने जहाज़ पर और सूरीनाम के कैम्पॉन्ग (बैरकों) में बेहतर प्रबन्ध के लिए कई कार्य किये।

सूरीनाम के मज़दूरों को 'नयी गुलामी' के तहत शायद पूरी तरह न रखा गया हो क्योंकि यहाँ आने वाले अधिकतर लोग अपनी मर्ज़ी से आये थे। जब सूरीनाम में प्रवास शुरू हुआ, तब तक फिजी और मॉरीशस कई जहाज़ जा चुके थे। उन्हें फ़ायदे–नुक़सान का इल्म था। हालाँकि कुछ लोगों ने यह शिकायत की कि उन्हें 'भरमाय दिहिस' यानी ठग लिया गया।[9]

आख़िर 5 मई, 1873 ई. में "लालारूख" जहाज़ सूरीनाम की राजधानी परामरीबो के तट पर पहुँच ही गया।

जब भारतीय उतर रहे थे तो सूरीनाम के पुराने अफ़्रीकी क्रियोल ग़ुलाम चिल्लाये–

"जोबो तानबासी"

इसका अर्थ था, गोरे अब भी राजा हैं। हमारी ग़ुलामी ख़त्म हुई, इनकी आयी।

यह जिस जगह उतरे, उसे 'कुली डिपो' कहा जाता है, जहाँ अब दो मूर्तियाँ लगी हैं 'बाबा एन माई' जो एक पुरुष और एक महिला गिरमिटिया की मूर्ति है। यहाँ हर 5 मई को जश्न मनता है।

'लालारूख' जहाज़ में 296 ब्रज, 75 अवधी, 49 भोजपुरी और मगही, 14 बंगाली, 2 मराठी–गुजराती, 1 ओड़िया, 1 राजस्थानी, 1 पंजाबी, 1 छत्तीसगढ़ी और 5 अज्ञात अंचलों से थे।[10] इनमें कई जातियों के और हिन्दू–मुस्लिम दोनों धर्मों के लोग थे। निचली जाति के लोग अधिक थे। ब्राह्मण और क्षत्रिय वर्गों से भी कुछ लोग थे, पर उन्होंने हुगली में अपने जनेऊ बहा दिये और कहा–

"हे गंगा माता हम लोग अपने धर्म, प्रिय पवित्र संस्कार आपको अर्पण कर शूद्र बनकर विदेश जाते हैं। लौटेंगे तो फिर धारण करेंगे, नहीं तो जै हरिहर।"

डच लोगों और ब्रिटिश लोगों में एक फ़र्क़ ये था कि डच निर्दयी कम थे। उनके जहाज़ों पर इन्तज़ामात होते। एक यूरोपी मूल का अच्छा डॉक्टर होता। एक अनुवादक होता जो डच लोगों और मज़दूरों के बीच दुभाषिए का काम करता। खाने–पीने का भरपूर इन्तज़ाम होता। 500 लीटर स्वच्छ पानी रोज़ मँगाया जाता। इसके अलावा मज़दूरों के कमरे में स्वच्छ हवा के भी इन्तज़ामात होते। मज़दूरों की मृत्यु दर 7 प्रति हज़ार थी, जो बाक़ी द्वीपों की अपेक्षा कम थी।

इस सन्दर्भ में एजेण्ट जनरल रूजवेल्ट का ज़िक्र भी ज़रूरी है जो इतने सहृदय थे कि जहाज़ से उतरते ही बच्चों को गोद में ले लेते। उस समय फिरंगियों का यूँ कुली के बच्चों को गोद में लेना बड़ी बात थी। उन्हें सब 'कुली पापा' बुलाते। जब भी किसी को शिकायत होती, वो परामरीबो

के उनके घर पर आकर अपनी समस्याएँ सुनाते। ऐसे ही एक डॉ. रोमैन का ज़िक्र आता है, जो अक्सर जहाज़ पर होते और अच्छी हिन्दी बोलते।[11]

सूरीनाम में मज़दूरों का अलग तरह से विभाजन होता–एक सक्षम शरीर, दूसरा अक्षम शरीर। सक्षम शरीर वाले तन्दुरुस्त वयस्क पुरुष थे, जिनका वेतन साठ सेंट रोज़ था। अक्षम शरीर वाले कमज़ोर वयस्क, महिलाओं और दस से सोलह वर्ष के किशोरों को चालीस सेंट रोज[12]। यह इसलिए महत्त्वपूर्ण है क्योंकि भर्ती से पहले ऐसी जानकारी अरकाटी एजेण्ट नहीं देते। इस विभाजन के बाद मज़दूर अलग–अलग बागान भेजे जाते।

सूरीनाम की सबसे बड़ी सुगर कम्पनी NHM (नीदरलैण्डशे हांडोल मातशापिज) थी, जिनका बड़ा बागान मारिएनबर्ग में था। इसके अलावा जोएलेन में भी बड़ा बागान था। हिन्दुस्तानियों का हर बागान में वर्चस्व बढ़ने लगा और अफ्रीकी पूर्व गुलामों का घटने लगा। जहाँ 1873 ई. में लगभग 15,000 क्रियोल मज़दूर थे, वहीं वो घटकर 1913 ई. तक बस 500 रह गये। यह स्पष्ट करता है कि कैसे भारतीयों ने सूरीनाम में अपना सिक्का जमाया और वहाँ के मूल और पूर्व वासियों पर वर्चस्व पाया। हालाँकि इसका मूल कारण यह भी था कि क्रियोल बागान मालिकों के लिए सरदर्दी ही थे। वो आक्रामक थे और काम ढंग से नहीं करते। वहीं भारतीय आज्ञा पालन कर, दब कर काम करते।[13]

एक और बात पता लगती है कि यहाँ दण्ड डच क़ानून से ही दिया जाता और दण्ड अन्य द्वीपों की अपेक्षा नरम थे। बल्कि मज़दूर कारावास जाना चाहते ताकि वहाँ आराम कर सकें। कारावास तोड़ कर भागने का भी ज़िक्र है। बागान से भागना भी आम था। एक रिपोर्ट के अनुसार, सूरीनाम के गिरमिटिया* काल में कुल 227 लोग भाग गये। एक बार कई मज़दूर भाग कर मारिएनबर्ग के पास के जंगलों में चले गये। वहाँ वो ढेर सारी मुर्गियाँ चुरा कर गये, और मक्के भी उगाने लगे। जब ऑफ़िसरों ने उन्हें पकड़ा तो इतना इन्तज़ाम देख कर दंग रह गये।

हालाँकि गौर करने की बात यह भी है कि हिन्दुस्तानी भले ही सूरीनाम की डच कॉलोनी में थे, पर वह ब्रिटिश इण्डिया के नागरिक थे।

---

* सूरीनाम में 'कन्त्राकी' शब्द उपयोग में रहा जो डच 'कॉन्ट्रैक्ट' से बना है।

इसका क़ानूनी अर्थ यह था कि वह डच के ग़ुलाम नहीं थे, और इसलिए विरोध कर सकते थे, और करते भी थे। 1897 ई. में कई गिरमिटिया महिलाओं ने रेल की पटरी पर लेट कर विरोध किया। 1899 ई. में मज़दूरों ने मारिएनबर्ग के गन्ने के खेतों में आग लगा दी। यह छिट–पुट विद्रोह थे, जिनका कुछ ख़ास ज़िक्र भी नहीं मिलता। पर कुछ विद्रोहों का अन्त वीभत्स हुआ।[14]

जॉर्ग एन हूप विद्रोह, 1884 ई.

जॉर्ग एन हूप सूरीनाम का एक स्कॉटिश बागान था, जिसमें लगभग 400 मज़दूर थे। यहाँ के लोग एक ओवरसीयर नॉट से त्रस्त थे कि वो बहुत अधिक काम लेते हैं, और वेतन उस हिसाब से कम था। एक दिन जब पानी सिर के ऊपर से गुज़रा, चार हिन्दुस्तानियों ने ओवरसीयर को पकड़ कर पीट दिया। बस फिर क्या था, कमिश्नर उन्हें सज़ा देने बागान पहुँचे। लेकिन तब तक विद्रोह ज़ोर पकड़ चुका था। लगभग सौ भारतीय डण्डे और कुल्हाड़ी लेकर इन्तज़ार में थे। इनका नेतृत्व रामजनी नामक पुरुष और जानी तेतरी नामक महिला कर रही थी। रामजनी हिन्दू थे और जानी तेतरी मुसलमान।

उनका आक्रोश देख कर कमिश्नर उल्टे पाँव लौट गये। दो दिन बाद वो लगभग पचास फ़ौजियों को लेकर 'कुली लाइन्स' आये। फ़ौजी ढोल बजा कर उन्हें डरा रहे थे और सभी मज़दूर चिल्ला रहे थे–

"आवा! हिम्मत है तो आवा!"

जानी तेतरी 1880 ई. में मनेर (पटना) से अपने दस वर्ष के बच्चे के साथ गिरमिटिया बन कर आयी थी। बाद में उन्होंने एक हिन्दू बच्चे को भी गोद लिया था, वह एक दबंग महिला थीं जिसकी सब इज़्ज़त करते। अकेली मुस्लिम महिला के लिए जहाज़ का यह लम्बा सफ़र करना ही उनकी आत्म–शक्ति को दर्शाता है।

उनके नेतृत्व में महिलाओं ने पत्थर, बोतलें, ढेले इकट्ठे कर रखे थे और जैसे ही फ़ौज आयी, उन्होंने ढेले बरसाने शुरू किये। आख़िर में इस विद्रोह में जानी तेतरी की पीठ पर गोली लगने से मृत्यु हो गयी। उनके साथ छह और हिन्दुस्तानी शहीद हुए। रामजनी ने नदी में कूद कर

आत्महत्या की कोशिश की, पर उन्हें पकड़ लिया गया। इस विद्रोह के पश्चात मशहूर 'कुली पापा' रूजवेल्ट ने आकर हिन्दुस्तानियों के आक्रोश को शान्त किया।[15]

हाल में परामरीबो में एक अंग्रेज़ जनरल ल्योन की मूर्ति* हटाकर जानी तेतरी की मूर्ति लगायी गयी। इस मूर्ति का सूरीनाम में एक अंग्रेज़ की मूर्ति हटा कर लगना आख़िर क्या कहता है? मेरी नज़र में तो यह प्रतीकात्मक विजय से अधिक उस महिला का अन्ततः सम्मान है, जिसे इस इतिहास ने ही भुला दिया था।

(जानी तेतरी की मूर्ति, चित्र सौजन्य : पवन और मोती माड़े)

---

* अंग्रेज़ जनरल ल्योन की मूर्ति एक भारतीय शीतल प्रसाद जी ने ही लगवायी थी, क्योंकि उनके मधुर सम्बन्ध थे।

मुहर्रम विद्रोह, 1891 ई.

कई गिरमिटिया द्वीपों पर मुहर्रम अब नहीं मनाया जाता। इसकी वजह है मुहर्रम के दौरान हुई मौतें।

मुहर्रम मुस्लिमों का महत्त्वपूर्ण पर्व है, जिसे 'हुसैनी' भी कहा जाता है। इस दौरान सभी धर्मों के गिरमिटिया अस्त्र–शस्त्र लेकर 'ताजिया' निकालते। बाँस और काग़ज़ के बने ताजिया को कौन आख़िर पहले जल में विसर्जित करेगा, इसके लिए लड़ाइयाँ होतीं। यह एक ऐसा वक़्त था, जिसमें गिरमिटिया अपने अन्दर छुपा क्रोध निकालते। यह हर साल होता, पर 1891 ई. में माहौल गरम हो गया।

गिरत्रूदेनबर्ग, जोलेन और मारियनबर्ग के जुलूसों के बीच रास्ते को लेकर लड़ाई ठन गयी। इसको रोकने जब अधिकारी अपनी फ़ौज के साथ आये, तो सब एकजुट होकर उनसे ही भिड़ पड़े। उनमें से कुछ को पकड़ कर कोर्ट ले जाया गया। बस, फिर क्या था? लोगों ने एटॉर्नी जनरल के ऊपर पत्थर वग़ैरह फेंकना शुरू कर दिया। आपस की लड़ाई ख़त्म हो चुकी थी और प्रशासन से लड़ाई शुरू। पुलिस ने जब बन्दूक के पिछले हिस्से से उन्हें धकेलना शुरू किया, तो उन पर ढेले बरसाने लगे। आख़िर गोली चलायी गयी और पाँच गिरमिटिया मर गये।

इस गोली–काण्ड के बाद कई मज़दूर परिवार सहित भाग कर जंगलों में छुप गये, पर आख़िर उन्हें मना कर ले आया गया।[16] यह मनाने का कार्य 'कुली पापा' रूजवेल्ट का था, जिनकी कुछ दिनों बाद मृत्यु हो गयी। उनके शव जुलूस में सैकड़ों हिन्दुस्तानी मीलों चल कर गये।

इस गोली–काण्ड का बदला अगले ही महीने शेख़ अब्दुल नामक एक कन्त्राकी ने लिया, जिसने बागान के मालिक जैगलस्ट को मार डाला। शेख़ अब्दुल को फाँसी की सज़ा हुई।

मारियनबर्ग जनसंहार, 1902 ई.

गन्ने की फैक्ट्रियों में हल्के–फुल्के विरोध आम थे और उनको कुचलना भी। पर उस दिन कुछ अलग ही आयोजन था मारियनबर्ग की फैक्ट्री में। 1873 ई. से सूरीनाम में लगभग दस बड़े विद्रोह हुए, जिनमें यह सबसे बड़ा था।

यह जुलाई का महीना था। सुबह से मज़दूर काम छोड़कर संगठित होकर हड़ताल पर बैठे थे। पुरुष–महिला सभी एकत्रित होकर आवाज़ बुलन्द

कर रहे थे। इनका नेतृत्व कोई कर रहा था या नहीं, यह नहीं पता। मुद्दा था–कम वेतन। गन्ने से डच कमाई घट रही थी, और मज़दूरों का वेतन भी घटाया जा रहा था। मैनेजर मावर काफ़ी यातनाएँ भी देते थे। एक ब्रिटिश राजदूत विन्डहैम ने लिखा कि चुमरू, माताबादल और अब्दुल को लोहे की छड़ों से मारा गया था, जिससे उनके बदन पर कई घाव हो गये थे।

ऐसे में विद्रोह अवश्यम्भावी था।

आख़िर फैक्ट्री के निदेशक मैवर घोड़े पर सवार होकर आये और उन्होंने कुछ वेतन बढ़ाने का आश्वासन दिया। पर मज़दूर नहीं माने और कहा कि कलक्टर से मिलना चाहते हैं। तीन मज़दूरों को कलक्टर से मिलने का 'पास' भी दिया गया। पर जैसे ही मैवर वापस जाने लगे, मज़दूरों ने गन्ने की डण्डियों से ही आक्रमण कर दिया। मैवर घोड़ा भगाकर भागने लगे, और उनके 'ओवरसीयर' भी ट्रेन से भागने लगे। पीछे दो सौ मज़दूरों की भीड़ "मारो, मारो!" चिल्लाती आ रही थी। ऑफ़िस से जब पुलिस को फ़ोन करने की कोशिश की, मज़दूरों ने फ़ोन के तार काट दिये, पोल उखाड़ दिया। आख़िर फैक्ट्री में घुस कर उन्होंने मैवर को मौत के घाट उतार दिया। मैवर को मारने के पीछे एक कारण शायद यह भी था कि वो महिलाओं का यौन–शोषण करता था।

यह घटना सुन कलक्टर 121 फ़ौजियों के साथ आये और कुछ लोगों को गिरफ़्तार कर लिया। पर इससे मज़दूर और भड़क गये और वहीं ऑफ़िस और फैक्ट्री के बीच पुल पर जमा हो गये। इसी पुल पर खड़े हड़ताली मज़दूरों पर बेरहमी से ताबड़तोड़ गोलियाँ चलायी गयीं और लगभग 24 गिरमिटियों की मृत्यु हो गयी। इन लाशों को बिना किसी निशानी के दफ़ना दिया गया। उन पर फूल चढ़ाने के लिए भी कोई एक निश्चित ज़मीन अब नहीं है। वह सब बेनाम मर गये।[17]

2006 ई. में इन गिरमिटिया शहीदों का स्मारक बनाया गया। भारतीय विदेश मन्त्रालय को इन मृतकों के नाम और गाँव के नाम भी भेजे गये। सन् 2012 में बेंजामिन मित्रसिंघ नामक एक पुरातत्वविद् ने इन क़ब्रों को खुदवाने की इजाज़त ली, और सम्भवतः इस रहस्य पर से अब पर्दा उठ जाये कि आख़िर लाशें कहाँ दफ़्न हैं।

1902 ई. में ही जुम्पा रायगुरु के नेतृत्व में एलायंस बागान पर विद्रोह हुआ, जिसे बाद में शान्त कराया गया।[18] बाद में 1910 ई. में जतन नामक

एक हिन्दुस्तानी सिपाही पर संगठित विद्रोह का आरोप लगा और कई लाठियाँ भी परामरीबो के एक खेत में पड़ी मिलीं, पर यह विद्रोह कभी हुआ ही नहीं। यह भी तथ्य मिलते हैं कि विद्रोह गन्ने की फैक्ट्री पर अधिक हुए और कॉफ़ी या कोकोआ बागानों पर कम। ज़ाहिर है कि गन्ने के बागानों पर जीवन सबसे कठिन था।

सरनामी–भोजपुरी का यह गीत किसने लिखा पता नहीं। पर, इनकी कहानी ख़ूब बयाँ करता है।

"लल्लारूख जहजवा पे देखत–देखत सपना,
कन्त्राकीरे बनके हम तो, संग चले सरनमवा।

कलकत्ता के डिपो से, जब मुल्क जहजवा पे गइली रे।

खेती–बाड़ी मेहनत करके सुनली बहुत रे बतिया,
सब सह–सह के हम चुप रहली,
बढ़इली बाकी देसवा।

साथ–साथ घर–दुआर बनइली, जिनगी अब हियाँ काटब रे।
तू भी रहिए, हम भी रहबे, देश हमार सरनाम रे।"

(मारियनबर्ग एस्टेट में मोती माड़े, चित्र उन्हीं के सौजन्य से)

सूरीनाम की महिलाएँ

"बुढ़बा है घरे?"

–सूरीनाम की एक लोकप्रिय लोकोक्ति*

डच लोगों ने अपने ब्रिटिश सरकार से ऐग्रीमेण्ट में यह बात स्पष्ट लिखी कि उन्हें महिला–पुरुष में 40/60 का अनुपात चाहिए। किन्तु यह बात काग़ज़ी रह गयी। फिर भी अन्य द्वीपों की अपेक्षा सूरीनाम में महिलाओं का प्रतिशत कुछ बेहतर रहा। अरकाटी एजेण्टों के लिए यह अनुपात रखना कठिन था। उन्होंने सूरीनाम के अधिकारियों को मनाने की कोशिश की कि भारतीय महिलाएँ जो बाहर जाना चाहती हैं, वह सम्भव है कि सभी वेश्याएँ हों, और तमाम गुप्त रोग लायें। पर वेश्या वाली बात पूरी तरह सच नहीं थी। कई विधवा भी पति की मृत्यु के बाद अपने घर में घुट रही थीं, और भागना चाहती थीं। लेकिन मूल रूप से यह दोनों ही (विधवा और वेश्या) बागान–मालिकों को पसन्द नहीं थीं। उन्हें लगता कि यह काम कम करेंगी और पुरुषों को अधिक भटकायेंगी।[19]

प्रश्न यह है कि क्या सचमुच आप्रवास नारी–मुक्ति का वाहन था? कुछ हद तक। 1898 ई. के 'एवन' जहाज़ से आयी मताई चतरपल्ली सूरीनाम आकर अपने पति से बिछुड़ गयी। जब वह 1904 ई. में आज़ाद हुई, उसने यह पता करने की कोशिश ही नहीं की कि उसके पति का क्या हुआ? सम्भव है कि उसका किसी और से सम्बन्ध बन गया हो, या वह भारत में थोपे गये सम्बन्ध से मुक्ति चाहती हो।

सूरीनाम की महिलाओं के चित्र में यह स्पष्ट नज़र आता है कि लम्बे–तगड़े गोरे पुरुषों का विवाह औसतन नाटी और श्याम–वर्णी महिलाओं से भी हुआ। महिलाएँ कई आभूषण पहनतीं, गाँजा भी पीतीं। कुछ महिलाओं के एक से अधिक पति भी थे। वो अपने से दुगुनी उम्र के पुरुषों से विवाह करतीं, क्योंकि उनके पास अधिक धन होता। तभी यह मुहावरा बना–"बुढ़वा है घरे?"

इन बातों से यह लगता है कि काफ़ी हद तक अपनी शर्तों पर जीती थीं। हालाँकि उन्होंने अपने बेटियों में भारतीय संस्कृति के बीज बोये, और अक्सर उनसे सख़्ती से पेश आतीं। ख़ासकर 1920 ई. के बाद एक

* प्रो. चान चुनी से बातचीत में।

'इज़्ज़तदार' मुहिम चली जिसमें लड़कियों को अपनी इज़्ज़त सँभालनी होती और ग़ैर–मर्दों से या विवाह से पहले सम्बन्ध वर्जित थे।

(जानकी, एक सरनामी महिला। चित्र : मोती माड़े के सौजन्य से)

वहीं दूसरी ओर, अन्य द्वीपों की तरह यहाँ भी महिलाओं का यौन और घरेलू शोषण हुआ। यह सिलसिला जहाज़ से ही शुरू होता और ईर्ष्यावश हत्याएँ द्वीप पर भी आम थीं। ख़ासकर एक जशोदा नाम की महिला को पेट्रोल डाल कर जलाने की बात वर्णित है।[20] 1907 ई. में एक जहाज़ पर एक सात–आठ साल की छोटी बच्ची सरोदा के साथ आरनॉल्ड बामर नामक ऑफ़िसर ने बलात्कार किया और फिर कुछ बिस्कुट देकर वापस भेज दिया। सरोदा अपने पिता के साथ जहाज़ पर आयी थी, और एक जिज्ञासु बच्चे की तरह अकेली घूमती रहती थी। ऐसे बच्चे आसान शिकार थे, ख़ासकर अगर माँ साथ न हो और पिता से अलग अन्य अनजान महिलाओं के साथ सोना हो। जहाज़ पर बच्ची द्वारा शिकायत और गवाही के बाद भी बामर पर कोई कार्रवाई नहीं की गयी। बल्कि बच्ची के पिता ने भी इस पर ख़ास ध्यान नहीं दिया। शायद वह नियति को स्वीकार चुके थे। एक और अजीब वाक़या है। एक महिला को उसके पति ने स्वयं ही पहले किसी और व्यक्ति के पास सोने भेजा, ताकि वह अपने क़र्ज़ उतार सके। जब वह वापस लौटी तो उसने आत्मग्लानि और क्रोध से अपनी पत्नी के दोनों हाथ काट दिये।[21]

गिरमिटिया युग के बाद

1873 से 1916 ई. के बीच कुल 34,000 मज़दूर हिन्दुस्तान से लाये गये। इनमें से कई लोग कॉन्ट्रैक्ट पूरा कर भारत भी लौटे, पर कुछ 23,000 लोगों ने यहीं रहने का इरादा कर लिया।

1910 ई. में पण्डित शीतल प्रसाद दुबे नामक ब्राह्मण गिरमिटिया के नेतृत्व में एक 'सूरीनामीज़ इमीग्रेंटेन वेरीनीगिंग' नामक आप्रवासी संगठन बना। शीतल प्रसाद जी एक तेज़–तर्रार व्यक्ति थे। उनकी विधवा माँ अपने पति की मृत्यु के बाद भारत से भाग कर सूरीनाम आ गयी थीं। उनकी माँ ने कभी खेती–बाड़ी की नहीं थी, तो उन्हें अस्पताल में नर्स की नौकरी मिल गयी। शीतल प्रसाद भी बाक़ी गिरमिटियों से अलग रह कर अच्छा पढ़–लिख गये और परामरीबो में मकान लेकर शहरी बाबू बन गये। वो मज़दूरों के लिए भगवान सरीखे थे, जिनके पास लोग शिकायतें लेकर आते। वो शीतल महाराज कहलाते। दुबे सूरीनामी अधिकारियों के मुख्य दुभाषिए थे,

जिन्हें जहाज़ पर वापसी मज़दूरों के साथ ही भेजा जाने लगा। उनका काम भारत से मज़दूर लाने में सहयोग देना भी था। इस मामले में यह शायद इकलौता उदाहरण हो जब एक भारतीय ही किसी विदेशी का एजेण्ट बन कर गिरमिटियों की बहाली करे। इसकी वजह यह भी थी कि उनको एजेण्ट जनरल ल्योन ने स्वयं अपना दत्तक–पुत्र बना लिया था।

उस समय भारत में इस प्रथा के ख़िलाफ़ आन्दोलन तेज़ था। शीतल दुबे जी को 1913 ई. में डच अधिकारियों ने तमाम सब–डिपो भेजा, जहाँ उन्होंने यह विश्वास दिलाया कि सूरीनाम में भारतीयों की हालत अच्छी है। और इसी कारणवश 1914 ई. में 45 लोगों की आख़िरी खेप आयी भी। पर अब यह सब ख़त्म होने वाला था। 1916 ई. में महात्मा गाँधी और कई अन्य राजनेताओं की पहल पर गिरमिटिया भारत से भेजना बन्द कर दिया गया। 1920 ई. में आख़िरी बार शीतल प्रसाद जी भारतीय नेताओं जैसे मदन मोहन मालवीय जी से मिलने गये। उन्होंने कहा कि गर यह प्रथा बन्द हुई, तो सरनामी हिन्दुस्तानी कमजोर पड़ जायेंगे। कई लोगों ने ज़मीनें ख़रीद ली हैं, वहीं बस गये हैं। ऐसे में अधिक–से–अधिक हिन्दुस्तानी हों, तो सूरीनाम पर हमारा वर्चस्व रहेगा। उनकी कुछ सुनी भी गयी। और शीतल प्रसाद जी शायद 1920 ई. में अपने साथ कुछ गिरमिटिया भी लेकर आये। लेकिन इस ख़बर की पुष्टि नहीं हो सकी।[22]

भारतीय जब आने बन्द हुए तो तक़रीबन 33,000 लोग इण्डोनेशिया से मँगाये गये। इण्डोनेशिया एक डच कॉलोनी थी, इसलिए यह आसान था। मेरे मन में यह प्रश्न आया कि पहले भी क्यों इण्डोनेशिया के बदले भारत से मँगाये गये? क्या भारतीय मज़दूर सस्ते थे? या बेहतर थे? शायद दोनों ही कारण थे।

2012 सेन्सस के अनुसार, सूरीनाम में कुल 1,48,443 भारतीय मूल के नागरिक हैं। डच यानी नीदरलैण्ड के लोग इन्हें 'हिन्दुएस्तानेन' नाम से बुलाते हैं। कुछ लोग इन्हें 'कलकतिया' भी कहते हैं, क्योंकि ये अधिकतर कलकत्ता से लाये गये थे। मूलतः बिहार और उत्तर प्रदेश से। सूरीनाम में जो भारतीय रुक गये, उनमें अधिकतर अपनी खेती करने लगे। अपना एक झोंपड़ा बनाने लगे। यह ख़ासकर 1895 ई. के बाद सुलभ हो गया जब सरकार उनको कॉन्ट्रैक्ट ख़त्म होने पर ज़मीन देने लगी।

ज़मीन के अलावा रुकने वालों को सौ गिल्डर की राशि भी मिलती। हालाँकि ज़मीन अधिक न थी तो उन्हें अल्प समय के लिए बागान पर भी काम करना ही होता। लेकिन धीरे–धीरे चीनी का धन्धा मन्दा हो गया। गन्ने के खेत कम होते गये। 1863 ई. में जहाँ 80 बागान थे, 1940 तक घट कर बस 4 रह गये।

अब भारतीयों ने धान की खेती शुरू की। सूरीनाम के उत्तर–पश्चिमी निकेरी इलाके में कई भारतीयों के खेत थे। वह ज़मीन भी ख़रीदने लगे, और उद्यमी कृषक बनते गये। हालात ये हो गये कि 1940 ई. तक सूरीनाम की 90% खेती इन भारतीयों के हाथ में आ गयी। इसका एक कारण प्रथम विश्व युद्ध के दौरान विश्व में चावल की माँग भी थी। सूरीनाम के भारतीयों ने इस दौरान काफ़ी चावल उपजाया और बेचा, जिससे वो समृद्ध हुए।

सरनामी भारतीयों ने अपना एक गाँव पंचायत भी बनाया, और वो 'गाँव का नेता' चुनते। अगर कोई किसी लड़की को परेशान करता या ऐसी ग़लती करता, उसे 'कुजात' बना कर गाँव से निकाल दिया जाता। बाद में कुछ धन से भरपाई कर वो गाँव वापस लौटता। एक और बात कहनी ज़रूरी है कि महिलाओं की कमी की वजह से कई पुरुष कुँवारे रह जाते, जिन्हें 'मुगलिसिया' कहा जाता। ये परिवार के चाचा–ताऊ की तरह बच्चे सँभालते, और गाँव के अन्य कार्य देखते।

हालाँकि यह भी सच था कि आर्थिक समृद्धि के बावजूद भारतीयों की सामाजिक हैसियत गोरों और अफ़्रीकी लोगों से नीचे ही थी।

द्वितीय विश्वयुद्ध के समय सूरीनाम पर जर्मनी का कब्ज़ा हो गया और उनका बड़ा जहाज़ 'गॉस्लर' परामरीबो में खड़ा किया गया। पर सूरीनाम के मूल निवासियों और सम्भवतः भारतीयों ने भी मिलकर आक्रमण कर दिया। जहाज़ के कैप्टन को जानबूझ कर अपना ही जहाज़ डुबो देना पड़ा। अब भी उस डूबे जहाज़ के कुछ अवशेष वहाँ मिलते हैं।

द्वितीय विश्वयुद्ध के बाद भारतीयों की सामाजिक स्थिति बेहतर होने लगी। उनके बच्चे स्कूलों में पढ़ने लगे और धीरे–धीरे भारतीयों का एक प्रबुद्ध समाज तैयार हुआ जो गोरों और अफ़्रीकियों से कन्धा मिलाकर चलने लगा।

अब वह गाँवों से उठकर शहर आने लगे। 1964 ई. तक राजधानी परामरीबो में लगभग 32 प्रतिशत जनसंख्या हिन्दुस्तानियों की हो गयी। शहर आने वालों का एक बड़ा प्रतिशत मुसलमानों का था। हिन्दू अब भी गाँवों में ही अधिक थे।[23] धीरे–धीरे बॉक्साइट से समृद्ध यह देश दुनिया के सबसे धनी देशों में एक बन गया।

यह सोचकर ताज्जुब होता है कि आज के मशहूर बैंक ABN (Amro) के बनने में इन भारतीय गिरमिटियों का ही ख़ून–पसीना लगा था। इस बैंक की शुरुआत उसी सुगर कम्पनी NHM से हुई, जिसका ज़िक्र मैं कर चुका हूँ। हिन्दुस्तानी मज़दूर इसी कम्पनी में मज़दूरी के लिए बुलाये गये थे। यही NHM 1964 ई. में 'ट्वेंशे बैंक' से मिलकर ABN बैंक बना। उसी साल इसका एक यूनिट AMRO बैंक भी बना। यह अब नीदरलैण्ड और सूरीनाम के बड़े बैंक हैं, जिसकी शाखायें भारत में भी हैं।

सूरीनाम में धर्म

सूरीनाम में भारतीयों में 70 प्रतिशत हिन्दू हैं, बाक़ी मुसलमान और कुछ ईसाई बन गये।

सूरीनाम की यह भी ख़ासियत रही कि यहाँ हिन्दू और मुस्लिम के मध्य प्रारम्भ में कई सम्बन्ध हुए। 'परिवार बनाबै' की संस्कृति से भारतीयों ने उस वक़्त बस यह देखा कि किसी भी तरह उनका परिवार बने, चाहे कोई भी धर्म या जाति हो। ऐसे कई सरनामी परिवार हैं जहाँ एक ही घर में हिन्दू, मुस्लिम और ईसाई सभी धर्म के लोग हैं।

यहाँ भी अन्य द्वीपों की तरह जातिवाद लगभग ख़त्म हो गया। जातिवाद का कुछ अंश हालाँकि शुरू में मौजूद रहा। जैसे ब्राह्मण अक्सर पूजा–पाठ कराते, और धर्म प्रचार करते। उन्हें 'महाराज' और 'महाराजिन' की पदवी मिलती। लेकिन मात्र 5% ब्राह्मण और 12% क्षत्रिय थे, और उनमें भी कइयों ने पहचान बदल ली थी। अछूतों का भी एक समुदाय मौजूद था, जिन्हें 'चमार' कहा जाता। इस सम्बन्ध में एक सन्दर्भ है सूरीनाम के समृद्ध मुंगड़ा परिवार का, जो 'चमार' थे। जब वो धन कमा कर भारत लौटे और एक खाट पर बैठे, तो उन्हें गाँव वालों ने खाट से उतार कर ख़ूब पीटा। उस वक़्त चमार खाट पर नहीं बैठ सकते थे।

वो वापस सूरीनाम लौट आये और आज उनका परिवार सूरीनाम के धनाढ्य और बुद्धिजीवी परिवारों में है। यह एक स्थापित उदाहरण है कि कैसे जातिवाद के दंश से मुक्ति पाकर दलित वर्ग का त्वरित विकास हुआ।[24]

दूसरी ओर, 1912 ई. में एक आर्य समाजी दस्ता सूरीनाम आया जिसने ब्राह्मणों की सत्ता समाप्त करने की कोशिश की और वेदाध्ययन पर ज़ोर दिया। मुंशी रहमान खान लिखते हैं कि आर्य समाजियों ने अच्छे–भले जाति मुक्त समाज में जातिवाद का बीज डाल दिया। 1929 ई. में ब्राह्मण औपचारिक रूप से स्थापित हुए और आर्य समाज पर कुछ हद तक भारी पड़े।[25]

इस्लाम में सुन्नी–शिया विवाद तो खास नहीं हुए, पर अहमदिया समुदाय बढ़ने शुरू हुए और अब लगभग 30 प्रतिशत मुस्लिम अहमदिया हैं। एक और समुदाय था जावा (इण्डोनेशिया) से आये मुसलमान, पर वह हिन्दुस्तानी मुस्लिम से अलग ही रहे। उनकी मस्जिदों में भी फ़र्क़ था। हिन्दुस्तानियों की मस्जिद की दिशा पूरब की तरफ़ थी, और जावा मुस्लिमों की पश्चिम की तरफ़।[26]

हालाँकि बाद में धर्म पर ध्यान कम जाता रहा और पश्चिमी संस्कृति हावी होने लगी, जिसे मुंशी रहमान ने कुछ ऐसे बयान किया[27]–

"धर्म ग्रन्थ पर ध्यान न देवैं। उल्टी सीख खलन से लेवैं।।
छोड़े धर्म–कर्म आचारा। ग्रहण कीन्ह यूरुप व्यवहारा।।
दाढ़ी मूँछ दीन्ह मुड़वायी। ईसाई की शकल बनायी।।
नाऊ को दें डेढ़ रुपैया। टेढ़ा बाल करहुँ तुम भैया।।
जहाँ हबशिन का होय तमाशा। नाचहिं संग में धरकर भेषा।।
पियें शराब और मस्तावैं। हबशी राग में तान उड़ावैं।।
ब्याही तिरिया छोड़ें घर में। हबशिन राखहिं जाकर पुर में।।"

फिर भी, मॉरीशस और फिजी की तरह सूरीनाम के भारतीय अपनी संस्कृति और धर्म बचाने में काफ़ी सफल रहे। सूरीनाम की दीवाली में यहाँ के 'इंडिपेंडेंस स्क्वायर' में विश्व का सबसे बड़ा दिया जलाया जाता है, और हर घर में दिये जलाये जाते हैं। गिरमिटिया युग में छठ पूजा भी होती थी। अब सम्भवतः पीढ़ी–दर–पीढ़ी लुप्त हो गयी।

सूरीनाम के भारतीय बहुभाषी थे। वह सरनामी भोजपुरी भी बोलते, उर्दू भी, डच भी और अफ्रीकी क्रियोल भाषा 'स्रनन टैंगो' भी। सूरीनाम के कई स्कूलों में हिन्दी पढ़ाई जाती रही और सरनामी हिन्दी अधिकतर लोग बोलते हैं। 1924 ई. में एक भारतीय वकील सी. आर. बिश्वमित्रा के नेतृत्व में 'नव युग उदय' नामक एक संगठन भी बना, जिसने हिन्दी की बढ़ोतरी में सहयोग दिया। 1983 ई. से परामरीबो में 'भाषा' नामक एक हिन्दी/सरनामी साहित्य की पत्रिका भी प्रकाशित हो रही है।

कैरिबियन देशों के चटनी संगीत की तरह इनका 'बैठक गाना' आज भी लोकप्रिय है। यहाँ के मन्त्री अश्विन अधिन बहुत बढ़िया तबला बजाते हैं। सूरीनाम में बाकायदा हिन्दी अख़बार और सरनामी रेडियो-चैनल भी हैं। यहाँ का 'लक्ष्मी समाज' पारम्परिक लोकगीतों के समारोह आयोजित करता रहा है।

सूरीनाम में क्यों संस्कृति बच गयी, जबकि आसपास के द्वीपों जैसे ब्रिटिश गयाना और जमैका में समाप्त हो गयी? इस प्रश्न के उत्तर में प्रो. चान चुनी कहते हैं कि जब हिन्दुस्तानी सूरीनाम आये तो यहाँ की भाषा डच थी, बल्कि अन्य द्वीपों पर अंग्रेज़ी। डच सीखना कठिन था और डच स्वयं भी चाहते थे कि उनकी भाषा और 'आदत' बची रहे ताकि, वो कृषक-मज़दूर बन कर ही रहें। इसका प्रभाव यह हुआ कि लम्बे समय तक उनकी संस्कृति बची रह गयी। जबकि ब्रिटिश और फ्रेंच यह चाहते थे कि सभी अंग्रेज़ी और फ्रेंच सीख कर देश से टूट जायें।

('महाशय' सुखदेव चुनी, जिनके पिता हलखोरी साव अनाथपुर, बिहार से 1889 ई. में सूरीनाम आये। चित्र : चान चुनी)

राजनीति में हिन्दुस्तानी

जब भारत आज़ाद हुआ, तो सूरीनाम में भी भारतीयों में भी एक नयी ऊर्जा आयी। उस वक़्त गाया जाने वाला यह गीत स्थिति को बयाँ करता है–

"भइला देस आज़ाद, मिल कर रहो एक साथ,
मति करो उत्पात यही देसवा में।
चाहे रहो सीरीनाम, चाहे जाओ हिन्दुस्तान,
मति बनो क्रिस्तन यही देसवा में।
जब से भइले खुराफात, हिन्दू–मुस्लिम दोनों साथ,
तब से भइले बरबाद, यही देसवा में।
मान लो गाँधीजी का कहना, तुम न करो मनमाना,
अब न लगेगा ठिकाना यही देसवा में।
सुन लो हिन्दू–मुस्लिम भाई दोनों! भारत के पूत कहाई,
मति करो तकरार यही देसवा में।"[28]

सूरीनाम में भारतीयों का दबदबा इस बात से समझा जा सकता है कि वहाँ की सबसे बड़ी राजनीतिक पार्टी VHP (Vooruitstrevende Hervormings Partiz) भारतीयों की थी। दूसरी बड़ी पार्टी NPK अफ्रीकियों की। कई वर्षों तक भारतीय नेता लछमन और क्रियोल नेता पेंगेल के मध्य राजनीतिक गठजोड़ रहा। पर पेंगेल की मृत्यु जब 1970 ई. में हुई, तो स्थिति बदलने लगी। नये क्रियोल नेता आरोन ने क्रियोल मोर्चा 'क्रिकोमाका' खड़ा किया, जो हिन्दुस्तानियों के विरुद्ध था। हिन्दुस्तानियों को उच्च पदों से निरस्त किया जाने लगा। कुछ आगजनी भी हुई। आरोन ने हिन्दुस्तानियों के मन में भय ला दिया।

1975 ई. में सूरीनाम डच से जब आज़ाद हुआ, उस वक़्त कई सरनामी यहाँ से नीदरलैण्ड भाग गये। उन्हें लगा कि सूरीनाम आत्मनिर्भर नहीं रह पायेगा और अर्थव्यवस्था ठप्प पड़ जायेगी। उन्हें यह भी लगा कि उनके साथ ज़्यादती होगी, लड़कियों का बलात्कार होगा। हालाँकि यह गौरतलब है कि ऐसा हुआ नहीं।

1980 ई. में बूटेरसे के नेतृत्व में एक फ़ौजी टुकड़े ने तख़्तापलट कर दिया और 1982 ई. में कई राजनीतिक प्रतिद्वन्द्वियों को मार भी दिया।

फिर कुछ अल्पकालीन लोकतन्त्र और फिर तख़्तापलट, यही सिलसिला चलता रहा। सूरीनाम दिन–ब–दिन कमज़ोर होता गया। 1982 ई. में हालाँकि कुछ वक़्त एक भारतीय रामदत मिसर भी राष्ट्रपति रहे।[29]

कई साल जेल में रहने के बाद बूटेरसे वापस सत्ता में आ गये। फिलहाल (2017 ई. में) राष्ट्रपति बूटेरसे पर ड्रग (कोकेन) के धन्धे के लिए इण्टरपोल का वारण्ट है, पर वो देश के राष्ट्रपति हैं तो सूरीनाम में गिरफ़्तारी सम्भव नहीं। हिन्दुस्तानियों की तरफ़ से अश्विन अधीन सूरीनाम में मन्त्री हैं, और वह राष्ट्रीय स्वयंसेवक संघ से भी जुड़े हैं।

पर सरनामियों का सफ़र अभी ख़त्म नहीं हुआ। अब नीदरलैण्ड की बात करता हूँ, जहाँ अब सरनामी हिन्दुस्तानियों की बड़ी संख्या मौजूद है।

सन्दर्भ

1. मुंशी रहमान ख़ान, जीवन प्रकाश, परामरीबो (सूरीनाम), 1943
2. गायुत्रा बहादुर, कुली वीमेन : द ओडिसी ऑफ़ इण्डेंचर, हर्स्ट कम्पनी, 2013, (द्वितीयक स्रोत)
3. सोन्या बून, म्यूटिनी? सॉल्टवाटर स्टोरीज़ (इण्टरनेट स्रोत)
4. राज्जिदर भगवानबाली, कॉन्त्रैक्तेन वूर सूरीनाम, आर्बाइद्समाइग्रेतिए वनुइत ब्रिट्स–इण्डी ओन्देर हेत इण्डेचर्ड–लेबर्स्तेलसेन 1873–1916, अमृत, 1996
5. रेक़ रिपोर्ट ऑफ़ शिप 'कैट कैलॉक', 1878 (इण्टरनेट स्रोत)
6. रा. भगवानबाली (सं. 4)
7. वही (सं. 4)
8. वही (सं. 4)
9. प्रो. चन्द्रशेखर चुनी से उनके आवास पर साक्षात्कार।
10. सी. जे. एम. डी'क्लार्क डी इमिग्रेशिए दार हिन्दुस्तानेन इन सूरीनाम, एम्सटरडम, 1951
11. प्रो. चन्द्रशेखर चुनी से उनके आवास पर साक्षात्कार
12. रा. भगवानबाली (सं. 4)
13. एरिक रूस्केन, कॉट बिटविन क्रिश्चनाइज़ेशन, ऐसीमीलेशन एण्ड रिलीजस इंडिपेंडेंसी : द हिन्दुस्तानी कम्युनिटी इन सूरीनाम, मास्टर्स थीसिस, फैकल्टीएत दार हिस्टोरिस्के एन कुन्स्टवेतेनशापेन
14. रोज़ेमारीन होफ्ते, कण्ट्रोल एण्ड रेजिस्टेंस : इण्डेंचर्ड लेबर इन सूरीनाम, न्यू वेस्ट इण्डियन गाइड 61 (1–2) 1987, पृष्ठ 1–22
15. राज्जिदर भगवानबाली, तेतरी, दी कॉप्पिगे : हेत वर्जेत वान हिन्दुस्तानेन तेगेन हेत इण्डेंचर्ड लेबर सिस्टम इन सूरीनाम 1873–1916, अमृत, देन हाग, 2011

16. रोज़ेमारीन (सं. 14)
17. वही (सं. 14)
18. प्रो. चन्द्रशेखर चुनी और मोती माड़े के आवास पर साक्षात्कार
19. ह्यूज टिंकर न्यू सिस्टम ऑफ़ स्लेवरी : द एक्सपोर्ट ऑफ़ इण्डियन लेबर ओवरसीज 1830–1920 ऑक्सफोर्ड यूनिवर्सिटी प्रेस, लन्दन, 1974
20. सोन्या बून, ऑन वीमेन, बॉडीज़, वायलेंस, इकॉनॉमिक्स एण्ड एस्केप सॉल्टवाटर स्टोरीज़ (इण्टरनेट स्रोत)
21. गायुत्रा (सं. 2)
22. मॉरिट्ज़ एस. हसनख़ान, फ्रॉम भारतवासी टू हिन्दुस्तानी : द एण्ड ऑफ़ इण्डियन इण्डेंचर एण्ड इट्स इम्पैक्ट ऑन इण्डियन्स इन सूरीनाम, अप्रकाशित
23. रूस्केन (सं. 13)
24. प्रो. चन्द्रशेखर चुनी से साक्षात्कार
25. मुंशी रहमान (सं. 1)
26. रूस्केन (सं. 13)
27. मुंशी रहमान (सं. 1)
28. उशारबुध आर्या रिचुअल सॉन्ग्स एण्ड फोक सॉन्ग्स ऑफ़ हिन्दूज इन सूरीनाम, लीडेन, 1968
29. चान चुनी, एथ्निसिटी एण्ड पॉलिटिक्स : पॉलिटिकल अडैप्टेशन ऑफ़ हिन्दुस्तानीज़ इन सूरीनाम, सोशोलॉजिकल बुलेटिन, 63 (3), 2014

नीदरलैण्ड, यूरोप के सरनामी

दिन में हम काम करी रात के देखी सपना
आजा के सुरत लागे थोड़ा–थोड़ा अपना
हमरे जहजवा के नाम ना है लाला रुखवा
देशवा के नाम भइल नेदलैंड बबुआ
के एल एम से उड़ली हम छोड़ली सरनमवा
याद तोर जब आइल खोज चरली इतिहसवा
एकर कथा के रस ना है पनचामृतवा
कथवा के कसक कससके कसलेवा मोर चितवा
काहे उ भारत छोड़िस उते हम सहीला।

– **जीत नराइन (नीदरलैण्ड के सरनामी कवि)**[1]

एक पिता की खोज

जब यह किताब लिख रहा था, तो कई लोगों से सम्पर्क साधने की कोशिश की। इनमें कई पते गलत थे, या उन पतों से कोई ख़बर नहीं आयी। कुछ ने मना कर दिया कि उनका गिरमिटियों से कोई वास्ता नहीं। लेकिन कुछ लोग इस बात से भावविह्वल हो गये। उनके पास कई प्रश्न थे, पर मेरे पास उत्तर कम। मैं यह किताब तो लिख रहा हूँ, पर मुझे इन लाखों लोगों के दो सौ वर्ष पूर्व जीवन का ज्ञान नहीं। वही ज्ञान है जो किसी 'आर्काइव' में मिल सका। 'आर्काइव' में तो बस कुछ नाम हैं, उनके गाँव के नाम, उनके पिता के नाम, उनकी उम्र। अब उन्हें ढूँढ़ना असम्भव लगता है। शायद इस किताब में लिखे अंश पढ़ कर हिन्दुस्तान के उनके बिछड़े परिजन मिल जायें। वो मुझे लिखें, और मैं उनके तार जोड़ दूँ। ऐसे कई लोग हैं, जिनके पास कागज़ का एक टुकड़ा है, और दूसरा टुकड़ा ढूँढ़ रहे हैं।

इसी क्रम में एक चिट्ठी मिली, जो एम्स्टरडम से दिल्ली के रास्ते मुझ तक पहुँची।

ग्राम–वैना, तहसील–राजपुर, थाना–सिकन्दरा, कानपुर देहात। सन् 1914।

परसादी रामसहाय बीस वर्ष की उम्र में अपनी पत्नी दुर्गा रामजू और दो बेटों को लेकर कानपुर सब–डिपो पहुँचे या किसी एजेण्ट के द्वारा लाये गये। यह वो वक़्त था जब गिरमिट प्रथा अपने अन्तिम दौर में थी। गाँव–गाँव में इसके विरुद्ध प्रचार हो रहा था। पर पश्चिमी उत्तर प्रदेश के ठाकुर (राजपूत) बहुल इस गाँव से इस आख़िरी खेप में परसादी सूरीनाम जा रहे थे।

कलकत्ता से चला जहाज़ 'एस. एस. इन्डस IV' लगभग अपनी आख़िरी यात्रा पर था।* परसादी का परिवार लगभग चालीस दिन का जहाज़ी सफ़र कर सूरीनाम पहुँचा। परसादी उन ख़ुशकिस्मत लोगों में थे जिनके साथ एक हँसता–खेलता परिवार था।

परसादी जब सूरीनाम पहुँचे, तो उन्हें और उनकी पत्नी को बागान में भेजा गया, जहाँ उन्हें पाँच वर्ष गिरमिटिया जीवन जीना था। यह जीवन कैसा था, कितना कष्टप्रद था, कहना कठिन है। सूरीनाम में ही उनका एक और बच्चा हुआ। उनकी पत्नी को एक दिन ज्वर आया, और कुछ दिनों में वह कमज़ोर होकर चल बसी। रिकॉर्ड के अनुसार उनकी मृत्यु का कारण 'स्पैनिश पैन्डेमिक' था। तीन बच्चों के पिता परसादी अकेले पड़ गये, पर उन्होंने अपना कॉन्ट्रैक्ट पूरा किया।

अब आगे की कहानी में परसादी एक रहस्य बन जाते हैं। वो 1920 ई. में अपने बच्चों को सूरीनाम के अनाथालय में छोड़ भारत लौटते हैं। वो दरअसल पत्नी की मृत्यु के बाद अकेले पड़ गये थे। सूरीनाम में लोगों ने कहा कि बच्चों को यहीं छोड़ जायें क्योंकि उनका भविष्य वहाँ बेहतर है। अनाथालय में यह बच्चे इन्तज़ार करते रह गये। कई वर्ष बीत गये, और परसादी की कोई ख़बर नहीं आयी।

---

* जब परसादी को सूरीनाम ले जाने वाला यह एस.एस. इन्डस जहाज़ भारत लौटा तो उसी साल एक जर्मन जहाज़ ने इसे लूट कर समन्दर में डुबो दिया।

सूरीनाम जब आज़ाद हुआ, तो कई परिवार नीदरलैण्ड चले गये। परसादी का बेटा अब युवा था, और वह भी आख़िर नीदरलैण्ड पहुँच गया। एक अनाथ किन हालातों में यहाँ तक पहुँचा, यह अकल्पनीय है। पर उनके मन में यह कसक रह गयी कि अपने पिता से इस जीवन में कभी फिर मिल न सके।

आख़िर वह 1999 ई. में अपने पिता और परिजनों को ढूँढ़ने एम्स्टरडम से वैनी गाँव तक का सफ़र करते हैं। वह वही सफ़र दोहराते हैं, जो उनके पिता परसादी ने शायद किया हो। वह कलकत्ता पहुँचते हैं।

अब 91 वर्ष के यह वृद्ध मात्र छह वर्ष की उम्र में अपने माता–पिता के साथ कलकत्ता से सूरीनाम के जहाज़ पर गये थे। उनके बाल्य–स्मरण का हिन्दुस्तान अब बदल चुका था। यह अब एक आज़ाद देश था, जो तकनीकी युग में हिलोरें ले रहा था। कलकत्ता से वैनी गाँव तक का ट्रेन का सफ़र कैसा रहा होगा? जिस भारत को वह छोड़कर गये थे, उससे कितना अलग होगा?

जब वह आख़िर गाँव पहुँचे, वहाँ की मिट्टी छूकर उनका इतिहास लौट आया। वह सोचने लगे कि इस सोने की धरती को छोड़ क्यों हम सुदूर देश जा बसे? और क्या मिला? अपने माँ–बाप को खोकर अनाथालय में एक अनजाने देश में बचपन बिताना कितना विदारक होगा?

गाँव में किसी को भी परसादी की ख़बर नहीं थी। वह लौट कर तो शायद गाँव कभी नहीं आये। तो आख़िर कहाँ गये? क्या वो कलकत्ता में ही नौकरी करने लगे? या किसी और जहाज़ पर किसी और देश चले गये? क्या उन्होंने दूसरा विवाह किया?

दरअसल 1920 ई. में जब वह भारत लौटे, तो गिरमिटिया जहाज़ लगभग बन्द हो गये थे। 1916 ई. में फिज़ी के लिए चले सतलज जहाज़ को आख़िरी जहाज़ कहा जाता है। उनके लिए भारत आने के बाद लौटना असम्भव नज़र आता है। 1921 ई. में ही सूरीनाम का आख़िरी सरनामी गिरमिटिया कॉन्टैक्ट ख़त्म हो गया था।

1920 ई. की कलकत्ता की स्थिति पर ह्यूज टिंकर लिखते हैं[2]–

"ये भारत वापस लौटे गिरमिटिया, अपनी अर्जित धन–सम्पत्ति गाँव में ख़र्च कर, अगले जहाज़ से लौटने के लिए वापस कलकत्ता आये।

पर यहाँ अब डिपो नहीं थे। जो कभी सूरीनाम का डिपो था, वहाँ एक 'आप्रवासी मित्र सहयोग समिति' नामक तात्कालिक संस्था बना दी गयी थी, जहाँ उन्हें शरण दी जाती। कुली और गिरमिटिया युग ख़त्म हो चुका था। जिस भारत ने गिरमिटिया–प्रथा बन्द करने की वकालत की, आज उसके पास इनके लिए कोई जगह नहीं थी। सुदूर देशों के गन्ने के खेत, जहाँ वो इतने सताये गये, आज उनकी आख़िरी आशा की किरण थे। यह एक विचित्र कहानी का विचित्र अन्त था।"

आख़िर परसादी के बेटे एक 'विजिटिंग कार्ड' पकड़ा कर वापस एम्स्टरडम लौट गये। दो वर्ष बाद उनके गाँव से धीरेन्द्र पाल सिंह जी जब लन्दन से उन्हें फोन करते हैं, वह खिल उठते हैं। शायद कुछ ख़बर मिली हो? वह उन्हें एम्स्टरडम बुलाते हैं, और उनका हाथ थाम रोने लगते हैं। वो जानते हैं कि उनके पिता की ख़बर उन्हें जीते–जी नहीं मिल पायेगी, पर वह किस्मत वाले हैं कि वह अपनी मिट्टी को वापस जाकर छू सके, और अपने गाँव के किसी व्यक्ति से इस दूर देश में मिल सके। मैं भी उनसे जाकर मिला। और उन्हें उम्मीद है कि शायद उनके पिता ने दूसरी शादी की हो और उनके पिता के वंशज भाई–बहन भारत में हों। उनकी आँखें यह सोचते हुए नम हो उठती हैं।[3]

सरनामी हिन्दुस्तानी

जून, 1943

आज़ाद हिन्द फ़ौज की सिख ब्रिगेड नीदरलैण्ड पहुँचती है। वहाँ उस वक़्त हिटलर का राज था, जिनसे सुभाष चन्द्र बोस मिले थे और मदद माँगी थी। ब्रिटिश सरकार से लोहा लेने के लिए यह फ़ौज ड्रेसडेन में प्रशिक्षण लेती है। कितने लोग थे पता नहीं, पर अनुमान है लगभग 3,000 लोग थे। आज भी नीदरलैण्ड में कई सिख हैं, पर अधिकतर आज़ादी के बाद 70 के दशक में आये। इस फ़ौज से कोई रुका या नहीं, मुझे पता नहीं लग पाया।

1975 : सरनामी हिन्दुस्तानी

सूरीनाम से हिन्दुस्तानी पहले भी नीदरलैण्ड आते रहे, पढ़ने के लिए, नौकरी करने के लिए। उनके पास नागरिकता थी, वो आराम से आ–जा सकते थे।

पर जब 1975 में सूरीनाम आज़ाद हुआ, कई भारतीय वहाँ से भागकर यहीं आकर बस गये। ये सरनामी कहलाते हैं, और आज (2017) इनकी संख्या दो लाख नब्बे हज़ार के क़रीब है। सबसे अधिक सरनामी लोग नीदरलैण्ड के 'हेग' शहर में हैं। इनके सूरीनाम से आने के कुछ साल पहले युगाण्डा के ईदी अमीन ने 1972 ई. में जब भारतीयों को भगाया, तो एक भारतीय दस्ता युगाण्डा से भी आया।

सरनामी हिन्दुस्तानी जब भारी संख्या में आये तो उन्होंने यहाँ फिर से एक छोटा भारत बसाया। ये अब भी एक–दूसरे से जुड़े हैं। आपस में विवाह सम्बन्ध हैं। कुछ विवाह सम्बन्ध यहाँ के अन्य भारतीयों से भी हुए। ये अब भी सरनामी भोजपुरी बोलते हैं, हालाँकि नयी पीढ़ी का भोजपुरी से सम्बन्ध टूट रहा है। बॉलीवुड की लोकप्रियता के बाद इनमें कई लोग हिन्दी समझ–बोल लेते हैं। कई अब मात्र डच ही बोलते हैं।

सरनामी सभी पर्व भी मनाते हैं। मैं जितने घरों में गया, भारत की कुछ–न–कुछ निशानी मिली। यहाँ तक कि हारमोनियम और सितार भी घरों में मिले। कई लोग भारत भी आते–जाते रहते हैं। पर वो लौट कर भारत के गाँव नहीं जाते, जहाँ से उनके पूर्वज कभी चले थे। वो दिल्ली, बम्बई, कलकत्ता, गोवा इत्यादि घूमने जाते हैं। उन्हें भारतीयों के बीच अपनापन तो नज़र आता ही है। बल्कि कुछ लोगों ने तो यह भी कहा कि भारत के खेत, वहाँ की दुकानें सब कुछ सूरीनाम की याद दिलाते हैं। ऐसा लगता है कि सूरीनाम भारत का ही एक हिस्सा हो। सब कुछ हू–ब–हू नज़र आता है। पता नहीं, आख़िर यह कैसा सम्बन्ध है?

राज मोहन एक लोकप्रिय सरनामी भोजपुरी गायक हैं जो इस भाषा में गज़ल और पॉप को लोकप्रिय बना रहे हैं। वो अक्सर हिन्दुस्तान भी आते हैं, और अपने पूर्वजों के गाँव से जुड़े हैं। पूर्वजों से जुड़ना किसी के लिए कठिन है, किसी के लिए नामुमकिन। एक व्यक्ति जो नीदरलैण्ड के अब धनी परिवार में हैं, उन्हें बस यह पता था कि उनके दादा अपने गाँव के किसी बड़े पेड़ की बात करते थे। उन्हें गाँव में वो बड़ा पेड़ मिल गया, और सभी परिजन भी मिल गये। पर ऐसी किस्मत सबकी नहीं।

सरनामी भोजपुरी

जब मुझे 'सुरू से सुरू कर' किताब हाथ लगी, मैं चकरा गया। डच लैटिन लिपि में लिखी यह किताब बच्चों को सरनामी व्याकरण सिखाने के

लिए 1975 में किसी अलेक्जैण्डर साहब ने लिखी। ऐसी किताब मैंने अब तक भारतीय भोजपुरी के लिए नहीं देखी। कई चित्रों के साथ सलीके से भोजपुरी समझायी गयी थी। यह किताब कैरिबियन द्वीपों समेत नीदरलैण्ड तक स्कूलों में पढ़ाई जाती रही। अब और भी बेहतर किताबें आ गयी हैं। व्याकरण भी समृद्ध हो रहे हैं। कई डच शब्द भी सम्मिलित हुए। मोती माड़े ने सरनामी व्याकरण पर सूरीनाम, नीदरलैण्ड और भारत में विशेष शोध कर एक बेहतरीन किताब लिखी। उनका यह भी कहना है कि सूरीनाम की जगह हमें 'सरनाम' कहना चाहिए जो हिन्दुस्तानियों द्वारा प्रयुक्त नाम है।

सरनामी कुछ भोजपुरी, कुछ अवधी का मिश्रण है, जो सरनामी हिन्दुस्तानी बोलते हैं। हालाँकि अब लिपि लैटिन हो गयी है, या कहिए डच!

अब उदाहरणस्वरूप यह सरनामी 'न्यू टेस्टामेंट' पढ़ा जाये–

"Parmeswar pahiele aapan sanesian pathaaike apane ke Israel ke djaatie khaatien djanaais hai. Oesabke tjaahat raha sab koi se bataawe ke aur aapan tjaal-tjalan se dekhaawe ke kie oe kaisan hai. Pahiela djabaana me oe aapan sanesian se koetjh poestak liekhwaais. Ie sab liekhal baat ek me okar pahiela poestak hai. Tab oe aapan Beta Jiesoe ke doenia me pathaais. Oe Parmeswar hai aur bhie iensaan hoi gail hai. Oe manai log ke sab baat siekhaais djaun okar Pieta ose bolies raha. Ekare baad Parmeswar koetjh manai log se auro poestak aur tjietthie liekhwaais. Oesab liekhies kie Jiesoe ka bolies aur karies hai tab ose ka bhail hai aur ekar matlab ka hai. Ie ab liekhal baat Parmeswar ke naawa poestak bolaawal dja hai."[4]

लिखा है–

"परमेश्वर पहिले अपन सनेसिया पठाइके अपने के इजरायल के जाति खातिएं जनाइस है। ओइ सबके चाहत रहा सब कोई से बतावे के और अपन चाल–चलन से देखावे के किये ओए कैसन है। पहिला जमाना में ओ अप्पन सनेसिया से कोई जह पुस्तक लिखवाइस। इए सब लिखल बात में ओकरा पहिला पुस्तक हइ। तब ओ अपन बेटा जीशु के दुनिया में पठाइस। ओ परमेश्वर है और भी इनसान होइ गइल हइ। ओइ मनलिई लोग के सब बात सिखाइस जौन ओकर पिता ओसे बोलिस रहा। एकरा बाद परमेश्वर कोइच मनइ लोग से अउरो पुस्तक अउर चिट्ठिया लिखवाइस। ओइ सब लिखिस की जीशु का बोलिस और करिस है,

तब ओइसे का भइल हइ अउर एकर मतलब का है। इए सब लिखल बात परमेश्वर का नवा पुस्तक बोलावल चाह हइ।..."

सरनामी का एक भाषा के रूप में उभरना, और इस भाषा में किताबें लिखा जाना एक ऐसा पहलू है जिस पर ध्यान देना चाहिए। फिजी हिन्दी की तरह सरनामी भी हिन्दुस्तानी भाषा का विस्तार है, जिसके साहित्य की तुलना भारत के आंचलिक साहित्य से की जा सकती है। इसका श्रेय नीदरलैण्ड में बसे सरनामी लोगों को ही जाता है। 1977 ई. में जीत नराइन जी की कविताएँ सरनामी और डच में छपीं। बाद में उन्होंने 'सरनामी' नाम से पत्रिका भी निकाली। उनसे पहले भी सूरीनाम में मार्टिन हरिदत्त लछमन श्रीनीवासी ने सरनामी में कविताएँ लिखी थीं, और मुंशी रहमान ख़ान की चर्चा मैं कर ही चुका हूँ। 1984 ई. में रॉबिन बलदेवसिंह ने एक लघु उपन्यास 'इस्तीफ़ा' लिखा। गौरतलब है कि यह किताबें रोमन लिपि में ही लिखी गयीं, और 1984 ई. में शिक्षा मन्त्रालय की मदद से इस लिपि में सरनामी भाषा का एक मानक (स्टैण्डर्ड) तैयार किया गया कि कौन–सा शब्द कैसे लिखना है।[5]

सन्दर्भ

1. कविताकोश (ऑनलाइन स्रोत)
2. ह्यूज टिंकर. न्यू सिस्टम ऑफ़ स्लेवरी : द एक्सपोर्ट ऑफ़ इण्डियन लेबर ओवरसीज़ 1830–1920। ऑक्सफोर्ड यूनिवर्सिटी प्रेस, लन्दन, 1974
3. धीरेन्द्रपाल सिंह जी से फ़ोन पर बातचीत और पत्राचार। रॉय रामसहाय से एम्स्टरडम में साक्षात्कार।
4. परमेश्वर के नवा पुस्तक, इण्टरनैशनल बाइबल सोसाइटी, 1997
5. रिचर्ड कीथ बार्ज़ और जेफ़ सीगल, लैंग्वेज ट्रांसप्लाण्टेड : द डेवलपमेण्ट ऑफ़ ओवरसीज़ हिन्दी, वॉल्यूम 1, मॉडर्न साउथ एशियन स्टडीज़ की खोज शृंखला, हारालोविज़, 1988

युगाण्डा, अफ्रीका

"एशिया के कुछ लोग हमारी तरह दिखने के लिए जूते के पॉलिश से मुँह रगड़ रहे हैं। उनके ख़िलाफ़ अनुशासनात्मक कार्रवाई होगी।"

–ईदी अमीन*

वो नब्बे दिन

कम्पाला, 1972

हिन्दुस्तानी लम्बी क़तार में खड़े हैं। सूट–बूट में। कुछ सिख, कुछ गुजराती, कुछ मराठी, कुछ बंगाली। इनमें कोई निर्धन नहीं नज़र आता। यह समृद्ध हिन्दुस्तानियों की क़तार है, जो किसी आशा में इस क़तार में हैं। वो इस देश से बाहर जाने की टिकट के लिए आये हैं। उन्हें एक महीने के अन्दर यह देश छोड़कर जाना है। अपना बोरिया–बिस्तर बाँध कर कोई लन्दन जाना चाहता है। कोई एम्स्टरडम। कोई वैंकुवर। और कोई दिल्ली। हवाई अड्डे पर तमाम पार्सल की गठरियाँ और सामान हफ़्ते भर से बिखरे पड़े हैं।

वहीं दूसरी ओर कम्पाला की झोंपड़पट्टी में आज भी एक आम दिन है। फटे–चिथड़े कपड़ों में अश्वेत परिवार के बच्चे दौड़ रहे हैं। कुछ बुज़ुर्ग अधोवस्त्र में सिगरेट पी रहे हैं। वो आज काम पर नहीं जा रहे। आज दुकानें बन्द हैं। फ़ैक्टरियाँ बन्द हैं। वो ख़ुश हैं कि आज आराम का दिन है। और वो ख़ुश हैं कि उनके मालिक देश छोड़कर भाग रहे हैं।

"इन हिन्दुस्तानियों ने हमारे युगाण्डा को लूट लिया।" एक अफ्रीकी युवा कहता है, और बाक़ी लोग उसके समर्थन में चिल्लाते हैं।

* Rise and Fall of Idi Amin documentary.

अफ्रीक़ी खुश हैं अपने राष्ट्रपति से। वो कहते हैं कि इन पटेलों और शाहों को जाना ही चाहिए। इन्होंने हमारे देश की सारी सम्पत्ति भारत भेज दी।

इतने में कोई मसखरा एक हिन्दुस्तानी की दुकान पर पत्थर फेंकता है। बाक़ी भी तोड़–फोड़ मचाने लगते हैं। उनका बोर्ड उतारकर फेंक देते हैं। कुछ भारतीय जो आसपास खड़े हैं, वो कुछ नहीं कहते। उन्हें पता है कि उनका राज ख़त्म हो गया। अफ्रीकी जो उनके नौकर थे, अब उनकी दुकानें सँभालेंगे।

जो भी एशियाई इन नब्बे दिनों के बाद नज़र आयेगा, उसके साथ ईदी अमीन क्या सलूक करेंगे? क्या उन्हें पंक्ति में खड़ा कर मार दिया जायेगा? या जेल में सड़ने छोड़ दिया जायेगा? या ईदी अमीन के शब्दों में उन्हें समन्दर में छोड़ दिया जायेगा कि तैर कर भारत पहुँच जायें। वो हँसते हुए कहते हैं, "हिन्दुस्तानी अच्छे तैराक हैं।"[1,2]

युगाण्डा गिरमिटियों या कुलियों का देश अब नहीं रहा, पर शुरुआत कुछ ऐसे ही हुई थी। 19वीं सदी के अन्त में ब्रिटिश कॉन्ट्रैक्टर अली मुल्लाभाई जीवनजी द्वारा कई हिन्दुस्तानी, अधिकतर सिख, युगाण्डा लाये गये। उन्हें युगाण्डा रेलवे लाइन डालने के काम में लगाया गया। लगभग 32,000 मज़दूर लाये गये थे, और यह काम 1935 ई. तक चला। कई यहीं मर गये कई वापस लौटे, पर कुल 6,724 हिन्दुस्तानी यहीं रुक गये।[3]

रेलवे लाइन डालने के लिए उन दिनों सिख लाये जाते। इसकी वजह पता नहीं, पर कनाडा में भी रेलवे लाइन बनाने के लिए सिख ही गये। वहीं दूसरी तरफ़, खेती के लिए बंगाल और अवध से लोग आते। मुझे लगता है कि सिख एक फ़ौजी वर्ग था, जो मशीनी कामों के लिए बेहतर थे। बाक़ी के उत्तर भारतीयों को इसका अनुभव और कौशल कम था।

20वीं सदी की शुरुआत में कई गुजराती भी आये। 1970 ई. तक भारतीय लोग बढ़ कर 80,000 हो गये थे। इनमें से कई समृद्ध थे और युगाण्डा की अर्थव्यवस्था का बड़ा हिस्सा थे। लगभग 90% धन्धों पर भारतीयों का कब्ज़ा था। युगाण्डा के अश्वेतों पर वो राज करते थे, और शायद इसलिए उनका हश्र बुरा हुआ।

ईदी अमीन ने तख़्ता पलट कर दिया। 1972 ई. में वो गद्दी पर जा बैठे और सारे हिन्दुस्तानियों को युगाण्डा से बाहर फेंक दिया। अब यहाँ से हिन्दुस्तानी चहुँ–दिशा में भागे। ईदी अमीन ने बस 90 दिन की मोहलत दी थी। उनके धन–सम्पत्ति पर ताला लगा दिया गया। क़ानूनी तौर पर भारतीय बस 50 डॉलर की रकम ले जा सकते थे। 27,200 लोग ब्रिटेन भागे, जो ब्रिटेन के नागरिक भी थे (युगाण्डा पहले ब्रिटेन की कॉलोनी थी)। 6,000 लोग कनाडा गये, 4,500 लोग भारत, 2,500 लोग केन्या और बाक़ी जहाँ–तहाँ भागे। युगाण्डा में कुछ ही हिन्दुस्तानी बच गये। उनके घर, दुकानें, खेत, धन्धे सब छीन लिए गये।

1976 ई. की बॉलीवुड फ़िल्म 'रस' इसी पर आधारित थी। इसके अलावा 'राइज़ एण्ड फॉल ऑफ ईदी अमीन' भी।

1986 ई. में राष्ट्रपति योवेरी मुसेवेनी ने भारतीयों को फिर से वापस बुलाया, और लोग लौटे भी। उन्होंने भारतीयों को उनकी सम्पत्ति भी लौटा दी, घर भी लौटा दिये। यह अप्रत्याशित था। ईदी अमीन को देश निकाला मिला और वो 2003 ई. में अपनी मृत्यु तक अरब में शरणार्थी रहे।

आज इतने वर्षों बाद भारतीय फिर से अपनी सत्ता जमा रहे हैं। इसकी वजह स्पष्ट है। भारतीयों के पलायन के बाद युगाण्डा की अर्थव्यवस्था चरमरा गयी थी। अफ्रीकियों को व्यापार की समझ नहीं थी। सुधेर रूपेरेलिया उन कुछ लोगों में हैं जो युगाण्डा फिर से लौटने की हिम्मत कर सके। आज वो युगाण्डा के सबसे धनी व्यक्तियों में हैं और उनके पास 800 मिलियन डॉलर की सम्पत्ति है।[4]

सन्दर्भ

1. थेम्स टी.वी. पर प्रसारित वृत्तचित्र 'युगाण्डा : ईदी अमीन एशियन एक्सपल्शन 1972'
2. शरद पटेल निर्देशित फ़िल्म 'द राइज़ एण्ड फॉल ऑफ़ ईदी अमीन'
3. मेल्विन एम्बर और अन्य, एन्साइक्लोपीडिया ऑफ़ डायस्पोराज़ : इमिग्रेंट एण्ड रिफ़्यूजी कल्चर्स अराउण्ड द वर्ल्ड, 2005
4. फ़रहाना दाऊद, 'युगाण्डन एशियन्स डॉमिनेट इकोनॉमी आफ्टर एक्ज़ाइल', बी.बी.सी. न्यूज, कम्पाला

जंजीबार के भाटिया

"भाटिया सिवाय कोइने अन्दर आवावानी राज नथी।"

(भाटिया के सिवा किसी को अन्दर आने की इजाज़त नहीं।)

—जंजीबार के एक भाटिया के घर पर लिखा बोर्ड जिसे देख मोहनदास करमचन्द गाँधी ने उस घर में जाने से मना कर दिया।*

फारूख़ से फ्रेडी तक

सत्तर के दशक का 'क्वीन' ग्रुप का गीत 'वी विल रॉक यू' आज भी मशहूर है। इसके मुख्य गायक फ्रेडी मर्करी कभी बम्बई के सेंट पीटर्स स्कूल में पढ़ते थे। वह उस वक़्त फारूख़ बलसारा थे।

फ्रेडी के पिता बोमी बम्बई के पारसी थे, जो जंजीबार की ब्रिटिश कॉलोनी में कार्यरत थे। भारत अब आज़ाद हो चुका था, पर बोमी वहीं कार्यरत थे। उनके पुत्र फारूख़ और पुत्री कश्मीरा की देखभाल एक अफ्रीकी महिला करती।

फारूख़ कुछ दिन बम्बई के बोर्डिंग स्कूल में पढ़ने भेजे गये, पर वापस जंजीबार बुला लिए गये। 1963 ई. में जब जंजीबार आज़ाद हुआ, वहाँ के अफ्रीकी भारतीयों के घरों पर आक्रमण करने लगे। यह लगभग पूरे अफ्रीका में हो रहा था कि राष्ट्रवाद के प्रसार के कारण हिन्दुस्तानियों को भगाया जा रहा था। उनका परिवार भी लन्दन भाग गया।

लन्दन जाकर फारूख़ ने अपना नाम फ्रेडी मर्करी रख लिया और मशहूर गायक बने। 'वी विल रॉक यू' का यह गायक आख़िर एड्स की बीमारी से मर गया, और उसके साथ ही उनका हिन्दुस्तानी इतिहास भी कहीं खो गया। जंजीबार का हिन्दुस्तानी इतिहास।[1]

---

* जंजीबार में प्रचलित एक किंवदन्ती।

जंजीबार के सुल्तान अलग–अलग समय पर भारत से कामगार और व्यापारी मँगवाते रहे। जब सुल्तान सैयद बरगाश को पता लगा कि हिन्दुस्तानी व्यापारी अपनी पत्नियों को छोड़ जंजीबार आ रहे हैं, तो उन्होंने तफ़्तीश की। इनके साथ जो समस्या थी, वो आज भी चल रही है। अफ्रीका और अरब जाने वाले कई भारतीय अपनी पत्नी और परिवार को भारत में ही छोड़ जाते हैं। उन्हें वहाँ की सरजमीं पत्नियों के लिए सुरक्षित नहीं लगती और बच्चों की शिक्षा भी भारत में आसान और बेहतर लगती है। अठारहवीं–उन्नीसवीं सदी में भी वही हाल था।

सुल्तान ने अपना निजी जहाज़ भेज पहली हिन्दू महिला को जंजीबार बुलवाया, और उनका स्वागत ढाई सौ अशर्फ़ियों से किया। इतना ही नहीं, उन्होंने जंजीबार के पुराने क़िले को हिन्दू महिलाओं के लिए खुलवा दिया। वहाँ चाँदी के नल लगाये गये, ताकि उन्हें कभी क़िले से निकल कर न जाना पड़े और वह सुरक्षित महसूस करें।

यह 1880 ई. की बात है। पर यह जानकारी नहीं मिलती कि आख़िर वो महिलाएँ क़िले में रहने आयीं या नहीं? क्या सुल्तान की योजना सफल रही? उस पहली हिन्दू महिला का नाम क्या था, जो सुल्तान के जहाज़ से जंजीबार आयी?

सुल्तान बरगाश द्वारा बुलवाये गये हिन्दुस्तानियों की खोज में मैं जब आगे बढ़ा तो पता लगा कि इनसे चार दशक पहले भी सुल्तान सईद के राज में उनके मुख्य कस्टम कलक्टर एक भाटिया जयराम सेवजी थे। इन्होंने कई और भाटिया को हिन्दुस्तान से भर्ती किया। एक समय जंजीबार में कई भाटिया अधिकारी और साहूकार थे।[2] और इन भाटिया को आख़िर सुल्तान सईद के बाद आये सुल्तान बरगाश ने ही बाहर किया। ऐसा क्यों किया, पता नहीं, पर जंजीबार के तट पर भाटिया प्रभुत्व धीरे–धीरे घटने लगा।

ये भाटिया थे कौन?

भाटिया गिरमिटिया तो नहीं थे, कच्छ (गुजरात) इलाके के बनिया थे। धोती–कुर्ते और टोपी में कभी जंजीबार के तटों पर राज करते थे। ये शाकाहारी और सात्विक लोग थे, जनेऊ भी पहनते थे। यहाँ के सुल्तान के ख़ास लोग, जिनके ऊपर कई महत्त्वपूर्ण दारोमदार थे।

ये अपनी पत्नियों को साथ नहीं लाते। उन्हें भारत में ही छोड़ आते, और समय–समय पर भारत जाकर धन दे आते। एक तरह से अफ्रीका इनकी शाखा थी, और भारत इनका मुख्य ऑफ़िस। यह उन लोगों में से थे, जो कमा कर पूँजी भारत लाये।

हालाँकि बर्टन यह अन्दाज़ा लगाते हैं कि इनके अरब महिलाओं से सम्बन्ध थे, और स्थानीय अफ्रीकी लोगों से भी[3]। अरब महिलाएँ इन्हें इसलिए पसन्द करतीं, क्योंकि ये विश्वास के पात्र थे। बाक़ी अरब शेख़ों की तरह चार–पाँच पत्नियाँ नहीं रखते।

इनकी कहानी कहनी इसलिए ज़रूरी थी क्योंकि उस समय हर भारतीय जो समन्दर पार गया, वह निचले तबके का मज़दूर ही नहीं था, बल्कि उद्यमी व्यापारी भी थे। और इनका भी इतिहास समय के साथ दब गया। इनमें अगर कई सफल रहे, तो कई कंगाल भी हुए।

सन्दर्भ

1. शेखर भाटिया, "फ्रेडी मर्करीज़ फैमिली टेल ऑफ़ सिंगर्स प्राइड इन हिज़ एशियन हेरिटेज, द टेलीग्राफ़, 16 अक्टूबर, 2011
2. रिचर्ड एफ. बर्टन, जंजीबार : सिटी, आइलैण्ड एण्ड कोस्ट, वॉल्यूम 1, टिन्स्ले, लन्दन, 1872
3. रिचर्ड एफ. बर्टन, फर्स्ट फुटस्टेप्स इन ईस्ट अफ्रीका ऑर एन एक्सप्लोरेशन ऑफ़ हरार, लॉन्गमैन, ब्राउन, ग्रीन एण्ड लॉन्गमैन्स, 1856

दक्षिण अफ्रीका, अफ्रीका महाद्वीप

"The Coolies here." *(कुली आ गये हैं!)*

(Natal mercury अख़बार का हेडलाइन)*

मुक्त मारिया

1675 ई., केप ऑफ़ गुड होप, दक्षिण अफ्रीका

बंगाल के किसी गाँव से एक बालिका कब उठा कर चित्तगांग ले आयी गयी, ज्ञात नहीं। वो हिन्दू थी, या मुस्लिम? ब्राह्मण थी या आदिवासी? यह बताना भी कठिन है।

चित्तगांग से एक जहाज़ से उसे मछलीपट्टनम (आन्ध्र) ले जाया गया। मारिया की आँखों में बस जिज्ञासा थी, और उड़ने की ख़्वाहिश। यह किस्मत ही थी कि वह उस समय दुनिया की सैर पर निकल रही थी, जब हिन्दुस्तान पर मुग़लों का शासन था। मछलीपट्टनम से दक्खिन की ओर चली–बताविया (जकार्ता, इण्डोनेशिया)। जहाज़ के लम्बे सफ़र के साथ उस बालिका की उम्र भी बढ़ रही थी। अब जहाज़ के नाविकों और अधिकारियों की भी उस पर नज़र थी। वो कभी जहाज़ की डेक पर बाँहें फैलाये समन्दर देखती, और कभी पीछे छूटी ज़मीन को निहारती। पता नहीं, अपने गाँव से कितनी दूर आ गयी?

वहाँ से जहाज़ फिर रवाना हुआ और अब समन्दर की लहरें तेज़ हो गयी थीं। जहाज़ डोल रहा था, और वो भी डर कर जहाज़ में नीचे दुबक कर बैठ गयी थी। आख़िर जहाज़ अफ्रीका के दक्षिणी बिन्दु पर पहुँचा। केप ऑफ़ गुड होप। यहीं से उस बालिका का भविष्य जुड़ा है।

जहाज़ से उतार कर उसे कई और हमउम्र लड़कियों के साथ खड़ा कर दिया गया। वहीं ख़रीद–फरोख़्त हुई। एक हट्टे–कट्टे सुन्दर गोरे को वो

---

* "The coolies here", Natal Mercury, 22 November, 1860

पसन्द आ गयी। हान्स त्रौस्त एक फ़ौजी थे, और कुछ वर्ष पूर्व ही अफ़्रीका आये थे। वो उसे घर ले आये, और कुछ दिनों बाद चर्च ले जाकर उसको एक सुन्दर नाम दिया–मरिया। अब यही उसका नाम होगा।

मरिया दस वर्ष तक त्रॉस्त की ग़ुलाम रही। उन्होंने उसे जर्मन सिखा दी थी, और अब वह बंगाली भूल चुकी थी। मरिया अब एक अश्वेत जर्मन महिला थी। त्रॉस्त मरिया से इतने ख़ुश हुए कि आख़िर उसे मुक्त कर दिया। मरिया अब तक ग़ुलाम थी, यह भी शायद वह नहीं जानती थी। उसके लिए यह सब एक स्वप्न ही था।

मुक्त होने के बाद मरिया का क्या हुआ? यह राज ही रह गया। अक्सर ऐसी मरिया किसी अफ़्रीकी से विवाह कर लेती। और आज के अफ़्रीकियों में यह बंगाली ख़ून कहीं न कहीं ज़रूर बसता है।[1]

गुरदीन भागू और मोहनदास गाँधी

गुरदीन भागू की कहानी मुझे प्रेरित करती है। गिरमिटिया यायावरी, नेतृत्व–कौशल और उद्यमशीलता के प्रतीक थे गुरदीन।

गुरदीन लखनऊ के किसी गाँव से मात्र सोलह वर्ष की किशोरावस्था में एक फ्रेंच कैरिबियन द्वीप ग्वाडेलूप भेजे गये। एक आम मज़दूर के रूप में। वहाँ पाँच वर्ष गन्ने के खेतों में बिता कर गुरदीन भारत लौटे, और गुलाबा नामक महिला से विवाह किया। उन्हें पुनः वापस जाने की इच्छा हुई। पर इस बार किस्मत कैरिबियन न ले जाकर नटाल ले गयी। कहाँ कैरिबियन, कहाँ दक्षिण अफ़्रीका! सोचता हूँ कि उन्नीसवीं सदी में एक निरक्षर व्यक्ति कैसे विश्व के एक सिरे से दूसरे सिरे तक मज़दूरी कर रहा होगा?

गुरदीन जाति के अहीर थे, और नटाल में गिरमिटिया समय के बाद वहाँ की रेलवे लाइन बिछाने में लग गये। गन्ने के खेत से रेलवे लाइन तक आने के बाद आख़िर उन्होंने चार्ल्सटाउन में एक किराना दुकान खोली। बाद में न्यूकासल और इन्गांगाने में इसकी शाखाएँ भी खोल लीं। धीरे–धीरे यह गिरमिटिया इतना अमीर होता गया, कि अंग्रेज़ों को युद्ध के समय घोड़े भी बेचने लगा। यह अहीरों की ख़ासियत फिजी में भी थी। जो भारत में गाय–बकरी पालते, वो इन देशों में घोड़े भी पालने में कुशल थे।

गुरदीन पहलवान थे, और अखाड़ों में कुश्ती भी ख़ूब लड़ते थे। यह भी अहीरों की विशेषता थी। उनके और गुलाबा के सोलह बच्चे हुए।

उसी वक़्त लन्दन से आये बैरिस्टर मोहनदास करमचन्द गाँधी गिरमिटिया प्रथा के ख़िलाफ़ संगठित लड़ाई लड़ रहे थे। गुरदीन उनसे नियमित मिलते और योजना बनाते। गाँधी ने उन्हें न्यूकैशल में हड़ताल आयोजित करने को कहा, और गुरदीन ने हड़ताल का नेतृत्व भी किया। अब गुरदीन एक गिरमिटिया से सत्याग्रही बन चुके थे। 1913 ई. में हुई इन हड़तालों की वजह से ही आख़िर गिरमिटिया प्रथा का अन्त हुआ। इसलिए गिरमिटिया इतिहास में गुरदीन को याद करना ज़रूरी है।

गुरदीन का बनाया मन्दिर न्यूकैशल में शायद आज भी हो, पर मैं वो ढूँढ़ने न जा सका। न ही वहाँ के मित्रों से इस मन्दिर की ख़बर मिली। हाँ! एक पुराना कृष्ण मन्दिर ज़रूर है, पर गुरदीन अहीर का बनाया ही है, यह पक्के तौर पर नहीं कह सकता।[2]

पहला कुली या पहली ग़ुलाम?

दक्षिण अफ्रीका का नाम आते ही 'पहला गिरमिटिया' यानी मोहनदास करमचन्द गाँधी का नाम उभरता है, और उनकी चर्चा बेहतरीन रूप से कई विद्वानों ने की है।[3,4] 'पहला गिरमिटिया' गिरिराज किशोर जी की बेहतरीन रचना भी है। पर मैं यहाँ उनकी (गाँधीजी की) चर्चा कम करूँगा, और वास्तविक गिरमिटिया या 'कुली' की बात करूँगा, जिनकी वजह से गाँधी 'गिरमिटिया' रूप में आये और मोहनदास से महात्मा बनने की सीढ़ी चढ़ी।

पहले कुली कब आये, क्यों आये? अफ्रीका की धरती पर हिन्दुस्तानियों का इतिहास क्या है?

अफ्रीका के राष्ट्रपति डी क्लार्क अपनी जीवनी में लिखते हैं, उनकी एक पूर्वज बंगाल की डायना थीं।[5] कब आयीं, कैसे आयीं, पता नहीं। मैंने यह अध्याय लिखने से पहले ठान लिया कि डायना की गुत्थी सुलझानी है, और मैं कुछ सफल भी हुआ।

मैंने यह भी पढ़ा कि पहला हिन्दुस्तानी जो दक्षिण अफ्रीका पहुँचा, वो सम्भवतः 1771 ई. में कलगा प्रभु का परिवार था। यह बात सम्भवतः ग़लत है, पर कलगा प्रभु की कथा रोचक है।

कलगा प्रभु कोचीन के बड़े व्यापारी थे, जाति से गौड़ सारस्वत ब्राह्मण। उनकी धाक इतनी थी कि कोई उनसे भिड़ता नहीं था। एक दफ़ा किसी यहूदी रहाबी से उनकी क़ानूनी लड़ाई हुई, और कोचीन के महाराज ने उनके ख़िलाफ़ फ़ैसला दिया। बदले की भावना से वो मैसूर के सुल्तान हैदर अली के साथ मिलकर कोचीन के महाराज के ख़िलाफ़ साज़िश करने लगे। पर कोचीन के महाराज को ख़बर हो गयी। उन दिनों डच (नीदरलैण्ड) व्यापारी महाराज के सहयोगी थे।

डच लोग कलगा प्रभु और उनके परिवार, जिसमें उनके बड़े बेटे चिरदा प्रभु भी थे, को पकड़ कर दक्षिण अफ़्रीका के 'केप ऑफ़ गुड होप' छोड़ आये। कलगा प्रभु के परिवार का क्या हुआ पता नहीं, पर आज भी उनका बनाया 'केरलेश्वर मन्दिर' कोचीन के चेरलाई इलाके में मशहूर है।[6]

कलगा प्रभु से पहले भी लोग लाये गये। अफ़्रीका में जो भारतीयों की पहली खेप आयी, तब ग़ुलामी प्रथा का अन्त नहीं हुआ था। या यूँ कहें कि पहली खेप ग़ुलामों की आयी। ग़ुलाम यानी बिना किसी ऐग्रीमेण्ट के। एक आरी नामक बच्चा सूरत के तटों पर खेल रहा था, उसका अपहरण कर अफ़्रीका ले जाया गया। ऐसे ही तमाम बच्चों को चुराया गया।[7] स्वाभाविक है कि बच्चे चुरा कर ग़ुलाम बनाना आसान रहा होगा।[8] इन ग़ुलामों का कोई दस्तावेज़, कोई रिकॉर्ड नहीं। इसलिए यह सत्य नहीं, मिथक बन गये। पर मेरे लिए यह ज़िक्र करना आवश्यक है, क्योंकि वे आख़िर हिन्दुस्तान की धरती से चुराये गये।

मैंने इन गुलामों की जानकारी ढूँढ़ने का जब प्रयास किया तो मुझे नीदरलैण्ड के रिक्स संग्रहालय में एक तस्वीर मिली, जिसमें सत्रहवीं शताब्दी के अराकान (म्यांमार) के व्यापारी (जिन्हें 'माघ' कहा जाता) बंगाली ग़ुलाम बेच रहे थे। यह चित्तगांग (अब बांग्लादेश) के पोत से मसुलीपट्टनम* के रास्ते बंगाली ग़ुलामों को बताविया (जकार्ता) भेजते थे।[9] और वहीं से दक्षिण अफ़्रीका के 'केप ऑफ गुड होप' लाते थे। पहली ग़ुलाम जो दर्ज है, वो 1658 ई. में लायी गयी।[10] बाद में नागापट्टनम और पुलिकट के पोतों से 1658 ई. से 1660 ई. के मध्य 3,695 ग़ुलाम बताविया भेजे गये।[11] मैं यहाँ कहना चाहूँगा कि पहले बंगाली महिलाएँ, जो डच अधिकारियों की दासी थीं,

---

* मछलीपट्टनम

वही लायी गयीं। इस बात का पुख़्ता सबूत नहीं, पर शोध इसी ओर इशारा करते हैं। उनके ईसाई नाम रख दिये गये, या शायद वो ईसाई बना भी ली गयी थीं। मुझे यक़ीन है कि पूर्व राष्ट्रपति डी क्लार्क की पूर्वज डायना के भी तार इन्हीं बंगाली ग़ुलामों से जुड़े होंगे।

यह बंगाली महिलाएँ कई डच युवाओं की साझा रखैल होतीं।[12] कई वर्ष उसके साथ बिताने के बाद वो उसे मुक्त भी कर देते। कुछ ग़ुलाम महिलाओं को काफ़ी सम्पत्ति भी मिली। एक बंगाल की महिला अन्सेलिया का ज़िक्र आता है, जिसकी जागीर इतनी थी कि आज के दक्षिण अफ्रीका का 'ग्रूट कौन्स्टैंशिया' नामक सबसे पुराना 'वाइन एस्टेट' उसी की बेटी की सम्पत्ति थी।[13]

डच ग़ुलामों का इतिहास ख़ास लिखा नहीं गया। पर ब्रिटिश ग़ुलामों और कुलियों का विवरण दस्तावेज़ों में है।

गिरमिटिया जहाज़

1849 ई. में ई. आर. राथबोन नामक व्यक्ति ने नटाल में एक नदी किनारे पाँच एकड़ ज़मीन पर खेती शुरू की। वो मॉरीशस से चार भारतीय मज़दूर लेकर आये और अफ्रीका के पहले गिरमिटिया शायद वही थे। इनके नाम ढूँढ़ने की कोशिश में एक बाबू नायडू का नाम आता है, जिनकी सूरत उस नायडू से भी मिलती है जो बाद में किम्बरले के हीरा खदान में काम करते दिखे। पर इन बातों का रिकॉर्ड ढंग से नहीं मिलता। अगर मेरे कयास ठीक हैं, तो तेलुगु प्रदेश से बाबू नायडू पहले मॉरीशस में गिरमिटिया रहे, फिर नटाल में, और बाद में किम्बरले की हीरा खदान में मज़दूर। यह सब बस पहेली–सी लगती है, पर आज उनके वंशज ज़रूर अफ्रीका में मौजूद हैं।[14,15]

बँधुआ मज़दूर 1860 ई. से आने शुरू हुए। पहला जहाज़ 'त्रुरो' मद्रास से चला, जिसमें 342 लोग सवार थे। इसमें 190 वयस्क पुरुष, 80 वयस्क महिलाएँ और 72 बच्चे थे। इनमें 163 हिन्दू थे बाक़ी मुस्लिम और ईसाई थे। फिर कलकत्ता से जहाज़ आने शुरू हुए। यह यात्राएँ छोटी (लगभग तीन हफ़्ते) थीं, पर कठिन थीं। कलकत्ता से आये 'बेलवेदर' जहाज़ में 29 लोग रास्ते में ही मर गये।

मेरे मन में यह प्रश्न आया कि जो अफ्रीका पूरी दुनिया को ग़ुलाम भेज रहा था, भला वहाँ मज़दूरों की क्या किल्लत? अफ्रीका में भारत से मज़दूर का तुक नहीं बैठता। एक कारण सम्भव है कि जुलू आदिवासी किसानी के लिए उपयुक्त न हों। पर असल कारण कुछ और ही था। उन दिनों नटाल के सचिव शेपस्टोन साहब ने एक क़ानून बनाया कि अफ्रीकी मूल लोगों को एक ख़ास इलाके में रख कर उन्हें स्वावलम्बी बनाया जायेगा। इसलिए उनको एक घेरेबन्द इलाके में डाल दिया गया। ऐसी हालत में खेती के लिए मज़दूरों की कमी हो गयी और तभी मज़दूर भारत से बुलाये जाने लगे।[16]

1861 से 1867 ई. के मध्य 6,450 भारतीय लाये गये।[17] कुछ लोग यहाँ अनजाने में आ गये। 1865 ई. में एक डेमेरारा जा रहा जहाज़ 'फूजीलियर' अफ्रीका के पास पहुँचते ही डूबने लगा, तो उन्हें बचा कर नटाल लाया गया और मज़दूर यहीं रह गये।[18] जा रहे थे गयाना, पहुँच गये अफ्रीका! अगले पचास वर्षों में कुल डेढ़ लाख मज़दूर दक्षिण अफ्रीका के गन्ने के खेतों में काम करने लगे। यह मुख्यतः नटाल इलाके में आये। इनमें लगभग 60 प्रतिशत तमिल और तेलुगु प्रदेशों से थे। बाक़ी मज़दूरों में मुख्यतः बिहार और उत्तर प्रदेश से। इनमें 80 प्रतिशत हिन्दू थे और 15 प्रतिशत मुसलमान।

इन मज़दूरों की बहाली भी गिरमिटिया क़ानून के तहत पाँच वर्षों के ऐग्रीमेण्ट पर ही हुई (परिशिष्ट–6)। और यह भी अरकाटी एजेण्टों द्वारा उतने ही ठगे गये। हालाँकि यहाँ तमिल–तेलुगु प्रदेशों के लोग अधिक थे, तो उनके तरीक़े उत्तर भारत के अरकाटियों से अलग थे। एक उदाहरण दे रहा हूँ।

गोविन्दस्वामी सुप्पन मद्रास रेलवे में सर्वे वग़ैरह करते थे और साथ–साथ मैट्रिक की तैयारी कर रहे थे। उनकी इच्छा एक शिक्षक बनने की थी। एक एजेण्ट ने उन्हें कहा कि अफ्रीका में भी यही काम करना होगा और बेहतर वेतन मिलेगा। गोविन्दस्वामी जब नटाल पहुँचे, उन्हें गन्ने के बागान में खेती करने भेज दिया गया। उन्होंने कभी इतनी मेहनत का काम किया नहीं था। उनकी कमर टूट गयी, वह बीमार रहने लगे। आख़िर उनके साथ वहीं बागान पर कुछ ऐसी दुर्घटना हुई कि लकवा मार गया।

उन्हें भारत वापस भेज दिया गया। पता नहीं, वो कभी शिक्षक बन पाये या नहीं।[19]

यहाँ भी बैरक की स्थिति दयनीय थी। बैरक बीमारियों के गढ़ थे। यहाँ भारतीयों को 'एस्टेट' की 3.2 कि.मी. की परिधि से निकलना वर्जित था। परमिट लेना होता था। इनकी ग़लतियाँ आपराधिक जुर्म मानी जाती थीं, जिसके लिए कारावास की सज़ा भी होती थी।

यहाँ भी अन्य गिरमिटिया द्वीपों की तरह हिंसा आम थी। दोनों पक्ष से। एक दफ़ा अलेक्ज़ैंडर नामक एक मैनेजर ने गोंडा (यू.पी.) से आये मज़दूर को देर रात घास काटने को कहा। उसने मना कर दिया तो उसके अण्डकोश पर लात मारी। इतने में उसके साथी बृजमोहन और बुधरी आ गये। उन्हें भी जब अलेक्ज़ैंडर ने मारा, तो तीनों मिल कर उसे पीटने लगे। आख़िर अलैक्ज़ैंडर ने जान की भीख माँगी तो छोड़ दिया। पर उन्हें भय हुआ कि वो वापस अपने साथियों या पुलिस लेकर न आ जाये। उन्होंने उसी रात अलेक्ज़ैंडर की पत्थर मार कर हत्या कर दी।[20]

गिरमिटिया देशों में फिजी के बाद सबसे अधिक आत्महत्याएँ भी अफ्रीका की बागानों में ही हुईं। ख़ासकर 'रेनॉल्ड्स ब्रदर्स' के बागानों में जीवन बहुत ही यातनापूर्ण था।[21]

अफ्रीका की महिला कुली

जहाँ बाक़ी द्वीपों पर महिलाओं की अधिक माँग थी, अफ्रीका में बागान मालिक महिलाओं का आना पसन्द नहीं करते। उन्हें मात्र पुरुष चाहिए थे। उनका मानना था कि अगर इन कुलियों ने परिवार बसा लिया तो वो यहीं जम जायेंगे। इसलिए अफ्रीका में शुरुआती समय में महिलाओं की काफ़ी कमी थी।

बैरकों के कमरों की भीड़ और महिलाओं की कमी से विचित्र परिस्थितियाँ उत्पन्न होतीं। इस सम्बन्ध में मुलवा–नुतनी दम्पति की कथा उल्लेखनीय है। यह दम्पति 1879 ई. में एक ही जहाज़ पर नटाल आये और एक ही बागान पर पहुँचे। शुरुआत में उन्हें पुनिया नामक एक कुली के साथ रहने को कहा गया, जहाँ नुतनी घरेलू काम करती। नुतनी को न वेतन मिलता, न काम। मुलवा को यह पसन्द नहीं था कि एक पराये मर्द के

साथ उसकी पत्नी को रहना पड़े। उसने शिकायत की तो उसे साहेबदीन और मुरूगेशन के पास ज़बरदस्ती रख दिया गया। एक दिन उसकी पत्नी नुतनी ने कहा, "तुम काम पर जाओ। नहीं जाओगे, तो हमें खाना कौन देगा?" जब मुलवा काम के बीच घर लौटा तो उसकी पत्नी साहेबदीन के साथ लेटी थी। मुलवा ने कुल्हाड़ी से अपनी पत्नी का गला काट दिया।

उसने अपना जुर्म तो कबूल किया ही, पर जज को सारी बात स्पष्ट बतायी। जज ने भारी मन से उसे फाँसी की सज़ा सुनायी और फ़ैसले में यह भी कहा कि गर बैरकों की स्थिति यही रही, तो ऐसे अपराध रोज़ होंगे।

स्त्रियों की कमी या इस यातनापूर्ण माहौल से कुछ विचित्र यौन हिंसाएँ भी देखी गयीं। जहाँ अंग्रेज़ और सरदारों द्वारा महिलाओं के साथ ज़बरदस्ती और यौन हिंसा आम थी, वहीं कम–से–कम दो ऐसे मामले दर्ज़ हैं, जहाँ गिरमिटिया पशुओं के साथ यौन–सम्बन्ध बनाते पकड़े गये। एक गिरमिटिया ने किसी और सन्दर्भ में कहा–

"हमें इस बँधुआ मज़दूरी में पशु ही समझा गया, और इसलिए हम भी समय के साथ पशु ही बन गये।"[22]

ब्रिटिश सरकार ने आख़िर यह नियम बना दिया कि हर 100 पुरुषों के साथ कम से कम 40 महिलाएँ भी नटाल भेजी जायेंगी। महिलाओं के आने के बाद बागान मालिकों को उनका मूल्य समझ आया। भारतीय महिलाएँ भी गन्ना खेती में जम कर सहयोग देने लगीं। ख़ासकर चाय बागानों पर तो महिलाएँ पुरुष से अधिक कारगर सिद्ध हुईं। लेकिन यह भी सच है कि महिलाओं को पुरुषों से लगभग आधा वेतन मिलता और ख़ूब शोषण होता।

अफ्रीका में जातिवाद

यह बात कहने की आवश्यकता नहीं कि इन कुलियों में भी बाक़ी गिरमिटियों की तरह जातिवाद ख़त्म हो गया। सब साथ एक ही खेत में काम करते, एक ही बैरक में रहते, एक ही तरह का भोजन करते।

1885 ई. में 'व्रैग कमिशन' को एक मज़दूर रामदीन ने कहा–

"मुझे आपने अलग–अलग लोगों के साथ खिलाया। अलग–अलग जाति के साथ। अब मैं भ्रष्ट हो गया। मुझे भारत में लोग अपने साथ बैठ कर खाने भी नहीं देंगे। किसी भी तरह की भरपाई मेरी जाति वापस नहीं ला सकती।"

रामदीन बहराइच से आये थे, और दक्षिण अफ्रीका में ठीक–ठाक कमाया भी। बाद में अपने बड़े भाई की मृत्यु के बाद, वो अपनी भाभी को भी भारत से ले आये, और उन्हें पत्नी बना लिया। जहाँ एक ओर रामदीन स्वयं को भारत में जाति से बहिष्कृत पाते हैं, वहीं दूसरी ओर एक विधवा से विवाह भी करते हैं। वो शायद यह जानते थे कि विधवा और विजातीय, दोनों का जीवन भारत में उस वक़्त कठिन था।

वहीं बुलन्दशहर के एक ब्राह्मण छज्जू का ज़िक्र आता है, जिसने अपनी जाति अंग्रेज़ों को जाट बतायी। ब्राह्मणों को कुली बनाकर नहीं ले जाया जाता, इसलिए यह झूठ बोलना पड़ा। छज्जू नटाल पहुँच गये। पर उनके पिता को जब ख़बर हुई, तो उन्होंने कलकत्ता चिट्ठी लिखी कि छज्जू को वापस बुलाया जाये। छज्जू का गाँव में विवाह हो चुका था और उसकी पत्नी भारत में ही थी। छज्जू ने भारत लौटने से इनकार कर दिया, क्योंकि नटाल का जीवन बेहतर था। नटाल का गिरमिटिया जीवन बेहतर? फिर बुलन्दशहर की हालत कितनी बदतर होगी? छज्जू के पिता ने वापस लिखा कि मेरा बेटा मेरे लिए मर गया।

जहाँ छज्जू को मेहनत–मज़दूरी रास आयी, वहीं रबीलाल और पवनसुख नामक दो ब्राह्मणों ने नटाल पहुँच बागान में काम करने से मना कर दिया। उन्होंने कहा कि ऐसे तुच्छ काम ब्राह्मण जीवन भर न करें। उन्हें वापस भारत भेज दिया गया। जातियों के निर्वाह के लिए अफ्रीका में कोई जगह नहीं थी। वहाँ जाति–मुक्त ही प्रवास योग्य थे।[23]

कुलियों का अपना नटाल

दस साल के बाद इन कुली मज़दूरों को वापस भारत लौटने की इजाज़त थी, लेकिन अधिकतर वापस नहीं लौटे और वहीं नटाल में बस गये। अधिकतर वहीं ज़मीन लीज पर लेकर फल–सब्ज़ी उगाने लगे। यह धन्धा इतना फैला कि 1885 ई. तक बस नटाल में 2,000 फल–सब्ज़ी विक्रेता बन गये, जो वे अपने खेत में उगाते थे। उन दिनों, फल–सब्ज़ी की टोकरियाँ सिर पर लेकर घर–घर घूमते हिन्दुस्तानी कुली आम थे। बल्कि इनकी सब्ज़ियाँ इतनी ताज़ी और सस्ती होतीं कि लोगों ने बाज़ार से ख़रीदना ही बन्द कर दिया।[24]

1861 ई. में बाबू नायडू नामक भारतीय ने डरबन के फील्ड स्ट्रीट में पहली मसालों की दुकान भी खोली।[25] 1869 ई. से कई भारतीय डरबन आने लगे। 1872 ई. में अबू बकर अहमद झवेरी नामक बड़े हिन्दुस्तानी व्यापारी नटाल आये। इसके बाद गुजरात के पोरबन्दर इलाके से कई मेमन व्यापारी आने लगे। 1877 ई. से हीरे के खदानों में भी काम करने लोग आने लगे। इन गुजरातियों को अंग्रेज़ गलती से 'अरब' बुलाते, क्योंकि ये मुसलमान थे। ये कुर्ती और इज़ार पहनते और सिर पर अरबी लोगों की तरह तुर्क टोपी, पर थे यह हिन्दुस्तानी।[26] इस तरह के जो व्यापारी हिन्दू भी थे, उन्हें 'कुली' नहीं कहा जाता, 'पैसेंजर' कहा जाता; क्योंकि ये अपने ख़र्च पर अफ्रीका आये थे और किसी कॉन्ट्रैक्ट के तहत नहीं आये थे।

गुजरातियों का रुतबा अलग था। इन्होंने अपनी कम्पनियाँ बनायीं, धन्धे शुरू किये और अंग्रेज़ों से व्यापार में प्रतिद्वन्द्विता भी करने लगे। इन्होंने कई भारतीय मज़दूरों को भी अपनी कम्पनी में भर्ती किया, पर यह उनसे दूरी बना कर रखते थे। ये हिन्दुस्तान से भी ज़्यादा जुड़े थे, और अक्सर आते–जाते रहते थे। न भी जाते तो भारत पैसे भिजवाते। वहाँ स्कूल खुलवाते, कुएँ ख़ुदवाते। आज के गुजरात के विकास की नींव में इन व्यापारियों का योगदान भी है। हिन्दुओं का भी और मुस्लिमों का भी।

अंग्रेज़ों के लिए इन भारतीय व्यापारियों से मुक़ाबला कठिन हो रहा था। उनके हिसाब से भारतीय बेईमान थे, कम मुनाफ़े में सामान बेच कर अंग्रेज़ों से बाज़ार छीन लेते थे। वे अफ्रीकी लोगों को सस्ती शराब पिलाकर ख़ुश रखते थे। 1894 ई. तक नटाल में कुल 46,000 भारतीय हो गये, जबकि अंग्रेज़ों की जनसंख्या लगभग 45,000 थी।

इसी मध्य विवाद शुरू हुए, और 1893 ई. में मोहनदास करमचन्द गाँधी नामक वकील सेठ अब्दुल्ला का एक मुक़दमा लड़ने आये। उन्हें 140 पाउण्ड के मेहनताने पर बुलाया गया, और सेठ अब्दुल्ला ने 40,000 पाउण्ड की रकम वसूली के लिए मुक़दमा किया था। इनका जीवन अच्छा चल रहा था कि एक दिन एक लहुलूहान बँधुआ मज़दूर उनके पास आया। इसके बाद जो घटनाओं की श्रृंखला हुई, वो कई बार लिखी जा चुकी है और इस किताब के दायरे से अलग है। लेकिन दक्षिण अफ्रीका में उठी यह आग आख़िर तमाम द्वीपों के बँधुआ मज़दूरों को मुक्त करने में सफल रही।

अब यह गिरमिटिया आज़ाद होने लगे, भारतीय कई रूपों में अफ्रीका में बढ़ने लगे, उनका उद्योगों में प्रवेश बढ़ने लगा। 1870 ई. के दशक में डरबन की ताज़ी बैक–वाटर्स मछलियों का उद्योग भारतीयों के कब्ज़े में था। 1903 ई. के एक आँकड़े के अनुसार चीनी मिलों और ऊन की सफ़ाई के 87% मज़दूर, चाय–कॉफी उद्योग के 91% मज़दूर और माचिस उद्योग के 82% कर्मी भारतीय थे। यहाँ तक कि 1902 ई. में लगभग 500 सफ़ाई कर्मचारी और 18 पुलिस कॉन्स्टेबल भारतीय थे।

आज दक्षिण अफ्रीका के क्वाजुलू–नटाल प्रान्त में सबसे अधिक भारतीय हैं। कुल भारतीय जनसंख्या के 72 प्रतिशत। गौतेंग में 20 प्रतिशत भारतीय रहते हैं। इन इलाकों में मन्दिर–मस्जिद, हिन्दी फ़िल्में, भारतीय भोजन सब उपलब्ध है। चैट्सवर्थ, फिनिक्स और लिनेसिया जैसी जगहों में ख़ासकर भारतीयों की सघनता अधिक है। 1869 ई. में पहला लकड़ी का मन्दिर रॉसबर्ग में तैयार हुआ। फिर तो नटाल में एक–एक कर कई मन्दिर बन गये।

(गाँधी के समर्थन में हड़ताल पर भारतीय, 1930
चित्र : [Public domain], via Wikimedia Commons*)

मेरा निष्कर्ष है कि दक्षिण अफ्रीका में दो मुख्य चीज़ों ने भारतीयों को आपस में बाँध कर रखा। एक तो मोहनदास करमचन्द गाँधी का दिया शब्द 'भारतीयता'। और दूसरा 'धर्म'।

* http://www.oldindidanphotos.in/2010_12_12_archive.html

सन्दर्भ

1. जे. होगे, पर्सोनालिया ऑफ़ द जर्मन्स ऐट द केप 1652–1806, केपटाउन एनसेस्ट्री 24, 2004
2. अश्विन देसाई और गुलाम वाहिद, इनसाइड इण्डियन इण्डेंचर : अ साउथ अफ्रीकन स्टोरी
1860–1914, एच.एस.आर.सी. प्रेस, 2010

3–4. गिरिराज किशोर, पहला गिरमिटिया, भारतीय ज्ञानपीठ, 2011

5. रामचन्द्र गुहा, गाँधी बिफोर इण्डिया पेंग्विन इण्डिया, 2013
6. एफ. डब्ल्यू. डी क्लार्क, द लास्ट ट्रेक : अ न्यू बिगिनिंग, सेंट मार्टिन्स प्रेस, 1999
7. हिस्ट्री ऑफ़ गौर सारस्वत ब्राह्मिन्स (इण्टरनेट स्रोत)
8. मारिउस फ्रांकोइस वालकौफ़, न्यू लाइट ऑन अफ्रीकान्स एण्ड मलायो–पोर्तगीज़, एडीशन्स पीटर्स, 1972
9. एनुगा एस. रेड्डी. इण्डियन स्लेव्स इन साउथ अफ्रीका : अ लिटल नोन आस्पेक्ट ऑफ़ इण्डियन–साउथ अफ्रीकन रिलेशन्स, आर्टिकल्स, पेपर्स एण्ड स्पीचेज़, नवम्बर, 1990
10. विल ओ. डिक. ऐन एण्ड ऑफ़ द हिस्ट्री ऑफ़ साइलेंस : द डच ट्रेड इन एशियन स्लेव्स–अराकान एण्ड बे ऑफ़ बंगाल 1621–1665, इण्टरनैशनल इन्स्टीट्यूट फॉर एशियन स्टडीज़ न्यूज़लेटर 46
11. परबावती राम, अ फॉरगोटेन इण्डियन डायस्पोरा : फोर्स्ड इण्डियन माइग्रेशन टू द केप कॉलोनी 1658–1834, डॉक्टरल डिज़र्टेशन, यूनिवर्सिटी ऑफ़ वेस्टर्न केप
12. अंशु दत्ता, फ्रॉम बंगाल टू द केप : बंगाली स्लेव्स इन साउथ अफ्रीका फ्रॉम सेवेंट्टींथ टू नाइटीन्थ सेंचुरी, झिलिब्रीस, 2013
13. रॉबर्ट कार्ल हिन्ज़–शेल, स्लेवरी ऐट द केप ऑफ़ गुड होप 1680–1731, डॉक्टरल डीज़र्टेशन येल यूनिवर्सिटी

14–15. गेराल्ड ग्रॉनेवाल्ड, डायनास्टी बिल्डिंग, फैमिली नेटवर्क्स एण्ड सोशल कैपिटल : अल्कोहल पैक्टर्स एण्ड द डेवलपमेण्ट ऑफ़ कोलोनियल एलीट ऐट द केप ऑफ़ गुड होप 1760–1790, न्यू कॉन्ट्री. नं. 62, 2011

16. ई. एच. ब्रूक्स एण्ड वेब, हिस्ट्री ऑफ़ नटाल, यूनिवर्सिटी ऑफ़ नटाल प्रेस, 1979
17. सुरेन्द्र भाना और जॉय ब्रेन, सेटिंग डाउन रूट्स : इण्डियन इमिग्रेंट्स इन साउथ अफ्रीका, विटवाटरस्ट्राण्ड यूनिवर्सिटी प्रेस, 1989
18. वही (सन्दर्भ 15)
19. डेविड नॉर्थप इन्डेंचर्ड लेबर इन द एज ऑफ़ इम्पिरियलिज़्म 1834–1922, कैम्ब्रिज यूनिवर्सिटी
प्रेस, 1995
20. सुरेन्द्र भाना (सं. 15)
21. अश्विन देसाई (सं. 2)
22. वही (सं. 2)
23. सुरेन्द्र भाना (सं. 15)
24. जॉर्ज रसेल, द हिस्ट्री ऑफ़ ओल्ड डरबन एण्ड रिमिनिशेन्सेस ऑफ़ ऐन इमिग्रेंट ऑफ़ 1850, टी. डब्ल्यू. ग्रिब्स, 1899
25. सुरेन्द्र भाना (सं. 15)
26. वही (सं. 15)

कनाडा, उत्तर अमेरिका

"हिन्दू इस देश के वातावरण के लिए अनुकूल नहीं हैं।"
–मेकिंजी किंग (पूर्व श्रम मन्त्री, कनाडा)*

सराबा का सिक्ख

सराबा पश्चिमी लुधियाना का एक बड़ा सिख गाँव है जहाँ आज लगभग 700 घर खड़े हैं। जब भी इस गाँव का नाम सुनता हूँ, इसी गाँव के करतार सिंह सराबा याद आ जाते हैं। वही करतार सिंह सराबा जो महज़ सत्रह वर्ष की अवस्था में अमेरिका में गदर पार्टी से जुड़े और उन्नीस वर्ष की उम्र में 1915 ई. में लाहौर जेल में फाँसी पर लटक गये। मरणोपरान्त भी भगत सिंह उन्हें अपना गुरु मानते थे। करतार सिंह जी की लिखी इस कविता ने उस समय क्रान्ति के बीज बोये थे–

"सेवा देस दी जिंदरिए बड़ी औखी
गल्लां करियाँ ढेर सोखलियाँ ने,
जिंहने देस दी सेवा च पैर पाईयाँ,
ओहना लख मुसीबतां झेलियाँ ने।"

इसी गाँव में कुछ वर्ष पहले महफ़िल जमी थी। तमाम फ़ौजी सिख केन्द्र में और उनके चारों ओर बैठा पूरा गाँव। ये अभी–अभी विदेश घूम कर आये थे, और जब भी कोई विदेश से आता तो वहाँ की कहानियाँ सुनाता। पर आज वो जिस देश की कहानी सुना रहे थे, वो आने वाले दशकों में लाखों पंजाबियों का भविष्य बनेगा।

---

* Quoted in 'The Karma of Brown folk' by Vijay Prashad

कनाडा! बर्फ़ से लदा स्वर्ग जहाँ महारानी विक्टोरिया का राज था। यह फ़ौजी अभी–अभी वहीं से लौटे थे। ऐसा देश जो एक स्वप्न ही लगता है। मीलों दूर तक खाली ज़मीन, कि न जाने कितने पंजाब बस जायें। इतने बड़े खेत जिसकी सीमा ही नज़र न आये। चहुँदिशा में शान्ति और धन का खज़ाना।

पिण्ड के लोगों ने कहानी सुनी और भूल गये, पर उनमें एक किशोर की आँखों में जैसे वह धरती बस गयी। उसके स्वप्न में अब वो उत्तर का स्वर्ग था। उसने ठान लिया कि वो कनाडा जाकर ही रहेगा। और इसके लिए धन जमा करना शुरू कर दिया।

1913 ई. में यह युवा बग्गा सिंह अपनी पत्नी और दो बेटियों को गाँव में छोड़कर कनाडा (ब्रिटिश कोलम्बिया) के जहाज़ पर निकल पड़े। वो यह वादा कर गये कि एक दिन वो उनको लेने ज़रूर आयेंगे। कनाडा का सफ़र कई पड़ावों से गुज़रता एक लम्बा सफ़र था, पर बग्गा सिंह अकेले न थे। उनके साथ कई सिख थे, मात्र पुरुष। उस वक़्त कनाडा में परिवार ले जाने की इजाज़त नहीं थी।

कनाडा पहुँच कर बग्गा सिंह वहाँ के 'वेस्टमिन्स्टर' नामक शहर पहुँचे। कई और सिखों की तरह वो भी बरसों एक मिल से दूसरी मिल में मज़दूरी करते रहे। कभी एक शहर तो कभी दूसरे शहर। मिल से जब बग्गा सिंह लौटते तो कपड़ों में लकड़ी का बुरादा चिपका होता, और शरीर से रेसिन की बदबू। हाथ में एक मोटी लकड़ी उठाये, वो अपनी मज़दूर–बस्ती के झोंपड़े में लौटते कि आज खाना बना सकें। यही सिलसिला एक दशक तक चलता रहा। आख़िर वो पाल्डी नामक शहर में बसे। पाल्डी भी पंजाब का ही गाँव है, और उसी के नाम पर एक धनी सिख मायो सिंह ने कनाडा में यह शहर बसाया।

बग्गा सिंह अब भी अकेले थे। वो उस दिन का इन्तज़ार करते रहे जब वह परिवार को वापस ला पायेंगे। इस इन्तज़ार में 17 साल लग गये, तब आख़िर बग्गा सिंह अपने परिवार को कनाडा ला पाये। यह कहानी बस बग्गा सिंह की नहीं, कनाडा के तमाम उन शुरुआती सिखों की है जिनकी बुनियाद पर आज कनाडा का भारतीय समुदाय टिका है।[2]

एम्प्रेस ऑफ़ एशिया

यूँ तो 18वीं सदी में भारत से पुर्तगाली और ब्रिटिश लश्कर कनाडा आये थे, पर वो इस ठण्डी जगह पर रहने लग गये, इसका सबूत मेरे पास नहीं। यह शुरुआत 1847 ई. की एक सिख बटालियन से हुई जो कनाडा भेजी गयी थी।[3] उस समय कनाडा सरकार चाहती थी कि लोग वहाँ बसें। उन्हें यह भय था कि कहीं अमेरिका कब्ज़ा न कर ले। सिख बटालियन उस वक़्त तो वापस देश लौट गयी, पर कनाडा अपनी आँखों में बसा ले गयी। वैसे भी देश में ज़मीन सँभालनी कठिन थी, और पेंशन भी कम था। इन सिख फ़ौजियों में से ही कुछ लोग वापस कनाडा आकर बस गये। धीरे–धीरे इन्होंने रिश्तेदारों और पंजाबवासियों को बुलाना शुरू किया। चूँकि भारत और कनाडा दोनों ही ब्रिटिश महारानी के राज में थे, यह आसान था।

उन दिनों कनाडा में रेलवे की पटरियाँ बिछाई जा रही थीं। कनाडा की दो बड़ी कम्पनियों 'कनाडा पैसिफ़िक रेलवे' और 'हडसन बे कम्पनी' को मज़दूरों की सख़्त ज़रूरत थी। तभी उन्होंने भारत से कई सिख बहाल किये।

कड़ाके की ठण्ड में रेलवे की लाइनें बिछाना एक आसान कार्य न था। लोहे की भारी पटरियाँ, कँपकँपा देने वाली सर्दी, चारों तरफ़ बर्फ़ और इस प्रतिकूल वातावरण में मेहनत करते ये सिख। वहीं लकड़ियों पर आग जला कर दाल–चावल पकाना और पटरियों के किनारे तम्बू में सो जाना। पहले मैं यह कहानियाँ गिरमिटिया पर लिखी किताब से अलग कर रहा था, पर जितना पढ़ता गया, कनाडा के सिख मुझे गिरमिटिया कुलियों के करीब नज़र आने लगे। भले ही कभी इन्हें 'कुली' न कहा गया हो।

कनाडा गिरमिटिया देशों से अलग इसलिए था कि इन्हें अपने ख़र्च पर यह सफ़र तय करना था। वहाँ जाना भी उस वक़्त इतना आसान न था। सिख अपने गाँव के गुरुद्वारे में मत्था टेक कलकत्ता की ट्रेन पकड़ते। अन्दाज़न उस वक़्त कलकत्ता तक सफ़र में चार दिन लगते होंगे। भारतीय 'थर्ड–क्लास' में ही अक्सर सफ़र करते, पंजाब से कलकत्ता इस भीड़–भाड़ में जैसे–तैसे सोते–जागते जाना सुखद तो नहीं ही रहा होगा।

हावड़ा स्टेशन पर गुरुद्वारे के लोग खड़े होते, जो उनका ख़याल रखते। कलकत्ता से फिर हांगकांग के लिए जहाज़। कई जहाज़ थे–

डॉलर कम्पनी के, जार्डाइन कम्पनी के, मैकिन्जी के। यह माल ढोने वाले जहाज़ थे, जिन पर कोयला इत्यादि चढ़ाया जाता। इसी कोयले वाली जहाज़ पर 'बेसमेंट' में सवारी भी चढ़ा ली जाती। हांगकांग तक के सफ़र में पन्द्रह–बीस दिन लग जाते। जहाज़ पर ही चूल्हा जलता और सब ख़ुद खाना बनाते। वहीं तम्बू लगाकर सिख खाने बैठते। तम्बू इसलिए कि जहाज़ पर अक्सर बारिश होती। बारिश ही क्या, तूफ़ानी लहरें चलतीं। खाने के बर्तन इस कोने से उस कोने चले जाते और यात्री दौड़–भाग कर यही सँभालते रहते।

जहाज़ रंगून, पेनांग (मलेशिया), और सिंगापुर में रुकते हुए आख़िर हांगकांग पहुँचता। हांगकांग में भी गुरुद्वारा था, जहाँ सिखों के रुकने का इन्तज़ाम था। इन्तज़ाम यानी गुरुद्वारे के आँगन में सोना और लंगर खाना। यहीं कनाडा के अधिकारी इनका साक्षात्कार करते, तमाम जाँच करते। कुछ लोगों को तो साल भर हांगकांग में ही जाँच वग़ैरह के लिए रुकना पड़ जाता। कई दफ़े पति के काग़ज़ पास हो जाते, पत्नी और बच्चों को हांगकांग में ही इन्तज़ार करना होता। यह सब कितना कठिन रहा होगा! पर गनीमत थी कि इन सबकी देखभाल का ज़िम्मा गुरुद्वारा ने उठा रखा था। हांगकांग से आख़िर वैंकूवर के लिए जहाज़ रवाना होता। टोक्यो, नागासाकी, होनोलुलू के रास्ते कनाडा।

इन जहाज़ों में सबसे लोकप्रिय जहाज़ था–'एम्प्रेस ऑफ़ एशिया'।

1906–07 के मध्य लगभग 4,700 भारतीय कनाडा पहुँचे, जो मुख्यतः पंजाबी थे। कनाडा की धरती पर अश्वेत सिखों का आना वहाँ के गोरों ने कैसे लिया होगा? नस्लीय बीज तभी उपजता है, जब नस्लें आनी शुरू होती हैं। वहाँ अफ्रीकी अश्वेत थे, पर यह सिख एक अलग ही नस्ल नज़र आ रहे थे और वो विदेशी धरती से आये थे।

उन दिनों वहाँ ऐसे होटल और सिनेमा हॉल थे, जहाँ बस श्वेत ही जा सकते थे। कनाडा के मूल श्वेत और अश्वेत दोनों ही इन बाहरी लोगों को पसन्द नहीं करते, और मार–पीट भी करते। उनके आने के साथ ही 1907 ई. में एक वीभत्स दंगा हुआ जिसमें इनके घर पर हमला हुआ और दुकानें तोड़ दी गयीं। सिखों से घृणा धीरे–धीरे बलवती होती गयी। 1908 ई. में ही योजना बन गयी कि सभी भारतीयों (ज़िन्हें वह 'हिन्दू' कहते) को

कनाडा से ले जाकर ब्रिटिश होंडुरास में पटक दिया जाये।[4] पर सौभाग्य से यह हुआ नहीं।

सिखों ने भी अपने क़दम जमाने शीघ्र शुरू कर दिये। सिखों का शुरुआती पड़ाव कनाडा का 'ब्रिटिश कोलम्बिया' इलाका था। यहीं वैंकूवर में 1907 ई. में 'वैंकूवर खालसा दीवान सोसाइटी' की स्थापना हुई और अगले ही साल पहला गुरुद्वारा भी बन कर तैयार हो गया।

सिखों के प्रवास पर कई तरह की नकेल कसी गयी। 1908 ई. से 1919 ई. के बीच भारतीयों को पत्नी या परिवार लाना वर्जित था। ऐसे कठिन प्रवास से कुछ सिख वापस भारत भागने लगे। 1957 ई. तक यह क़ानून भी था कि 100 से ज़्यादा भारतीय साल भर में नहीं आ सकते। और तो और, शर्त यह थी कि जो भी भारतीय आये, वो कम–से–कम दो सौ डॉलर लेकर आये। ऐसी शर्तों और कई भारतीयों के वापस लौटने की वजह से 1914 ई. तक बस 2,000 भारतीय रह गये।

कोमागाटू मारू

इस जहाज़ की चर्चा के बिना कनाडा के हिन्दुस्तानियों का इतिहास अधूरा है। सन् 1914 ई. में हांगकांग से चले इस 'कोमागाटू मारू' जहाज़ पर 376 पंजाबी सवार थे।

यह कई मामलों में विद्रोही जहाज़ था। यह इस क़ानून का विरोध कर रहा था कि सौ से अधिक लोग कनाडा क्यों नहीं आ सकते। इस जहाज़ को लाने वाले सरहाली के गुरदीत सिंह सन्धू 'गदर पार्टी' के नेता थे जिनका साथ बरकतुल्लाह भी दे रहे थे। यह अन्दाज़ा लगाया जा सकता है कि जहाज़ पर ब्रिटिश हुकूमत के ख़िलाफ़ बाग़ी माहौल था। यह सम्भव है कि पूरे सफ़र में नारेबाज़ी और सिख एकता के भाषण दिये जा रहे हों।

वैंकूवर पहुँचते ही यात्रियों को रोक लिया गया। बस 20 लोगों को उतरने दिया गया। सौ भी नहीं, बस बीस! बाकियों को आँख की झूठी बीमारी 'ट्रैकोमा' से पीड़ित बता कर रोक दिया गया। यात्री भी अड़ गये, और जहाज़ से ही क़ानूनी लड़ाई लड़ने लगे। जहाज़ दो महीने वैंकूवर में ही खड़ा रहा और वैंकूवर गुरुद्वारा उनके भोजन का प्रबन्ध करता रहा।

बग्गा सिंह (जिनकी कहानी ऊपर कही है) ने एक कमेटी बना कर तट से इस लड़ाई का नेतृत्व किया।

यह गर्मी का महीना था, और जहाज़ पर दयनीय हालत थी। आख़िर कनाडा सरकार ने आदेश दिया कि गर यह जहाज़ वापस नहीं लौटता, तो इसे उड़ा दिया जाये। 'कोमागाटू मारू' को आख़िर लौटना पड़ा।

जब ये लौटकर बोज–बोज बन्दरगाह, कलकत्ता पहुँचे तो इन्होंने विरोध किया कि 'ब्रिटिश राज' इनके साथ सौतेला व्यवहार करता है। बोज–बोज से मुझे अनायास ध्यान आया कि ये वही बन्दरगाह है जहाँ स्वामी विवेकानन्द शिकागो से आकर उतरे थे। पर आज यहाँ शान्ति नहीं गदर का आयोजन था। अंग्रेज़ गुरदीत सिंह को गिरफ़्तार करने पहुँचे तो भड़के सिखों ने ऑफ़िसर पर हमला किया। फिर क्या था, अंग्रेज़ों ने गोलियाँ चलायीं और 19 लोग मारे गये। कुछ लोग कहते हैं कि पचास से अधिक सिख मारे गये।[5] गुरदीत सिंह भाग गये और अंग्रेज़ों के हाथ नहीं आये। बाद में 1922 ई. में गाँधीजी से प्रेरित होकर उन्होंने आत्मसमर्पण कर दिया।

(कोमागाटू जहाज़ पर सिख, सफ़ेद दाढ़ी में गुरदीत सिंह सन्धू जी, चित्र–लियोनार्द फ्रैंक [Public domain], via Wikimedia Commons)

'कोमागाटू मारू' घटना का प्रभाव सिख समुदाय पर अलग–अलग रूप में पड़ा, जिनमें एक पक्ष आक्रोश में भी था। कुछ दिनों बाद ही कनाडा के एक ऑफ़िसर विलियम हॉपकिंसन की हत्या हुई, जिसके इल्ज़ाम में मेवा सिंह को फाँसी दे दी गयी। सम्भवतः कनाडा में किसी सिख को यह पहली फाँसी थी।

दूसरी पीढ़ी का जन्म

1912 ई. में कनाडा में पहला हिन्दुस्तानी पैदा हुआ। वो थे यहाँ के गुरुद्वारा के पहले ग्रन्थी बलवन्त सिंह अटवाल के पुत्र हरदयाल सिंह अटवाल। बलवन्त सिंह स्वयं कुछ वर्षों के बाद भारत लौटे, पर उनके साथ जो हुआ, वो उस वक़्त की परिस्थिति को ख़ूब बयाँ करता है। यह ग़दर का समय था, जब विदेशी सिख संगठित होकर क्रान्ति कर रहे थे। विदेश में ही बम बनाये जा रहे थे, 'पायलट' प्रशिक्षण लिया जा रहा था, बन्दूक चलाना सीख रहे थे और पंजाब लौट कर क्रान्तिकारी गतिविधियों को अंजाम दे रहे थे। हर विदेशी सिख की घेराबन्दी हो रही थी। बलवन्त सिंह जी जैसे ही जहाज़ से लौटे, उन्हें पकड़ कर सिंगापुर जेल में बन्द कर दिया गया। वो कहते रहे कि वो ग्रन्थी हैं, पर उनकी एक न सुनी। हालाँकि वैंकूवर चिट्ठी भेज पूछताछ की गयी, पर चिट्ठी सम्भवतः ठीक पते पर नहीं पहुँची। आख़िर 1917 ई. में बलवन्त सिंह अटवाल को भी लाहौर जेल में फाँसी दे दी गयी।[6] लाहौर जेल की फाँसी पर लटके इन तमाम सिख शहीदों को अब कौन याद करता है? कनाडा के पहले ग्रन्थी को बिना किसी जुर्म के फाँसी दे दी?

ग़दर के समय भारत लौटना इन प्रवासी सिखों के लिए कठिन हो गया था। एक और समस्या यह थी कि कनाडा की सरकार इनको पक्के काग़ज़ बना कर नहीं देती। चीन के मज़दूरों के काग़ज़ पक्के बनते, पर भारतीयों के नहीं। जब यह सिख लौट कर घर जाते, विवाह करते या परिवार से मिलने जाते तो काग़ज़ पक्के न होने की वजह से इनका लौटना नामुमकिन होता। इस कारण कनाडा के सिख सालों घर लौटते ही नहीं। एक बार लौटते तो वापस नहीं जाते।

लेकिन कनाडा में सिख तमाम मुश्किलों के बाद भी जमे रहे। 1920 ई. तक देश के कई बड़े शहरों जैसे वेस्टमिन्स्टर, ननाइमो, गोल्डन, ऐब्बोट्सफोर्ड, फ्रेजर मिल और पाल्डी में गुरुद्वारे बनकर तैयार हो गये। जहाँ–जहाँ गुरुद्वारे बनते गये, उसके आसपास सिख मुहल्ले बसते चले गये। कुछ सिखों ने हालाँकि धर्म–परिवर्तन भी कर लिया। कई बाल कटा कर 'सहजधारी' बन गये, और कई कनाडा के लोगों से विवाह कर वहीं घुल–मिल गये।

लेकिन मेरे मन में प्रश्न यह आया कि आख़िर सिख जम कैसे पाये? तमाम मुश्किलों के बाद भी? यह हालाँकि सिख कौम की ही ख़ासियत है कि वो संघर्ष करते रहते हैं, डिगते नहीं। 1909 ई. में एक हार्वर्ड से पढ़े सिख तेजा सिंह जी कनाडा आते हैं, और सिखों की सूरत बदलने का निर्णय लेते हैं। कनाडा में सिखों को गँवार समझा जाता था और वो इस छवि को ही बदलना चाहते थे। वो वैंकूवर के गुरुद्वारे से ही एक कम्पनी की स्थापना करते हैं–गुरुनानक माइनिंग एण्ड ट्रस्ट कम्पनी। इसके तीन उद्देश्य थे–

1. सिखों, हिन्दुओं, और हिन्दुस्तानी मुसलमानों का अमेरिका और कनाडा में एक स्वतन्त्र और मज़बूत अस्तित्व बनाना।
2. अधिक–से–अधिक परिवारों, पत्नियों और बच्चों को लाकर स्वतन्त्र खेती या व्यवसाय की शुरुआत करना।
3. अधिक से अधिक लोगों और कम्पनियों की सदस्यता लेकर कुल लाभ का आधा धन शैक्षिक और धार्मिक कार्यों में लगाना।

तेजा सिंह जी ने सिखों और हिन्दुस्तानियों का नेतृत्व किया और कनाडा के अफ़सरों को ज्ञापन दिया। उनका सपना फलीभूत भी होने लगा।

सिखों की एक और ख़ासियत रही कि उन्होंने कनाडा के रहन–सहन में ख़ुद को ढाल लिया। महिलाओं ने विदेशी कपड़े पहनने शुरू कर दिये। सब अंग्रेज़ी जल्दी सीखने लगे। इन्होंने अपने धार्मिक संस्कारों के विपरीत बाल भी कटवाये। कई ने तो जहाज़ से उतरते ही कटवा लिए। पर दिल से वह सिख ही रहे, बस कुछ वेशभूषा बदली। ये बहुत तेज़ गति से ख़ुद को कनाडा के लोगों के समकक्ष लाने में कामयाब रहे। यह परिस्थितिवश आवश्यक भी था और एक संगठित समाज की वजह से ही सम्भव हुआ। और यही उनको तमाम गिरमिटिया देशों से अलग भी करता है।

सिखों की एक और विशेषता आज भी कुछ हद तक है कि वो किसी काम को छोटा नहीं मानते। वे एक कृषक समुदाय होकर भी बाक़ी भारत की सामन्तवादी प्रथा से अलग थे। जातिवाद और हिन्दू धर्म की कुरीतियों से मुक्त थे। और पश्चिमी संस्कृति के काफ़ी हद तक इस मामले में समीप थे।

सिखों ने जो पहला व्यवसाय शुरू किया, वह लकड़ी के कारख़ानों का था। वे लकड़ी काट कर उसे कम्पनियों को भेजते। उन्होंने मशीनें ख़रीदीं, खेत ख़रीदे, ट्रक ख़रीदे, और तमाम मकान ख़रीदे। सिख एक कुशल व्यवसायी तो थे ही, मेहनती भी थे। वैंकूवर का पहला गुरुद्वारा इन्होंने बड़े–बड़े पत्थर ख़ुद ही ढोकर, जोड़ कर बनाया।

एक और बात जो बाद के वर्षों में हुई कि सिखों ने अपने खेत ख़रीदे और अपनी फैक्टरियाँ बनानी शुरू कीं। अब आने वाले सिख मज़दूर सिखों के कारख़ाने में ही काम करते। वह मेहनत उतनी ही करते, पर उनके मालिक हिन्दुस्तानी होते। इस कारण उनका नस्लीय शोषण अपेक्षाकृत कम हुआ। जिनकी भी बड़ी कम्पनियाँ होती, वे हिन्दुस्तानियों को नौकरी देते। इससे सिख समाज संख्या और समृद्धि में बढ़ता ही चला गया। यहाँ तक कि 1930 ई. के समय हुई वैश्विक आर्थिक मन्दी में भी सिखों ने एक–दूसरे का साथ दिया। बेरोज़गारों को नौकरी दी। गुरुद्वारे ने भोजन दिया। रहने का ठिकाना दिया। यह बड़ी बात है। और यह बस कनाडा के लोगों के लिए नहीं था। गर पंजाब (भारत) में भी किसी को ज़रूरत होती, यहाँ से धन भेजा जाता। और इन सबका ज़िम्मा गुरुद्वारा प्रबन्धन के हाथों में था। गुरुद्वारा प्रबन्धक यह कर्तव्य ईमानदारी से निभाते।

एक और काम इन्होंने किया कि अपने बच्चों को अंग्रेज़ी शिक्षा दिलायी। भले ही वो बाद में कारख़ाने में काम करें, उनको स्कूली शिक्षा ज़रूर दी गयी। इससे इनके नौकरी के अवसरों का विस्तार होता गया। यह अब बस कृषक–मज़दूर नहीं रहे, बल्कि सर्वोन्मुखी विकास में सहयोगी बने। यह बात और थी कि शुरुआती माहौल यह था कि चाहे कितना भी पढ़ लो, अंग्रेज़ उन्हें उच्च पद वाली नौकरी नहीं देते। डिग्रीधारी भी लकड़ी के मिल में लकड़ी ही ढोते रहे। पर समय के साथ यह माहौल बदलता गया।

द्वितीय विश्व युद्ध के समय एक और खज़ाना अनजाने में सिखों के हाथ लगा। कनाडा ने अचानक युद्ध की वजह से जापानियों को देश से भगा दिया। यह क़दम सिखों को पसन्द नहीं आया क्योंकि एशियाई मूल के लोग इनके सहयोगी थे, पर इस अचानक पलायन से उनकी समृद्धि ज़रूर बढ़ी। जापानी जब अपना घर–सम्पत्ति सस्ते दामों में बेच कर भागने लगे, सिखों ने उनसे ख़रीद लिए। कनाडा में अब सिखों का सिक्का जमने लगा और वो वहाँ की अर्थव्यवस्था का एक बड़ा हिस्सा बन गये।[7]

1947 ई. में भारत की आज़ादी से चार महीने पूर्व कनाडा के भारतीयों को भी आज़ादी मिल गयी। उन्हें वोट देने का अधिकार मिल गया। यह उनके लिए दोहरी खुशी थी। एक तो उनका देश आज़ाद हो गया, और एक वो आज़ाद हो गये। कनाडा के सिख पहले भी हमेशा देश की गतिविधियों और पंजाब से जुड़े रहे। यही एक कारण था कि खालसा मूवमेण्ट में कनाडा ने काफ़ी सहयोग दिया था, जिसने आतंकवाद का भी रूप ले लिया।

सिखों के अलावा भारत की आज़ादी और विभाजन के आसपास कई ऐंग्लो–इण्डियन और गोवा–मूल के ईसाई भी कनाडा आये। वो घबरा गये थे कि ब्रिटिशों के जाने के बाद हिन्दुस्तान और पाकिस्तान से उन्हें निकाला जायेगा। सत्तर के दशक में ईदी अमीन के द्वारा भगाये गये लोग युगाण्डा से भी आये। कैरिबियन देशों से भाग कर गिरमिटिया के वंशज भी आये। कभी अल्पसंख्यक रहे भारतीय अब बहुसंख्यक बन रहे थे।

कनाडा ने वीसा की लिमिट भी ख़त्म की, और नब्बे के दशक से तो हर साल कुछ 30–40,000 भारतीय कनाडा जाने लगे। अब कनाडा में लगभग 14 लाख भारतीय मूल के लोग हैं।[8]

यूँ कहिए कि कनाडा में अब बस पंजाब ही नहीं, एक हिन्दुस्तान बसता है।

सन्दर्भ

1. बिमानबिहारी मजूमदार, इण्डिया : मिलिटेंट नेशनलिज़्म इन इण्डिया 1897–1917, जनरल प्रिण्टर्स एण्ड पब्लिशर्स, कलकत्ता, 1966

2. लिन्डाली ट्रेसी, अ स्कैटरिंग ऑफ़ सीड्स : क्रिएशन ऑफ़ कनाडा, मैकआर्थर एण्ड कम्पनी, 1999
3. सरित सिंह जगपाल, बिकमिंग कनैडियन्स : पायनियर सिख्स इन देयर ओन वर्ड्स, हार्बर पब्लिशिंग, 1994
4. वही (सं. 3)
5. वही (सं. 3)
6. वही (सं. 3)
7. वही (सं. 3)
8. कविता शर्मा, द ऑनगोइंग जर्नी : इण्डियन माइग्रेशन टू कनाडा, क्रिएटिव बुक्स, 1997

म्यांमार

"ते जाये जावे, ते कदी न आवे,
आवे तो सात पीढ़ी बैठ के खावे"

–जावा (इण्डोनेशिया) के लिए लिखा पुराना गुजराती गीत

अराकान स्टेट

जब मैं म्यांमार के विषय में लिख रहा था, भारत और अन्य देशों में रोहिंग्या विवाद चल रहा था। हालाँकि रोहिंग्या पर तमाम चर्चाएँ होती रहेंगी, मेरे लिए हिन्दुस्तानियों की स्थिति अधिक महत्त्वपूर्ण है। म्यांमार के रोहिंग्या और गिरमिटिया भारतीय भले ही एक इलाके में कभी रहे हों, पर उनका स्वतन्त्र अस्तित्व था। उनका कार्य–क्षेत्र अलग था, और उनकी परिस्थिति अलग थी। भाषा अलग थी। संस्कृति अलग थी। और अधिकतर लोगों का धर्म भी अलग था।

शुरुआत अराकान या राखैन इलाके से करते हैं।

अराकान बर्मा का ख़ूबसूरत सीमावर्ती इलाका है। मिजोरम और बाँग्लादेश के चित्तगांग के क़रीब। मैं मानचित्र लेकर बैठता हूँ, मुझे चित्तगांग से विभाजित करती एक पतली–सी 'नाफ' नदी नज़र आती है। बाक़ी के म्यांमार से यह हिस्सा कटा–कटा नज़र आता है। एक तो यह दक्खिन में है, दूसरा बंगाल की खाड़ी के पास। पर यही हिस्सा भारत से जा बसे कॉन्ट्रैक्ट मज़दूरों या गिरमिटिया की कहानी लिखेगा। अराकान या राखैन का एस्टेट भारत से आये कृषकों की कर्मस्थली बनेगी।[1]

आप म्यांमार की भौगोलिक स्थिति सोचिए। यह भारत के तीन राज्यों–मणिपुर, मिजोरम और अरुणाचल प्रदेश से लगा है। बांग्लादेश से भी लगा है, जो भारत का अंग था। इतने पास होकर भी यह एक

'क्लोज़ड कण्ट्री' (बन्द देश) है। हमारे तीन पड़ोसी ऐसे हैं, जिनसे एक लम्बी सीमा जुड़ी है, पर हम उनके बारे में अपेक्षाकृत कम जानते हैं। पाकिस्तान, चीन और म्यांमार तीनों के अन्दर क्या चल रहा है, कम भारतीयों को ख़बर है। पर अमरीका और इंग्लैण्ड की हम ख़ूब ख़बर रखते हैं। ऐसा क्यों? क्या पहले भी ऐसा ही था?

यह तो स्पष्ट है कि बाँग्लादेश और मिजोरम के सीमावर्ती इलाकों से लोग आते–जाते रहे होंगे, ख़ासकर बंगाली मुसलमान। पर वो अधिकतर धन्धा करने आते और लौट जाते। पर गिरमिटिया या कॉन्ट्रैक्ट मज़दूर यहाँ आये, लम्बे समय तक काम किया और कई यहीं बस गये। उन्नीसवीं सदी के उत्तरार्ध से 1930 ई. तक यह मज़दूर आते रहे। यहाँ का सित्तवे नामक पोत विश्व के सर्वाधिक चावल निर्यात स्थलों में से एक बन गया, और उस वक़्त वहाँ के 97 प्रतिशत लोग भारतीय थे।

कंगनी और मैस्त्री

आज गर आपको सिंगापुर या म्यांमार (बर्मा) में दक्षिण भारतीय मुहल्ले नज़र आये, तो इसमें चौंकने की ज़रूरत नहीं। यहाँ हर पीढ़ी मिलेगी। आन्ध्र और तमिलनाडु का एक अंश सदियों से यहाँ भी रहता आ रहा है। कल भी लोग जाते थे, आज भी जा रहे हैं। एक उपलब्ध सेंसस (2013) के अनुसार म्यांमार की चार प्रतिशत जनसंख्या भारतीय मूल की है। मुझे तमाम अलग–अलग स्रोतों से अन्दाज़ा लगा है कि यह प्रतिशत दुगुना भी हो सकता है। ताज्जुब यह है कि 1872 ई. के सेंसस में भी बर्मा में पाँच प्रतिशत भारतीय थे। यानी डेढ़ सौ वर्षों से यह संख्या लगभग बराबर है। क्या इसका अर्थ यह लगाया जाये कि जितने लोग आते रहे, उतने वापस भी लौटते रहे?

सनद रहे, इसी रंगून (अब यांगून) से बहादुर शाह ज़फर भी जुड़े रहे और सुभाष चन्द्र बोस भी। तो यह आज भले ही अनजाना देश हो, पहले हालात अलग थे। भारतीय बर्मा जाते रहे, और वो भी प्रचुर मात्रा में। यह सिलसिला कब शुरू हुआ और क्या यहाँ गिरमिटिया थे? इस बात की तफ़्तीश की जाये।

एक बात जो साफ़ नज़र आती है, वो है अंग्रेज़ों का दोनों ही देशों पर आधिपत्य। तो अंग्रेज़ अपनी फ़ौज में, या अपने बागानों में हिन्दुस्तान से लोग ले ही जाते रहे। मुझे बिहार के गाँवों में लोग मिले हैं, जिनके पूर्वज कभी बर्मा में अंग्रेज़ों की फ़ौज में लड़े थे जब अंग्रेज़ों ने बर्मा पर आक्रमण किया।

1885 ई. में तीसरे ऐंग्लो–बर्मा युद्ध के बाद ब्रिटेन ने ऊपरी बर्मा पर कब्ज़ा कर लिया, और वह ब्रिटिश उपनिवेश बन गया। कुछ समय बाद दक्षिणी बर्मा भी कब्ज़े में आ गया। राजा मिन्डॉन मिन (और पुत्र थिबॉ) और ब्रिटिश सरकार के बीच समझौता हो गया कि प्रशासन ब्रिटिश के हाथों में होगा।[2]

लगभग इसी वक़्त भारत को चावल (धान) की सख़्त ज़रूरत थी। पहले अमेरिका से चावल आयात होता था। पर अमेरिका ने गृह–युद्ध के बाद चावल भेजना बन्द कर दिया था। ऐसे में भारी मात्रा में चावल उपजाना ज़रूरी हो गया था। बहुत जल्द बर्मा में यह उपज होने लगी, और चावल भारत में पर्याप्त मात्रा में आने लगा। ऐसे में मज़दूरों की बहुत ज़रूरत पड़ी, और तभी शुरू हुआ भारत से बर्मा प्रवास।

यहाँ का मॉडल कुछ अलग था। यह गिरमिटिया मूलतः दक्षिण भारत से आये। मुझे लगता है कि अंग्रेज़ों को दक्षिण भारतीयों में कुछ अलग विश्वास था। तमिल और तेलुगु लोगों में ख़ासकर। मेरे इस कयास की वजह यह है कि तर्क तो कहता है कि पास के उत्तर भारत से मज़दूर मँगाओ, फिर दक्षिण से क्यों? उत्तर भारतीय फिजी–सूरीनाम जैसे सुदूर द्वीप तो भेजे जा सकते हैं, पर पास के बर्मा में उनकी ज़रूरत नहीं? वो विश्वास के पात्र नहीं? ख़ैर, मैं इस अलग रणनीति को समझने का प्रयास करता हूँ।

अन्य गिरमिटिया द्वीपों की अपेक्षा इनके मज़दूरों को लाने का तरीक़ा भी अलग था।

आजकल जैसे शहरों में 'लेबर कॉन्ट्रैक्टर' होते हैं, यह कुछ ऐसा ही मामला था। यह 'कॉन्ट्रैक्टर' कौन होते?

जो मज़दूर लौट कर भारत वापस जाते, या गाँव के प्रमुख लोग ही एजेण्ट का काम करते। कोई बाहरी अरकाटी एजेण्ट नहीं होता।

इसलिए विश्वास लाज़मी था। इससे यह भी सिद्ध होता है कि यहाँ नौकरी बुरी नहीं थी। बुरी होती तो कोई वापस लौट 'एजेण्ट' क्यों बनता? वो वहाँ अपने लोग क्यों ले जाता?

ऐसे एजेण्ट 'कंगनी' और 'मैस्त्री' कहलाते।[3]

कंगनी और मैस्त्री में कुछ मामूली फ़र्क़ था। कंगनी अधिकतर तमिल प्रदेशों में थे और मलय (आज के मलेशिया) के एजेण्ट थे। मैस्त्री तेलुगु प्रदेशों में म्यांमार के एजेण्ट थे।

कंगनी कुछ 25–30 लोगों के सरदार होते। यह सुन्दर मखमली कुर्ते में तमाम आभूषणों से लदे होते, और सिर पर पगड़ी होती। कहते हैं, इनके शरीर से समृद्धि झलकती और इनमें एक चुम्बकीय आकर्षण होता। पूरा का पूरा संयुक्त परिवार उनके एक इशारे पर मलय चला जाता। सफ़र भी छोटा था और परिवार भी साथ था, तो यह काफ़ी सुकून भरा होता। लेकिन, कंगनी बड़े ही भ्रष्ट और मक्कार लोग थे। वो अपहरण करते, लोगों को लड़ा कर अलग करते, अधिकारियों को रिश्वत देते, और डरा–धमका कर भी ले जाते।[4]

मैस्त्री, जो म्यांमार के मुख्य एजेण्ट थे, इनकी तीन श्रेणियाँ थीं। सबसे नीचे थे– गैंग मैस्त्री, जिनके पास 10–20 मज़दूर का गैंग होता। ऐसे कई गैंग मैस्त्री का नेता होता–चार्ज मैस्त्री। और कई चार्ज मैस्त्री का मुखिया होता–हेड मैस्त्री।[5] मैस्त्री बिना कॉन्ट्रैक्ट के उन्हें फुसला कर पहले बर्मा ले आते, और फिर नौकरी ढूँढ़ते। इससे शक़ कम होता और ब्रिटिश नियम भी 'बाइपास' हो जाते। इसके बदले मैस्त्री को कम्पनी से अच्छी रकम मिलती। तेलुगु कृषक मज़दूर काफ़ी कम वेतन पर काम करते, पर फिर भी भारतीय कमाई से ज़्यादा ही होती। इसलिए, अंग्रेज़ उन्हें बर्मा के महँगे स्थानीय कृषकों की जगह रखना पसन्द करते। बर्मा में काम भी काफ़ी कठिन था, जिसके लिए हट्टे–कट्टे मज़दूरों की आवश्यकता थी। इसलिए मैस्त्री महिला को रखना पसन्द नहीं करते, बस पुरुष मज़दूर लाते। इस वजह से पुरुष–महिला अनुपात 8:1 से घटकर 250:1 हो गया। विवाहित पुरुष अपना परिवार गाँव में छोड़कर अकेले ही आते। पर महिलाओं और परिवार के बिना इनका जीवन दूभर हो गया। मैस्त्री महिलाओं को अगर लाते भी, तो वो वेश्या या देवदासी जाति (कलवंतलु/भोगम) की होतीं।

रंगून में इनका कार्य वेश्यावृत्ति और थके–हारे मज़दूरों का मनोरंजन ही होता। ये अधिकतर निचली जाति के लोग थे। उच्च जाति के लोग बड़े पदों के लिए आते, पर वो भी तभी आते जब उनका लम्बा कॉन्ट्रैक्ट बना हो और बेहतर सुविधाएँ दी गयी हों।[6,7]

इन कंगनी और मैस्त्री का भी तरीक़ा अरकाटियों से मिलता–जुलता ही था। यह गाँवों में, मन्दिरों में, किसी शादी में, या त्योहार–मेलों में घूम–घूम कर म्यांमार और मलय का झूठा बखान करते। और उनके जाल में लोग फँस जाते।

शुरुआती कॉन्ट्रैक्ट तीन साल के होते और सीज़नल (मौसमी) होते। मज़दूर बस धान के मौसम में आते, काम कर वापस भारत लौट जाते। इस तरह उनकी कुछ कमाई बर्मा में होती, और कुछ वापस भारत में काम कर। जहाँ भारत में उनकी मासिक आय सात–आठ रुपये थी, म्यांमार में लगभग पच्चीस रुपये।[8] तो सौदा बुरा न था।

इसमें भी ख़ास बात यह थी कि इनमें से अधिकतर मज़दूरों ने सीधे–सीधे ब्रिटिश सरकार की ग़ुलामी नहीं की। यह मूलतः तमिल व्यापारी 'नगरथार' लोगों के लिए मज़दूरी करते रहे। यह उन्हें बाक़ी गिरमिटिया लोगों से साफ़ तौर पर अलग करता है।

धान की खेती मूलतः दक्षिण बर्मा के राखैन एस्टेट में होती और यहीं अधिकतर कृषक–मज़दूर आये। भारतीय कृषक बर्मा के कृषकों की अपेक्षा अधिक क़ाबिल थे। धान की खेती में भी, और कटाई के बाद की प्रक्रिया में भी। उन्होंने धीरे–धीरे खेतों पर श्रमिक अधिकार पा लिया। धीरे–धीरे तमिल चेत्तियार साहूकार भी आ गये, जो बर्मा के ग़रीब कृषकों को अच्छी–ख़ासी सूद पर क़र्ज़ देते।

इतनी उपज बढ़ गयी कि अंग्रेज़ों ने धान निर्यात भी शुरू कर दिया। ऐसे में कई पोत स्थापित हुए। यांगोन में, बसाइन में, सितवा में, मौलमाइन में। इन पोतों पर जितने भी धान के मिल थे, उसमें मज़दूर लगभग सौ प्रतिशत भारतीय थे, और बड़े ऑफ़िसर ब्रिटिश। बर्मा के मूल लोग कम्पनियों में बहुत कम थे। इस वजह से भारतीय मैस्त्री और कंगनी एजेण्ट भी तरक्की करते गये और बड़े पदों पर पहुँच गये।

बर्मा में, ख़ासकर रंगून में मज़दूरों की हालत अधिक दयनीय थी। इन्हें गन्दे नालों से घिरे एक टिन के बने बैरक के अन्दर तीस–चालीस मज़दूरों को एक ही कमरे में ठूँस कर रखा जाता। पर ग्रामीण इलाकों में हालत बेहतर थी। यह बताना भी ज़रूरी है कि यहाँ शूद्र जाति के लोग ही मुख्य थे, और इनकी स्थिति भारत में भी बुरी ही थी। ब्राह्मण और उच्च जाति के लोग नगण्य थे।

1876 ई. में ब्रिटिश सरकार ने श्रम क़ानून बनाये और मज़दूरों के 'मेडिकल इंस्पेक्शन' तथा कल्याण के लिए नियम बनाये। इन नियमों के बाद मज़दूरों को लाना महँगा हो गया। पहले एजेण्टों के माध्यम से यह सस्ता था और कोई नियन्त्रण नहीं था। इन नियमों के बाद यह सम्भव है कि बर्मा के गिरमिटिया बाक़ी सुदूर देशों के गिरमिटिया से बेहतर स्थिति में थे। इन कॉन्ट्रैक्ट मज़दूरों को गिरमिटिया कहना भी ठीक नहीं होगा।

1883 ई. तक कुल 85,000 भारतीय किसान बर्मा प्रवास कर चुके थे।[9] यह सिलसिला उन्नीसवीं सदी के आख़िरी दशकों से 1938 ई. तक चला और लगभग 15 लाख लोग श्रीलंका, 20 लाख मलय (मलेशिया) और 25 लाख लोग बर्मा गये।

बर्मा से म्यांमार तक

बर्मा की हालिया स्थिति का आकलन करें, तो बाक़ी देशों की तरह यहाँ भी समस्याएँ हैं। बर्मा के छोटे–मोटे भारतीय मज़दूरों से वहाँ का स्थानीय ग़रीब तबका नफ़रत करता और अमीर तबका तमिल चेत्तियार साहूकारों से। उन्हें लगता कि वो हक मार रहे हैं। बंगाली मुसलमानों से नफ़रत की अलग वजह है। उनका मानना है कि वे बर्मा की औरतों से विवाह कर इस्लाम कबूल करवाते हैं, और कई विवाह करते हैं। कई उन्हें बर्मा में छोड़ भारत लौट जाते हैं। और यहाँ मैं रोहिंग्या की बात नहीं कर रहा।

भारत–विरोधी वातावरण 1930 ई. से बनना शुरू हो गया था। उस समय बर्मा अंग्रेज़ों से स्वतन्त्रता की लड़ाई लड़ रहा था। देश के तमाम छिट–पुट ब्रिटिश–विरोधी विद्रोहों का असर उनकी कम्पनियों के भारतीय मज़दूरों पर पड़ा। भारतीयों के लिए सबसे बुरा वक़्त 1942 से 1945 ई. के मध्य आया, जब जापान ने बर्मा पर कब्ज़ा किया।

चेत्तिआर साहूकारों ने पहले ही भाँप लिया था और पलायन शुरू हो गया था। लगभग एक लाख लोग भारत लौटे जिनमें लगभग आधी संख्या की मृत्यु रास्ते में हो गयी। जो लोग रंगून में बच गये, उनमें कइयों ने आज़ाद हिन्द फ़ौज की सदस्यता ले ली, और जापानी सेना का सहयोग करने लगे। इसका उल्टा असर पड़ा क्योंकि बर्मा के मूल निवासियों को जापानी सेना से नफ़रत थी। बर्मा के राष्ट्रवाद का ख़मियाजा हिन्दुस्तानियों को भुगतना पड़ा। बर्मा के आज़ाद होते ही, भारत से आने वाले लोगों के लिए सख़्त क़ानून बन गये।

क़ानून बनने से चेत्तियार साहूकारों और ज़मींदारों पर बड़ी आपत्ति आयी। उनकी ज़मीन पर एक तरह से कब्ज़ा कर लिया गया और मामूली रकम वापस दी गयी। और तो और, उस रकम को भारत भेजना कठिन कर दिया गया। भारतीयों का क़ानूनी शिकंजों से ही गला घोंटा गया। हालाँकि यह नियम बना कि जो भी लोग आठ साल या अधिक बर्मा में रह चुके हैं, उन्हें नागरिकता मिल जायेगी। किन्तु भारतीय डर गये थे, और भविष्य अन्धकारमय लग रहा था। इसलिए उनमें से कइयों ने बर्मा की नागरिकता का आवेदन ही नहीं भरा। उनका अन्देशा ठीक ही था। तक़रीबन चार लाख भारतीय लोगों ने आवेदन किया, जिसमें बस दस हज़ार को नागरिकता मिली।

सरकार ने कुछ दिन में यह नियम भी बना दिया कि सरकारी नौकरियाँ बस बर्मा के नागरिकों को मिलेंगी। तमाम रेलवे, जहाज़, पोस्ट–ऑफ़िस में कर्मी भारतीय भी निकाले गये। उनके भी वापस भारत धन ले जाने पर रोक लगा दी गयी। यहाँ तक कि महिलाओं की गर्दन से मंगलसूत्र भी उतरवा लेते। भारत न ले जाने देते। उनकी ज़मीन छीन ली गयी और उनके पास पड़ी मुद्राओं की क़ीमत नहीं रही। वो खाली हाथ घर लौटे, और आज तक म्यांमार सरकार से गुहार कर रहे हैं। एक गणना के अनुसार 1963 ई. से अब तक कुल 1,44,352 तमिल भारत लौट चुके हैं।

म्यांमार सरकारी नियमों के अनुसार वहाँ के भारतीय मूल के लोग 'जातीय अल्पसंख्यक' नहीं कहलाते, बल्कि 'विदेशी अल्पसंख्यक' कहलाते हैं। उनके अधिकार काफ़ी कम हैं। म्यांमार के भारतीय प्रधानमन्त्री नेहरू की आलोचना करते रहे कि उन्होंने बर्मा के भारतीयों को अधिकार दिलाने

की बात नहीं उठायी। ख़ासकर उस वक़्त जब बर्मा गुटनिरपेक्ष आन्दोलन का हिस्सा बना।

वहीं दूसरी तरफ़, चीनी अल्पसंख्यक या चीनी मूल के लोगों को तमाम अधिकार थे। यहाँ तक कि 1962 ई. में चुने गये प्रधानमन्त्री नी वीन भी चीनी मूल के ही थे।

भारतीयों से एक–एक कर ज़मीन के अधिकार, नौकरी करने का अधिकार, सांस्कृतिक स्वतन्त्रता का अधिकार, धर्म का अधिकार, सब निचोड़ लिया गया। वो एक अजीब तरह के ग़ुलाम बन गये। सिंघवी कमेटी की रिपोर्ट के अनुसार म्यांमार के चार लाख भारतीय 'स्टेटलेस' हैं, यानी कहीं की नागरिकता नहीं। उनके पुरखे म्यांमार में ही रहे, पर उनके पास कोई सबूत नहीं, नागरिकता नहीं। मसलन न उन्हें भारत जाने की इजाज़त है, न म्यांमार में कोई नागरिक सुविधा। वो अस्तित्वहीन हैं।

कभी के अमीर रहे भारतीय आज के म्यांमार का सबसे ग़रीब तबका है। आज म्यांमार में दो अल्पसंख्यक समूह पहचान की लड़ाई लड़ रहे हैं। एक हैं कुछ अलगाववादी लेकिन म्यांमार के मूल अल्पसंख्यक जिनमें कैरेन, काचिन, वा, और चिन जनजातियाँ आती हैं। और दूसरे समूह में हैं भारतीय और चीनी मूल के लोग तथा रोहिंग्या मुसलमान।

एक प्रश्न यह उठता है कि दो सौ वर्ष साथ रहने के बावजूद भी म्यांमार के भारतीय वहाँ के लोगों से घुल–मिल क्यों नहीं पाये?

पहला कारण तो है–रंग। भारतीय म्यांमार के लोगों की अपेक्षा काले थे, ख़ासकर जो दक्षिण भारत से आये। और दूसरा कारण है–धर्म। भारतीय या तो हिन्दू थे या मुसलमान। म्यांमार के लोग बौद्ध थे। इस कारणवश आपस में विवाह या सम्बन्ध न के बराबर हुए। संस्कृतियाँ घुल–मिल नहीं पायीं।

यह भी विडम्बना ही है कि म्यांमार के बौद्ध लोगों के लिए बुद्ध की जन्मस्थली भारत तीर्थस्थल है। फिर भी भारतीयों की यह हालत हजम नहीं होती।

तमिल लोगों ने कई तमिल स्कूल भी खोले जो साठ के दशक के राष्ट्रवाद में बन्द करा दिये गये। बस बर्मीज़ भाषी स्कूल रह गये। पर तमिल लोगों की ख़ासियत रही कि कभी विरोध नहीं किया।

राजनीति का हिस्सा नहीं बने। वह उनसे घुलने–मिलने की कोशिश में लग गये। तमिल बच्चे बर्मा के स्कूल जाते, उनके जैसा ही खाना खाते, उनके बच्चों के साथ खेलते। कई अवसरों पर बर्मा का पहनावा भी पहनने लगे। धीरे–धीरे पूर्वजों की परम्परा से उनका सम्पर्क टूटता गया।

तमिल लोगों का संस्कृति में घुलना–मिलना इसलिए भी आसान हुआ क्योंकि वो मुख्यतः हिन्दू थे। मुस्लिम और ईसाई लोग ख़ास नहीं मिल पाये। हिन्दू और बौद्ध धर्म की निकटता से यह सम्भव हो पाया। म्यांमार में आज भी लगभग हज़ार हिन्दू मन्दिर हैं, जिनमें मन्दिर जाने वालों की बड़ी संख्या वहाँ के मूल निवासियों की है। म्यांमार के हिन्दू मन्दिरों की एक ख़ासियत है कि वहाँ बुद्ध की एक मूर्ति ज़रूर होती है। यह धार्मिक भी है, और एक तरह से सुरक्षा कवच भी। बुद्ध की मूर्ति लगा देने से कोई उसको तोड़ने की हिम्मत नहीं करता। कोई हिंसा नहीं करता। यह तमिल लोगों की चालाकी कही जा सकती है, पर वैसे भी कई लोग बुद्ध को विष्णु का अवतार कहते हैं। तमिल लोगों ने एक चालाकी और की। तमिल स्कूल बन्द होने के बाद वह मन्दिर में तमिल भाषा, संस्कृति, नृत्य, गीत पढ़ाते रहे।

पर फिर भी तमिल लोग अधिकतर अलग–थलग रह गये। वो भारत नहीं आ पाते। उनके जो तमिल मित्र या परिवार पास ही मलेशिया और सिंगापुर में थे, उनसे भी नहीं मिल पाते। नयी पीढ़ी ने तो कभी भारत देखा ही नहीं।

हालाँकि तमिलनाडु के मुख्यमन्त्री सी. एन. अन्नादुराई ने पहल भी की। उन्होंने केन्द्र सरकार से समझौते के तहत तमिल लोगों को म्यांमार में अधिकार दिलाने की बात की। लेकिन दोनों सरकारों के बीच ऐसा कोई समझौता नहीं हो पाया।

पर म्यांमार में एक दूसरा भारतीय समूह भी है। बाक़ियों से अलग। जायावद्दी में।

जायावद्दी के बिहारी

चौड़े कॉन्क्रीट के रास्ते। हरियाली के बीच। कोन आकार की टोपी पहने रिक्शाचालक। बर्मा के लकड़ी के झोंपड़े, और उनके बीच कुछ कॉन्क्रीट के मकान।

शर्ट लुंगी में खोंसे पुरुष और बच्चों को स्कूल ले जाती साड़ी पहने औरतें। यहीं एक छोटा हिन्दुस्तान बसता है, एक बिहार बसता है।

जायावद्दी। यांगोन और मण्डाले के बीच गाँवों का समूह, जहाँ मुख्यतः भारतीय बसते हैं। यहाँ लगभग 70,000 लोग हैं जो बिहार से आये। कुछ उत्तर प्रदेश से भी, ख़ासकर आजमगढ़ से। यह तमिल जितने सम्पन्न नहीं, और यह कॉन्ट्रैक्ट मज़दूर बनकर ही आये। चूँकि यह ख़ास शक्तिशाली नहीं थे, इनको बड़ी आसानी से म्यांमार की नागरिकता मिल गयी। इन पर नकेल कम कसी गयी। यहाँ हिन्दू कल्याण सहयोग समिति है। गाँधी हॉल में हिन्दी पढ़ाई जाती है। तक़रीबन सौ स्कूल हैं राष्ट्रीय स्वयंसेवक संघ की एक सहयोगी शाखा है जिसका नाम है–सनातन धम्म स्वयंसेवा संघ। और मन्दिरों में शिव–पार्वती की मूर्ति के साथ बुद्ध विराजमान हैं। कुछ 1,500 बिहारी मुसलमान भी हैं।

इन मज़दूरों की पहली खेप 1889 ई. में आयी जब लगभग 3,500 किसान आये। 1902 ई. में दूसरी खेप में कुछ 4,000 किसान आये। लोग कहते हैं, मज़दूरों का साक्षात्कार भी होता। गिनती पूछी जाती। जिसने नब्बे–सौ तक गिन लिया, वो चुन लिया जाता। आरा ज़िला से कई लोग आये।

उस समय यह इलाका घना जंगल था, जिसे काट कर इन लोगों ने खेती–बाड़ी शुरू की। जंगल काफ़ी ख़तरनाक था। बाघ, चीता, भालू, अजगर सब थे। इसे काटना आसान न रहा होगा, पर इन लोगों ने कर दिखाया। बाद में यहाँ म्यांमार की पहली 'सुगर फैक्ट्री' भी शुरू हुई।

बिहार से मज़दूर लाने में मुख्य भूमिका डुमराँव के राजा केशव प्रसाद सिंह की थी, जिनको यहाँ ब्रिटिश सरकार ने 20 हज़ार एकड़ ज़मीन तीस साल की लीज़ पर दी। उन्होंने अपने दीवान हरिहर प्रसाद सिंह को यह ज़िम्मा दे दिया। बिहारी किसान–मज़दूरों की जनसंख्या बढ़ती गयी और इन्होंने लगभग चालीस गाँव बना लिए, जिन्हें चार टोलों में बाँटा गया। जयपुर, रामनगर, साधुगाँव और गोपालगंज। बिहार से स्कूल टीचर भी बुलवाये गये, लेकिन पढ़ाई बस प्राथमिक कक्षा तक की होती। ज़मींदार और ब्रिटिश सरकार नहीं चाहते थे कि लोग अधिक पढ़ जायें। बिहार से एक इंस्पेक्टर पण्डित लालू राम पाण्डे को भेजे जाने का भी ज़िक्र आता है, जो अनुशासन बना कर रखते।

विश्व युद्ध के समय सुभाष चन्द्र बोस भी जायावद्दी आये और सम्भवतः कुछ लोग आज़ाद हिन्द फ़ौज में भर्ती भी हुए। लाल बहादुर शास्त्री भी एक बार जायेवद्दी आये।

1965 ई. में जब राष्ट्रीयकरण का दौर आया, लगभग 2000 परिवार वापस बिहार लौट गये। पर जो रह गये, वो शायद ही कभी बिहार लौट सके। उनकी हालत अब कुछ ख़ास अच्छी नहीं कही जा सकती।

हालाँकि अब गाँवों में 'टाटा स्काई' की सेवा चालू हो गयी है। भारतीय धारावाहिक ख़ूब देखे जाते हैं। नरेन्द्र मोदी जी के प्रधानमन्त्री बनने पर मिठाई भी बाँटी गयी। पर यह भी सच है कि वह अब भारत लौट कर नहीं जाना चाहते। वह सोचते हैं, उनकी ज़िन्दगी वहीं ठीक है। भारत में अब वह जी नहीं पायेंगे। इम्फाल–मण्डाले बस सेवा चालू होने के बाद शायद सम्पर्क बढ़े, पर फिलहाल यह हिन्दुस्तान का टुकड़ा हमसे पास होकर भी काफ़ी दूर है।[10,11]

सन्दर्भ

1. मेधा चतुर्वेदी, इण्डियन माइग्रेंट्स इन म्यांमार : इमर्ज़िंग ट्रेंड्स एण्ड चैलेंजेज़, मिनिस्ट्री ऑफ़ इण्डियन ओवरसीज़ अफ़ेयर्स
2. डगलस एम. पीयर्स, ऐंग्लो–बर्मीज़ वार्स, ब्लैकवेल पब्लिशिंग, 2011
3. मेधा (सं. 1)
4. अदपा सत्यनारायण, बर्ड्स ऑफ़ पैसेज : माइग्रेशन ऑफ़ साउथ इण्डियन लेबर कम्युनिटीज़ टू साउथ एशिया, नाइन्टीन्थ–ट्वेंटीथ सेंचुरी ए.डी. क्लारा वर्किंग पेपर 11, एम्स्टरडम, 2001
5. सी. कोन्डापी, इण्डियन्स ओवरसीज़ 1838–1849, इण्डियन काउंसिल ऑफ़ वर्ल्ड अफ़ेयर्स, नयी दिल्ली, 1951
6. माइकल अडास, द बर्मा डेल्टा : इकॉनॉमिक डेवलपमेण्ट एण्ड सोशल चेंज ऑन एन एशियन राइस फ्रंटियर 1852–1941, यूनिवर्सिटी ऑफ़ विस्कॉन्सिन प्रेस, 1974
7. मेधा (सं. 1)
8. अदपा (सं. 4)
9. कोन्डापी (सं. 5)
10. के. केशवपाणी और अन्य, राइज़िंग इण्डिया एण्ड इण्डियन कम्युनिटीज़ इन ईस्ट एशिया, इंस्टीट्यूट ऑफ़ साउथ–ईस्ट एशियन स्टडीज़, 2008
11. सोनू त्रिवेदी, द इण्डियन स्टोरी इन म्यांमार, द ट्रिब्यून, 12 सितम्बर, 2017

मलेशिया और सिंगापुर

पहला क्रान्तिकारी

9 जुलाई, 1850 ई.

सिंगापुर में एक कलकत्ता से चला चार्टर्ड जहाज़ 'मोहम्मद शाह' रुकता है, और उससे दो सिख निकलते हैं। महाराज सिंह और खड़क सिंह नामक यह दो शख़्स मेरी जानकारी में पहले प्रवासी सिख कहे जा सकते हैं। आज भले ही पूरे विश्व में सिख पसरे हैं, पर शुरुआत शायद इसी जहाज़ से हुई। उनसे पहले भी सिख बटालियन के फ़ौजी विदेश जाते रहे, पर प्रवास करने वाला यह सम्भवतः पहला ही मामला है।

महाराज सिंह गिरमिटिया मज़दूर बनकर नहीं आये, बल्कि ब्रिटिश सरकार के ख़िलाफ़ सिखों की फ़ौज खड़ी कर क्रान्ति करने के जुर्म में बन्दी बनाकर लाये गये। सिखों के द्वारा इन्हें भारत का 'पहला क्रान्तिकारी' भी कहा जाता रहा, और यह कुछ पहलुओं में सत्य भी है। यह सिपाही विद्रोह से लगभग दस वर्ष पुरानी बात है, जब महाराज सिंह ने सिखों की फ़ौज बनाकर जंग छेड़ी। उनसे पूर्व भी महाराज रणजीत सिंह और भाई बीर सिंह ने युद्ध किये, पर महाराज सिंह की क्रान्ति सामूहिक थी जिसमें जगह–जगह भाषण देकर सिखों को तैयार किया गया था। और शायद यही वजह थी कि उन्हें भारत से सिंगापुर की जेल भेज दिया गया। बाद में उनकी यहीं मृत्यु हो गयी।

मेरे सिंगापुर जनरल अस्पताल के एक मित्र ख़ूबसूरत वाक़या सुनाते हैं, जो चूर सिंह की किताब में बेहतर वर्णित है। वहीं अस्पताल में कभी एक छोटी–सी पत्थर की आकृति थी। द्वितीय विश्वयुद्ध के बाद कुछ तमिल उधर से गुज़रे तो फूल डालने लगे। कुछ मुसलमानों को लगा कि यह कोई मज़ार है। और बाद में सिखों ने उसी जगह एक गुरुद्वारा ही बना दिया।

कई लोग इसे महाराज सिंह का स्मारक भी कहते हैं। सच क्या है, पता नहीं, पर हिन्दुस्तानी तमिल, मुसलमान और सिखों द्वारा पूजा गया यह पत्थर, एक हिन्दुस्तान की कहानी तो कहता ही है।[1]

सफ़ेद सोना के गिरमिटिया

मलेशिया–सिंगापुर जाना अब भारतीयों के लिए आम है। तमाम आई.टी. कम्पनियों से लेकर छोटा राजन जैसे डॉन तक का पता मिलता है। पर मेरी रुचि उन विस्थापित लोगों में है जो उन्नीसवीं सदी में ही मलेशिया पहुँच गये, और वहीं बस गये; मलेशिया के गिरमिटिया में।

यूँ तो मलय (आज के मलेशिया) में भारतीयों का आगमन सदियों पहले सम्राट अशोक और समुद्रगुप्त के समय ही हो चुका था, किन्तु मैं औपनिवेशिक काल की चर्चा ही करूँगा। यह जानने की कोशिश रहेगी कि मलय में गिरमिटिया या कॉन्ट्रैक्ट मज़दूर आये या नहीं? आये तो कितने आये, कब आये, कैसे आये, अब कहाँ हैं?

मलेशिया भारत के पूर्व में स्थित व्यापारिक रूप से काफ़ी सक्रिय देश है। आज भी मलेशिया रबर उत्पादन के लिए प्रसिद्ध है, औपनिवेशिक काल में भी था, और यही वो वक़्त रहा होगा जब गिरमिटिया यहाँ पहुँचे होंगे। फ़र्क़ यह है कि यहाँ गन्ने के खेत नहीं रबर के बागान थे।

तर्क यहाँ भी वही था। रबर के बागानों में मज़दूरों की ज़रूरत थी, और भारत से अधिक मज़दूर कहाँ मिलेंगे? सामन्तवाद और जातिवाद में उलझे भारत में शोषित वर्ग को आकर्षित करना सुलभ था। ख़ासकर दक्षिण भारत के दलित वर्ग पर उनकी नज़र थी, तमिल दलितों पर। दक्षिण भारत शायद इसलिए भी, कि उन्हें रबर के बागानों का कुछ अनुभव था।

पर यह जानना ज़रूरी है कि यह सिलसिला कब शुरू हुआ और अंग्रेज़ों की भला इसमें क्या दिलचस्पी थी कि हिन्दुस्तान से लोग वहाँ भेजे जायें।

ब्रिटिश सेना ने 1786 ई. में पेनांग प्रायद्वीप और 1909 ई. तक पूरे मलय पर कब्ज़ा कर लिया।[2] यह इलाका चीनी, कॉफ़ी, मसाले और 'व्हाइट गोल्ड' यानी रबर उत्पादन के लिए उपयुक्त माना गया। यहाँ की हज़ारों हेक्टेयर ज़मीन को कृषि के लिए खाली कराया गया। जंगल कटवाये गये,

घर विस्थापित किये गये। और तब ज़रूरत हुई इन मज़दूरों की। जैसा पहले कह चुका हूँ, मद्रासी मज़दूरों की। मज़दूर चीन से भी आते, पर वो अधिक वेतन माँगते। वो चालाक भी थे, कुशल भी। भारतीय मज़दूर सीधे–सादे थे, कम वेतन में मान जाते।

पहले इन्हें भी बँधुआ मज़दूर बनाकर ही लाया गया, पर 1910 ई. में जब विश्व में ही बँधुआ मज़दूरी ख़त्म हुई तो अलग कॉन्ट्रैक्ट का रास्ता अपनाया गया। सन्धु के अनुसार 1786 ई. और 1910 ई. के बीच कुल 42 लाख मज़दूरों का आवागमन हुआ।[3] आवागमन यानी आना और जाना दोनों। कई लौट जाते, कई मर गये। फिर भी लगभग 12 लाख भारतीय मलय में रह गये, जो 1957 ई. तक घट कर लगभग 8 लाख रह गये। उन 8 लाख में भी 5 लाख ही ऐसे भारतीय थे जो मलेशिया में पैदा हुए।[4] यानी 42 लाख लोग आये, और पाँच लाख स्थायी तौर पर रह गये? यह एक बड़ा अन्तर है। मैं यह देख अचम्भित हुआ कि आख़िर इतने भारतीय गये कहाँ? क्या वो भारत लौट गये? क्या वो नरसंहार के शिकार हुए? या गिनती ही गलत है?

इसको समझने के लिए इस मज़दूरी की संरचना समझनी ज़रूरी है। यह समझना आवश्यक है कि यह पढ़े–लिखे लोग नहीं थे। यह तो कृषक–मज़दूर थे।

ब्रिटिश इन मज़दूरों से बहुत ही छोटा और कम प्रशिक्षण वाला नीरस काम कराना चाहते थे। वो नहीं चाहते कि वो आगे बढ़ें, काम कर तरक्की करें। यह शोषित वर्ग था, भारत में भी और मलेशिया में भी, जिन्हें आसानी से बहलाया–फुसलाया जा सकता था।[5] क़ानून भी इस तरह के बनाये और बदले जाते कि भारतीय मज़दूर अधिक वेतन की माँग नहीं कर पाते। यह भारत का शोषित वर्ग मलय में भी शोषित ही रहा।

जबकि ब्रिटिश सरकार ने रबर के बागान से बहुत ही अधिक पैसे कमाये। बस 1947 ई. में ही लगभग 151 मिलियन पाउण्ड की कमाई हुई। उनकी प्रशासनिक ज़रूरतों से कहीं ज़्यादा। इतना ही नहीं, रबर अमेरिका को निर्यात कर ब्रिटेन ने इतना धन कमाया कि मलय को सबसे बड़ा 'डॉलर फैक्ट्री' कहा गया। रबर 'सफ़ेद सोना' था। पर मज़दूरों को इस कमाई का कुछ हिस्सा नहीं मिला। वो दयनीय हालत में ही रहे।[6]

एक ज़रूरी प्रश्न और है कि इतनी संख्या में भारतीय और चीनी मज़दूरों से मलय के स्थानीय लोगों पर क्या प्रभाव पड़ा? क्या यहाँ भी उनसे टकराव हुआ? अंग्रेज़ों ने इस समस्या का निदान कैसे किया?

अंग्रेज़ एक कुशल मैनेजर थे। पहले तो मलय के राजाओं को ख़ुश करने के लिए अंग्रेज़ों ने उनकी सुरक्षा और पेंशन का ज़िम्मा ले लिया। ठीक वैसा ही जैसा वे भारतीय राजाओं के साथ करते। इस वजह से मलय के राजा/ज़मींदार अपनी प्रजा को नियन्त्रण में रखते। मलय के स्थानीय किसानों को धान की खेती के लिए प्रेरित किया गया। इसी धान से भारतीय–चीनी मज़दूरों को भोजन प्राप्त होता। नगदी फ़सल पर भारतीय कृषक काम करते और धान पर मलय के किसान। इसलिए कभी कोई चर्चित विवाद न हो सका।

रबर के बागानों में तीन कार्मिक श्रेणियाँ थीं। सबसे ऊपर यूरोपीय मैनेजर, उनके बाद मलयाली और सिंहली सुपरवाइजर, और सबसे निचले स्थान पर तमिल मज़दूर। मैनेजर तो साहब थे, और अलग ही रहते लेकिन सुपरवाइजर और मज़दूरों के बीच सम्पर्क प्रतिदिन था। काम के वक़्त भी, काम के बाद भी। सुपरवाइजर वर्ग के मलयाली/सिंहली लोग पढ़े–लिखे थे और उनका वेतन भी अच्छा था। वो अपने बच्चों को अंग्रेज़ी स्कूल भेजते और उनकी तरक्की भी अच्छी हुई, तमिल मज़दूरों की अपेक्षा। तमिल बच्चों के लिए तमिल माध्यम स्कूल थे, लेकिन बस छठी कक्षा तक। कुछ उम्र बढ़ते ही बच्चे भी रबर बागान में काम पर लग जाते। उनकी शिक्षा पर जानबूझ कर ध्यान नहीं दिया गया। यह वर्ग दब कर ही रहा।[7]

ब्रिटिश सरकार ने एक और विभाजन किया–तमिल और चीनी मज़दूरों के बीच। इसकी एक ख़ास वजह थी। गर एक मज़दूर हड़ताल पर जाते, तो दूसरे नहीं जाते। इस तरह से उनका काम चलता रहता। उन्होंने यह बात पक्की कर ली कि यह दो तरह के मज़दूर आपस में मिलने न पायें और दूरियाँ बनी रहें। हालाँकि जब 'ऑल मलयन रबर वर्कर काउंसिल' बना तो उसमें दोनों तरह के मज़दूर संगठित हुए। पर फिर भी, इन दोनों मज़दूर वर्ग के बीच एक दूरी रही।

यहाँ भी चीनी और भारतीय मज़दूरों के वेतन का पैमाना अलग था। भारतीयों को दिन भर काम करने की एक निर्धारित राशि दे दी जाती, काम

चाहे कुछ भी हो। वहीं दूसरी तरफ़, चीनी मज़दूरों का वेतन इस बात पर निर्भर करता कि कितना 'लैटेक्स' निकाला गया। गर वो ज़्यादा निकालते, तो ज़्यादा मिलता। इस वजह से दोनों के वेतन में काफ़ी फ़र्क़ आ गया।

तमिलों का पराया देश

भारतीय तमिल कमज़ोर थे, और बौद्धिक क्षमता कम थी। उन्हें मलय की नागरिकता भी नहीं मिली। फलस्वरूप उनकी अगली पीढ़ी भी नागरिक नहीं बन पायी, और ग़ैर–क़ानूनी रूप से वहाँ रहती रही। ऐसे में उन्हें मूलभूत सरकारी सुविधाएँ जैसे शिक्षा नहीं मिल पायी। एक तो ग़रीबी, और दूसरी अशिक्षा, जिसने तमिल भारतीयों को अपराध की दुनिया में ढकेला। आज मलेशिया की जेल भारतीयों से भरी पड़ी हैं। चोरी, धोखा धड़ी, लूट–पाट, ड्रग्स, सब में लिप्त हैं भारतीय। पर इसकी जड़ ब्रिटिश सरकार के सौतेलेपन में है, जिसने भारतीयों को कभी अधिकार नहीं दिलाया। जब घर का मुखिया जेल जाता है, तो परिवार और ग़रीब होता चला जाता है, और बच्चे अपराधी बनते जाते हैं। यही कुचक्र चलता जा रहा है।

मेरे मन में एक और प्रश्न आया कि क्या भारतीयों ने यहाँ कभी विद्रोह नहीं किया?

यह सच है कि भारतीय कमज़ोर थे पर जब द्वितीय विश्व युद्ध में जापानी सेना से हारकर ब्रिटिश फ़ौजी लौटे, तो पासा पलट गया था। जब जापानी सेना मलय में घुसी, तो ब्रिटिश ने वहाँ के वासियों को उनके हाल पर छोड़ दिया। भारतीय और मलय के निवासी, जो अब तक ब्रिटिश को उच्च कोटि का और अजेय समझते थे, उनका भ्रम टूट गया। उन्हें यह विश्वास हुआ कि इन्हें तो हराया जा सकता है। और इसी आशा से छिट–पुट विद्रोह शुरू हुआ। युद्ध के समय मलेशिया के भारतीयों की हालत दयनीय भी हो गयी थी। फैक्ट्री बन्द थी, तो वेतन भी बन्द था। तमिल सड़कों पर भीख माँगते घूम रहे थे, तो आक्रोश अवश्यम्भावी था।

इसमें आज़ाद हिन्द फ़ौज का भी कुछ योगदान था, जिसमें कई भारतीय भर्ती होकर बर्मा गये। आज़ाद हिन्द फ़ौज से भी अधिक ज़िक्र आता है 'मलय कम्युनिस्ट पार्टी' का, जिन्होंने चीनी और भारतीय मज़दूरों

को संगठित कर विद्रोह किया। 'ऑल मलयन रबर वर्कर काउंसिल' की स्थापना हुई, जिसमें मुख्यतः भारतीय मज़दूर थे।

मलय के स्थानीय लोग, चीनी मूल के लोग और भारतीय मूल के लोगों ने मिलकर एक सेना खड़ी कर दी। मलय एंटी–जैपेनिज आर्मी। यह पहला मौक़ा था जब अपने देश को बचाने के लिए अलग–अलग मूलों के लोग साथ खड़े हुए। मलय में एक भिन्न राष्ट्रवाद का जन्म हुआ, जिसमें वहाँ के असल बाशिन्दे और आप्रवासी दोनों ने भाग लिया। इन्होंने 20,000 लोगों के कुल सात रेजिमेण्ट बनाये और अलग–अलग जगहों पर 282 युद्ध किये, जिसमें लगभग 5,000 जापानी फ़ौजियों को मार गिराया। बिना ब्रिटिश सहयोग के इतनी बड़ी लड़ाई लड़ना मामूली बात नहीं। इस लड़ाई में गर इस आर्मी का किसी ने साथ दिया, तो 'मलय कम्युनिस्ट पार्टी' ने। जापान ने जब 15 अगस्त, 1945 ई. को आत्म–समर्पण किया तो वह वैश्विक हार की वजह से था, लेकिन मलय के लोगों को यह विश्वास हुआ कि वो भी गर एकजुट हो जायें तो महाशक्तियों को हरा सकते हैं।

वहीं एक दूसरा पहलू भी है। भारतीय मूल के कई लोग 'आज़ाद हिन्द फ़ौज' में शामिल होकर जापानी सेना का साथ देने लगे। उन्हें जब यह समझाया गया कि लड़ाई ब्रिटिश से है, तो वो तैयार हो गये। पर उनका जल्द ही मोहभंग हो गया। जापानी ब्रिटिश से भी अधिक क्रूर थे। उन्होंने उन्हें सियाम–बर्मा रेलवे बनाने में लगा दिया, जिसमें कइयों की मृत्यु हो गयी। आख़िर, उन्हें अपनी गलती का एहसास हुआ और वो जापान के विरुद्ध लड़ने लगे।

सुभाष चन्द्र बोस की बात से उनकी असहमति का दूसरा कारण भी था। उन्हें यह लगा कि जब ब्रिटिश लौटेंगे तो उन्हें सज़ा देंगे। ब्रिटेन के ख़िलाफ़ लड़ना उनके जीवन के लिए महँगा साबित होगा।

जब युद्ध ख़त्म हुआ तो ब्रिटिश फ़ौज वापस मलय आ भी गयी, और जोर–शोर से वापस आयी। उन्होंने भाँप लिया था कि माहौल बदल गया, पर फिर भी मलय उनके लिए धन का बड़ा स्रोत था, जिसे वो छोड़ना नहीं चाहते थे। इन आन्दोलनकारी मज़दूरों को ब्रिटिश सरकार ने आतंकी करार दिया, और उनको कुचलने की योजना बना ली। कुचले भी गये।

ब्रिटिश ने वापस आकर अपनी पुरानी चाल भी चल दी। आप्रवासियों और स्थानीय लोगों में फूट डालने की। उन्होंने एक ऐसा क़ानून बनाया जिससे भारतीय और चीनी लोगों को नागरिकता और समान अधिकार मिल जाता।

क़ानून में कुछ गलत नहीं था, पर उन्हें पता था कि स्थानीय मलय के लोग इसका विरोध करेंगे। और हुआ भी यही। मज़दूर यूनियनों में विभाजन हो गया। राष्ट्रवाद की एक और लहर चली, और इस बार मूल बाशिन्दे आप्रवासियों के विरुद्ध हो गये। उनका कहना था कि इस क़ानून के बनते ही भारतीय और चीनी उनकी नौकरी, उनका काम छीन लेंगे। ब्रिटिश तो यह विभाजन चाहते ही थे। क़ानून बदला गया। मलय लोगों के अधिकार बढ़ा दिये गये और बाहरी मज़दूरों के घटा दिये गये। मलय के मूल निवासियों और बाहरी लोगों के बीच यह विभाजन दशकों तक दिखेगा।

ब्रिटिश ने नियन्त्रण अपने हाथों में रखने के लिए एक और क़दम उठाया। जब 1947 ई. में पूरे देश में हड़ताल हुई, और ब्रिटिश सरकार का विरोध हुआ तो 1948 ई. में आपात्काल लागू कर दिया। यह आपात्काल बारह वर्ष चला, जो औपनिवेशिक इतिहास का सबसे लम्बा आपात्काल है। इस दौरान सभी विद्रोहियों को पकड़ा गया, तमाम यूनियनों पर पाबन्दी लगी, और कई सख़्त क़ानून बने। यह आपात्काल 1960 ई. तक चलता रहा। 1963 ई. में मलेशिया आज़ाद देश तो बन गया, पर भारतीय अपना समुचित अधिकार कभी न पा सके।[8]

लगभग चार दशकों बाद 25 नवम्बर, 2007 ई. को तक़रीबन 20 हज़ार तमिल भारतीयों ने मलेशिया के ब्रिटिश दूतावास तक मार्च किया और इंग्लैण्ड की महारानी को ज्ञापन देने गये। इस 'हिन्द्राफ़ मार्च' में वो उन 150 वर्षों के ब्रिटिश शोषण का हिसाब माँग रहे थे, जिसकी वजह से उनकी आने वाली पीढ़ी की इतनी दयनीय स्थिति हुई। हालाँकि उनको ज्ञापन देने से रोक दिया गया। उन्हें उनका अधिकार कभी न मिल सका।

वो इस प्रदेश में कई पीढ़ियों के बाद भी 'बाहरी' ही रह गये।

कहाँ है तुम्हारी देवी?

मलेशिया में अब बड़ी इमारतें बन गयी हैं। कई घर–झोंपड़े टूट रहे हैं। यह कोई नयी बात नहीं, भारत में भी हो रहा है। हिन्दुस्तानियों की

एक पुरानी आदत है, मन्दिर बनाने की। कुछ छोटे, कुछ बड़े। कुछ पेड़ के नीचे, कुछ नदी किनारे, कुछ चौक–चौराहे पर, कुछ कुएँ पर। जब बुलडोजर चलता है, तो ऐसे मन्दिर टूट जाते हैं। मलेशिया में रोज़ टूट रहे हैं।

एक तमिल बच्चा इन्हीं मलबों पर दौड़ रहा है। एक टीले से दूसरे टीले। वो कुछ ढूँढ़ रहा है, जो इस मलबे में दब गया है। बच्चों के तो कई खज़ाने होते हैं। कुछ खो गया होगा। कोई गेंद, कोई खिलौना, या कुछ और।

पर वो अपनी देवी ढूँढ़ रहा है। इस मलबे में भी एक मन्दिर दबा है, और उसकी देवी की सुन्दर मूर्ति भी। यह मन्दिर भी कभी किसी मलय में आये तमिल किसान ने बना रखा होगा। पहले यह रबर के बागान ही थे, अब शहर बन गया। कुछ पेड़ अब भी नज़र आते हैं। बच्चे को देवी मिल जाती है, और वह देवी का सिर हाथ में लिए उछलने लगता है। यह दृश्य एक गिरमिटिया वंशज की संस्कृति–रोदन का चित्रण है, जो मलेशिया ही नहीं कई अन्य देशों में गाहे–बगाहे हो ही रहा है। आख़िर ब्रिटिश उनको किसी देश–श्रम के लिए लाये, तो उनको उसी हाल पर छोड़कर क्यों लौट गये?[9]

(भारतीय, चीनी और मलय मूल के लोग सिंगापुर के चौराहे पर, चित्र–G R Lambert and company, 1900**।)**

सन्दर्भ

1. चूर सिंह, भाई महाराज सिंह जी : द सेंट सोल्जर, सिंगापुर
2. करनाल सिंह सन्धू, कमिंग ऑफ़ इण्डियन्स टू मलेशिया, 1993
3. वही (सं. 2)
4. पैट्रीसिया अन्नामारिया स्पेंसर, मलायाज़ इण्डियन तमिल लेबर डायस्पोरा : कॉलोनियल सबवर्सन ऑफ़ देयर क्वेस्ट फॉर एजेंसी एण्ड मॉडर्निटी, ग्रैजुएट थीसिस (द्वितीयक स्रोत)
5. सन्धू (सं. 2)
6. डी. जे. एम. टेट, द मलेशियन इण्डियन्स : हिस्ट्री, प्रॉब्लम्स एण्ड फ़्यूचर, स्ट्रैटेजिक इन्फ़ॉर्मेशन एण्ड रिसर्च डेवलपमेण्ट सेण्टर, मलेशिया, 2008
7. स्पेंसर (सन्दर्भ 4)
8. वही (सन्दर्भ 4)
9. जर्नीमेन पिक्चर्स का वृत्तचित्र 'आर मलेशियन्स बिइंग ट्रीटेड ऐज सेकण्ड–क्लास सिटीजन्स'

उपसंहार

मज़दूरों का शोषण कहाँ नहीं होता? किस समय नहीं हुआ? देश में, या विदेश में, गाँव में, या शहर में। मज़दूरों का शोषण होता आया है और होता रहेगा। सम्भव है कि इसे तमाम 'लेबर लॉ' के आवरण से ढक दिया जाये। शोषण नज़र न आये, पर होता है। मैंने स्कैंडिनैविया जैसे देशों में भी देखा है जहाँ क़ानून सख़्त हैं।

इसलिए, मात्र शोषण से त्रस्त होकर पलायन कर जाना सही नहीं। सामन्तवाद से सताये गिरमिटिया जब दूर देश गये, वहाँ और बुरी तरह शोषित हुए। इसी किताब के सिलसिले में एक लॉर्ड साहब का कथन पढ़ा कि 'लाइफ़' से भरे हिन्दुस्तान से 'लाइफ़लेस' द्वीपों की ओर था यह सफ़र। यह सच भी है, कि भले ही अब जीवन कुछ सुधरा हो, उन्होंने कष्ट ही काटे। उनका यह निर्णय सही था या गलत, इस पर चर्चा हो सकती है। परन्तु यह आदर्श तो नहीं कही जा सकती। दोनों ही (भारत और गिरमिटिया द्वीप) परिवेश में जब शोषण के विरुद्ध लड़ाई लड़ी गयी, या वैश्विक परिवर्तन हुए, तो हालात में सुधार हुआ। बेहतर है कि शोषण का उसी परिवेश में विरोध हो। परिवेश बदलना उत्तरदायित्व से अलग होना है।

कल जो पलायित होकर फिजी गये, वो वहाँ से भी भगाये गये। पुनः पलायित होकर ऑस्ट्रेलिया–न्यूजीलैण्ड गये। एक दिन वहाँ भी राष्ट्रवादी चरमपन्थी आये, तो वहाँ से भी पलायन होगा। सूरीनाम से भाग कर नीदरलैण्ड। गयाना से भाग कर अमेरिका–कनाडा। पलायित व्यक्ति जड़ों से जितना दूर जाता है, उतना ही निरीह होता जाता है।

किन्तु, दूसरा पहलू यह है कि पलायन भी संस्कृति का ही विस्तार है। इससे संस्कृति समृद्ध ही होती है। भाषाएँ जन्म लेती हैं। संगीत जन्म लेता है। और मनुष्य एक वैश्विक प्राणी बन जाता है।

सत्रहवीं सदी से ही पलायन के गीत गाये जाते रहे, जो बाद में लोकगीत बन कर प्रचलित हुए। विरह का 'बारहमासा' भोजपुरी गीत जो पत्नी अपने पति के लिए गाती है। आज जब फिजी हिन्दी के लेखकों को पढ़ता हूँ, राज मोहन जी को सरनामी भाषा में गाते सुनता हूँ, ट्रिनिडाड के व्यक्ति को तबला से संगत देते देखता हूँ, यूरोप के लोगों को योगासन मुद्रा में देखता हूँ, एक अलग ही अनुभव होता है। जैसे भारत असीमित हो।

अधिकतर गिरमिटिया वंशज अब बेहतर स्थिति में हैं। अगर उनके परिवार की स्थिति बिहार या उत्तर प्रदेश के गाँवों में देखी जाये, तो उनसे कहीं पीछे नज़र आती है। वो जातिवाद से मुक्त हैं। स्त्रियाँ अब अधिक स्वतन्त्र हैं। यह एक तरह का प्राकृतिक प्रयोग है जो भारतीयों को एक अलग परिवेश में रह कर किया गया, और सफल रहा। जिन दंशों से भारतीय समाज इतने वर्षों से जूझता रहा, उनसे मुक्ति पाकर यह सामूहिक विकास का वाहक बना।

प्रवासियों का प्रवास तभी सफल रहा, जब वो मिट्टी की सुगन्ध अपने साथ ले गये। मैं इस बात की वकालत करता रहा हूँ, कि जो जिस देश की मिट्टी में बसा है, वहीं की संस्कृति जिए। लेकिन एक अपनी खुशबू तो बिखेर ही सकता है। भारतीयता न चाहते हुए भी उनके डी.एन.ए. में रहेगी ही, तो उससे क्या मुँह मोड़ना। बल्कि उस पहचान पर गर्व करना और उस पहचान को बचाये रखना भी कुछ हद तक आवश्यक है।

आज इलाहाबाद के 'मानव विकास संग्रहालय' में स्थित 'काहे गइले बिदेस' विभाग हो या कलकत्ता के 'गार्डन रीच' में स्थित 'बाबा–माइ' की मूर्ति, हमारा एक सामूहिक इतिहास समेटने की कोशिश है। भारतीयता का विस्तृत रूप समझने की। कुछ ऐसी ही कोशिश इस पुस्तक के मार्फ़त भी है।

हिल कुली

गिरमिटियों के इतिहास में भी वही इतिहास दर्ज है जो भारत के इतिहास में। आदिवासियों का इतिहास एक ऐसी कड़ी है जो अक्सर छूट ही जाती है। रामचन्द्र गुहा के अनुसार महात्मा गाँधी ने लाखों शब्द लिखे; लेकिन उनके लेख में आदिवासी नहीं मिलते। गाँधी के लिए आदिवासी ऐसे हिन्दू थे जो कहीं जंगलों में खो गये। मैंने इस पुस्तक में आदिवासी गिरमिटियों (हिल कुली) के सम्बन्ध में थोड़ा–बहुत लिखा है लेकिन वे पन्नों के बीच कहीं दबे पड़े हैं।

इस सम्बन्ध में 'माटी माटी अरकाटी' नामक पुस्तक में एक कथा के माध्यम से अश्विनी कुमार पंकज ने गिरमिटिया आदिवासियों की व्यथा–गाथा लिखी है। उन्होंने ही जब 'कुली लाइन्स' पढ़ी तो मुझे एक टिप्पणी मिली कि आदिवासियों के इतिहास पर मैंने कम लिखा है। आदिवासियों को पहली खेप में ही अधिकांश ले जाया गया था जिसके काग़ज़ मिलने कठिन हैं। बाद की खेप में गये गिरमिटियों ने उन्हें जंगली कहकर अपने समाज से अलग कर दिया और उनके इतिहास भारतीय गिरमिटियों ने भी ढंग से दर्ज नहीं किये। वी. एस. नायपॉल ने लिखा है कि उनमें से कई लोग अफ़्रीकी मूल के लोगों से विवाह कर उनके साथ ही रच–बस गये। उनको अब ढूँढ़ना कठिन है।

आदिवासी गिरमिटियों का भविष्य तो तभी तय हो गया था जब एक तरफ़ आदिवासियों की खोज हुई और दूसरी तरफ़ चाय की!

1830 से पहले चाय पर चीन का प्रभुत्व था। 24 दिसम्बर 1834 को ब्रिटिश भारत की चाय कमिटी ने एक खोज की घोषणा की जिसकी तुलना 'एल डोरैडो' से की गयी। उन्होंने घोषणा की, 'हमें सबसे महत्त्वपूर्ण और क़ीमती चीज़ मिल गयी है जिससे साम्राज्य के कृषि और आर्थिक साधनों

में भारी वृद्धि होगी। उत्तरी आसाम की पहाड़ियों में चाय की पत्तियाँ मिल गयी थीं और इसका अर्थ था कि अब भारत में चाय उगायी जा सकती थी। अब एक मामूली समस्या थी कि यह पूरी तकनीक चीनी लोगों को ही पता थी कि आख़िर चाय की पत्तियाँ उगाकर किस तरह चाय बनायी जाती है। इसके लिए चीन से लोग मँगवाये गये लेकिन जब यह तकनीक सीख ली, तो भारतीयों को ही इस कार्य में लगा दिया गया। लेकिन समस्या यह थी कि उत्तरी असम के निवासी अंग्रेज़ों की नज़र में सुस्त और अफ़ीम–नशेड़ी थे। वह इस तरह के कठिन कार्य करने में अक्षम थे। चाय के बागानों के लिए तो हट्टे–कट्टे कामगार चाहिए थे जो जंगली पहाड़ियों में खेती कर सकें। ऐसे लोग आख़िर कहाँ मिलेंगे।

उन्हीं दिनों एक और खोज हो रही थी। 1830 के बाद से ही अंग्रेज़ों को यह जानकारी मिलनी शुरू हो गयी थी कि भारत के जंगलों में एक छुपा हुआ भारत है। वहाँ आदिवासी रहते हैं जिनकी नस्ल और संस्कृति भिन्न है। वे आज भी जंगलों में शिकार कर खा रहे हैं नंगे और बेघर घूम रहे हैं। चाय के बागानों के लिए उनसे बेहतर मज़दूर कौन होगा लेकिन क्या ये जंगली लोग खेती–बाड़ी कर पायेंगे।

इसकी शुरुआत तो पहले ही बंगाल के जंगलों में हो गयी थी। छोटानागपुर–सन्थाल की पहाड़ियों से आदिवासियों को मैदानी इलाक़े के ज़मींदारों की खेतों में काम कराया जाता। उनको बंधुआ मज़दूर बनाकर मामूली सुविधाएँ देकर कठिन कार्य कराये जाते। असम में बंधुआ मज़दूरी की शुरुआत हुई जब छोटानागपुर से आदिवासियों को उठाकर असम के जंगलों में पहाड़ी काटने भेज दिया गया। ये हिल–कुली कहलाये जो धांगड़ या कोल नाम से भी जाने जाते। इनमें अधिकांश वर्तमान झारखण्ड के संताल, मुंडा, उराँव, खड़िया आदि जाति के आदिवासी थे।

उसी समय कलकत्ता की मेसर्स गिलैंडर्स एंड कंपनी इन आदिवासियों को मॉरिशस भेजने की शुरुआत कर चुकी थी। कुछ ही वर्षों में वेस्टइंडीज़ ले जाने की भी बारी आ गयी। 4 जनवरी, 1836 को विलियम ग्लैडस्टोन ने चिट्ठी भेजी जिसके जवाब में 6 जून, 1836 को गिलैंडर्स एंड कंपनी ने चिट्ठी लिखी, 'पिछले दो साल में हमने लगभग 2000 भारतीयों को पाँच साल के कॉन्ट्रैक्ट पर मॉरिशस भेजा है। हमें नहीं लगता कि वेस्टइंडीज़ भेजने में कोई समस्या होगी। इन भारतीयों को न यह पता है कि वेस्टइंडीज

कहाँ है, और न यह कि पहुँचने में कितना वक़्त लगेगा। इन्हें फुसलाना आसान है। धांगड़ आदिवासियों को आप मनुष्य नहीं, वानर समझें। उनका न कोई धर्म है, न शिक्षा है, न राज्य है। उन्हें बस खाने, रहने और सोने को मिल जाये इसके लिए वे कहीं भी जा सकते हैं।

जैसा पहले लिखा है, 1838 में पहला जहाज़ वेस्टइंडीज़ के लिए रवाना हो गया। इसके लिए आदिवासियों का अपहरण भी किया गया। उन्हें इस तरह जहाज़ पर ठूँसकर ले जाया गया कि एक आदिवासी की घुटन से मृत्यु हो गयी। एक लम्बे सफ़र के बाद जब वे गयाना पहुँचे, तो वहाँ के खेतों में उन्हें जोत दिया गया। 11 जनवरी, 1839 की एक चिट्ठी के अनुसार, 'हिल कुलियों को दलदली मिट्टी, कम वेतन और कम भोजन की आदत है। इस कारण वे नीग्रो मज़दूरों से बेहतर हैं। मिस्टर ग्लैडस्टोन के खेतों में वे स्वस्थ और प्रसन्न नज़र आते हैं। उनमें से कुछ ने नीग्रो से विवाह भी कर लिया है और उनके साथ रहते हैं।

स्वस्थ और प्रसन्न तो क्या ख़ाक रहते होंगे! पहले नौ महीनों में कुल 419 में से 38 की मृत्यु हो गयी, जिसमें एक बच्ची की हत्या भी शामिल थी। एक बच्ची की हत्या क्यों की गयी होगी, यह अन्दाज़ा लगाया जा सकता है। वे एक खेत से भागकर नदी पार दूसरे खेत आते, और वहाँ भी ऐसी ही य़ातनाएँ मिलतीं। 11 अक्टूबर 1838 को जम्मो और पलटन नामक दो आदिवासी खेत से भाग गये जो कभी नहीं मिल पाये। महैका नामक स्थान पर बाद में दो लाशें बरामद हुईं जो सम्भवतः उनकी ही लाशें थीं।

यह मॉरीशस में भी देखा गया कि आदिवासियों की मृत्यु अधिक होने लगी थी। वे इस माहौल में जी नहीं पाते थे। इसी कारण बाद की खेपों में आदिवासियों को नहीं ले जाया गया। फिर भी, मॉरीशस में अपेक्षाकृत सबसे अधिक आदिवासी गये। मॉरीशस में पूरे गिरमिटिया काल में कुल 63,269 आदिवासी ले जाये गये जो कुल मॉरिशस गिरमिटियों के 14 प्रतिशत थे। ऐसे हालात गयाना या अन्य द्वीपों पर नहीं थे।

गयाना के रुग्णालय का एक चश्मदीद ने ब्योरा लिखा है–

'यहाँ एक दुर्गन्धित माहौल है, जहाँ लेटने के लिए गद्दे नहीं बल्कि एक मटमैली चादर है। कुली कुछ चीथड़ों को सर के नीचे रखकर सोते हैं। इन कुलियों को जैसे–तैसे ठूँस दिया गया है। एक कमरे में पाँच में दो हिल कुली मर चुके हैं। तीसरे की हड्डियाँ इस क़दर बाहर निकल आयी हैं कि

वह ज़्यादा दिन नहीं बचेगा। खाने के नाम पर एक भूरी बिस्कुट दी जा रही है। इनके फोड़े फूटकर पत्थर बन चुके हैं। माँस सूख चुका है। पैरों की उँगलियाँ गलकर शरीर से अलग हो रही हैं। मैंने ऐसा हृदयविदारक माहौल कहीं नहीं देखा।

2 मई, 1839 को एक चिट्ठी में कई चश्मदीदों के कथन मौजूद हैं। अलेक्जेंडर लिखते हैं, 'अगर ये कुली भागने की कोशिश करते हैं, उन्हें बाँधकर चाबुक से मारा जाता है।' उसी चिट्ठी में एलिज़ाबेथ सीज़र जोड़ती हैं, 'उनके घाव पर नमक रगड़ा जाता है और वे बेतहाशा चीख़ रहे होते हैं।'

उस चिट्ठी के बाद जैकब्स नामक एक मैनेजर को बीस स्टर्लिंग का जुर्माना और एक महीने का कारावास मिला। अगली ग़लती पर 30 शिलिंग का जुर्माना और उसके बाद 40 शिलिंग का जुर्माना लगा। विडम्बना यह है कि यह जुर्माना जैकब्स ने इन ग़रीब मजदूरों से ही वसूल लिया। बल्कि इस जुर्माने से कहीं ज़्यादा लगभग साढ़े अट्ठाइस डॉलर वसूल लिए। इसके बदले वह पिटाई न करने का वादा करता था, लेकिन यह वादा कभी निभाता नहीं था।

जब यह खबरें भारत के गवर्नर जनरल तक पहुँचीं, उन्होंने हिल–कुलियों के गिरमिटिया जहाज़ पर वेस्टइंडीज़ ले जाने की रोक लगा दी। इस कारण भी वेस्टइंडीज़ में इन आदिवासियों को ढूँढ़ना अब लगभग असम्भव है। वे कहीं खो गये। उनके विलुप्त होने में अंग्रेज़ों की यातनाओं का योगदान तो है ही, लेकिन उस भारतीय गिरमिटिया समाज का भी हाथ है जिन्होंने उन्हें अपनों से भिन्न समझा। भारत की तरह प्रवास में भी आदिवासी अलग–थलग ही पड़ गये।

परिशिष्ट

1. आप्रवासी पोतारोहण प्रमाण–पत्र (Immigrant Embarcation Certificate)

जहाज़–दीनापुर
25, गार्डन रीच कलकत्ता, 19 नवम्बर, 1873
नाम–ओरी
पिता का नाम–भवानीदीन
उम्र–21 वर्ष
जाति–बनिया
कद–5 फीट, 7.5 इंच
निकटतम सम्बन्धी–रामबकस (भाई)
विवाहित
ज़िला–बाराबंकी
परगना–सुनईघाट
गाँव–टिकैतनगर
निशान–टाँग के अगले हिस्से पर दाग

हम यह प्रमाणित करते हैं कि ऊपर वर्णित व्यक्ति (जिसने हमारे ब्रिटिश गयाना सरकार की तरफ़ से मज़दूर बनने की सहमति दी है) हमारे समक्ष प्रस्तुत हुआ और उसे भारतीय आप्रवासी ऐक्ट VII 1871 के अनुच्छेद 8 के तहत मज़दूरी की सभी शर्तें समझायी गयीं।

आप्रवासी संरक्षक, कलकत्ता ब्रिटिश गयाना के आप्रवासी एजेण्ट

(स्रोत : बासुदेव मंगरू, Benevolent neutrality: Indian Government Policy and Labour migration to British Guyana 1854-84)

2. कुन्ती की चिट्ठी

चिट्ठी लिखने वाली कुन्ती, चरन चमार की पुत्री, ग्राम लखवापुर, पोस्ट– बेलाघाट, ज़िला–गोरखपुर

कुन्ती अपने पति जाल के साथ घर से गोरखपुर निकली, जहाँ एक एजेण्ट ने तमाम सपने दिखा कर फिजी टापू जाने के लिए राजी कर लिया, और कलकत्ता लेकर चला गया। वहाँ वह एक डिपो में छोड़कर चला गया। डिपो पर कुछ दिन कष्ट काट कर वह एक जहाज़ में अन्य कई लोगों के साथ ठूँस दिये गये। जब जहाज़ फिजी की राजधानी सुवा पहुँचा, उन्हें भेड़–बकरियों की तरह एक नाव पर बिठा कर निकोलाऊ द्वीप भेज दिया गया। वहाँ से उसे और उसके पति को रेवा ज़िले के 'विनी वकासु' नामक कम्पनी भेज दिया गया। वहाँ उसने चार साल संघर्ष कर काम किया और अपनी इज़्ज़त बड़ी मुश्किल से बचाने में कामयाब रही। पर अब सरदार और ओवरसीयर की नज़र उस पर पड़ गयी थी।

मुश्किल यह थी कि सरदार और ओवरसीयर के ख़िलाफ़ सबूत जुटाने या उनके विरोध करने की कुव्वत किसी में न थी। सरदार अक्सर इन महिलाओं को किसी एकान्त स्थान पर काम के लिए भेज देते, जहाँ कोई देख न सके। ऐसा ही कुछ वो तब भी करते, जब किसी कुली को पीटना होता। इसलिए सबूत नहीं मिल पाते। ऐसी हालत में कई लोग नदी में कूद कर आत्महत्या कर लेते।

दस अप्रैल, 1913 ई. को कुन्ती को ऐसे ही एकान्त स्थान में काम करने भेजा गया। सरदार और ओवरसीयर वहाँ उसकी इज़्ज़त से खिलवाड़ करने पहुँचे। जब सरदार ने उसका हाथ पकड़ा, वह हाथ छुड़ा कर भागी और नदी में कूद गयी। पर एक लड़के ने उसे बचा कर नाव से दूसरे तट पर छोड़ दिया। जब कुन्ती ने बागान मालिक को यह बयाँ किया, उसने एक न सुनी।

अब उसे और उसके पति को सरदार और ओवरसीयर कठिन कार्य देने लगे। उन दोनों को काम के समय एक–दूसरे से एक मील दूर रखा जाता। कुन्ती ने यह ठान लिया था कि गर कोई उसकी इज़्ज़त पर हाथ डालेगा, वह आत्महत्या कर लेगी।

कुन्ती ने चिट्ठी के अन्त में सभी साथिन महिलाओं को चेतावनी दी, और भारत के नेताओं से अपील की कि वह फिजी टापू पर गिरमिटिया भेजने बन्द करें।

(यह चिट्ठी 1913 के 'भारत मित्र' में सर्वप्रथम प्रकाशित हुई 'The cry of an Indian women in Fiji शीर्षक से)

(Tears In Paradise : Suffering and Struggles of Indians in Fiji, 1879-2004- Rajendra Prasad)

3.

कॉलोनी	ऐग्रीमेण्ट के वर्ष	कुल विस्थापित गिरमिटिया
मॉरीशस	1834–1900	453,063
ब्रिटिश गयाना	1838–1916	238,909
ट्रिनिडाड	1845–1916	143,939
जमैका	1845–1915	36412
ग्रेनाडा	1856–1885	3200
सेंट लूसिया	1858–1895	4350
नटाल	1860–1911	152,184
सेंट किट्स	1860–1861	337
सेंट विन्सेंट	1860–1880	2,472
रियूनियन	1861–1883	26,507
सूरीनाम	1873–1916	34,304
फिजी	1879–1916	60,965
पूर्वी अफ्रीका	1895–	32000
सेशेल्स	? – 1915	6315
कुल		1,119,4957

* रियूनियन–75000 (14)
* फ्रेंच कैरिबियन–79000 (14)
* नटाल–153000 (14)
* बर्मा–1164000 (14)
* सीलॉन (श्रीलंका)–2321000 (14)

* मलय – 1754000 (14)

(स्रोत : Brij V. Lal. Girmitiyas. The origin of Fiji Indians. Journal of Pacific History. 1983)

4. गिरमिटिया ज़िले

1. यूनाइटेड प्रॉविंस–फैज़ाबाद, गोंडा, बलिया, गाजीपुर, आजमगढ़, बस्ती, गोरखपुर, बनारस, मिर्जापुर, लखनऊ, कानपुर, इलाहाबाद, आगरा, जौनपुर, कानपुर।
2. बिहार–शाहाबाद, पटना, गया, सारण, मुज़फ़्फ़रपुर, चम्पारण
3. पंजाब–अम्बाला, रोहतक, और दिल्ली
4. सेण्ट्रल प्रॉविंस–रायपुर, बिलासपुर, जबलपुर
5. मद्रास प्रॉविंस (तमिल)–मद्रास, तंजौर, तिरुचिनापल्ली, दक्षिणी आरकोट, चिंगलपुट
6. मद्रास प्रॉविंस (तेलुगु)–गंजम, राजमुंदरी, विशाखापत्तनम, गोदावरी

5. फिजी में गिरमिटिया के मूल भारतीय स्थान

1. बस्ती–6815
2. गोंडा–3589
3. फ़ैज़ाबाद–2329
4. सुल्तानपुर–1747
5. आजमगढ़–1218
6. गोरखपुर–1683
7. इलाहाबाद–1218
8. जौनपुर–1188
9. शाहाबाद–1128
10. रायबरेली–1087
11. गया–765
12. पटना–644

(Brij V. Lal. Girmitiyas. The origin of Fiji Indians. Journal of Pacific History.1983)

6. सूचना : आप्रवासी विभाग

नटाल जाने वाले कुलियों के लिए सूचना

आपको मुफ़्त कलकत्ता ले जाया जायेगा, और जहाज़ पर चढ़ाने तक अच्छे भोजन की व्यवस्था होगी। अगर आप बीमार पड़ें, तो यथोचित इलाज किया जायेगा।

जब जहाज़ तैयार होगा, आपको अच्छे कपड़े पहनाकर एक बेहतरीन जहाज़ पर चढ़ाया जायेगा। सफ़र में पाँच से छह हफ़्ते लगेंगे। जहाज़ पर भोजन, दवाएँ और तमाम सुविधाएँ होंगी और आपकी अच्छी देखभाल की जायेगी। भारतीय सरकार के क़ाबिल अधिकारी आपका ख़ास ध्यान रखेंगे।

नटाल पहुँचते ही हमारे आप्रवासी संरक्षक आपके रहन–सहन की व्यवस्था पर ध्यान देंगे। आपको ऐसे बागान में रखा जायेगा, जहाँ चिकित्सकीय सुविधाएँ हों।

आपका धर्म, चाहे हिन्दू हो या मुस्लिम, उसकी ख़ास तौर पर रक्षा की जायेगी, कि उसमें कोई आँच न आये।

आपको वहाँ पाँच हज़ार से अधिक भारतीय मिलेंगे।

आपको एक मुफ़्त घर मिलेगा जिसके आसपास आप बागवानी भी कर सकते हैं। यह ख़ास ध्यान दिया जायेगा कि आप परिवार और परिजनों के साथ रहें।

वहाँ एक स्वस्थ वातावरण है, और सभी फल, सब्ज़ियों और पानी की उपलब्धता है। चिकित्सकीय सेवाएँ मुफ़्त हैं।

आपको वहाँ गन्ने की खेती करनी है, जिससे चीनी, गुड़ और रम (शराब) बनाना है। हर तरह के शरीर के व्यक्ति के लिए कार्य है। महिलाओं और बच्चों के लिए भी।

आपको सूर्योदय से सूर्यास्त तक हफ़्ते में छह दिन पाँच साल तक कार्य करना है। सरकारी छुट्टियाँ और इतवार का दिन छोड़कर।

राशन के अलावा पहले साल पाँच रुपये मासिक, दूसरे साल साढ़े पाँच, तीसरे साल छह, चौथे साल साढ़े छह और पाँचवें साल सात रुपये मासिक वेतन मिलेगा। महिलाओं का वेतन आधा होगा।

पाँच वर्ष बाद आप अपने ख़र्चे पर भारत लौट सकते हैं। दस वर्ष बाद आपकी वापसी का ख़र्च सरकार वहन करेगी।

आपका राशन निम्नलिखित होगा–

1. डेढ़ पाउण्ड चावल हफ़्ते में तीन दिन
2. दाल–दो पाउण्ड प्रति मास
3. मछली–दो पाउण्ड प्रति मास
4. घी या तेल–एक पाउण्ड प्रति मास
5. नमक–एक पाउण्ड प्रति मास

–एच. ए. फर्थ, आप्रवासी एजेण्ट, गार्डन रीच, कलकत्ता

(मूल अंग्रेज़ी से अनुवादित)

7. सूरीनाम के प्रवासी भारतीयों के नाम महात्मा गाँधी का सन्देश

डच गयाना के पण्डित भवानीभीख मिश्र, श्री बनारसीदास चतुर्वेदी के साथ मुझसे मिले और सूरीनाम के प्रवासी भाइयों के लिए मुझसे सन्देश माँगा। मेरी आप लोगों से इतनी ही अर्ज है कि आप सब आपस में मिल कर रहें, परस्पर बातचीत में हिन्दी–हिन्दुस्तानी भाषा का इस्तेमाल करें, हिन्दी स्कूल और पुस्तकालय खोलें।

मो. क. गाँधी

मगनवाडी, वर्धा

11 अक्तूबर, 1935

(पं श्री मिश्र की जीवनी से Dreamz world June 2018 में उद्धरित)

8. गिरमिटिया गीत

बिदेसिया

(क)

पूरबा से आइ रेलिया पच्छिम से जहजिया, पिया के लादि लेइ गइ हो,
रेलिया होइ गेल मोर सबतिया पिया के लादि लेइ गइ हो।

(ख)

छोर आयी हिन्दुस्तान बबुआ! पेटवा के लिए।
पड़ी भरम में, छूटल पटना के सहरवा।
छूट गइल गंगा मैया के अंचरवा।

नाहि मानली एगो बाबा–भैया के कहनवा।
बबुआ! पेटवा के लिए।

(M. Mojumdar Kahe Gaile Bidesh : Why did you go overseas? On Bhojpuri migration Since the 1870s and the contemporary culture in Uttar Pradesh and Bihar, Suriname and the Netherlands. Suriname Resource Book of the Bidesia project. 2010)

बिरहा

(ग) पहेली–

का गैया के बारह थनवा ओ भैया, ओ चुचिया तीन सौ साठ?
जो मोरे बिरहा के अरथ लगावे ओ भइया, ते गावे हमरा साथ।

एक बरसवा में बारह महीनमा, अबे दिनवा तीन सौ साठ।
मैं तोरे बिरहा के अरथ लगाऊँ ए सखिया, तुम गावो हमरे साथ।

(घ) *राम–कृष्ण मिलन*

राम तोरा बागे में सीता के फुलवाड़ी,
लछमन देवरे बइठे रखवारी,
तोड़–तोड़ निबूला पठावे सुरारी,
ओहि निबूला के बने तरकारी,
जेवण बइठे कृष्ण मुरारी,
अउर सीता कावर डोलाये।

मर्सिया

(च) *हसन के जन्म पर*

कहवा हसन तोरे जनम भये कहवा चिनायो नरवा
कहवा हसन तू गेना खेल्यो कहवा गवायो जनवा।

मक्का मदीना मोरे जनम भये धरती चिनायो नरवा
चौके पर मैं तो गेना खेल्यो कर्बला गवायो जनवा।

(Usharbudh Arya. Ritual songs and folksongs of the Hindus of Suriname. 1968)

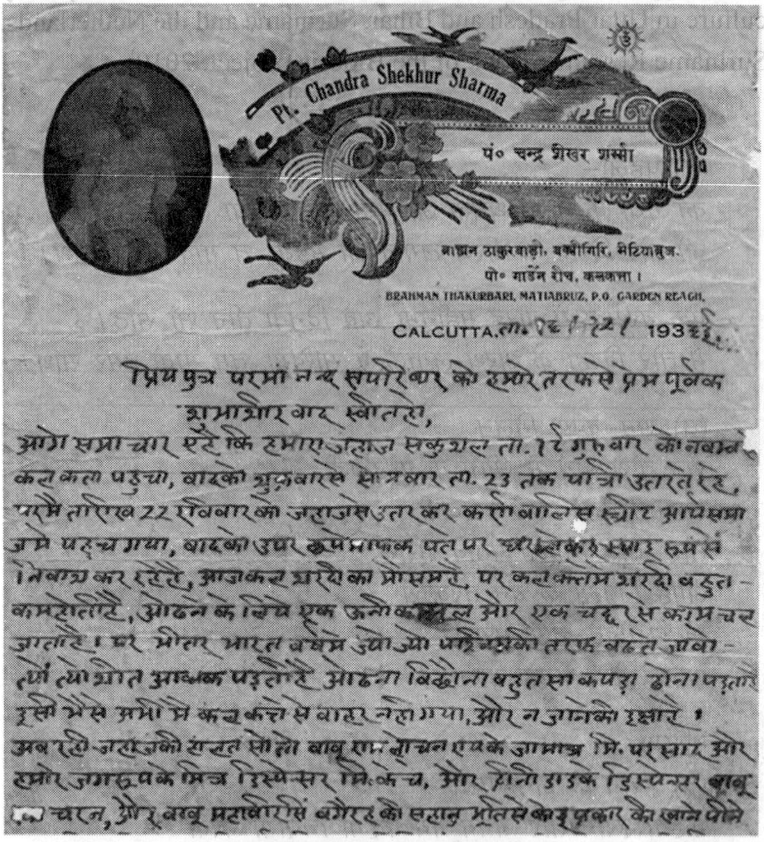

Pt. Chandra Shekhur Sharma

पं० चन्द्र शेखर शर्म्मा

ब्राह्मन ठाकुरबाड़ी, बर्म्मागिरि, मेटियाबुज.
पो० गार्डेन रीच, कलकत्ता ।
BRAHMAN THAKURBARI, MATIABRUZ, P.O. GARDEN REACH,

CALCUTTA, ता० १६ । १२ । 193६ ई०

प्रिय पुत्र परमानन्द सपरिवार को हमारे तरफसे प्रेम पूर्वक
शुभाशीरवाद [illegible],
आगे समाचार ऐहै कि हमारा जहाज सकुशल ता. १९ गुरुवार को नवबजे
कलकत्ता पहुंचा, बादको शुक्रवारसे सोमवार ता. 23 तक यात्री उतरते रहे,
हमने तारिख 22 रविवार को जहाजसे उतर कर [illegible] आश्रम
में पहुंच गया, बादको [illegible] पर [illegible] हम
निवास कर रहे हैं, आजकल जाड़े का मौसम है, पर कलकत्ता में जाड़ा बहुत
कम होता है, ओढ़ने के लिये एक ऊनी कम्बल और एक चद्दर से काम चल
जाता है। पर भीतर भारत में ज्यों ज्यों पश्चिम की तरफ बढ़ते जाओ
त्यों त्यों शीत अधिक पड़ता है ओढ़ना बिछौना बहुत सा कपड़ा ढोना पड़ता है
इसी से अभी मैं कलकत्ते से बाहर नहीं गया, और न जाने की इच्छा है।
अब रही जहाज की [illegible] बाबू [illegible] मि. [illegible] और
हमारे [illegible] के मित्र डिस्पेंसर मि. [illegible], और [illegible] डिस्पेंसर बाबू
[illegible] चरन, और बाबू [illegible] वगैरह को [illegible] प्रकार के खाने पीने

(कलकत्ता पहुँचने के बाद पूर्व गिरमिटिया चन्द्रशेखर शर्मा द्वारा लिखी चिट्ठी।
चित्र : चान चुनी)

(चन्द्रशेखर शर्मा, सूरीनाम के पूर्व गिरमिटिया
जो धनी बन कर भारत लौटे और भारत में ही बाद में रुक गये। चित्र : चान चुनी)

त्रिनिदाद की गिरमिटिया महिलाएँ (साभार : करिबीयन हिन्दुस्तानी)

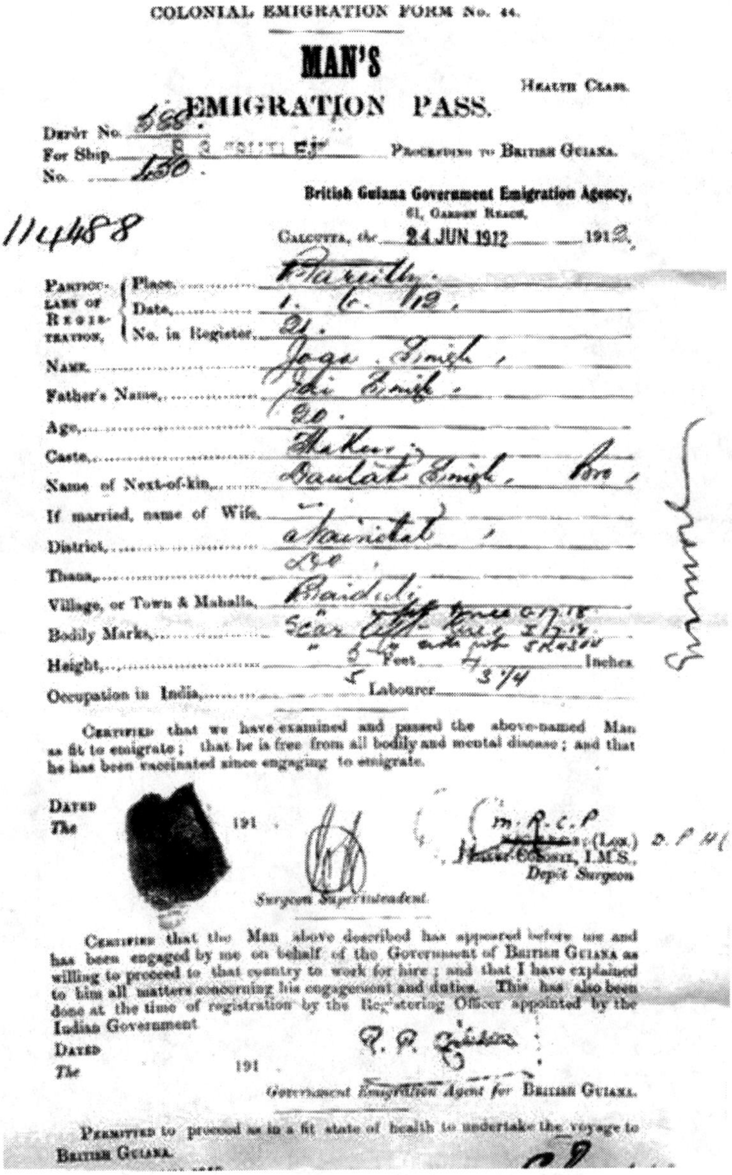

COLONIAL EMIGRATION FORM No. 44.

MAN'S EMIGRATION PASS.

HEALTH CLASS.

Depot No. 588.

For Ship S. S. [illegible] PROCEEDING TO BRITISH GUIANA.

No. 150.

British Guiana Government Emigration Agency,
61, Garden Reach,

114488

Calcutta, the 24 JUN 1912 1912.

Particulars of Registration,	Place,	[illegible]
	Date,	1. 6. 12.
	No. in Register,	21.
Name,		Joga Singh.
Father's Name,		[illegible] Singh.
Age,		20.
Caste,		[illegible]
Name of Next-of-kin,		Daulat Singh, [illegible]
If married, name of Wife,		—
District,		Nainital.
Thana,		do.
Village, or Town & Mahalla,		[illegible]
Bodily Marks,		[illegible]
Height,		5 Feet 4 3/4 Inches.
Occupation in India,		Labourer.

Certified that we have examined and passed the above-named Man as fit to emigrate; that he is free from all bodily and mental disease; and that he has been vaccinated since engaging to emigrate.

Dated
The 191

Surgeon Superintendent.

M. R. C. P. (Lon.) D. P. H.
I.M.S.,
Depôt Surgeon.

Certified that the Man above described has appeared before me and has been engaged by me on behalf of the Government of British Guiana as willing to proceed to that country to work for hire; and that I have explained to him all matters concerning his engagement and duties. This has also been done at the time of registration by the Registering Officer appointed by the Indian Government.

Dated
The 191

Government Emigration Agent for British Guiana.

Permitted to proceed as in a fit state of health to undertake the voyage to British Guiana.

गयाना के लिए एक गिरमिटिया का पास (साभार : रोमोलालुकस)

त्रिनिदाद और टोबैगो से एक गिरमिटिया रसोई (चित्र : आर्काइव)

हनुमान मन्दिर, चहुआनास, त्रिनिदाद (मई 2007)

❑❑